숙
향
전

숙향전

옛사람 씀

박현균 고쳐 씀

보리

겨레고전문학선집을 펴내며

우리 겨레가 갈라진 지 반백 년이 넘어서고 있습니다. 그러나 함께 산 세월은 수천, 수만 년입니다. 겨레가 다시 함께 살 그날을 위해, 우리가 함께 한 세월을 기억해야 합니다.

예부터 우리 겨레가 즐겨 온 노래와 시, 일기, 문집 들은 지난 삶의 알맹이들이 잘 갈무리된 보물단지입니다.

그동안 남과 북 양쪽에서 고전 문학을 되살리려고 줄곧 애써 왔으나, 이제껏 북녘 성과들은 남녘에서 좀처럼 보기 어려웠습니다.

북녘에서는 오래 전부터 우리 고전에 깊은 관심과 사랑을 보여 왔고 연구와 출판도 활발히 해 오고 있습니다. 그 가운데 〈조선고전문학선집〉은 북녘이 이루어 놓은 학문 연구와 출판의 큰 성과입니다. 〈조선고전문학선집〉은 가요, 가사, 한시, 패설, 소설, 기행문, 민간극, 개인 문집 들을 100권으로 묶어 내어, 고전을 연구하는 사람들과 일반 대중 모두 보게 한, 뜻 깊은 책들입니다. 한문으로 된 원문을 현대문으로 옮기거나 옛글을 오늘의 것으로 바꾼 성과도 놀랍고 작품을 고른 눈도 참 좋습니다. 〈조선고전문학선집〉은 남녘에도 잘 알려진 홍기문, 리상호, 김하명, 김찬순, 오희복, 김상훈, 권택무 같은 뛰어난 학자분들이 머리를 맞대고 연구한 성과를 1983년부터 펴내기 시작하여 지금도 이어 가고 있습니다.

보리 출판사는, 조선민주주의인민공화국 문예 출판사가 펴낸 〈조선고전문학선집〉을 〈겨레고전문학선집〉이란 이름으로 다시 펴내면서, 북녘 학자와 편집진의 뜻을 존중하여 크게 고치지 않고 그대로 내는 것을 원칙으로 삼았습니다. 다만, 남과 북의 표기법이 얼마쯤 차이가 있어 남녘 사람들이 읽기 쉽게 조금씩 손질했습니다.

이 선집이, 겨레가 하나 되는 밑거름이 되고, 우리 후손들이 민족 문화유산의 알맹이인 고전 문학이 지니고 있는 아름다움을 제대로 맛보고 이어받는 징검다리가 되기 바랍니다. 아울러 남과 북의 학자들이 자유롭게 오고 가면서 남북 학문 공동체가 이루어지는 날이 하루라도 앞당겨지기 바랍니다. 그리고 이 자리를 빌려, 어려운 처지에서도 이 선집을 펴내 왔고 지금도 그 작업에 몰두하고 있는 북녘의 학자와 출판 관계자들에게 고마운 마음을 전합니다.

2004년 11월 15일
보리 출판사 대표 정낙묵

차 례

■ 일러두기

1. 《숙향전》은 북의 문예출판사에서 2006년에 펴낸 《숙향전》을 보리 출판사가·다시 펴내
   는 것이다.

2. 고쳐 쓴 이와 북 문예출판사 편집진의 뜻을 존중하는 것을 큰 원칙으로 했으나, 맞춤
   법과 띄어쓰기는 '한글 맞춤법'을 따랐다.
   ㄱ. 한자어들은 두음법칙을 적용했고, 모음과 ㄴ 받침 뒤에 오는 한자 '렬'은 '열'로
      '률'은 '율'로 고쳤다. 단모음으로 적은 '계'나 '폐'자를 '한글 맞춤법' 대로 했다.
      예: 령롱하다→영롱하다, 루명→누명, 선률→선율, 핑계→핑계

   ㄴ. 'ㅣ'모음동화, 사이시옷, 된소리 따위의 표기도 '한글 맞춤법' 대로 했다.
      예: 태여나다→태어나다, 메새→멧새, 잠간→잠깐, 판대기→판때기

3. 남에서는 흔히 쓰지 않는 표현이지만, 북에서 쓰는 입말들은 다 살려 두어 우리 말의
   풍부한 모습을 살필 수 있게 했다.
   예: 가시아버지, 검스레하다, 곱등어(돌고래), 깨도, 나지다, 눈굽, 다우치다, 도간도간,
      두리, 뜨락, 마가을, 모대기다, 받아안다, 불구다, 비양스럽다, 소용돌다, 아츠럽다,
      안침하다, 오돌차다, 주렁지다, 쪼박지, 칼자리, 타래치다, 터치다, 허궁

4. 북의 문예출판사가 펴낸 책에 실려 있던 원문을 그대로 실었다. 다만, 오자를 바로잡
   고, 표기를 지금 독자들이 알기 쉽도록 고쳤으며, 몇몇 낱말은 한자를 병기하였다.

숙향전

글쓴이 옛사람
고쳐 쓴 이 박현균

달나라 선녀가 내려와 숙향이 되었구나

옛날 중국 송나라 때, 김전金佺이라는 선비가 살고 있었다.

집안이 대대로 이름난 가문으로, 김전의 아버지 운수선생도 덕망이 높은 선비였는데 공명에는 뜻이 없어 산속에 숨어 살았다. 황제가 그러한 선비가 있다는 말을 듣고는 그 덕을 아름다이 여기어 이부 상서 벼슬을 주어 불렀으나 끝내 나오지 아니하고 산에서 여생을 마쳤다. 그 아버지에 그 아들이라고, 김전 또한 문장이 뛰어나고 덕이 높아 옛적 이름난 선비들과 어깨를 나란히 하였다.

어느 날 김전은 고을살이하러 딴 고장으로 떠나는 친구를 바래려고 십 리 나마에 있는 반하泮河 물가까지 따라 나왔다. 그때 어부들이 모여 거북 하나를 잡아 구워 먹으려 하기에, 김전이 다가갔다. 자세히 보니, 거북이 이마에 하늘 천天 자가 새겨 있고 배에도 하늘 천 자가 있었다. 여느 거북 같지 않은 게 신령스러워 보였다.

김전은 못내 애처로워 말하였다.

"그냥 놓아주시오."

허나 어부들은 어쩌다가 만난 횡재인지라 그 말을 들으려 하지 않았다.

"종일 낚시질하여 겨우 이놈 한 마리 잡았소이다. 낚시질로 먹고 사는 우리가 어떻게 애써 잡은 거북이를 그저 놓아줄 수 있겠소이까."

거북이는 또록또록 작은 눈알을 이리저리 굴리며 눈물만 흘리었다. 어부들 손에 걸려 애매히 죽게 된 것을 몹시 슬퍼하는 것 같았다. 김전은 친구와 먹으려고 차려 온 술과 맛 좋은 안주를 있는 대로 다 내어 어부들에게 주었다. 평생 구경도 못 해 본 훌륭한 상을 받은 어부들은 크게 기뻐하며 거북이를 선뜻 내놓았다.

김전은 거북이를 두 손으로 받아 가슴에 안고 물가로 나아가 조심조심 놓아주었다. 거북이는 물에 들자 기쁜 듯 물가를 빙글빙글 돌더니 몇 번이나 돌아보았다. 고맙다고 인사하는 것 같았다. 그제야 김전은 가벼운 마음으로 그 자리를 떠났다.

김전은 벗을 배웅하고 돌아오는 길에 다시 반하를 건너게 되었다. 다리를 건널 제, 강 한가운데에 이르자 문득 바람이 불고 물결이 크게 일더니 다리가 무너졌다. 수십 명 넘는 사람들이 강물에 빠져 허우적거리다가 물살에 휩쓸려 버리고 말았다. 김전도 다른 사람들과 마찬가지로 값없이 죽을 운명에 놓였다. 사나운 물결이 길길이 솟구치고 서로 부딪치며 날뛰는 가운데 헤엄을 치느라고 부지런히 손발을 놀리나 파도가 높고 거세어 도저히 살아날 가망이 보이지 않았다.

그럴 때 검스레한 둥근 판때기 같은 것이 물에 떠 있는 것이 보였다. 김전이 죽을힘을 다하여 헤엄쳐 가서 간신히 그 위에 올라 보니 그것은 몹시 크고 괴이하게 생긴 짐승이었다. 그 짐승은 김전을 등에 태우고는 네 굽을 무섭게 빨리 놀리며 살같이 물 위를 미끄러져 가더니 순식간에 뭍에 가 닿았다.

김전이 고맙다는 뜻으로 거듭 절을 하자 짐승도 답례하는지 커다란 대가리를 주억거리다가 문득 넓적한 입으로 안개 같은 것을 확 토해 냈다. 그러자 뽀얀 김이 서리는 속에서 빛이 번쩍거리더니 물위에 일곱 빛깔 영롱한 무지개가 그야말로 황홀하게 비끼면서 두리가 환해졌다.

김전은 정신이 맑아지고 마음이 상쾌해졌다. 서서히 안개가 걷히니, 물 위에 떠 있던 기이한 짐승은 간데없었다. 강기슭 둥근 바위 위에는 새알만 한 구슬 두 개가 오색영롱한 빛을 뿜고 있었다. 김전은 허리를 굽혀 집어 들고 이모저모 자세히 들여다보았다. 구슬 하나에는 목숨 수壽 자가 새겨 있고 다른 하나에는 복 복福 자가 뚜렷이 새겨 있었다. 이렇듯 희한한 구슬을 두 개나 얻다니, 김전은 자기가 놓아준 거북이를 다시금 생각하며 공손히 품에 넣었다.

이 일이 있은 지 얼마쯤 지났을 때 형주 땅에 사는 장희라는 사람이 김전의 소문을 듣고 자기 딸과 혼인하지 않겠느냐 물어 왔다. 김전은 나이 스무 살에 이르도록 살림이 너무 가난하여 안해를 얻지 못하고 있는 터였다.

장희 또한 공명에 뜻이 없어 벼슬길에 나서지 아니하였으나, 본디 이름 있는 집안의 자손이라 살림은 넉넉하되, 자식이라고는 금이야 옥이야 귀히 기른 외동딸 하나가 있을 뿐이었다. 장희의 딸은 인품이 뛰어나고 재주와 용모 또한 비길 데 없었으며 총명하고 사리에 밝았다. 그래서 장희 부부는 귀한 딸아이의 사윗감을 고르는 데 무척 마음을 쓰던 중 김전이 어질다는 말을 듣고 혼삿말을 낸 것이다.

김전도 장희의 인품과 그 딸의 현숙함을 익히 들어 잘 알고 있는지라 곧바로 반하에서 얻은 구슬 하나를 예물로 보냈다. 예장이 들어온 날 저녁, 장희 부부 사이에 이런저런 말들이 오갔다. 부인이 말하였다.

"공경대부들 가운데 통혼하는 이가 구름 모이듯 하였지만 허락지 않으시더니, 구태여 이렇게 가난한 선비에게 시집을 보내다니 이게 웬일이옵니까. 김전이 보내온 예물을 보니 얼마나 가난한지 능히 알 만하온데 어찌하여 귀한 딸의 평생을 그르치려 하시옵니까?"

"혼인은 인륜대사가 아니겠소. 내가 김전을 고른 까닭을 구구히 다 말하지는 않겠소. 허나 장가들이고 시집보내는 일에 재물이 오가는 것은 오랑캐 족속들이나 하는 속된 일이라오."

그러고는 말머리를 돌렸다.

"우리 사위가 보내온 구슬을 보니 천금을 주고도 바꾸지 못할 보물이 틀림없소."

장희는 재간 좋은 장인바치에게 그 구슬로 가락지를 만들도록 하였다. 장인바치가 온 힘을 다 기울여 가락지 한 쌍을 만들어 놓으니 참으로 눈이 부시어 바로 볼 수 없었다. 장희는 구슬 가락지를 딸에게 주면서 좋은 날을 정하였다.

신랑 신부는 혼인 잔치를 풍성하면서도 법도 있게 잘 치렀다. 이날 신랑 신부 두 사람의 풍채와 용모가 다 같이 늠름하고 아리따우니, 사람들은 그 신랑에 그 신부라며 칭찬을 아끼지 아니하였다.

장희의 사위 사랑은 친자식 못지않았다. 가시아버지의 이 같은 사랑을 받으며 김전도 안해를 지극히 사랑하는 한편 가시집 부모들을 친부모처럼 극진히 받들었다. 사람들도 이들을 의좋은 원앙새에 비기면서 금실 좋은 부부라고 입을 모아 칭찬하였다.

김전 부부가 단란하게 집안을 꾸리는 가운데 석삼년이 꿈결같이 흘러갔다. 하지만 복이라는 것이 내내 이어질 수는 없는 것인지, 김전의 가시집 부모가 같은 날 세상을 떠났다.

부모님을 한꺼번에 잃은 장 씨의 슬픔은 말로 다 할 수 없었다. 김전은 그지없는 슬픔 속에 장사를 정성껏 치르고 아침저녁으로 제사를 극진히 받들었다.

이러구러 세월은 덧없이 흘러 또 여러 해가 지났다. 그러나 김전 내외한테 자식 하나 없으니 서글픈 마음 달랠 길이 없었다.

어느 해 칠월 보름밤에 김전과 장 씨는 다락에 올라 동산 위로 두둥실 떠오른 둥근달을 하염없이 바라보고 있었다. 이때 문득 하늘에서 이름 모를 꽃 한 송이가 장 씨 발 앞에 소리 없이 떨어졌다. 이상히 여겨 찬찬히 살펴보니 배꽃도 아니요 매화도 아니었다. 짙고 기이한 향내만이 깊이 스며들었다.

"이것 보소서. 별안간 하늘에서 웬 꽃이 떨어졌나이다."

안해의 말을 듣고 김전이 살펴보니 신기하고 아름다우나 무슨 꽃인지는 정녕 알 길이 없었다. 김전이 꽃을 집으려고 허리를 굽히는데 순간 거센 바람이 옷자락과 귀밑머리를 흩뜨리고 지나갔다. 김전이 흠칫 놀라며 정신을 차리려는데, 문득 그 꽃이 꽃잎을 사방으로 흩날리며 사라지고 말았다. 장 씨와 김전은 하늘가 어디론가 날아가 버린 그 꽃이 눈에 삼삼하나, 한숨만 길게 내쉬었다.

이날 밤 장 씨는, 달이 떨어져 금돼지가 되어 품에 들어오는 꿈을 꾸다 펄쩍 놀라 깨어나서는 곁에 누운 김전의 어깨를 흔들었다. 남편이 눈을 뜨자 장 씨는 꿈 이야기를 단숨에 말하였다. 김전이 장 씨의 말을 잠자코 다 듣더니 나직이 말했다.

"어젯밤 내가 꿈에서 계수나무 가지가 하나 떨어지는 것을 보았는데 오늘 밤 당신 꿈 또한 기이하니 하늘이 우리가 자식 없음을 불쌍히 여겨 귀한 아들을 보게 하려는가 보오."

"참말로 그렇다면 얼마나 좋겠나이까."

장 씨는 반신반의하면서도 방긋 웃었다.

김전의 말대로 그달부터 장 씨의 몸에 태기가 있었다. 내외는 기이한 예감을 안고 아들이기를 바라면서 아이가 태어나기를 손꼽아 기다렸다.

그때부터 열 달이 가까웠을 적이다. 장 씨가 갑자기 몹시 고단하여 몸을 가누지 못하였다. 김전이 크게 놀라 극진히 구완하느라 경황이 없는 사이에 어느덧 사월 초여드레가 되었다. 새벽녘 문득 기이한 향기가 가득 차면서 희뿌연 구름이 집 두리를 둘러싸기 시작했다. 김전은 하도 신기하여 정신을 수습할 수 없으나 한편으로는 마음이 차츰 상쾌해지면서 날 듯이 가벼워졌다.

날이 저물고 밤도 퍽 깊었다. 이때 어디선가 은은한 피리 소리가 들려오더니 선녀 둘이 집 뜨락에 사뿐히 내렸다. 땅에 발이 붙는 듯 마는 듯 가벼운 걸음으로 김전에게 다가와 나부시 절하더니만, 하늘땅을 울리는 또랑또랑한 목소리로 말하였다.

"집을 깨끗이 거두고 기다리면 또 한 선녀가 내려오리다."

말을 마친 선녀들이 장 씨가 있는 방 쪽으로 가는 듯하더니 가뭇없이 사라졌다.

김전은 서둘러 하인들을 시켜 집을 씻은 듯이 거두었다. 이윽고 오색구름이 집을 둘러싸며 어디서 향기가 실려 오는데 사람의 마음을 한없이 들뜨게 하였다. 김전은 혹시 장 씨에게 무슨 일이 생기면 어쩌랴 싶어 달려가 급히 방문을 열었다. 장 씨 이미 순산하였고 어느 틈에 들어왔는지 웬 선녀가 장 씨 곁에 서 있었다. 선녀는 환히 웃으며 절하고는 방을 나서더니만 날개옷을 펄럭이며 훨훨 날아올랐다.

김전은 잠깐 어리둥절하여 어찌할 바를 모르고 문 앞에 서 있다가 들어섰다. 장 씨는 깊은 잠이 들었는지 눈을 감고 누운 채 꼼짝도 않고 몸을 흔들어도 깨어날 줄을 몰랐다. 김전은 그만 겁이 더럭 나서 손발을 열심히 주물렀다. 장 씨는 반나절이 훨씬 지나서야 깨어났다. 김전은 크게 기뻐하며 그제야 아기를 살펴보았다.

아기는 살결이 옥처럼 맑고 얼굴이 선녀같이 고왔다. 생김새가 남다를 뿐더러 애초부터 속된 것을 벗어난 듯 참으로 기이하였다. 그처럼 비범하게 생긴 아이가 아들이 아니라 딸인 것이 좀 서운하기도 하였다. 김전 부부는 아기 이름을 숙향淑香이라 하였다. 아들이 아니어도 사랑은 날로 더하여 참으로 그 어디에도 비길 데가 없었다.

숙향이 다섯 살이 되니 더욱 아름다워, 달나라 궁궐에 사는 선녀가 이 땅에 내려온 듯하다 하여 월궁선月宮仙이라 부르기도 하였다. 또 어찌 보면 보름달이 구름과 안개를 헤치고 푸른 하늘에 둥실 떠 있는 듯하여 보는 이의 눈이 다 부신데, 목소리도 청아하여 백옥이 구르는 것만 같다. 그뿐이 아니다. 숙향이 모든 일에 다 능하니 하는 짓마다 기특하고 대견하였다. 아버지 김전은 숙향이 커 갈수록 더욱 사랑스러웠다. 그러면서도 한편 아이가 명이 짧을까 걱정스러워 관상을 잘 본다는 왕규라는 사람을 청하였다.

왕규가 집에 오자 김전은 바로 딸을 불러 그 앞에 앉혔다. 왕규는 숙향이 얼굴을 한동안 찬찬히 바라보더니 머리를 설레설레 저으며 말했다.

"이 아이는 본디 인간 세상 사람이 아니라 달나라 선녀인 항아의 정기와 핏줄을 타고났소이다. 분명 귀히 될 것이오이다. 다만, 옥황상제께 죄를 짓고 인간 세상에 태어났으므로 어린 시절 운수는 험하겠고 그 뒤로는 길하리다. 부모의 애간장이 타들어 갈 일이 한 가지 있겠으나 마지막에는 모든 일이 다 잘될 것이오이다."

김전은 그 말을 듣고 껄껄 웃었다.

"우리가 먹고사는 데 근심 걱정이 없는데 어찌 이 애의 어린 시절이 괴로울 수가 있단 말이오?"

왕규는 두 눈을 스르르 감았다가 다시 뜨고 말하였다.

"이 아이 다섯 살에 부모를 이별하고 사방으로 정처 없이 떠돌아다니다가 스무 살이 되면 부모를 다시 만날 것이오. 또 아들 둘에딸 하나를 두고 온갖 부귀영화를 누리다가 일흔 살이 되면 문득하늘로 올라가게 될 것이오."

하였다.

김전은 왕규의 말을 다 믿지는 않았으나 그래도 행여 아이를 잃을까 저어하여, 명주 천 쪼박지에다가 태어난 달과 날, 이름을 적어비단 주머니에 넣어 숙향에게 채워 주었다.

어머니, 날 버리고 어데로 가시오

이때 나라에 불행한 일이 벌어졌다. 금주 지방 군사들이 반기를 들고 황제가 있는 서울로 쳐들어왔다. 그들은 먼저 형주를 들이쳤다.

김전은 식솔들을 거느리고 황급히 피난하던 중에 도적을 만나 가지고 있던 물건들을 몽땅 잃었다. 숙향을 등에 업고 안해와 함께 황급히 달아나다가 기운이 다하여 도중에 주저앉으며 말하였다.

"도적이 급히 몰아치는데 나와 당신은 기운이 없어 빨리 가지 못하니 어찌하오. 우리가 살면 자식은 다시 보겠으나 우리 죽으면 시신은 뉘 거두며 조상 제사는 뉘 받들리오. 인정이 절박하나 이것도 다 숙향이가 겪어야 할 초년 운수로 여기고 아이를 여기 두고 급한 화를 잠깐 피하십시다. 좀 이따 다시 와서 데려갑시다."

장 씨가 억이 막혀 가까스로 입을 열었다.

"제 어찌 숙향이를 혼자 두고 가오리까? 군자께서는 어서 피하여 천금같이 귀한 몸을 보존하고 우리 모녀 잘못되면 시신이나 거두어 주사이다."

이 말에 김전은 머리를 흔들었다.

"당신을 두고 내 어찌 혼자 피한단 말이오? 차마 못할 일이오. 차라리 다 같이 죽어야 할까 보오."

"군자의 말씀이 그르오이다. 대장부가 처자를 따라 죽는 것을 어찌 옳은 처사라 할 수 있겠소이까? 빨리 화를 피하여 귀중한 몸 보존하소서."

장 씨는 울음을 참느라 목소리가 몹시 떨렸다. 김전은 장 씨의 손을 와락 잡았다.

"우리가 이런 이별을 하자고 지금껏 의좋게 살아왔단 말이오? 아니오, 그렇게는 못 하겠소."

김전의 절절한 말에 장 씨도 더는 거절할 수가 없었다.

"군자가 이렇듯 말씀하시니, 비록 절박하나 숙향이는 여기 두고 어서 가십시다."

김전이 장 씨를 급히 끄니, 장 씨 표주박에 밥을 담아 숙향이를 주며,

"아가! 배고프거든 이 밥 먹고 목마르거든 저 냇물 떠먹고 좋이 있어라. 내일 와 데려가마."

숙향이가 발을 구르며 운다.

"어머님, 아버님, 저를 이 무서운 곳에 남겨 두지 말고 함께 데려가 주소서."

그전과는 사뭇 다르게 울며 애원한다. 어린것의 목소리를 뒤에
두고는 차마 발길이 떨어지지 않아 장 씨는 그저 하염없이 눈물만
흘리다가 겨우 진정하고 숙향이 머리를 살뜰히 쓰다듬어 주었다.

"잠깐 여기 있으면 아버지와 함께 다시 와서 너를 데려가마. 소
리 내지 말고 있거라. 도적들이 네 소리를 들으면 큰일 날 것이니
라. 그저 죽은 듯이 가만히만 있거라."

숙향이는 어머니 말을 들으려 하지 않았다. 장 씨는 옷자락을 놓
지 않는 어린것을 차마 떼 놓고 갈 수 없어 딸애를 부여안고 구슬피
울었다. 이쯤 되니 세 사람은 오도 가도 못하는 참으로 딱한 형편에
놓인 셈이다.

"형세가 이렇게 되었으니 여기서 다 같이 죽는 수밖에 없구려."

김전이 담담하게 말하자 정신을 차린 장 씨가 입술을 옥물고 옥
가락지 한 짝을 숙향이 옷고름에 채워 주며,

"울지 말고 예 있으면 내 얼른 다시 오마."

하고 달래었다. 그제야 숙향이는 장 씨의 옷자락을 놓았다.

뒤를 돌아보니 도적 한 떼가 건너편 시냇가를 따라 깃발과 칼을
번뜩이며 멀어져 가고, 다른 한 떼는 수풀이 우거진 언덕을 내려와
바로 김전 일가가 있는 곳으로 오고 있었다. 장 씨가 숙향이를 안아
우묵히 꺼져 들어간 바위 밑에 앉히자 김전이 황망히 달려가서 장
씨 손목을 덥석 잡아끌었다. 그러고는 앞뒤를 가려볼 생각도 않고
무작정 앞으로 내달았다.

"어머님, 아버님, 날 버리고 어데로 가시오? 나도 같이 가오! 어
머님, 어머님!"

어린것이 어머니와 아버지를 부르며 울부짖는 소리가 발자국마다 걸음마다 골안에 메아리치며 멀어지도록 뒤따라왔다. 김전 부부는 애간장이 녹는 것 같고 가슴이 찢어지는 듯하여 눈앞이 캄캄하나 허청거리는 다리로 정신없이 내달렸다.

얼마 안 되어 도적들이 숙향이 있는 곳까지 왔다. 우묵한 바위 밑에 어린 여자 애가 오도카니 앉아 있는 것을 보고는 사내들이 수풀을 헤치며 다가왔다. 그중에서 왼쪽 볼에 끔찍스런 칼자리가 나 있는 덩치 큰 괴한이 숙향이를 눈여겨보며,

"네 아비, 어미는 어디로 갔느냐? 간 곳을 바로 이르지 않으면 너를 죽일 테다!"

하고 쇠북을 울리는 것 같은 굵은 목소리로 말했다.

"난 아무것도 몰라요. 나를 버리고 갔으니 내가 어찌 알겠소."

숙향이는 울기만 하였다.

볼에 칼자리가 나 있는 괴한이 쥐고 있던 칼을 번쩍 들었다. 이제 한순간만 지나면 어린 넋이 산골 안에 빨간 피를 뿌리며 허공으로 날아갈 판이다.

"아서라! 칼을 거두어라!"

문득 거세고 우렁찬 목소리가 울렸다.

"제 아비 어미가 부모답지 못하여 자식을 버리고 갔는데, 저 어린것이 무슨 죄가 있다고 죽인단 말이냐? 어린것이 무섭고 배고파서 우는 소리가 들리지도 않느냐? 이 불쌍한 애를 해치려는 자는 내 칼에 목 없는 귀신이 될 줄 알아라."

한눈에 보기에도 우두머리 됨 직한 사내가 누구도 감히 다루지

못할 큰 칼을 높이 쳐들고 말하였다. 숙향이에게 칼을 겨누던 사내는 눈이 휑하여 칼 쥔 손을 늘어뜨린 채 두어 발자국 물러섰다.

"이 애를 그냥 두면 사나운 짐승들이 해칠 것이다. 나한테도 이만한 자식이 있느니라. 가엾구나. 네 부모는 너를 버리고 갈 때 오죽 마음이 아팠겠느냐."

말을 마치고는 숙향이에게 다가오더니 두 팔을 뻗치면서,

"애야, 이리 온."

하고 다정히 속삭였다.

숙향이는 저도 모르게 그 품에 안겼다. 사내는 숙향이를 안고 앞장서서 성큼성큼 걸었다. 모두들 잠자코 그 뒤를 따랐다. 한동안이 지나 어느 마을에 들어섰다. 하지만 난리를 만나 텅 비어 있었다. 어느 한 집도 사람 사는 기척이 없었다.

숙향이를 품에 안고 맨 앞에서 걷던 사내가 걸음을 멈추었다.

"마을에 사람이 없구나. 너를 좋은 집에 맡기려 하였더니만. 참 나, 이렇게 될 줄이야. 할 수 없구나, 우리 예서 헤어지자."

서운한 기색으로 말을 마치자 숙향이를 길가에 내려놓았다. 숙향이는 그 자리에 오도카니 서 있고 그들은 뒤도 돌아보지 않고 그 마을을 벗어났다.

숙향이는 어머니, 아버지를 애절하게 부르면서 이 마을을 지나고 저 마을을 헤매며 정처 없이 떠돌아다녔다. 누구나 애처로이 보았지만 난리 때문에 어느 곳이나 어수선하고 모두가 굶주리는 때라 아이를 거두어 키울 생각은 조금도 못 하였다.

마가을 어느 날, 해는 서산으로 넘어가고 동산에 달이 떠오르니

길마다 인적이 끊겼다. 숙향이는 추워서 온몸이 떨리고 배가 고프나 갈 곳을 몰라 헤매다 어느 마을 어귀에 다다라 덤불에 들어가 앉았다. 눈물을 씻으며 서러워하다 지쳐 어느새 살포시 잠이 들었다.

멀리 어디선가 황새 무리가 날아와 포근한 날개로 숙향이의 온몸을 감싸 주었다. 그러자 방금까지도 추위에 떨던 몸이 소르르 녹으며 따뜻해졌다. 또 어디선가 새끼 원숭이들이 나타나 한바탕 춤을 추며 재롱을 피우다가, 불에 구운 고깃덩어리를 놓고는 올 때처럼 갑자기 사라졌다. 고깃덩어리는 입에 닿자마자 쑥 넘어가더니 바로 기운이 솟고 배가 불렀다. 참 신기하였다.

숙향이는 벌떡 일어났다. 일어나 보니 지금까지의 모든 일이 한갓 꿈같은데, 해가 동산 위에 걸려 있었다. 몸도 거뜬하고 배고픈 것도 없어졌으며 기운이 난다.

길을 따라 이 고개 넘고 저 고개 넘어 꽤 큰 마을에 들어섰다. 대문 앞에 나와 있던 중늙은이가, 숙향이가 두리번거리며 오는 것을 보더니 물었다.

"어데서 오는 아이냐? 무슨 일로 그렇게 돌아다니느냐?"

"우리 아버님과 어머님이 내일 와서 데려가마 하시더니 오지 않으시어 찾아다니고 있어요."

숙향이는 똑똑히 대답하고는 슬피 울었다. 중늙은이는, 참 곱구나 하며 숙향이를 불쌍히 여겨 집 안으로 데리고 들어가 밥을 주며 말했다.

"피난길이 급하여 너를 데리고 가지는 못하겠구나. 이 밥 어서 먹고 어디로든 가거라."

숙향이는 배고픈 김에 노인이 주는 밥을 다 먹고는 울면서 물러났다.

그럴 즈음, 김전은 장 씨를 깊은 산속에 숨어 있게 하고는 가만히 산을 내려와 숙향이를 두고 온 곳으로 가 보았다. 하지만 아무리 찾아보아도 숙향이는 어디로 갔는지 자취가 없었다. 김전은 아프고 쓰린 가슴을 부여안고 장 씨가 있는 곳으로 돌아와서 아이를 찾지 못했다고 말하며 눈물을 삼켰다. 장 씨는 하늘이 무너지는 듯 그만 엎어져 까무러쳤다가 한동안이 지나서야 깨어나서는 하염없이 울었다. 김전이 놀라 어찌할 바를 몰라 헤덤비면서 같이 운다.

"어이 그리 슬퍼하오? 너무 그러지 마오. 그 어린것이 멀리 가지는 못했을 것이오. 죽었다면 시신이 그 근처에 있을 것인데 아무 흔적이 없으니 누가 데려간 것 같소. 지금 생각해 보니 그때 관상 보는 왕규가 한 말이 맞는 것 같구려. 그러니 너무 애태우지 마오."

"아이고, 우리 숙향이는 분명 죽었소이다. 만일 살아 있다 해도 누구를 의지하여 살아가겠소이까."

장 씨는 울음을 그치지 아니하고 더욱 세차게 어깨를 들먹였다.

"숙향이가 죽지는 않았을 터이니 반드시 만나게 될 것이오."

김전이 장 씨의 등을 어루만지며 위로하였다.

"왕규가 괜히 그런 말을 하지는 않았을 것이니 믿어 보소서."

"그 애가 살아 있어 다시 만날 수만 있다면 얼마나 좋겠소이까."

울음을 그친 장 씨가 지친 목소리로 조용히 말하였다. 어느새 밤이 되어 별들이 총총한 하늘을 바라보았다. 뭇별들이 고요히 깜박

거리고 하늘 높이 뜬 달이 불쌍한 이 부부를 가만히 지켜보고 있었다.

그때 어린 숙향이는 인적 없는 곳에 외로이 홀로 있었다. 사람들은 피난 가느라 집을 비우고 부랴부랴 흩어졌다. 이 세상 모든 것이 다 잠든 듯 삼라만상이 고요하고 달빛만이 빛나고 있었다.

숙향이는 부모 잃은 슬픔에 배고픔까지 겹쳐 땅바닥에 주저앉아 울었다. 그때 어슴푸레한 어둠 속에서 파랑새 한 마리가 머리 위를 빙빙 돌며 이따금 공중에서 나래를 힘차게 퍼덕였다. 숙향이가 벌떡 일어나니 파랑새가 낮게 떠서 그 둘레를 한 번 돌고는 깃을 치며 한자리에 머물러 있다가 앞으로 조금씩 날아갔다. 저를 따라오라고 길을 가리키는 것 같다. 숙향이는 한 자국 두 자국 내짚으며 파랑새를 뒤따랐다. 새가 멈췄다가는 조금씩 나아가는데 놓칠세라 바삐 따라가노라니 걸음이 차츰 빨라졌다. 새가 앞서 날고 숙향이가 뒤에서 종종걸음을 하였다.

갑자기 숙향이 눈앞에 드높고 웅장한 궁궐이 불쑥 솟아올랐다. 풍경 소리 은은히 들려오는데 푸른 옷 입은 여동이 가만히 나와 숙향이를 안고 들어가더니 수정 다락에 내려놓았다. 숙향이는 정신을 가다듬고 앞을 보았다. 웬 부인이 화관을 쓰고 칠보단장 차림으로 황금 의자에 앉아 있다가 숙향이를 보더니 바삐 일어나 동쪽 백옥 의자로 자리를 옮긴다. 숙향이가 놀라 울자 부인이 좌우를 돌아보며 분부했다.

"선녀가 인간 세상의 더러운 물을 많이 먹어 정신이 상하였구나. 약물을 내오너라."

시녀가 마노로 만든 그릇에 신선들이 마시는 약물을 가득 부어 숙향이에게 공손히 주었다. 숙향이는 약물을 한 모금 두 모금 조금씩 넘겨 다 마셨다. 그러자 정신이 맑아지면서 전생에 달나라 궁궐에서 선녀로 놀던 일이며 인간 세상에 내려와 부모 잃고 고생하며 괴로움을 겪던 일들이 생생히 떠올랐다. 이쯤 되니 몸은 어린아이나 생각은 어른이라 머리를 들고 부인께 고마워하며 말하였다.

"저는 천상에서 죄를 짓고 사람들 세상에 내려와 여기저기 고생스럽게 다녔나이다. 그러하온데 지금 부인께서 데려다가 이렇듯 너그러이 대접하시니, 참으로 고마운 말씀 이루 다 할 수 없나이다."

부인은 그 말에는 대답지 아니하고,

"선녀는 나를 알아보시겠소?"

하며 은근히 웃었다.

"이 몸이 멀리 나와서인지 정신이 흐려 아무것도 깨닫지 못하나이다."

숙향이 고개를 숙이며 말했다.

"여긴 사람이 죽으면 오는 곳이오이다. 그리고 나는 땅을 맡아 다스리는 후토부인이로소이다. 선녀가 사람 세상에 내려가 힘들게 다니시기에 잔나비와 황새와 파랑새를 보내었는데 만나 보시었소?"

"만나 보았거니와 부인의 은혜 평생 잊지 못할 것이옵니다. 하늘의 죄를 씻고자 하니, 부인 곁에서 시녀로 되어 은혜를 갚고자 하나이다."

"선녀는 달나라의 귀하신 몸으로 지금은 불행히 잠깐 사람들 세상에 귀양을 갔으나, 칠십 년 괴로움과 즐거움을 다 지내고 나면 다시 하늘나라 궁에서 즐거움을 누리게 될 것이오. 허니 너무 슬퍼하지 마시오. 날도 저문 데다가 가실 곳도 머오니 오늘은 나와 같이 지내고 내일 돌아가시오."

후토부인이 말을 마치고 자리에서 사뿐 일어나 좌우를 돌아보며 몇 마디 분부를 내리니 순식간에 음식상이 차려졌다. 갖가지 음식과 풍악을 갖추어 대접하는데 이는 사람 세상에서는 구경도 못 할 것들이었다. 기이한 음악이 울리는데 부인이 방글방글 웃으며 약물을 거듭 권하였다. 권하는 대로 받아 마시니 정신이 더욱 유쾌해지며 오직 천상에서 지낸 일만 기억나고 인간 세상의 일은 조금씩 멀어졌다.

음악이 점점 높아지다 또 차츰 낮아져 얼마간 조용해졌을 때 숙향이 조심스럽게 부인을 바라보며 말했다.

"전에 듣자오니 이곳에 시왕十王이 계신다고 하더이다. 그 말이 과연 옳으니이까?"

"그러하오이다."

부인은 짤막하게 한마디 하고 웃었다.

"그러하오면, 제 부모가 여기 와 있으면 만나 볼 수 있으리까?"

"선녀의 부모는 인간 세상에 그냥 계시오. 어이 이곳에 계시리까."

숙향이 안타까워하며,

"세상에 나가면 다시 부모를 찾게 되나이까?"

하자, 부인이 웃으며 말하였다.

"선녀께서 달나라 궁궐에서 항아에게 죄를 지어 다 죽게 되었을 때, 규성奎星이란 선녀 또한 옥황상제께 죄를 짓고 내려가 장 승상 부인이 되었사오이다. 선녀는 그 댁으로 가서 전생 은혜를 갚고 바야흐로 때를 만나면 귀히 되고 부모를 만날 것이로되, 십오 년이 흘러야 할 것이오."

"인간 세상의 고생살이를 생각하면 한 시각이 삼 년 같사온데 십오 년을 어찌 지내리오. 차라리 죽어 면하고 싶나이다."

"다 하늘의 뜻이오. 하늘에서 죄를 지어 받는 벌이라, 다섯 번 죽을 액을 겪어야 전생의 죄를 다 갚을 것이오. 허나 뒷날엔 영화를 보시리다."

동쪽 바다 뽕나무에서 금닭이 울고 날이 밝아 왔다.

숙향이 잠깐 사이를 두었다가 부인의 기색을 살피며 말을 이으려 하자, 부인이 가벼이 웃으며 입을 열었다.

"선녀를 모시고 끝없이 말씀 나누고 싶으나 이제 가실 곳이 멀고 예서 지체하시면 때를 놓칠 수 있사오니 어서 가시옵소서."

"때가 늦어진다 하여도 인간 길을 모르오니 뉘 집에 가서 의탁하오리까?"

숙향의 목소리는 짙은 근심으로 몹시 떨렸다.

"걱정 마소서. 가실 길은 내 알려 드리리다. 먼저 장 승상 집으로 가소서."

부인의 태도는 더없이 공손하나 그 목소리는 옥 소반에 구슬이 구르듯 낭랑하였다.

"장 승상 댁이 예서 얼마나 되오이까?"

"여기서 삼천삼백 리나 되지마는 염려 마소서."

부인은 이 말을 하고, 옥 같은 손을 뻗어 앵두처럼 생긴 열매들이 주렁진 나뭇가지 하나를 꺾어 들더니만 가만히 흔들었다. 그러자 눈 깜짝할 사이에 흰 사슴 한 마리가 나타났다.

"이 사슴을 타시면 만 리라도 순식간에 갈 수 있사오이다. 시장하시거든 이 열매를 자시옵소서."

부인은 그 나뭇가지를 숙향에게 주었다.

"이 은혜를 뼈에 새겨 잊지 아니하오리다."

숙향은 머리 숙여 깊이 사례하고 사슴 등에 올랐다. 부인도 머리를 숙이고는 이별 인사인 듯 나긋한 손을 저었다. 그 순간 사슴이 굽을 치며 날아올랐다. 하늘 높이 올랐나 싶더니 금방 만 리 강산이 눈앞에 있었다.

얼마 안 되어 사슴이 한 곳에 멈춰 섰다. 숙향이 땅에 내려서자 사슴은 떠나지 않고 곁에서 빙글빙글 맴돌았다. 숙향은 배가 몹시 고팠다. 손에 쥐인 나뭇가지를 보니 열매들이 반짝이는데 탐스럽고 먹음직스러웠다. 열매 하나를 따서 입에 넣으니 말할 수 없이 향기롭고 달콤하다. 배고픔이 어느새 사라지고 정신이 맑아지면서 마음이 무척 상쾌하다. 그런데 좀 전에 있던 천상 일은 다 잊힌 겐지 도로 아이가 되어 뿔난 사슴이 무서웠다. 사슴은 숙향이 마음을 알아차렸는지 긴 뿔을 땅에 박고 이리저리 흔들고는 가뭇없이 사라졌다.

둘레 어디에나 흰 눈이 깔려 있으나 그리 춥지는 않았다. 둘러보니 수풀이 우거져 방향을 가늠할 수 없고 어디로 가야 할지 막막했다. 겁에 질려 어찌할 바를 모르고 모란나무에 기대앉아 있다 어느새 소르르 잠들어 버렸다.

그곳은 바로 장 승상 집 안에 있는 동산이었다. 장 승상은 한나라 때 공신 장량의 후예로 일찍이 벼슬하여 그 이름이 세상에 널리 퍼지고 덕망도 조정에서 으뜸이었다. 마흔 전에 승상이 되어 부귀공명이 온 나라에서 첫손가락에 꼽히었으나, 간신의 참소를 입자 스스로 벼슬자리에서 물러나 고향으로 돌아왔다. 고향에 돌아와서는 자연을 벗 삼아 지내었다. 허나 아직까지 자식이 없어 늘 적적하니 야속한 세월만 원망하였다.

그날 밤 승상의 꿈에 아름다운 선녀가 오색구름에서 내려왔다. 선녀는 계수나무 꽃가지 하나를 주며 말했다.

"승상에게 자식이 없어서 이 꽃을 주나니 잘 간수하소서. 앞으로 좋은 일이 있으리다."

그 순간 승상은 문득 '꿈이구나!' 하고 깨달았다. 꿈에서 깨어난 장 승상이 곁에 있는 부인더러 말했다.

"우리가 자식 없음을 슬퍼하였더니 하늘이 자식을 점지해 주시려나 보오. 허지만 우리 나이가 쉰 줄에 들었는데 어찌 아이 낳기를 바라리오."

기이하게도 부인 또한 꼭 같은 꿈을 꾸었다 하였다. 내외가 자식 없음을 한탄하며 나란히 긴 한숨을 내쉬었다.

그런데 뭔가 이상스러웠다. 장 승상이 방 안을 둘러보니, 참으로 무어라고 말할 수 없는 향내가 떠돌았다. 가슴이 시원히 열리고 마음도 이상하게 상쾌하였다. 승상은 벌써 동이 터 훤히 밝은 바깥을 내다보았다. 하늘에는 전에 없던 오색 꽃구름이 어리고 기이한 향내가 풍겨 가슴 그들먹이 안겨 왔다. 그러고 보니, 간밤의 꿈도 헛된 꿈이 아닌 듯하였다.

"지금이 겨울 아닌가. 이 엄동설한에 웬일일꼬? 오색구름이 일어나고 연보랏빛 안개가 어리며 꽃향내가 나다니. 참 이상한 일이로다."

혼잣소리로 중얼거리며 승상은 벌떡 일어나 명아주 지팡이를 찾아 들고는 밖으로 나가서 천천히 동산으로 올라갔다. 눈 덮인 오솔길을 따라 슬렁슬렁 걸어가노라니, 새잎이 돋아나는 모란나무가 눈에 띄었다. 장 승상이 나무 가까이 다가들어 보니, 어린 여자애가 곤히 자고 있다.

승상은 그만 눈이 화등잔만 해져서 큰 소리로 부인을 찾고 시녀를 불렀다. 그 바람에 아이가 깨어나 울음을 터뜨렸다.

"너는 어떤 아이인데 예서 자고 있느냐?"

승상이 은근히 물으니 아이는 울면서 말하였다.

"제가 부모를 잃고 여기저기 헤매 다니는데 어떤 짐승이 업어다가 여기에 내려놓고 갔사옵니다."

"허어, 그래?"

승상은 영문을 알 수 없어 머리를 흔들다가,

"네 나이는 몇이고 이름은 무엇이라 하느냐?"

하며 허리를 굽히고 아이 얼굴을 자세히 들여다보았다.

"제 나이는 다섯 살이고 이름은 숙향이라 하옵니다. 부모님이 저를 바위 밑에 앉혀 놓고 가시며 내일 와서 데려가마 하셨으나 오시지 않았나이다."

숙향이가 울며 말하였다.

"어허, 부모 없는 아이로구나."

승상은 몹시 측은해하며 탄식했다.

그러는 사이에 승상이 찾는 소리를 들은 부인이 몸종을 데리고 달려왔다. 이윽고 부인이 허리를 굽혀 숙향이를 찬찬히 살펴보더니 갑자기 감탄하였다.

"원, 이런 일도 다 있나!"

아이 생김새가 꿈에 본 선녀와 신통히도 똑같았던 것이다. 승상이 고개를 끄덕이며 빙그레 웃었다. 부인이 기쁨을 가누지 못하여 말하였다.

"하늘이 우리한테 자식이 없음을 불쌍히 여기시어 보내 주신 것이니 거두어 키워야 할까 보옵니다."

"허허, 부인 말씀대로 합시다."

승상도 기꺼이 응낙하였다.

그리하여 이때부터 장 승상 부부는 있는 정을 다 기울여 숙향이를 키웠다.

저녁 까치 울더니 애매한 일을 당하누나

숙향은 자라면서 얼굴이 더 곱게 피어났다. 일곱 살이 되니 누가 가르쳐 주지 않았는데도 글을 스스로 깨치고 수도 참 잘 놓았다. 열 살에 이르러서는 어른이 미치지 못할 만큼 총명하고 영특하였다. 장 승상 부인은 숙향이를 더욱 사랑하였으며, 숙향이 열다섯이 되자, 크고 작은 집안일들까지 모두 맡겼다. 승상과 부인이 그러면 그럴수록 숙향이는 언제나 삼가고 조심하면서 아침 일찍 일어나고 밤늦게 잠자리에 들었다. 승상 내외를 정성껏 섬기며 모든 남녀종들을 인정과 덕으로 대했다.

그럴 즈음, 사향이라는 여종이 틈만 나면 숙향이를 해치려고 기회를 엿보고 있었다. 숙향이가 크기 전에는 제가 승상 집 안팎일을 살피고 참견하여 제 살림살이를 넉넉히 마련할 수 있었으나, 숙향이가 집안일을 맡은 뒤로 꼭지 떨어진 뒤웅박 신세가 되어 조금도 손을 쓸 수 없었기 때문이다.

어느 날 숙향이는 영춘당에서 잔치를 차려 승상과 부인을 모시고 봄 경치를 구경하고 있었다. 아침부터 즐겁더니만 저녁 무렵에는 더욱 흥겨웠다. 그럴 때 웬 까치 한 마리가 숙향이를 보며 세 번 울고 지나갔다. 숙향이는 어인 일인지 그 까치 울음소리를 들으니 가슴이 섬찍했다.

'까치는 여인의 넋이라는데, 하필이면 많은 사람 중에서 굳이 내 앞에서 울고 가다니, 길한 조짐은 아니구나.'

승상도 이를 괴이히 여겨 곧 잔치를 마쳤다. 몹시 불안해하는 승상을 보며 부인도 크게 걱정하였다.

한편, 장 승상 내외가 숙향이를 데리고 영춘당에서 잔치를 하자 사향은 쾌재를 불렀다. 묘한 꾀가 떠오른 까닭이었다. 이 계집은 도둑고양이처럼 살금살금 안방으로 들어가더니 장도와 금비녀를 훔쳐 내다가 숙향이 방에 감추어 놓았다.

여남은 날이 지난 어느 날이었다. 부인이 이웃 마을 잔치에 가려고 금비녀를 찾아 궤를 열었으나 보이지 않았다. 혹 다른 곳에 두었나 하여 여기저기 두루 살펴보았으나 어디에도 없었다. 그뿐 아니라 승상의 장도도 사라진 것을 알았다. 의심이 더럭 나서 시녀들을 불러 엄히 물었지만 찾을 길이 없었다.

한참 그러고 있는 중에 사향이 들어왔다.

"무슨 일로 이렇듯 떠들썩하옵니까?"

사향이 아닌 보살 하고 간살맞게 묻자 부인은 난처한 얼굴로 머리를 흔들었다.

"조정에서 승상께 내리신 장도와 승상께서 내게 혼인 예물로 주신 금비녀가 어디에도 없구나. 이 두 가지는 우리 집안의 큰 보배이니라."

"전번에 숙향 낭자가 마님 방에 가시는 것을 보고 이상히 여겼는데 혹시 낭자가 건사하고 계신지 알아보사이다."

사향이 눈을 할깃거리자 부인이 눈썹을 찡그렸다.

"그 무슨 버르장머리 없는 말이냐? 우리 딸애는 마음이 빙옥冰玉 같으니라. 그 애가 나를 속이고 그걸 가져다가 어디에 쓰겠느냐?"

부인의 말에 사향은 옥물었던 입을 열어 야무지게 말했다.

"전에는 숙향 낭자가 그렇지 않았으나 요사이는 혼처를 구하려는 눈치도 있고 나이 차츰 차 가니 자기 세간에 보태려고 그러는지 쇤네들 보기에 민망한 일이 여러 가지 있었나이다. 그래도 마님께서 워낙 애지중지하시는지라 감히 입 밖에 내지 못했나이다. 아무렇든 한 번은 아시게 되오리다."

"허허, 네 어찌 감히 그따위 말을 입 밖에 내느냐?"

부인의 목소리가 높아졌다. 그러면서도 어쩐지 미심쩍어 숙향이를 찾아갔다. 마침 숙향이가 얌전히 앉아 수를 놓고 있었다.

"내 금비녀와 승상의 장도를 아무리 찾아보아도 어디에 있는지 알 수가 없구나. 혹 네 그릇에 있는지 한번 보아라."

부인이 은근한 목소리로 부드럽게 말했다. 하지만 숙향이에게는 그 말이 우레처럼 들렸다.

"제가 가져오지 않았는데 어찌 여기에 있겠나이까?"

숙향이는 말을 하고 나서 반짇고리와 늘 만지던 작은 궤들을 꺼
내어 부인 앞에 놓고 하나하나 뚜껑을 열어 살펴보았다.

　"어마나!"

　숙향이 입에서 그 소리가 튀어나왔다. 뜻밖에 장도와 금비녀가
반짇고리에 들어 있었다. 숙향이는 몹시 놀라 넋을 잃었다.

　"네가 가져오지 않았으면 이 물건들이 어찌 여기 있겠느냐?"

　숙향이를 크게 의심한 부인이 처음으로 화를 내며 금비녀와 장도
를 집어 들고 바람을 일으키며 나갔다. 부인은 금비녀와 장도를 가
지고 사랑으로 가 승상더러 말했다.

　"우리가 숙향이를 친자식같이 사랑하여 집안일을 다 맡기지 않
　았소이까. 또 맞춤한 신랑을 골라 시집보낸 뒤 우리 뒷일을 저에
　게 의탁하려 하였더니, 우리를 이렇듯 속이오니 이를 어찌하면
　좋소이까. 저것이 남의 자식이라 어쩔 수 없는 것인지요? 참으로
　애달픈 일이오이다."

　승상은 믿으려 하지 않았다.

　"이 금비녀나 장도나 그 애에겐 아무 소용 없는 물건이 아니오?
　그러니 그걸 가져가서 무얼 하겠소?"

　말을 마치기 바쁘게,

　"제가 한 말씀 아뢰오리다."

하는 애젊은 여자 목소리가 들려왔다.

　승상과 부인이 그쪽으로 고개를 돌리니 방문 밖에 사향이 서 있
었다.

　"숙향 낭자가 요즘 전과 달라 혹 외간 남자에게 글을 주기도 하

고 부정한 일이 많사오니, 그 뜻을 참말로 모르겠나이다."

사향이가 어느 틈에 방 안에 들어와 말을 하며 몸까지 바르르 떨었다. 평소 집안의 크고 작은 일을 건사하던 여종의 말이라 승상도 믿을 수밖에 없었다.

"그러니까 이제 나이가 차서 사내들과도 만난단 말이지! 어허, 내 미처 몰랐구나. 그걸 모르는 체하고 두면 뒷날에 더 큰 걱정거리로 될 터이니 어서 내보내야 하리다."

부인이 벌떡 일어나 어찌할 바를 몰라 하며 서성댔다.

"허, 거참!"

승상이 체머리를 흔들며 탄식한다.

부인은 승상만 바라보더니 갑자기 밖으로 썩 나가 잠깐 주춤거리다가 숙향이 방으로 갔다. 방 안에 발을 들여놓기 바쁘게, 고개 숙인 채 시름에 잠겨 앉아 있는 숙향이를 보고 서릿발같이 꾸짖었다.

"우리가 팔자 사나워 자식을 보지 못하고 밤낮으로 자식을 그리다가 다행히도 너를 얻었느니라."

숙향이는 놀라 일어나 옷매무시를 바로 하고 공손히 꿇어앉았다.

"네가 하는 일마다 기특하여 양반집 자식으로 여기며 애지중지 길렀고 이제 마땅한 집안에 시집보내어 뒷일을 맡길 작정이었다. 헌데 이 무슨 행실이냐? 네 정녕 불상놈의 자식이더냐? 우리 집에는 황금이 수십만 냥이니 먹고살 근심이 조금도 없지 않으냐? 장도와 금비녀를 가지고 싶으면 달라 하면 줄 터인데, 왜 안 줄 성싶더냐? 비녀는 여자에게 필요한 물건이나 아직 네가 쓰기는 이르고, 또 장도는 네게 조금도 필요치 않을 게다. 대체 무슨 일로 그리했느냐?

나는 너와 정이 깊어 용서하려 하나 승상께서 크게 노하셨으니 누가 감히 말리겠느냐? 승상의 노기가 꺼질 동안만이라도 어디 나가 있도록 하여라. 입던 옷이나 챙겨 가지고 이웃에라도 가 있거라. 내가 틈을 보아 승상께 말씀드려서 도로 데려오도록 할 터이니, 그리 알아라."

말을 마친 부인은 북받치는 노여움과 서운함을 누를 수 없는지 눈물이 비 오듯 흘렀다.

숙향이는 조심스럽게 일어나 두 번 절하고 말하였다.

"저는 전생의 죄 중하여 다섯 살에 무서운 난리를 만나 부모를 잃고 여기저기 헤매며 밤이면 수풀 속에서 자고 낮에는 동서로 정처 없이 떠돌았나이다. 그러노라니 배고파 울고 추위에 떤 적이 한두 번이 아니었나이다. 의지할 데 없는 어린 인생이 부모를 찾지 못하고 눈물로 날을 보내던 중, 하늘이 보살피시어 사슴이 저를 여기에 데려다 놓으니 다 죽게 된 외로운 넋을 비로소 건진 바이옵나이다.

그 뒤 승상 어른과 마님의 온갖 사랑을 독차지하며 비단옷에 기름진 음식으로 귀히 자랐나이다. 천만번 죽어도 갚지 못할 은혜를 있는 힘을 다하여 갚고자 하였더니, 천만뜻밖에도 이렇듯 더러운 누가 미칠 줄이야 어찌 알았겠나이까. 이 모든 것이 다 제 팔자인 줄 아옵나니, 이 몸이 누구를 원망하겠나이까.

하오나 비녀와 장도는 진실로 가져온 적이 없나이다. 이는 귀신의 조화가 아니면 간사한 자의 이간질이오니 굳이 따져 밝히어 무엇 하오리까. 사실이 그러하오니 이젠 죽음으로 제 빙옥 같은 마음을 보이고자 하옵나이다."

숙향이 말을 마치고 하늘을 우러러 애끊는 울음을 터뜨렸다. 얼마 지나 울음을 그치더니 흐트러진 머리를 매만지고 비다듬었다. 그러더니 반짇고리에서 날이 선 자그마한 칼을 집어 들고 두 손을 모아 쥐었다. 옥 같은 얼굴이 새파랗게 질리고 빛을 잃은 입술이 바르르 떨렸다.

숙향이 칼끝을 제 가슴 쪽으로 돌리자 부인이 놀라 와락 달려들어 칼을 빼앗았다. 부인이 다시 부드러운 눈길로 숙향이를 바라보았다. 숙향의 낯빛이 조금도 변하지 않고 말과 태도가 또한 억울하여 슬픔이 사무치는 것을 보니, 이 일이 정녕 간악한 자가 모함한 것이라는 생각이 들었다.

"네 말이 옳으니 내 승상께 말씀드리고 모두 바로잡도록 하겠다. 그러니 앞뒤를 가리지 않는 성급한 짓은 하지 마라."

부인의 말에는 그전과 다름없는 따뜻한 정이 스며 있었다.

이때 아까부터 문밖에서 엿듣고 있던 사향이 이제 막 달려온 양 숨을 헐떡이며 방으로 들어섰다.

"승상께서 분부하시기를, '숙향이 행실이 바르지 않음을 보고 그 애를 멀리 내쫓으라고 하였는데 누가 감히 내 말을 거스르고 그대로 머물러 있게 한단 말이냐. 빨리 쫓아내어라.' 하시더이다."

사향의 목소리는 참으로 야무졌다. 이 간사한 계집의 잔꾀를 알리 없는 부인은 숙향이 애처로워 눈물을 흘렸다.

"승상의 노기가 풀리실 동안만 저 건너 개똥 어멈네 가 있거라.

내 조용히 말씀드려 다시 데려올 터이니 그리 알거라."

숙향이는 깊이 머리 숙여 절을 하였다.

"마님의 은혜는 죽어 백골이 되어도 잊을 수 없사오니 정녕코 다 갚지 못할 줄로 아옵나이다."

부인이 숙향이 손을 꼭 잡으며 말하였다.

"이런 부끄러운 일이 벌어진 것은 다 내가 앞뒤 생각 없이 입을 가볍게 놀린 죄인가 보구나."

이때 사향이가 부인과 숙향 사이에 버릇없이 오돌차게 들어섰다.

"승상 어른께서는 지금 크게 노하셨사옵니다. 승상께옵서 숙향이 만일 양반집 자식 같으면 그런 행실을 하였겠느냐 하시면서 분명 천한 집 자식인가 싶으니 빨리 내보내라고 하셨사옵니다. 그리고 집에 놔두면 장씨 가문이 분명 큰 재앙을 면치 못할 것이라 하시며 머뭇거리지 말라 분부하시더이다."

간악한 계집의 이 빈틈없는 말을 듣고 부인은 더욱 어찌할 바를 몰라 어린 계집종 금향이를 급히 불러 숙향이 옷가지들을 챙겨 주라 이르고는 샘솟는 눈물을 닦을 뿐이다.

숙향이 울면서 부인께 말하였다.

"저번에 영춘당에서 저녁 까치가 저를 보고 울더니 이렇듯 애매한 일을 당하나이다. 이는 하늘이 숙향이를 죽이시는 것이니 어찌 하늘의 뜻을 거역하겠나이까. 그러니 옷이 무슨 소용이 있겠나이까. 다만 제가 부모님을 이별하올 적에 옥가락지 한 짝을 주신 것이 있으니 그거나 제 부모 본 듯이 가져가게 해 주사이다."

크나큰 슬픔에 잠겨 말하는 숙향이 목소리는 몹시 떨리고 백옥 같은 두 볼에는 맑은 눈물이 줄지어 흘러내렸다.

"허어, 이 어쩐 일인고."

서글프게 탄식하는 부인의 눈에서도 눈물이 쉼 없이 샘솟았다. 더는 볼 수 없어 부인은 가만히 방을 나왔다.

뜨락에서는 멧새들이 사람의 애달픈 심정은 아랑곳없이 지저귀고 있었다. 부인은 기운 없는 걸음으로 느릿느릿 사랑으로 가서 나직이 기침을 하고는 들어섰다. 글을 읽고 있던 승상이 머리를 들었다.

부인의 눈에는 눈물이 글썽하게 고여 있었다.

"까맣게 잊고 있었던 것이 이제야 생각났사옵니다. 제 잘못인데, 이미 일은 커졌으나 마음이 좋지 못해 그냥 있을 수가 없더이다. 금비녀와 장도는 숙향이 방에 들렀을 때 이 손으로 가지고 갔다가 두고 온 것이오이다. 승상께서 애매한 우리 숙향이를 내보내려 하시니 그 애는 일을 낱낱이 밝힐 수 없음을 슬퍼하여 죽을 마음을 먹더이다. 승상과 더불어 애지중지 키운 애를 지금 쫓아내니 안된 일이고, 더욱이 그 애가 또다시 부모 없는 설움을 맛보아야 한다니 아니 될 일이오이다. 아이가 그렇듯 슬퍼하니 사람으로서 차마 눈 뜨고는 못 볼 일이더이다. 그처럼 가여운 것이 또 어디 있사오리까. 승상께서는 다시 생각하소서."

"허, 그렇구려."

승상은 말꼬리를 길게 뽑으며 눈을 감았다 뜨더니 뒤를 이었다.

"당초에 그런 줄도 모르고 그저 속이는 것만 같아 괘씸하게 여겼는데, 지금 부인 말이 그러하니 내 더욱 내보낼 마음이 없소그려."

승상의 말에 부인은 고개를 끄덕이며 웃고 나서 소맷자락으로 눈굽을 훔쳤다. 승상이 부인을 보며 조용히 입을 열었다.

"내 지난밤 꿈에 앵무새가 복사꽃에 깃들이는데 웬 중이 난데없이 나타나 도끼로 나뭇가지를 베어 버리니 그 새가 놀라 날아가 버렸더랬소. 그 꿈을 꾼 뒤로 어쩐지 마음이 불안하고 큰 보물을 잃은 것처럼 몹시 울적하오그려. 부인은 술상 좀 내오시오."

승상의 말은 무척 담담하였다. 부인은 몸종을 불러 술상을 차려 오라고 했다.

몸종이 영을 듣고 물러 나오는데 한 애젊은 여자가 살그머니 집 담벽을 돌아 자취를 감추었다. 사향이가 승상과 부인이 주고받는 말을 엿들은 것이다.

사향은 곧 숙향이 방으로 그림자마냥 새어 들어간 다음, 문 곁에 오똑 서서 살기 띤 목소리로 말했다.

"승상께서 너를 빨리 내보내지 않는다고 마님을 크게 나무라시며 나를 불러 급히 쫓아내라 하셨느니, 꾸물대지 말고 썩 나가거라!"

전에는 언제나 웃으며 갖은 아첨을 다 하던 계집이 오늘은 마치도 이 집 주인이나 된 듯 거리낌 없이 호통을 친다.

"나가야 한다니 나가겠다만 마님께 인사나 드리고 가야겠다."

숙향이는 말을 마치고 사향을 보았다. 입술을 꼭 오므라뜨리고 눈을 쪼프린 것이 매서웠다. 숙향이를 한참 쏘아보던 사향이 앙칼지게 말했다.

"좋은 옷과 음식에 싸여 있으면서 그런 몹쓸 짓을 하고 무슨 낯짝으로 마님을 뵈오며, 인사가 웬 말이냐? 마님께서도 말할 수 없이 노하시어 나오실 리 없으니 당장 나가거라! 어서 나가!"

숙향이는 더없이 독살스러운 사향이를 말없이 바라보았다. 숙향이와 눈길이 마주친 사향이는 눈알을 반들거리며 가까이 다가가 숙향이 손목을 휘어잡았다. 숙향이가 뿌리치려 하자 사향이는 힘을 주어 더 꼭 쥐고 사정없이 밖으로 끌어내었다.

숙향이는 승상과 부인께 인사도 못 드리고 가는 것이 더욱 슬퍼 서 있는 힘을 다해 잡힌 손을 빼고 방 안으로 뛰어 들어갔다. 방 안에 들어서자 눈을 들어 잠깐 둘러보았다. 주인 잃은 방은 전에 없이 어수선했다. 사향이도 따라 들어왔으나 이번에는 잠자코 지켜보기만 하였다. 천천히 담벽으로 다가간 숙향이는 손가락을 깨물어 피를 낸 뒤 혈서를 쓰고는 방을 나왔다.

급히 뒤따라 나온 사향이 다시 숙향이 손목을 틀어잡고 발이 땅에 붙지 않을 만큼 모질게 잡아끌었다. 그리고 넓은 마당을 지나 솟을대문 앞에 이르러 숙향이를 문밖으로 힘껏 떠밀었다.

"승상께서 노하시어 근처에도 있지 말라 하셨으니 멀리로 사라져라. 썩 사라져!"

사향은 비웃으며 대문을 쾅 소리 나게 닫았다.

잠깐 사이에 장 승상 집 울타리를 벗어난 숙향이는 천지가 아득하여 말뚝처럼 우뚝 서 있었다.

숙향이는 다시 걸었다. 그지없는 슬픔에 휩싸여 승상 집을 자꾸 돌아보며 발길 닿는 대로 정처 없이 갔다. 기억 속에 희미하게 남아 있는 아버지, 어머니를 목메어 부르고 또 부르며 허청허청 걸어가 노라니, 강이 나타났다. 검푸른 물이 굽이쳐 흐른다. 숙향이는 기슭으로 다가가 큰 바위에 올라섰다. 아래를 굽어보니 거센 물결이 무섭게 소용돌며 사품치고 있다.

숙향이는 두 손을 머리 위로 높이 쳐들며 하늘을 우러렀다.

"박복한 숙향이 전생의 죄 중하여 다섯 살 어린 나이에 부모를 여의고, 낮이면 거리를 헤매고 밤에는 수풀에 의지하여 연약한 목숨을 이어 갔나이다. 혈혈단신 외로운 몸이 의탁할 곳 없어 눈물 속에 지내던 중, 천행으로 장 승상 댁에 의탁하여 산 같은 은혜를 입고 이 한 몸 편안하여 근심이 없었나이다. 이제 뜻하지 않게 더러운 누명을 쓰고 쫓겨나니, 차마 더는 살아갈 수 없사옵니다. 이 몸이 한없는 슬픔을 머금고 저 깊은 물에 빠지어, 이제 다시는 부모 얼굴을 보지 못하오리니, 천지신명께서는 굽어 살피시어 제 누명을 벗겨 주옵소서."

숙향이는 품속에서 옥가락지를 꺼내 꼭 쥐고는 다른 손으로 치마를 걷어잡고 푸른 물에 풍덩 뛰어들었다. 이때 지나가던 길손이 보고 급히 달려왔으나, 바람이 사납게 일며 거센 물결이 길길이 솟구치는지라 어찌할 도리가 없었다. 꽃 같은 청춘이 참으로 아까웠다.

강물에서 살아나니 갈밭에서 불을 만나고

물에 뛰어드니 발 아래 무엇이 밟혔다. 널찍한 떡돌 같은 것이 제 몸을 떠받드는 듯하였다. 숙향은 어찌 된 일인지 전혀 물에 빠진 것 같지가 않았다. 물속이라면 숨이 막히고 괴로우련만 신기하게도 물 밖에 있는 것이나 다름없이 편안하였다. 둘러보니 사방 어디나 푸른 물결이 일렁인다. 동쪽 하늘가에는 오색구름이 뭉실뭉실 피어나고 있다. 오색구름이 어린 물 위에 갖가지 빛깔이 아롱지며 물결 따라 흐느적이고 있다. 기이한 향내가 풍겨 오는 것도 같았다.

이때 갑자기 물결 위에 새로이 뽀얀 안개가 떠오르더니 무지갯빛 옷을 입고 새앙머리를 한 여동 둘이 옥피리를 불며 연잎배를 저어온다. 배는 순식간에 숙향이 앞에 와 닿았다.

"용녀는 낭자를 모시고 이 배에 오르소서."

옥이 구르는 듯 낭랑하고 고운 목소리가 울리자 숙향이를 받치고

있던 돌 같은 것이 아리따운 여자로 변하더니 숙향을 안아 배 안에
조심스럽게 내려놓았다.

숙향이 겨우 정신을 차리니 여동들이 나부시 절을 하였다. 그중
한 여동이 입을 열었다.

"낭자는 어찌하여 천금같이 귀한 몸을 가벼이 버리려 하시나이
까. 저희들은 낭자를 급히 구하라는 항아님 영을 받들고 오던 중
에, 옥화수에서 여동빈呂洞賓이라는 신선을 만났는데 그 신선이
술을 내놓으라며 놓지 아니하여 이제야 왔나이다. 이 용녀가 아
니었더라면 하마터면 낭자를 구하지 못하여 항아님 영을 그르칠
뻔하였나이다."

한 여동이 말을 마치자 다른 여동이 용녀에게 분같이 희디흰 두
손을 꼭 모아 쥐고 공손히 고개를 숙였다.

"감히 묻는 것을 용서하소서. 어찌 예까지 와서 낭자를 구하셨나
이까?"

용녀도 두 손을 모아 쥐고 고개를 숙이며 입을 열었다.

"그 내력을 이르오리다. 지난해 네 바다 용왕께서 우리 수궁에
모여 잔치를 차렸을 때, 내 사랑하는 시녀가 옥잔을 깨뜨렸으므
로 혹시 죄를 입을까 근심하여 고하지 아니하였으나 공교롭게도
들켰더이다. 부왕께서는 이 일로 노하시어 나를 반하 물가로 내
쫓으셨는데 그만 고기 잡는 어부의 그물에 걸려서 도마 위 고기
신세가 될 뻔했나이다. 그때 만일 김 상서가 나서지 않았더라면
죽음을 면치 못하였을 것이오이다. 이 몸은 천행으로 김 상서의
덕을 입어 살아난 것이오이다. 그래서 그 은혜를 갚고자 하나 물

나라와 물 위 사람들 세상이 다른 고로 아무것도 하지 못하고 있었나이다.

그러던 중 마침 부왕께서 옥황상제를 만나 뵈옵고 들으신 말씀을 전해 주시었는데, 달나라 선녀께서 죄를 지어 인간 김 상서의 딸이 되었다고 하시었나이다. 그런데 오늘, 그 김 상서의 딸이 애매한 누명을 쓰고 표진강에 빠져 죽으려 한다기에 은혜를 갚고자 왔나이다."

말을 마친 용녀는 숙향에게 절을 하며 깍듯이 하직을 고하고 물에 뛰어들어 물살을 가르며 쏜살같이 나아갔다.

숙향은 어리둥절한 채 용녀를 바라보았다. 물 위에서 자유로이 걷다가 물속에 잠겨 사라졌다가 불쑥 솟아나 거친 파도를 넘어가니 용녀의 자태는 참으로 기묘하고 아름다웠다.

한동안 지나 제정신으로 돌아온 숙향이 물었다.

"저 아리따운 여인이 물을 어찌 평지같이 다닐꼬?"

두 여동이 즐거이 웃었다. 숙향도 멋모르고 따라 웃었다. 이윽하여 한 여동이 숙향에게 말했다.

"낭자께서 용녀를 몰라보시나 보옵니다. 저 미인은 동해 용왕의 셋째 딸이고 표진 용왕의 부인이옵니다. 지난날 낭자의 아버님께서 구해 준 은혜를 못 잊어 낭자를 구하고 가는 것이옵니다."

숙향은 그제야 깨도가 되었다.

"나는 어려서 부모를 여의고 의지가지없는 혈혈단신 외로운 몸이 되었는지라, 의탁할 곳마저 없어 남에게 더부살이하다가 거기서도 애매한 누명을 쓰고 나오게 되었소. 그래서 이 물에 빠져 죽으려 하였더이다. 죽어도 아깝지 않은 이 몸을 건지시니 고마운 말씀을 어찌 다 이르오리까."

여동들이 머리를 소곳이 숙인 채 다 듣고 나서 서로 돌아보며 고개를 끄덕이더니 한 여동이 조용히 입을 열었다.

"선녀께서 인간 세상의 음식을 자셨기로 우리를 못 알아보시는 가 보오이다."

그러자 다른 여동이 옆구리에서 호리병을 떼 내어 차를 따라 주었다.

"이걸 마시면 자연히 알게 되올 것이오이다."

숙향의 손에는 어느새 차를 가득 채운 잔이 들려 있다. 차를 마시자, 마음이 둥둥 떴다. 숙향은 갑자기 정신이 맑아졌다. 차츰 오래전에 있었던 천상의 일이 생생히 되살아나기 시작했다. 월궁소아月宮小娥인 자기가 태을진군太乙眞君과 더불어 옥황상제 앞에서 시를 지어 주고받던 일이며, 또 월령단月靈丹을 훔쳐서 태을에게 준 죄로 인간 세상에 귀양 온 사실도 방금 전 일인 양 또렷이 떠올랐다. 또한 곁에 있는 두 여동이 월궁소아 때 제 시녀였음도 깨달았다.

숙향과 여동들은 서로 붙들고 한바탕 울었다. 이윽고 눈물을 거두고 숙향이 입을 열었다.

"나는 부모님을 잃은 데다가 또 누명까지 썼으니 이 가슴에 맺힌 한은 죽어도 잊히지 않겠구나."

그러고는 가는 한숨을 내뿜었다.

"너무 애태우지 마옵소서."

그 말을 듣고도 또 한숨을 내쉬는데 이번에는 다른 여동이 입을 뗐다.

"장 승상 부부와는 십 년 연분밖에 없으니 그 집에 더는 있을 수 없었나이다. 사향이란 종은 낭자한테 애매한 누명을 씌운 죄로 벌써 월궁항아님의 노염을 샀다 하더이다. 크게 노하신 항아님이 상제께 아뢰어 벼락을 내리게 하시었으니, 선녀께서 애매하게 누명을 쓴 줄은 승상 부부도 모르지 않사옵니다. 선녀께서 집을 떠난 뒤 승상 부부가 찾다 찾다 못하여 하는 수 없이 그저 돌아갔다 하옵니다."

숙향은 그제야 낯빛을 고치며 말하였다.

"장 승상 내외분께 입은 은혜는 내 죽어도 잊지 못할 게다."

"옥황상제께서 귀양 보내실 제 다섯 번 죽을 고비를 겪고 나서야 부모를 만나게 하시었사온데, 이제 세 번 액을 겪으셨사옵니다."

숙향이 크게 놀라 물었다.

"또 무슨 액이 남았다는 것이냐?"

숙향이 탄식하며 말을 이었다.

"지나간 액도 견디기 어려웠거늘 두 번이나 더 남아 있다니 내가 어찌 살기를 바라리오. 장 승상 부인이 지극히 사랑하사 내 애매한 줄 아시면 나를 생각하시리니 도로 그리로 가 액을 면하고 싶구나."

"이미 하늘이 정하신 바이니 도로 가셔도 면치 못하시리다. 태을 진군을 만나지 못하면 선녀님 힘으로는 부모를 만나기 아득하고, 진군 계신 곳은 삼천 리 밖이옵니다."

숙향이 궁금증이 일었다.

"태을은 어찌 되었으며, 이승에서는 이름이 무엇이냐?"

"항아님 말씀을 듣사오니 태을진군이 낙양 북촌 이 공의 자제 되어 평생 부귀를 누리나 보오이다."

숙향이 다시 탄식하였다.

"한가지로 죄를 짓고 저는 어찌 부귀하며 나는 이토록 고생을 겪는고? 또한 태을 있는 곳이 삼천 리라 하니 태을을 만나지 못하면 누구를 의지하며 부모를 언제나 볼꼬?"

눈물을 머금은 숙향을 이끌며 여동들이 말하였다.

"그럼 이제 떠나사이다."

숙향의 얼굴빛이 또다시 어두워졌다.

"그러니 내 이제 간들 어디로 가며 인간사 고생살이 이다지 모지니 장차 어찌한단 말이냐?"

"자연 의탁할 곳이 있을 터이니 마음 놓으소서."

여동이 말을 마치고는 눈부시게 반짝이는 은빛 부채를 펴 들고 두어 번 저었다. 그러니 여동 둘과 숙향이 타고 있는 배가 소리 없이 물 위를 미끄러져 나아갔다. 노를 젓지 않아도 바람을 가르며 살 같이 달렸다. 숙향이 여동들과 겨우 몇 마디 말을 주고받는 사이에 배가 어느 기슭에 닿았다.

"다 왔으니 저 길로 가옵소서. 그리로 가시면 자연 구해 줄 이를 만나오리다."

여동은 손을 들어 길을 가리키더니 소매 안에서 귤 같은 것을 꺼내 주며 말을 이었다.

"시장하시거든 이걸 자시옵소서. 변변치는 아니하나 요기는 되리다."

숙향이 그 과일을 받아 들자 두 여동이,

"언제면 다시 만나 보오리까?"

하며 이별을 슬퍼하였다.

숙향도 헤어지기 아쉬워 여동들을 붙들고 놓지 못하다 배에서 내렸다. 뒤를 돌아보니 배도 여동들도 온데간데없었다. 숙향은 공중을 보고 거듭 고맙다 절하고는 천천히 기슭에 올랐다.

골안에 들어서니 나무숲이 울창하다. 비탈길은 험하고 가파로웠다. 한참 걷노라니 배가 고팠다. 숙향은 여동이 준 과일을 조금씩 먹었다. 기이한 향기가 온몸을 휩싸고 정신까지 맑게 씻어 주는 듯했다. 과일 하나를 다 먹고 나니 배가 부르고 힘이 났으나 천상의 일은 또다시 안개처럼 흩어져 아득히 사라져 갔다. 인간 세상의 고생스러웠던 일만 떠오를 뿐이다. 월궁소아가 다시 인간 숙향으로 되돌아온 것이다.

한참 걸어가니 큰길이 나왔다. 오가는 길손들이 여럿 있으나 아무도 거들떠보지 않고 바삐 제 갈 길을 가고 있었다. 숙향이 걸으면서 제 옷차림을 살펴보니 어쩐지 빛깔 고운 연분홍 저고리와 감색 치마가 거슬렸다.

'나도 이젠 다 자란 처녀인데 이런 색옷 차림으로 길을 가다가는 욕을 볼 수 있으리라.'

숙향은 마을로 들어가서 제 옷을 누덕누덕 기운 헌 옷과 바꾸어 입었다. 그런 다음에는 한 눈 멀고 한 다리 저는 모양으로 길손들의 동정을 받으며 무작정 동쪽으로 걸어갔다.

숙향이 집을 나간 날, 장 승상은 아무 사정도 모른 채 숙향을 지나치게 꾸짖은 것이 언짢아 술상을 앞에 놓고 있었다. 술이 반쯤 취하자 눈을 슴벅거리며 부인더러 말했다.

　"내가 온전치 못하여 숙향이가 애매한 누명을 썼구려. 얼마나 서러우리오. 아마 서러워 울고 있을 게요. 그 애를 불러오면 좋겠구려. 내 그 애의 마음을 달래 주고 싶소."

　승상의 말을 들은 부인이 크게 기뻐하며 계집종을 불러 숙향을 데려오라 하였다. 동정을 엿보던 사향이 또 꺼꾸러질 듯이 방에 들어서며,

　"세상에, 그런 법이 어디 있을까요!"

하고 호들갑스럽게 손뼉을 쳤다.

　"무슨 일로 그리 날뛰느냐?"

　부인이 놀라 눈을 크게 뜨고 물었다.

　"쇤네들은 숙향 낭자가 양반 선비 집안에서 나신 줄 알았는데 이제 보니 상놈의 핏줄이 분명하옵니다. 아까 마님께서 자리를 뜨신 사이에 숙향이 무엇인가 싸 가지고 나와 달음질하기에 쇤네가 무엇을 가져가나 하여 따라갔나이다. 짐작되는 바가 있어 '마님께 인사도 안 올리고 가시오?' 하고 물으니, 낭자가 '마님이 나를 구박하여 쫓아내는 판에 무슨 정으로 인사를 하겠느냐?' 하더니, 어떤 낯모를 사내를 따라가더이다. 그 사내한테 정에 겨운 듯 온갖 말을 하면서 또 갖은 비양스러운 말을 다 하더이다."

　이에 승상은,

　"허어."

하는 소리만 낼 뿐 돌부처마냥 까딱도 하지 않고, 부인은 몸을 부르르 떨었다. 부인의 얼굴이 금세 파랗게 질렸다.

"내 그 아이더러 물을 말이 있으니 어서 불러오너라."

부인이 분부하자 사향은,

"예, 그리하오리다."

하고 서두르는 듯이 그 자리를 물러 나왔다. 하지만 사향이 간 곳은 늘 가깝게 다니는 동무 집이었다. 사향은 그 집에 앉아서 승상 집 흉을 한바탕 본 뒤에 느긋하게 돌아와서 부인이 기다리고 있는 안방에 들어설 적에는 부랴부랴 온 체 헐떡거렸다. 사향이 혼자 들어오는 것을 보고 부인은 얼굴을 찡그렸다.

"어찌하여 너 혼자 오느냐?"

부인의 노기 어린 목소리는 갈린 듯 떨렸다.

"숙향이 벌써 멀리 갔기에 종주먹을 부르쥐고 겨우 뒤쫓아 가서 마님 말씀을 전하니, 숙향은 입을 비죽이며 '이만한 얼굴과 이만한 재주를 가지고 그만큼 먹고 입기야 어디 간들 못 할까.' 하면서 숱하게 비웃더이다. 그러고는 불량배들과 어깨동무하고 서로 손목을 부여잡으며 어지러이 희롱하니, 차마 눈 뜨고 볼 수 없어 그만 발길을 돌리고 말았나이다. 소인 비록 천것이나 그러한 행실은 듣도 보도 못하였나이다."

사향이 분을 이기지 못하는 듯 울먹이기까지 한다.

그럴 때 밖에 손님이 왔다. 얼결에 맞고 보니 누비옷 입은 중이 안으로 들어서는데, 몸가짐과 행동거지가 범상치 않아 예사 중이 아닌 듯싶었다.

승상은 부인을 안채로 보내고 그 중을 맞아들였다. 서로 읍하여 인사를 마치자 중이 점잖이 자리에 앉았다.

"스님은 어디서 오셨소이까?"

"소승은 옥황상제의 명을 받고 옥과 돌을 가리기 위해 이 댁에 왔소이다."

하고 중이 거침없이 말하는데 소리가 우렁찼다.

"내 집에는 그렇게 명백지 못한 일이 없으니 스님이 괜한 걸음 하셨소이다. 허허."

승상이 자못 어이가 없다는 듯 가벼이 대꾸하자, 중이 눈을 지그시 감고 두 손을 모아 쥔 채 점잖게 말했다.

"승상께서는 댁의 숙향이와 사향이 일을 알고 있소이까?"

승상이 미처 입도 떼기 전에, 사향이 불쑥 들어와서 두 사람 앞에 오똑 섰다.

"숙향이는 본디 빌어먹는 거지였더니이다. 승상 어른과 마님께서 의지가지없는 그 아이를 불쌍히 여기시어 데려다가 비단옷에 맛난 음식으로 귀하게 키우시었소이다. 그런데 그 천한 것이 행실을 바르게 갖지 않고 외려 집안의 중한 보물을 훔쳤다가 들통이 났나이다. 그뿐이면 좋으련만 심지어 내쫓길 때는 은혜도 모르고 오히려 원수 대하듯 몹쓸 말까지 마구 내뱉더이다."

사향은 숨 한 번 안 쉬고 여기까지 말하고 나서 갑자기 얼굴을 붉히며 소리를 질렀다.

"이 더러운 중놈아, 너는 대체 웬 놈이냐? 숙향이 부추김을 받은 게지? 어찌 함부로 재상집에 들어와 좋은 일이나 하는 체, 숙향이가 죄 없다고 그 억울함을 풀어 주겠다는 것이냐?"

예까지 말하더니 승상에게,

"하인을 불러서 저 못된 중놈을 잡아 엎어 놓고 쳐 죽이시오이다."

하고 손가락을 뻗쳐 흔들어 대었다.

그러는 사향이 꼴을 힐끗 쳐다본 중이 갑자기 껄껄 웃기 시작했다.

"네년이 승상과 부인은 속일 수 있으나 하늘조차 속일쏘냐? 네 승상 댁 집안일을 맡아 하면서 온갖 것을 훔쳐 네 집 재산을 불구다가, 숙향이가 다 자라서 집안일을 맡은 뒤에는 손댈 틈이 없으니 매양 숙향이를 해치려 하지 않았더냐?

승상이 부인과 영춘당에서 잔치를 즐기는 사이에, 네가 부인 방에 들어가 비녀와 장도를 훔쳐 내어 숙향이 반짇고리에 넣고 숙향이가 훔쳤다 모함한 것을 하늘이 밝히 아느니라. 너는 또 요 망한 거짓말로 승상 내외를 속여서 숙향이에게 죄를 씌우고는 사악한 기운을 내뿜으며 위협하여 숙향이가 집을 나가도록 하였느니라. 승상과 부인이 마음이 착해 네 간악한 짓을 깨닫지 못하고 속는다 해도 어찌 하늘까지 속겠느냐!"

말을 마친 중이 소매 안에서 붉은 것을 내어 공중에 던지자 갑자기 우레가 울고 벼락이 치며 하늘땅을 뒤흔들더니, 댓줄기 같은 큰 비가 내리며 온 천지가 캄캄해졌다. 장 승상 집 모든 사람들이 몹시 놀라고 다급하여 어찌할 바를 몰라 하며 뜰에 내려와서 하늘에 대고 빌었다. 그러는 중에 큰 불덩이가 번쩍 빛나며 사향이한테 떨어졌다. 승상 집 사람들이 다 기절해 버렸다.

한 식경이 지나자 사향이를 빼고 모든 사람들이 깨어나 정신을 차리고 사방을 둘러보았다. 부인이 먼저 사태를 깨닫고 울며 말했다.

"사향이는 제가 지은 죄로 천벌을 입었거니와 숙향이는 어디 가서 누구에게 몸을 의탁하였단 말이냐. 불쌍하여라. 죄 없는 숙향이가 분명 여기저기 떠돌아다니며 나를 생각할 테지. 내 숙향이 일을 가벼이 여기고 하찮게 생각한 것이 이렇듯 엄청난 일을 불러왔구나. 간악하고 교활한 계집의 말을 깜박 곧이듣고 숙향이 집을 떠나게 하였으니, 이 어찌 내 탓이 아니겠느냐."

부인 말에 승상도 울고 집안사람 어느 누구 하나 눈물 흘리지 않는 이가 없었다.

부인이 울면서 숙향이 방 쪽으로 천천히 걸어가니 승상도 뒤따랐다. 숙향이 없는 방은 쓸쓸하면서도 고요했다. 조심스레 방 안을 둘러보니 벽에 혈서를 써 놓았는데 핏자국에 눈물 자국이 번져 있었다.

숙향이 다섯 살에 부모를 잃고 동서로 떠돌아다니다가 이 댁에 십 년을 의탁하니 그 은혜 바다와 같나이다. 그러하오나 하루아침에 더러운 누명을 쓰게 될 줄이야 어이 알았사오리까. 숙향이는 이제 더는 세상에 머물러 있지 못할 처지옵니다. 하늘이시여, 소녀를 불쌍히 여기사 이 억울한 누명을 벗겨 주옵소서.

"우리 숙향이가 분명 죽었구나. 숙향이가 사향이 모함을 입고 분명코 죽었으리니, 이런 불쌍하고 가엾은 일이 어디 있겠소이까?"

부인이 맥이 다 빠져서 탄식하는데 눈물이 비 오듯 흘러내렸다.

"부인은 어찌 숙향이가 죽었다고 생각하시오?"

승상이 침통한 얼굴로 나직이 물었다.

"그 애가 더러운 누명을 쓰고는 이 세상에 더는 머물러 있지 못하겠다고 하였지 않나이까. 그러니 죽은 것이 분명하옵니다."

부인은 이 말을 하고 나서 방바닥에 주저앉았다.

"어허, 이 무슨 일인고!"

승상도 부인의 통곡 못지않게 슬피 한탄하며 굵은 눈물방울을 뚝뚝 흘렸다.

승상과 부인이 안채로 돌아오니 마침 멀리서 조카 장원이 찾아왔다. 승상은 문안 인사를 받은 뒤 숙향이 일을 말하며 쓸쓸해하였다. 장원이 놀라며 대답하였다.

"제가 이곳으로 오는 길에 물가에서 열대여섯 살 돼 보이는 처녀가 하늘에 대고 간절히 비는 것을 보았나이다. 그 아이가 아닌가 싶나이다."

그 말에 펄쩍 놀란 승상이 바로 하인을 불렀다.

"얼른 가서 숙향이를 찾아보아라. 만일 죽었거든 시신이라도 건져 오너라."

승상의 명이 떨어지자마자 하인이 건장한 남정네 여남은 명을 거느리고 물가에 가 오르내리며 참빗으로 훑듯 자취를 찾아 헤맸다. 하지만 살아 있는 숙향이는 물론이고 죽은 숙향이도 볼 수 없었다.

한참 그러고 있을 때 고기 잡던 어부가 노를 저어 배를 몰아오더니 웬 처녀가 물에 뛰어들어 죽는 것을 보았다고 하였다. 그래서 장정들이 물속까지 샅샅이 훑었으나 시체를 찾아낼 수 없었다.

하인은 날이 어두워서야 돌아와 승상에게 그대로 고하였다. 승상은 말이 없고 부인은 또다시 통곡을 하였다.

이 일이 있은 뒤, 부인은 숙향이의 꽃처럼 아름답고 달같이 환한 얼굴이며 곱고 낭랑한 목소리가 눈에 삼삼하고 귀에 쟁쟁하여 먹고 자는 것을 잊다시피 하였다. 이렇게 부인이 밤낮으로 슬퍼하니 승상은 그러다가 더 큰 변이 날까 염려하여 집안사람들더러 그림 잘 그리는 화공을 찾아보라 하였다. 그러자 곁에 있던 장원이 말하였다.

"언젠가 저희 집에 놀러 왔던 숙향이가 물가 정자에 올라 봄 경치를 구경하던 중에, 장사 땅에 사는 조적이라는 사람이 우연히 정자에 올랐다가 숙향이를 한 번 보고는 몹시 감탄하였나이다. 자기가 천하 미인을 많이 보았으나 이렇듯 아름다운 미인은 보지 못하였다고 하면서 숙향이 얼굴을 그려 갔나이다."

승상은 조카에게 몇 마디 더 묻고 나서 곧 장원을 조적에게 보냈다.

장원이 조적을 급히 찾아가니, 그 그림을 이미 팔아 버렸다고 하였다. 장원은 맥이 풀린 걸음으로 돌아와서 승상에게 고하였다.

그 말을 잠자코 다 들은 승상은 장원에게 황금 백 냥을 주며 단단히 일렀다.

"원아, 네 반드시 그 그림을 찾아오너라."

이리하여 승상 부부는 마침내 그 그림을 구하였다. 그림은 숙향의 아름다운 모습 그대로였다. 승상과 부인은 그날부터 숙향이 화상을 방에 걸어 두고 아침저녁으로 바라보며 살아 있는 사람 대하듯 말을 주고받으며 기뻐하고 슬퍼하기를 하루같이 하였다.

한편, 숙향은 누더기 옷에 병신 행세를 하면서 해가 서산으로 넘어갈 무렵에야 어느 깊은 산골에 들어섰다. 힘겹게 걷노라니 앞에는 하늘에 닿을 듯 높은 산이 솟아 있고 옆으로는 갈대 우거진 숲이 나왔다. 어느 쪽으로 가야 할지 몰라 갈팡질팡 헤매던 끝에 그만 기운이 다하여 갈숲에서 잠이 들었다. 둘레는 차츰 어둠 속에 잠겨 들고 갈숲은 바람결에 우수수 설레고 있다.

갑자기 몸이 화끈거리는 듯하여 눈을 뜨니 온 천지가 대낮처럼 환한데 뜨거운 열기가 확확 풍겨 오고 있었다. 놀라 둘러보니 거센 바람이 새로이 일어나며 곳곳에서 무시무시한 불길이 치솟고 있었다. 숨이 막히게 연기가 자욱이 피어올라 별빛 총총한 하늘을 가렸다.

숙향은 어찌할 바를 몰라 발을 동동 구르다가 하늘을 우러러 간절히 빌었다.

"하늘이여, 하늘이여! 굽어 살피옵소서. 저는 전생의 죄가 커서, 이 세상에 태어나 어려서 부모를 잃고 천만 가지 고초를 다 겪었나이다. 부모님 얼굴을 다시 보려고 구차한 목숨 이어 가려 하였더니 여기서 죽을 줄 어이 알았사오리까. 밝고 밝은 하늘이시여, 이 땅을 굽어 살피사 숙향이가 부모 얼굴이나 다시 보고 죽게 하여 주옵소서."

숙향이 빌기를 마치자 머리 허연 노인이 대지팡이를 짚고 불길을 헤치며 나타났다.

"너는 웬 아이인데 이 밤중에 불길 속에 있느냐?"

어느새 앞에 와 선 노인이 굵고 은은한 목소리로 물었다.

"소녀 다섯 살 어린 나이에 난리가 일어나 피난길에 부모를 잃고 다행히 은인을 만나 십 년을 편히 지내며 자랐으나 그 집을 떠난 뒤에는 의탁할 곳이 없어 사방을 떠돌아다니는 몸이 되었나이다. 오늘도 여기저기 정처 없이 방황하다가 여기서 불에 타 죽게 되었으니 인자하신 어르신께서는 의지가지없는 소녀를 불쌍히 여기소서."

숙향이 간절히 말하니 노인이 고개를 끄떡였다.

"네가 말하지 아니하여도 내 다 안다. 지금 불길이 급하니 그 옷은 다 벗어 버리고 몸만 내 등에 업히거라."

숙향은 입고 있던 옷을 다 벗어 버리고 노인 등에 업혔다. 불은 벌써 코앞까지 번져 무섭게 타들어 왔다. 노인이 소매 안에서 부채를 꺼내어 한 손에 들고 천천히 흔들자 불길은 조금 뒤로 물러나 하늘로 치솟아 올랐다.

숙향은 노인 등에 업힌 채 어디로 가는지도 모르고 사방에서 활활 타는 불길만 바라볼 뿐이다. 불붙은 나무들이 튀어 오르며 불꽃이 사방으로 날고 연기가 타래치면서 땅과 하늘을 뒤덮으니 세상을 다 태울 듯싶었다.

거센 바람이 귓가를 스쳐 지나가더니 미친 듯 날치던 불길은 어느새 가뭇없이 사라졌다. 달빛은 다시 명랑해지고 하늘에는 뭇별들이 총총히 떠서 반짝거렸다.

노인은 아늑한 곳에 자리 잡은 너럭바위에 숙향을 내려놓았다. 그러고는 천천히 둘러보고 나서 제 저고리에서 소매 하나를 떼 주었다.

"이것으로 앞이나 가리고 동쪽으로 가거라. 이제 화는 면하였으니 뒷날 이 은혜 잊지 말아라."

"불구덩이에서 구해 주신 은혜 눈에 흙이 들어가도 잊지 못하오리다. 그러하오나 감히 묻는 것을 용서하옵소서. 어르신이 계시는 곳은 어디이며 그 존귀한 성과 이름은 어찌 불러야 하옵니까?"

숙향이 선 자리에서 자세를 바로 하고 절하며 이같이 묻자 노인이 빙그레 웃었다.

"내 집은 남천문 밖이요, 부르기는 화덕진군이라 하거니와, 네가 나 아니면 사천삼백 리를 무슨 수로 순식간에 지나왔겠느냐."

숙향이 또 물으려 하나 어느새 노인은 보이지 않았다.

공중을 바라보며 수없이 절하고 난 숙향은 갑자기 정신이 번쩍 들었다. 몸에 실오리 하나 걸친 것이 없음을 깨달은 것이다. 다 큰 처녀가 벌거벗고 길을 가자니 하도 난감하여 그 자리에 펄쩍 주저앉아 두 손으로 얼굴을 싸쥐고 울었다.

한동안이 지나 인기척이 나 얼굴에서 손을 떼고 뒤돌아보니 점잖은 할미 하나가 광주리를 옆에 낀 채 다가와 앉는다.

"너는 대체 어떤 아이냐? 다 자란 처녀가 어찌하여 벌거벗고 있느냐? 차마 눈 뜨고 볼 수가 없구나. 어데서 몹쓸 죄를 짓고 쫓겨 난 모양이구나. 남의 것을 훔치다 쫓겨났느냐, 아니면 악한을 만 났느냐?"

할미의 말소리는 별로 높지 않으나 또랑또랑했다.

숙향은 공손히 절하고 입을 열었다.

"저는 본디 부모 없는 아이나, 어디서 죄를 지어 쫓겨난 일도 없 고, 다만 여기저기 정처 없이 떠돌아다니다가 몸이 곤하여 그저 앉아 있을 뿐이옵니다."

"본디 어버이가 없으면 네가 어데서 태어났단 말이냐? 네 부모가 너를 반야산에 두고 갔으니 내버린 것과 무엇이 다르며, 장 승상 집 장도와 금비녀 때문에 그 집을 나왔으니 대체 쫓겨난 것과 무 엇이 다르단 말이냐?"

할미는 이렇게 말하며 갖은 조롱을 다 하였다.

숙향은 할미 말에 깜짝 놀랐다.

"할머니가 어찌 그리도 자세히 아시옵니까?"

"남들이 다 그렇게 말하더라. 그런데 이제 어디로 가려느냐?"

할미 말에는 여전히 조롱기가 어려 있었다.

숙향은 한숨을 가느다랗게 내쉬었다.

"갈 길이 없어 헤매는 중이옵니다."

"나는 과부에다 자식도 없느니라. 나하고 같이 가는 것이 어떠 냐? 잘 생각해 봐라."

뜻밖에도 할미의 말은 퍽 부드러웠다.

숙향은 갑자기 설움이 북받쳤다. 입을 옥물었으나 끝내 참지 못하고 흐느끼며 어깨를 들먹였다.

"울지 마라. 운다고 모든 일이 다 순조로이 되는 건 아니란다."

할미는 나직이 말하며 머리를 흔들었다.

"저를 버리지 않으신다면 할머님 말씀을 좇으려 하옵니다. 하지만 지금 벗은 몸이라 민망하기 이를 데 없고 또 배가 너무도 고프니 어찌 견디리까."

숙향이 울먹이며 애절하게 말했다.

할미는 하얗게 센 머리를 가만가만 끄덕이더니 광주리 안에서 삶은 산나물 한 뭉치를 꺼내어 주었다.

"이걸 먹어라. 그러면 곧 배가 부르고 기분이 좋아질 게다."

산나물에서는 향긋한 내음이 짙게 풍기었다. 숙향은 배고픈 김에 그 산나물 뭉치를 말끔히 먹어 치웠다. 곧 새 힘이 솟고 기분도 상쾌해지며 정신 또한 한없이 맑아졌다.

할미는 숙향을 더욱 다정한 눈길로 바라보며 자기가 입고 있던 겉옷을 벗어 주었다.

"이걸 입어라."

숙향이 그 옷을 받아 입으니 몸이 날 듯이 가벼웠다.

"이젠 됐다. 그럼 어서 가자."

할미는 정답게 말하고 일어나더니 성큼성큼 걸어갔다. 할미 걸음은 젊은 사람 못지않게 빨랐다. 숙향은 종주먹을 부르쥐고 따라가느라 가쁜 숨을 톺았다. 달빛이 은은히 흐르고 기다란 두 그림자가 흔들흔들 춤을 추었다.

높고 가파른 고개 둘을 넘는 사이에 날이 훤히 밝아 동산에 붉은

해가 떠올랐다.

　아름드리나무들이 빼곡히 들어선 골짜기를 지나 산모퉁이를 돌아서니 아담하고 깨끗한 마을이 나왔다. 집들이 다 날아갈 듯이 추녀를 높이 쳐든 것이 묻지 않아도 넉넉한 마을임을 알 수 있었다. 할미는 그중에서 가장 작은 집으로 숙향을 이끌고 들어가며 손을 들어 휘저었다. 곧 청삽사리 한 마리가 뛰어나와 꼬리 치며 할미와 숙향의 둘레를 맴돌았다. 집안에 다른 사람은 없고 다만 청삽사리와 할미뿐이었다.

　할미의 따뜻한 보살핌을 받으며 하루가 지나고 이틀이 지났다. 어느새 몸도 마음도 편해졌지만 숙향은 여전히 얼굴이 얼럭덜럭했고 한 다리를 절었으며 눈 하나도 감겨 있어 언제 봐도 병신 모습 그대로였다.

　그렇게 보름이 지나니 어느 날 할미가 숙향을 보고 말하였다.

　"내 너를 살펴보니 가을 달이 구름에 잠긴 듯하구나. 네가 짐짓 병신인 체하나 내 눈은 속이지 못한다. 나를 속일 생각일랑 버리거라."

　숙향은 그저 웃기만 할 뿐이었다.

　할미가 그러는 숙향을 못마땅한 눈길로 바라보더니,

　"내 집이 술집이라 마을 사람들이 자주 드나드느니라. 네가 몸을 거두지 않고 더럽게 하고 있으면 사람들이 나까지 더러이 여길 것이니, 다른 것은 그만두고라도 얼굴이나 깨끗이 씻고 있거라."

하고 밖으로 나가 버렸다.

　이튿날 숙향은 할미가 집을 나간 틈을 타서 얼굴을 깨끗이 씻은 다음 눈썹을 다스리고 옷도 산뜻이 갈아입었다. 본디의 아름다운 모습으로 돌아와 창가에 앉아 수를 놓았다. 은인을 오래도록 속이는 것도 안 될 일이거니와, 이 집에서 지내 보니 여인들만 드나들 뿐 사내는 그림자도 얼씬거리지 않아 마음이 좀 놓인 것이다.

한나절이나 밖에 나가 있던 할미가 방 안에 들어서자마자 숙향의 아리따운 자태를 보고 기뻐하며 숙향을 얼싸안았다.

"어여쁠사 내 딸이여. 전생에 무슨 죄로 광한전을 이별하고 인간 세상에 내려와 이토록 고생을 겪는고."

그 말에 숙향은 눈물을 머금었다.

"할머니가 나를 친딸같이 여기시니 어이 속이리까. 난리 중에 부모 잃고 의탁할 데 없어 떠돌아다닐 때 사슴이 업어다가 장 승상 댁 뒷동산에 두고 갔나이다. 자식 없는 장 승상 내외가 홀로 있는 저를 보시고는 데려다가 친딸같이 길렀더이다. 이 몸이 자라서 집안의 크고 작은 일들을 맡아 안게 되었는데 사향이란 여종이 저를 모함하였나이다. 그 댁 재물을 훔쳤다는 터무니없는 말을 꾸며서 일러바치니 하루아침에 더러운 누명을 썼나이다.

그 집에 더는 머물러 있을 형편이 못 되어 뛰쳐나왔나이다. 그 더러운 도적 누명을 쓰고는 차마 살 수가 없어 표진강에 빠져 죽을 작정으로 몸을 던졌는데 연밥 따는 아이들이 건져 내어 다시 살아났사옵니다.

그 아이들이 가리켜 준 길을 따라 어딘 줄도 모르고 정처 없이 헤매던 중 깊은 산중에서 화마火魔를 만났나이다. 거의 죽게 된 목숨이 화덕진군의 보살핌으로 또 살아났나이다. 그리고 이제는 천행으로 할머니를 만나 친어버이 같은 사랑을 받으니, 소녀도 할머니를 친어버이로 아옵니다."

숙향이 말을 마치자 할미가 갑자기 자리에서 일어나 숙향을 보고 절을 하였다.

"낭자, 참으로 그러하오이까?"

"이 어인 일이옵니까? 손녀뻘 되는 사람에게 절을 다 하시다니요."

숙향은 두 손으로 급히 할미를 붙들었다.

"낭자는 예사 사람이 아니니 이 할미가 절을 하는 것은 마땅한 일이옵니다."

숙향을 대하는 말투가 사뭇 달라지고 몸가짐도 정중했다.

그 뒤 할미는 숙향을 더욱 각별히 대하고 더 깊이 사랑했다.

숙향은 본디 뛰어나게 총명한지라 배우지 않아도 모르는 것이 없었다. 특히 숙향이 수놓은 것은 보는 이마다 다 보물로 여기니, 수만 놓아 팔아도 살아가는 데 모자람이 없었다.

숙향과 이선 꿈속에서 만나다

세월은 거침없이 흘러 어느덧 해가 바뀌고 춘삼월 보름이다. 이 날도 할미는 술을 팔러 나가고 숙향이 혼자 방 안에 앉아 수를 놓고 있었다. 가지가지로 곡절 많던 지난 일들을 더듬노라니 가슴이 싸 하니 아파 왔다. 그런데 어데선가 산새 우는 소리가 들려와서 아픈 마음이 더욱 저렸다.

숙향이 고개를 들고 밖을 살펴보니 파랑새 한 마리가 매화 가지 에 앉아 있다. 파랑새는 쉴 새 없이 울었다. 소리가 참 구슬프기도 하다.

'저 새도 나처럼 어버이를 잃고 우는 것일까.'

마음이 그지없이 서글퍼졌다. 숙향은 고운 파랑새를 넋 없이 바라 보다가 창턱에 기대 졸기 시작했다. 그때 갑자기 파랑새가 날아와 숙향이 머리 위에서 나래를 퍼덕였다. 파랑새가 방 안을 빙빙 돌며,

"낭자의 부모 저기 계시니, 어서 나를 따라가사이다."

하더니 밖으로 날아갔다.

"파랑새야, 네 어데로 가느냐? 함께 가자."

숙향은 신발을 찾아 신으면서 애타게 소리쳤다. 손을 부르쥐고 새를 따라 달렸다. 새는 빠르지도 않고 더디지도 않게 낮추 떠서 날았다. 숲이 우거진 곳도 지나고 시냇물도 건넜다. 새는 가끔씩 멈춰서 숙향이 오기를 기다리다가 다시 나아가곤 하였다.

깎아지른 듯한 절벽을 돌아서자 푸른 물 넘실거리는 못이 앞을 가로막았다. 연꽃이 활짝 피어 있는 못 가운데에 집 한 채가 있는데, 구슬을 무어 대를 이루고 호박 주추 위에 산호 기둥을 올린 전각이었다. 연못 기슭의 은빛 모래밭과 물 가운데 솟은 전각이 서로 어울려 눈이 부셨다. 전각 현판은 '요지 보배루'라고 황금으로 크게 새겨 번쩍거렸다. 모래밭과 전각 사이에는 진주로 꾸민 구름다리가 늘어져 있었다.

파랑새는 그 구름다리를 지나 전각 안으로 포르르 날아 들어갔다. 숙향은 황홀하고 엄숙한 위풍에 눌려 구름다리를 건너 전각 앞에 우뚝 멈춰 섰다. 어떻게 할까 망설이며 눈을 들어 사방을 살피는데 서쪽에서 오색구름이 일어나며 기이한 향내가 풍겨 왔다. 그러더니 서쪽 하늘에서 선관과 선녀 들이 학과 봉을 타고 날아와 전각 앞에 내리고, 그 뒤로 여섯 용이 구름을 헤치며 옥황상제를 모신 황금 수레를 끌고 나타났다. 그 뒤로 또 석가여래 오신다 하며 오백 나한이 모셔 오니 풍류와 향내가 진동하더라.

그 많은 행차들이 숙향을 스쳐 지나나 거들떠보는 이 하나도 없는데, 문득 찬란한 오색구름이 눈앞에 가까워졌다. 무지갯빛 구름 한복판에 더없이 아름다운 선녀가 백옥 의자에 앉아 있고 두리에는 수천 선녀들이 엄숙하게 서 있다. 월궁항아 행차였다.

숙향이 항아의 행차를 공경스레 바라보는데 공중에서 낭랑하고 아름다운 목소리가 울렸다.

"반갑구나, 소아여. 인간 고생이 어떠하더냐? 소아여, 잠깐 인생 고락을 잊고 나를 따라 요지를 구경하고 가거라."

항아가 말을 마치자 오색구름에 싸여 있던 백옥 의자가 전각 앞에 사뿐히 내려앉았다. 숙향은 백옥 의자로 다가가서 항아에게 공손히 절을 하였다. 항아는 이에 답례하여 옥 같은 손을 들면서 고개를 조금 끄덕이고는,

"나를 따라오너라."

하고 환하게 웃었다. 항아의 걸음은 나는 듯 가벼웠다.

파랑새가 어느새 다시 나타나 앞에서 날고 있었다. 숙향은 파랑새를 앞세우고 항아의 뒤를 따라 전각 안으로 들어갔다. 전각 안은 밖에서 보던 것보다 더 황홀하고 아름다웠다. 옥황상제는 금은보화와 갖가지 진주며 보석으로 꾸민 용상에 거룩히 앉아 있고 그 두리에는 선관과 선녀 들이 엄숙하게 늘어서 있었다. 옥황상제 앞에는 하늘나라의 희귀한 음식들을 벌여 놓은 상이 차려 있고 좌우에서는 여섯 악기가 어울려 풍악 소리가 자못 맑고 깨끗했다.

숙향은 항아를 따라 상제 가까이 이르렀다. 조심스럽게 눈을 들어 우러러보노라니 한 젊은 선관이 들어와서 옥황상제께 고개 숙여 예를 표하였다.

상제는 선관에게 웃으며 말했다.

"태을이 어데 다녀오는고? 반갑구나, 인간재미는 어떠하더냐? 그래, 소아는 만나 보았느냐?"

상제의 물음에 선관은 머리를 조아릴 뿐 대답을 못 하고 그 대신 항아가 나서며 아뢰었다.

"소아 예 왔사옵니다. 인간 세상에서 죽을 액을 네 번 지내었으니 그만 죄를 용서하사 복을 내려 주시옵소서."

옥황상제는 고개를 끄덕이며 환히 웃더니 숙향에게 가까이 오라고 명하였다.

숙향이 머리를 깊이 숙이고 용상 앞에 이르자 상제가 또 즐거이 웃으며 말을 하였다.

"이 복숭아 두 개와 계수나무꽃을 태을에게 주거라."

숙향이 상제가 주는 복숭아와 계수나무 꽃가지를 옥 소반에 공손히 받고 절을 한 다음 선관 앞으로 다가갔다. 선관은 어쩔 줄 몰라 하며 엎드리더니 두 손으로 공경스럽게 받아 들며 숙향을 보았다. 숙향이 부끄럼을 타며 몸을 돌리는 통에 옥가락지 가운데 박혀 있던 진주가 잘랑 소리를 내며 떨어진다.

숙향이 얼른 몸을 굽혀 진주를 집으려는데 선관이 먼저 집어 들었다. 숙향은 부끄럽고 민망하여 어쩌면 좋을지 몰라 하다가 어서 그 자리를 벗어나려고 발을 조심조심 옮겼다. 그러다가 그만 헛발을 디뎌 허궁 떨어졌다. 순간 숙향은 소리를 지르며 잠을 깨었다.

눈을 뜨니 할미가 웃으며 굽어보고 있었다.

"아이고, 무슨 낮잠을 그리 자오?"

할미 소리에 꿈을 깼으나, 요지연瑤池宴 풍류 소리 귀에 쟁쟁하더라.

"천상에 가 보니 어떠합디까? 상제께옵서 무슨 말씀이라도 하시던가요?"

하고 할미가 불쑥 물으며 바짝 다가왔다.

할미의 물음에 숙향은 크게 놀랐다.

"할머니는 내가 꿈꾼 줄을 어떻게 아시나이까?"

"얼굴에 다 나타나 있소이다."

할미는 대수롭지 않게 말했다.

숙향은 자기가 꿈에 옥황상제를 뵈온 줄을 할미가 아는 것이 이상하나 어쨌든 꿈 이야기를 자세히 들려주었다.

할미는 숙향의 말을 다 들은 뒤에,

"그런 일을 잊어버리기는 참으로 아까우니 낭자의 재주로 꿈속 경치를 수놓아 뒷날에 전하도록 하시오."

하는데 자못 진지하였다.

"할머니, 정말 좋은 말씀을 하셨소. 아, 참으로 훌륭한 생각이옵니다."

숙향이 환한 얼굴로 대답하였다.

숙향은 그 말대로 수를 놓았다. 한 뜸 두 뜸 놓아 갈수록 정성도 그만큼 더해졌다. 며칠 만에 수놓이가 끝났다. 할미가 수놓은 것을 보고 감탄하여 마지않으며 한참이나 이리저리 뜯어보더니 그것을 장에 내다 팔자고 하였다.

그러자 숙향이 머리를 흔들며 말했다.

"여기 그려진 경치가 천금도 싸고 들인 공이 백금도 싸나, 이 세상천지에 그 값어치를 알아볼 사람이 없을 것 같사옵니다."

할미는 빙그레 웃으며 손을 저었다.

"아니, 그렇지는 않소이다. 꼭 그걸 가지고 싶어 하는 이가 있을 것이니 그리 염려 마오."

그래도 숙향은 믿으려 하지 않았다.

이튿날부터 할미는 수놓은 족자를 가지고 장에 나갔다. 날마다 하루같이 돌아다녔으나 사려는 사람을 만날 수 없었다.

그러던 중 하루는 웬 중늙은이가 수놓은 것을 보고 탄성을 질렀다. 그는 그림이나 수예품의 진가를 능히 헤아려 아는 이로 조적이라 했다.

"이 수를 누가 놓았소?"

"어린 딸이 놓았소이다."

"할미는 어데 계시며 뉘라 하시오?"

"낙양 동촌 이화정에서 술을 파는 마고할미라 하오."

"허 참! 더없이 훌륭한 보물이로군."

"만금이 싼 보배지요."

"나는 만금을 가진 부자는 아니니 오백 금을 드리리다."

"이 보물의 값에 대면 너무도 적지만, 값어치를 알아보는 것이 신통하니 그리합시다."

"허, 참으로 고마운 말씀이시오."

조적에게 그것을 넘겨주고 오백 금을 받은 할미는 집에 돌아와서 족자 판 이야기를 하였다. 숙향은 이 인간 세상에도 신선 세계를 아는 이가 있다고 기뻐하였다.

한편, 조적은 제집에 돌아오기 바쁘게 족자를 펴 놓고 다시금 보고 또 보며 기뻐하여 마지않았다. 허나 제목이 없음이 아쉬워 문장과 명필을 겸한 사람의 손을 빌리겠다 작정하였다. 조적은 이 사람 저 사람에게 묻고 여기저기 알아보던 끝에 낙양 북촌 이 위공의 아들이 문장이 기특하며 글씨 또한 비길 데 없는 명필이라는 말을 듣고 찾아 나섰다.

이 위공은 조정의 중신으로 황제의 총애가 댈 데 없이 컸으나 벼슬을 내놓고 고향에 내려와 한가로이 세월을 보내고 있었다. 본디 문무 두루 갖춘 인재로서 벼슬이 병부 상서로 성큼 뛰어올랐을 때는 그 어진 이름이 세상을 덮고 황제의 신임과 사랑 또한 견줄 데가 없었다. 황제는 이 상서의 재주와 어진 성품을 더없이 기특히 여겨 그를 위공으로 봉하고 장차 그에게 나랏일을 맡기려 하였다. 하지만 위공은 복잡다단한 세상 형편을 잘 아는지라 뒷날이 염려되어, 병이 들었다는 핑계로 벼슬자리에서 물러나 고향으로 내려왔다. 황제는 위공의 충성과 재주를 더욱 아꼈다.

이 위공은 고향에 돌아오자 농업에 힘써 수만금 재산을 모았다. 위공 제 한 몸은 편안하고 근심 걱정이 없으나 다만 자식 하나 두지 못한 것이 한이라면 한이었다.

어느 해 칠월 보름날이었다. 이날 밤 위공은 부인 왕 씨와 더불어 뒤뜰 완월루에 올라 달구경을 하다 부인에게 말하였다.

"내 공명부귀는 조정에 으뜸이로되 자식이 없으니 뒷날 의탁할 곳이 어데며 조상 제사는 누가 받들겠소. 그래서 내 다른 집안의 숙녀를 취하여 자식을 보려 하는데 부인이 불안히 여기지 않았으면 하오."

왕 씨는 이 말을 듣고 온화하게 웃으면서도 알 듯 말 듯 한숨을 지었다.

"제가 박복하여 자식이 없으니 다른 부인이 들어온들 어찌하겠나이까."

"허허, 부인 말씀을 듣고 보니 내 생각이 좋은 생각이 아닌가 보구려."

위공은 미안한 얼굴로 말했다.

"그런 말씀 마시오이다. 위공께서 어진 숙녀를 취하시어 훌륭한 자식을 보게 되면 제게도 그보다 기쁜 일이 없겠나이다."

위공과 왕 씨는 정답게 이야기하다가 안채로 돌아가 잠자리에 들었다.

며칠 뒤 왕 씨는 틈을 내어 친정에 갔다. 왕 승상 집에서는 오래간만에 온 딸을 더없이 반가이 맞아들였다. 딸이 왔다는 전갈을 받고 엎어질 듯 달려 나온 늙은 어머니는 왕 씨를 얼싸안고 울고 웃으며 어쩔 줄을 몰라 했고 집안사람 모두가 진정으로 반겼다.

왕 씨가 친정 부모님께 문안 인사를 올리고 승상 내외는 딸에게 시부모와 시집 식구들의 안부를 자상히 물으며 정답게 이야기를 나누니 웃음이 그칠 줄을 몰랐다. 왕 씨가 이러저러한 말 끝에 좋은 가문의 숙녀를 취하여 자식을 보면 좋겠다고 하던 위공의 말을 전하자, 승상이 말하였다.

"자식 못 낳는 죄가 으뜸이니라. 내 들으니 대성사 부처가 영험하다 하니, 한번 가서 빌어나 보거라."

부모님을 모시고 며칠 즐거이 보낸 왕 씨는 더 지내다 가라며 잡는 것을 마다하고 친정집 대문을 나섰다. 몸종 하나를 데리고 그길로 대성사를 찾아갔다. 도간도간 목탁 소리가 한적하게 울려왔다.

왕 씨는 절 안에 들어서자 부처님께 나아가 자식을 점지해 주십사 지성으로 빌었다. 그 정성이 갸륵해서인지 그날 밤 꿈에 부처님이 눈부신 광채에 휩싸여 나아오시더니 한없이 평온하고 인자한 얼굴로 왕 씨를 굽어보며 말하였다.

"이 위공이 전생에 죄 없는 사람을 많이 죽여 없앴는지라 이생에 자식을 못 보도록 정하였더니라. 하지만 그대의 정성이 지극하여 이제 귀한 자식을 점지하나니 바삐 집으로 돌아가거라."

왕 씨는 부처의 말을 듣고 황공하여 거듭거듭 머리를 조아리며 절하다가 잠을 깼다. 이렇듯 신통한 꿈을 꾸고 나서 서둘러 집으로 돌아왔다.

위공이 부인을 반가이 맞아들이며 물었다.

"웬일로 친정에 가서 그리 오래 있었소?"

부인도 웃으며,

"상공께서 자식을 낳지 못한다고 내쫓으려 하시기에 산천에 기도하러 갔댔나이다."

하고 농말로 대답하였다.

위공은 호탕하게 웃고 나서 말했다.

"빌어 자식을 낳을 것 같으면 세상에 자식 없는 사람이 어디 있겠소."

왕 씨는 즐거이 웃으면서도 꿈 이야기는 허황하다 할까 봐 말하지 않았다. 그저 밤이 이슥해 이불을 펴고 누워 친정집에서 있었던 일을 이것저것 말하다가 잠에 빠져들었다.

위공도 부인마냥 소르르 잠귀신을 좇아갔는데, 웬 선관이 학을 타고 내려오더니,

"옥황상제께 죄를 짓고 쫓겨난 태을진군을 그대에게 보내니 귀중히 여기시오."

하고는 홀연 사라졌다.

이튿날 위공이 아침잠에서 깨어 부인에게 말했다.

"부인이 자식을 점지해 달라고 부처님께 지성으로 빌어서인지, 어제 꿈에 선관을 만나 옥황상제께 죄를 지은 태을진군을 우리한테 보내신다는 말까지 들었소그려. 허허, 이야말로 신통한 꿈이 아니겠소?"

"참으로 길한 조짐이오이다."

왕 씨의 얼굴이 전에 없이 환해져 십 년은 젊어진 것 같았다.

위공은 놀란 눈으로 부인을 바라보며 말했다.

"허허허, 부인 오늘은 어인 일이오? 시집을 때처럼 곱구려. 어허허허."

그제야 왕 씨는 자기가 대성사에 가서 지성으로 빈 날 밤, 꿈에 부처님이 거룩한 모습으로 나와 귀한 자식을 점지하니 빨리 집에 돌아가라고 말씀하시더라는 이야기를 하였다. 이렇게 꿈과 꿈이 하나로 이어지자 위공 내외는 마치도 귀여운 아기가 금방 품에 안

거 해죽해죽 웃고 있는 듯 기쁘기 그지없었다.

과연 그달부터 왕 씨에게 태기가 있었다. 해산달이 다 된 어느 날 밤, 위공은 하늘에서 내려온 선관이 부인을 가리키며 벼락을 치는 꿈을 꾸었다. 위공이 깜짝 놀라 깨자, 급히 대궐에 들라는 황제의 명령을 전하러 관원이 들이닥쳤다.

위공은 의관을 바로 하고 서둘러 대궐에 들어가 황제를 뵙고 나랏일을 논의하는 조회에도 참례하였다.

위공은 임금 앞에 나아가 꿇어 엎드려 아뢰었다.

"전날 밤 꿈에 신의 처가 벼락 맞는 것을 보았사오니 돌아가서 어찌 되었는지 보고자 하나이다."

그 말을 들은 황제가 대뜸 물었다.

"부인이 잉태하였소?"

"신이 늦도록 자식이 없삽더니, 신의 처가 과연 잉태하여 이달이 해산달이옵니다."

황제는 기쁜 듯 무릎을 쳤다.

"내가 천문을 보니 낙양에 태을성이 떨어졌소. 그러니 기이한 인재가 세상에 나리라 하였더니, 그 복이 경의 집에 차례지는구려. 자식을 귀히 길러 짐을 도와야 하오."

황제는 부드러운 목소리로 진정으로 기뻐하였다. 위공은 머리를 조아리며 깊이 사례하였다.

사월 초여드렛날 아침, 위공은 금방 조회에서 물러나 집으로 가고 있었다. 이때 왕 씨는 몸이 땅에 잦아들듯이 노곤하여 안방에서 안석에 기대앉아 있었다.

문득 학 울음소리가 들려오더니 창밖에서 오색구름이 뭉게뭉게 피어나며 사방으로 널리 퍼져 가고 기이한 향내가 짙게 풍겨 왔다. 왕 씨가 이상히 여겨 몸을 반쯤 일으키자 별안간 새앙머리를 한 선녀 한 쌍이 방문을 열고 들어섰다.

"때가 되었으니 부인은 자리에 누우소서."

두 선녀는 발이 방바닥에 닿는 듯 마는 듯하며 다가와서 왕 씨를 부축하여 뉘었다. 곧이어 우렁찬 아이 울음소리가 들렸다. 두 선녀는 옥병을 기울여 작은 그릇에 물을 채워 향기 그윽한 물로 아기 몸을 씻어 자리에 누이더니 문으로 사라지려 하였다.

"두 분은 뉘신데 누추한 집에 오시어 수고를 하시옵니까?"

부인이 황송하여 어쩔 줄 몰라 하자 한 선녀가 햇살같이 환한 웃음을 띠고 입을 열었다.

"우린 천상에서 해산을 맡아보는 선녀들이옵니다. 오늘은 옥황상제의 명을 받자와 부인이 아기 낳는 것을 도우러 왔사옵니다. 또한 이 아기의 배필 될 이가 남양 땅에 있는 고로 아기 받으러 그리로 바삐 가나이다."

선녀의 목소리는 청아하며 그지없이 부드러웠다. 왕 씨는 잠시 주저하다가 용기를 내어 물었다.

"이 아이 배필은 뉘 집에서 나며 이름은 무엇이라 하옵니까?"

"김전의 딸로서 이제 지을 이름은 숙향이라 하나이다."

선녀는 대답을 하고는 온데간데없이 사라졌다. 하늘에도 땅에도 자취가 보이지 않았다. 어쩌면 그저 꿈 같기만 하였다.

한참 만에 제정신으로 돌아온 왕 씨는 이 일을 잊을까 하여 몸종을 시켜 붓과 먹을 가져오게 한 다음 선녀와 나눈 말을 적어 두었다.

그러는 중에 집에 돌아온 위공은 부인이 순산하였다는 말을 듣고 급히 방으로 들어갔다. 다행히도 왕 씨는 건강하였다. 위공이 부인을 따뜻이 위로하고 그 곁에 뉘어 놓은 아기를 들여다보았다. 아기 얼굴이 꿈에 본 선관과 꼭 같았다. 부인도 선녀처럼 아름다웠다.

위공은 기쁨을 가누지 못하며 그 자리에서 아기 이름을 선仙이라 짓고 자를 태을太乙로 정하였다.

이러구러 즐거이 지내는 가운데 세월이 흘렀다.

선이는 여섯 달 만에 말을 하고 다섯 살이 되니 모르는 글자가 없었다. 무럭무럭 자라 열 살에 이르러서는 글을 곧잘 지어 문장으로 천하에 이름을 떨쳤다.

그쯤 되니 딸자식 둔 높은 벼슬아치들이 다투어 청혼하는지라 문턱이 닳을 지경이었다. 그래도 선은 매양 농으로 월궁소아 아니면 태을의 배필 될 여자가 없노라 하였다.

왕 씨의 아들 사랑은 참으로 지극하였고 웅심깊은 위공 또한 무심하지 않았다.

선은 조금도 게으르지 않아 있는 힘을 기울여 옛 성현들의 글은 물론 천문 지리며 역사 기록과 시문을 가리지 않고 만 권 서책을 읽었다. 성현들의 가르침을 깊이 새겨 몸과 마음을 닦으니 그 깊이를 헤아릴 수 없었다.

어느 날 선이 아버지 앞에 단정히 무릎을 꿇고 공손히 여쭈었다.

"과거가 가깝다 하오니 한번 구경하였으면 하옵니다."

위공은 아들이 이젠 다 큰 것이 대견하고 기뻤으나 그 청을 허락지 않았다.

"네 재주는 족히 과거에 나아가 천하를 놀랠 만하나 네가 급제하여 벼슬자리에 오르는 날에는 나라에 매인 몸이 될 것이니, 이 아비나 어미가 너를 오랫동안 보지 못할 게 아니냐. 그리되면 네가 그리워 어찌 살겠느냐. 좀 더 기다리거라. 네가 더 자라 재주를 크게 닦고 덕을 높이 쌓으면 그때 볼 일이다."

아버지 말씀을 어길 수 없어 선은 그저 서운한 마음으로 물러 나왔다. 그 뒤로 이선은 산수를 벗 삼아 두루 돌아다녔다. 경치 좋은 곳을 찾아다니며 시도 읊고 글도 지었다.

우연히 대성사라는 절에 들르게 되었다. 스님들은 풍채 좋고 얼굴 고운 이선을 친절히 맞았다. 때는 저녁 무렵이라 밥에 산나물을 달게 먹고 나서는 식곤증을 못 이겨 살포시 잠이 들었다. 그러다 대성사 중들이 몹시 설레기에 무슨 일인가 하니, 부처님께서 설법하러 나오셨다고 한다. 선이 또한 부처의 말을 듣고 싶어서 여러 중들과 자리를 같이하였다.

부처님은 중들 속에 끼여 있는 선을 보자 한없이 평온하고 인자한 목소리로 말하였다.

"오늘 서왕모 잔치에 선관 선녀가 많이 모인다고 하는구나. 그러니 선아, 나와 같이 가자. 자못 흥취 있을 게다."

선은 부처님 말씀을 듣고 두 손을 모아 쥐고 예를 표하였다. 부처는 끝내 설법은 아니 하고 부채 쥔 손을 가벼이 들었다. 그러자 발 밑에서 찬란한 오색구름이 일어나며 선의 몸이 공중으로 둥둥 떠

오르기 시작하였다. 부처와 선은 그 구름을 타고 어데론가 가고 또 갔다.

그렇게 한참 가노라니 신비로운 음악 소리가 은은히 들려왔다. 아래를 굽어보니 연꽃들이 곱게 피어 있는 맑은 못이 눈에 띄고, 좀 지나서는 수정과 갖가지 보석으로 꾸며 눈부시게 빛나는 궁궐이며 누각들이 우렷이 안겨 왔다. 부처님과 선을 실은 구름은 그곳에 천천히 내려앉았다. 이윽고 오색구름은 수정궁 앞뜰에 닿더니 잦아들듯 없어졌다. 옥으로 꾸민 어마어마한 궐문이 활짝 열려 있어 안이 환히 들여다보였다.

부처는 선을 보고 웃더니 손을 들어 가리켰다.

"저 일곱 빛깔 구름에 둘러싸인 자리에 앉아 계시는 분이 옥황상제이시고, 그 뒤로 삼태성三台星이 뭇별들을 거느리고 앉았느니라. 또 저쪽을 보아라. 황금 자리에 앉아 계신 분이 월궁항아이니 뭇 시녀들이 가까이 모시고 있느니라. 내 뒤를 따라오너라."

선관과 선녀 들을 조심스럽게 둘러보던 선이 잠깐 머뭇거렸다. 부처는, 잔뜩 움츠린 선을 보더니 소매 안에서 대추 같은 것을 꺼내 주며 어서 먹어 보라고 하였다. 선은 두 손으로 받아 가만히 입에 넣었다. 말할 수 없이 향기롭고 산뜻하면서도 새큼달달하였다. 씹지 않아도 입 안에서 스르르 녹아 없어졌다. 어찌 된 일인지 정신이 시원히 맑아지고 몸도 날아갈 듯 가벼워졌다.

그제야 선은 자기가 전생의 태을진군임을 또렷이 깨달았다. 늘 옥황상제의 명을 받들어 일하던 것이며 월궁소아와 더불어 시를 지어 서로 화답하던 일하며 소아가 월령단을 훔쳐 주어 말썽을 일으킨 일이 생생히 떠올랐다. 또한 이곳에 모인 선관들이 다 벗들임을 알아보고는 반가움을 이기지 못하였다.

"이제야 전생 일이 생각나옵니다."

태을진군으로 돌아온 선은 기쁨에 넘쳐 부처에게 아뢰었다. 그러고는 앞서 가는 부처를 따라 옥황상제 앞으로 나아가서 엎드려 문안을 드리고는 선관들과 인사를 나누었다.

"태을아, 인간재미 어떠하더냐? 소아는 만나 보았느냐?"

옥황상제가 선을 굽어보며 묻자 선이,

"제가 지은 죄를 씻기에는 아직도 모자란 줄로 아나이다."

하고는 황급히 엎드려 사죄하였다.

옥황상제는 빙그레 웃더니 선녀를 불러 복숭아 두 개와 계수나무 꽃가지를 태을에게 주라고 명하였다.

조금 뒤 해님도 빛을 잃을 만큼 환하고 달 못지않게 아름다운 선녀가 옥 소반을 들고 나왔다. 바로 월궁소아였다.

선이 황감하여 엎드려 받으며 슬며시 곁눈으로 보니 소아는 부끄러움을 타며 몸 둘 바를 몰라 했다. 부끄러워 몸을 돌리는데 그만 옥가락지에 박혀 있던 진주가 계수나무 가지에 걸려 바닥에 떨어지면서 잘랑 소리를 내었다. 선이 그것을 집어 들고 섰는데 뜻밖에도 천상에서는 한 번도 들어 보지 못한 종소리가 귓전을 쳤다. 그 괴이한 종소리에 놀라 정신이 번쩍 들었다. 한바탕 꿈이었다.

선은 눈을 비비고 방 안을 살펴보았다. 네 벽은 어둡고 반 나마 타 버린 촛불이 가물가물할 뿐 절 안은 더없이 고요하였다. 꿈에 본 잔치 마당은 눈에 삼삼하고 천상의 풍류 소리 또한 귀에 쟁쟁하였다. 그뿐 아니라 선의 손에는 신기하게도 소아가 떨어뜨린 진주가 쥐여 있었다. 선은 방금 꾼 꿈을 글로 적어 두었다. 그런 다음 절간의 돌부처에게 하직을 고하고 절문을 나섰다.

소아가 아니면 혼인하지 않으리오

집으로 돌아온 선은 줄곧 소아만 생각했다. 그러던 어느 날 이른 아침이었다. 선이 잠을 깨어 일어나자마자 심부름하는 아이가 문 밖에 와서 고하였다.

"밖에 남성 땅 사는 사람이 와서 도련님을 뵙겠다 청하옵니다."

이선은 손님을 안으로 모시라고 하였다. 이윽고 손님이 들어왔다. 주인과 손님이 서로 읍하여 인사를 마친 뒤 마주 앉자 손님이 먼저 입을 열었다.

"저는 남성 땅에 사는 조적이라는 사람이오이다. 제가 기이한 절경을 수놓은 족자 하나를 얻었는데 그저 두기 아쉬워서 시를 한 편 적어 넣고 싶지만 문장이 보잘것없어 감히 손을 대지 못하고 있소이다. 그러던 중 공자의 문장이 천하에 짝이 없다는 말을 듣고 불원천리 왔사오니 청컨대 한번 수고를 아끼지 마시오이다."

말을 마치고 조적은 조심스레 족자를 꺼내 보여 주었다.

선은 그 족자를 받아 유심히 들여다보다 크게 놀랐다. 꿈에 본 선경과 신통히도 꼭 같았다. 티끌만큼도 차이가 없었다.

"이 족자를 어디서 얻었소이까?"

선이 눈을 크게 뜨고 물었다. 놀라는 모양을 보고 조적이 오히려 이상히 여겼다.

"한낱 족자에 지나지 않는데 공자께서는 어찌 그리 놀라시오?"

조적은 속으로 이화정의 마고할미가 이 집 족자를 훔쳐서 팔았나 하여 마음이 불안하였다. 이선이 말하였다.

"이 족자는 내가 그전에 본 풍경과 같소이다. 그러니 이것을 어디서 얻었는지 속이지 말고 말해 주소서."

조적은 일이 참 공교롭게 되었다고 생각하며,

"바로 이웃 낙양 동촌 이화정에서 술 파는 할미한테서 산 것이오이다."

하고는 저도 모르게 허허 웃었다. 선이 말하였다.

"이것은 하늘나라 요지에서 벌어진 잔치 풍경이니, 나 같은 사람은 중히 여길 것이나 모르는 이에겐 별 쓸모가 없을 것이오이다. 내게 있는 족자와 이것을 바꾸면 어떨까 하는데, 그도 싫다면 큰돈을 드릴 터이니 큰맘 먹고 내게 파시오."

그제야 조적은 마음을 놓고 농말을 하였다.

"제가 본디 문장과 명필을 겸한 분이 쓴 글을 사랑하고 또 보배로운 그림도 좋아하지요. 한편으로는 그런 물건들로 이득을 보기도 하오이다. 이를테면 장사꾼의 마음보를 가지고 있다고 할 수 있지요. 이 족자는 오백 금을 주고 샀으니 그보다 더 주신다면 내 공자께 서슴없이 드리리다."

"좋소이다. 내 육백 금을 내리다."

선은 시원스럽게 아귀를 짓고 나서 그 자리에서 육백 금을 주고 그 족자를 샀다. 조적은 보배로운 물건의 값어치를 누구보다도 잘 아는 영특한 젊은이에게 넘겨주고 나니 마음이 좋았다. 그것을 얻은 선이 또한 가슴 뻐근하도록 기쁜 것이야 두말할 나위가 없다. 두 사람은 이날 처음 만났는데도 오래 사귄 친구처럼 가까운 사이가 되었다. 조적과 선은 유쾌한 마음으로 마주 앉아 한동안 이러저러한 이야기를 나누었다. 조적은 저녁 무렵이 돼서 돌아갔다.

다음 날 선은 조적한테 산 족자 밑에 대성사에서 꾼 기이한 꿈을 옮겨 적고 다시 정성껏 꾸며 벽에 걸었다. 이때부터 선은 수놓은 족자를 하루에도 수십 번을 보며 즐겼다. 그러다 나니 몸은 비록 인간 세상에 있으나 마음은 늘 족자 속 잔치에 가 있는 듯하고 소아를 그리는 정이 날로 깊어만 갔다.

하루는 족자를 보다가,

'나는 꿈에서일망정 하늘나라 잔치에 다녀왔다지만 이 수를 놓은 사람은 어떻게 가 보지도 못한 하늘나라를 이리도 똑같이 그렸는가. 틀림없이 예사 사람이 아니로다.'

하는 생각이 불쑥 떠올랐다. 어서 이화정 할미 있는 곳으로 가서 수놓은 사람을 찾고 싶은 마음이 간절해졌다.

선은 마침내 부모님께 산놀이 간다 말씀드리고는 하늘소(나귀)를 타고 이화정으로 떠났다. 때는 늦은 봄철이라 길녘에는 온갖 꽃들이 곱게 피어 향기를 풍겼다.

선이 이화정 할미 집에 거의 이르렀을 때, 숙향은 다락에서 수를 놓고 있었다. 숙향은 파랑새 한 마리가 날아와서 곁에 앉았다가 북녘으로 날아가는 것을 보고, 구슬발을 걷고 그쪽으로 눈길을 돌렸다. 파랑새가 날다 말고 공중에 머물러 날개를 퍼덕이는데, 가만히 보니 웬 소년 선비가 연분홍 적삼을 입고 하늘소 등에 앉아 오고 있다.

도령은 두리번두리번 둘러보더니 제자리걸음 하는 하늘소의 고삐를 당겼다. 도령을 태운 하늘소는 곧장 집 앞으로 다가왔다. 도령은 문 앞에 이르러 하늘소 등에서 훌쩍 뛰어내려 주인을 찾았다.

숙향은 무슨 일인가 하여 그 도령을 가만히 내려다보다가 깜짝 놀라 수틀을 떨어뜨렸다. 지난 꿈에 옥가락지에 박혀 있던 진주를 집어 들던 신선의 얼굴과 꼭 같았기 때문이었다.

할미가 주저 없이 그 귀공자를 맞아들였다. 도령이 방에 들어와 자리에 앉자 할미가 먼저,

"공자께서 누추한 집을 찾아 주시니 참으로 감격을 누를 길 없소이다."

하고 인사를 하였다.

"이곳저곳 떠돌아다니는 사람을 이처럼 반가이 맞아 주니 고맙기 이를 데 없소."

이선 또한 겸손히 말하였다. 그러고는 방 안을 찬찬히 살피다가 웃으며 말하였다.

"할미는 술 한잔 아끼지 마오."

"공자께 드릴 술이야 얼마든지 있소이다."

할미도 농조로 말을 받았다.

"술도 좋지만 이 집에서 가지고 있는 천하 명승을 수놓은 족자를 좀 구경하고 싶소. 어떤 이가 하늘나라 요지연을 수놓은 족자를 팔더이다. 그 그림은 누가 수놓은 것이오?"

"소아라는 처녀가 수놓았소이다. 그런데 그 족자를 제가 판 줄 어떻게 아셨소?"

할미가 궁금해서 눈을 치떴다.

"조적한테 들었소."

선의 목소리는 낮으면서도 야무졌다.

"수놓은 처녀를 찾아서 무얼 하시려오?"

할미도 따지듯 물었다.

"천생연분이 있어서 그런다오."

할미는 가벼이 웃으며 머리를 저었다.

"소아는 본디 전생에 죄를 지어 병신이 되었소이다. 귀먹고 눈 하나 먼 데다가 다리를 절고 팔도 제대로 못 쓰는 병신이라오. 그런 처자를 구하려 하시다니 맹랑하고 부질없는 일인 줄 아오이다."

그래도 선은 의심치 않고 조금도 물러서려 하지 않았다.

"그 수를 놓은 소아가 아니면 누구와도 혼인하지 않으리니 어서 소아에게 내 뜻을 전해 주오."

"아니 될 말씀이시오."

하고 할미가 선의 말을 받았다.

"보아 하니 도련님은 부귀한 집 귀공자이니 제왕의 부마 아니면 공경대부의 사위 됨이 마땅하리다. 헌데 어찌하여 천한 여인을 구하시오? 다시는 그처럼 허황한 말씀 마시오이다."

선은 할미 말에 눈썹 하나 까딱하지 않았다.

"황제의 딸이라 할지라도 나는 싫소. 할멈은 다른 말 말고 어서 소아 있는 곳을 가르쳐 주오."

"소아를 본 지 오래니 알지 못하오."

할미는 정말로 모른다는 듯이 손을 홰홰 내저었다.

선은 할미의 기색을 얼핏 살펴보고 껄껄 웃었다.

"내 이미 알고 온 터에 그저 물러설 성싶소? 그러지 말고 소아 있는 곳을 일러 주오."

그제야 할미는 빙그레 웃고 천연스레 말하였다.

"이 늙은이도 잘은 모르오이다. 남양 땅 김전을 찾아가 보아 만일 게 없거든 남군의 장 승상 집을 찾아가 보시오. 이 인간 세상에서 지은 이름은 숙향이라 하더이다."

"고맙기 이를 데 없구려. 나는 이제 소아를 찾아 떠나야겠소. 자, 그럼 오래오래 복을 누리시오."

선은 할미에게 하직을 고하고 곧 자리에서 일어섰다.

숙향은 할미와 공자가 무슨 말을 주고받는지는 몰라도 무슨 일이 생길 것만 같아 마음이 설레었다. 공자가 방을 나와 하늘소를 타고 떠나갈 때도 꼼짝도 않고 공자 뒷모습이 보이지 않을 때까지 바라보았다.

그날 이화정 할미의 아리송한 말을 듣고 집으로 돌아온 선은 다시 소아를 찾아 떠날 작정을 하고 아버지께 말씀드렸다.

"형주 지방에 천하를 품에 넣을 만한 재주 있는 문장가가 있다 하오니, 그 선생을 찾아가 보고자 하옵니다."

위공은 의심치 않고 쉬이 다녀오라고 하였다.

이튿날 선이 수레에 황금을 싣고 남양으로 걸음을 재촉하여 여러 날 걸려 드디어 김전의 집에 닿았다. 마침 대문가에 하인 하나가 눈에 띄었다.

"주인 계시느냐? 나는 낙양 북촌 이 위공의 아들 선으로 이 댁 주인어른을 뵈러 왔으니 아뢰어라."

하인이 문 안으로 사라진 지 얼마 안 되어 다시 나왔다.

"주인어른께서 공자를 청하시옵니다."

선이 하인을 따라 집 안으로 들어가니, 뜰에 있던 김전이 반가운 얼굴로 맞이하였다. 서로 인사한 뒤 방으로 들어가 자리를 잡고 앉자 김전이 먼저 웃으며 입을 열었다.

"귀한 손님이 이리 누추한 곳에 오시니 괴이한 일이오그려."

선이 겸손하게 윗사람을 대하는 예로 고개를 숙였다.

"제가 여기 온 것은 다름이 아니오라 어르신의 귀한 따님 이야기를 듣고 혼처를 구하고자 함이옵니다."

그러자 김전의 얼굴이 흐려지며 어느새 눈에 눈물이 가랑가랑 맺히기 시작하였다.

"이 몸이 팔자가 하도 기박하다 나니 뒤늦게야 딸자식 하나를 보았소그려. 그 애가 비록 딸일망정 재질이 남보다 뛰어나서 아들 부럽지 않았다오. 헌데 그만, 난리 중에 헤어져서, 지금까지 살았는지 죽었는지도 모르고 애만 태우고 있소. 지금 그대 말을 들으니 더욱 슬픈 마음을 금할 수가 없구려."

"어르신의 아픈 마음을 더 헤집어 놓았으니 죄송한 마음 이루 헤아릴 수 없사옵니다. 무어라 드릴 말씀이 없소이다. 제 허물을 너그러이 용서하여 주사이다."

선은 거듭거듭 죄송하다 빌며 김전의 집을 나왔다. 어떻게 할까 망설이다가 이화정 할미 말을 생각하고는 바로 발길을 돌려 이번엔 남군 땅 장 승상 집으로 길을 잡아 떠났다.

여러 날을 길에서 헤맨 끝에 장 승상 집에 다다른 이선은 승상을 만나자 예모 있게 인사를 하고는 자식이 부모를 대하듯이 말했다.

"저는 낙양 북촌 이 위공의 아들이옵니다. 김전이라는 분의 따님 숙향이란 처녀가 이 댁에 있다는 말을 듣고 천 리 길을 멀다 않고 찾아왔나이다."

"허어, 기막힌 일이로다. 기막힌 일이야."

승상은 길게 탄식했다. 그러고는 흰 수염을 쓰다듬더니 눈물이 글썽하여 말하였다.

"십 년 전에 겨우 다섯 살 잡힌 숙향이를 사슴이 업어다가 내 집 뒷동산에 두고 갔다네. 우리 집에 자식이 없어 그 애를 자식 삼아 십 년을 키웠는데, 어느 날 사향이란 종년이 숙향이를 모함하여 집을 떠났지. 후유, 그 뒤 사람들 말을 듣자니 표진강에 빠져 죽었다고 하더군. 시체라도 건질까 하여 나도 나가 보고 또 사람을 보내어 찾았으나 아무런 자취도 찾을 길 없었다네. 이 늙은이는 그 아이가 죽었는지 살았는지 몰라 지금껏 애를 태우고 있다네."

선은 장 승상 말이 참인 것 같았으나, 혹시 피치 못할 사정이 있어 사실대로 이르지 못하는 게 아닌가 하여 좀 더 깊이 들이댔다.

"저는 숙향 낭자가 분명 여기에 있는 줄 알고 먼 길을 왔나이다. 그러니 승상 어른께서는 숨기지 마소서."

승상이 머리를 흔들었다.

"숙향이가 내 친딸이라 하여도 그대 같은 젊은이와 혼인하면 과분하다 할 것이네. 사실이 정녕 그러한데 왜 속이겠나. 다 내가 박복한 탓이지."

선이 침통한 얼굴로 승상을 조심스레 살피었다. 굵은 주름이 잡힌 얼굴은 비구름처럼 어두웠다.

"숙향 낭자가 병신이라는 말을 들은 바 있소이다. 다리 하나 절고 눈 하나 멀고 귀까지 먹은 데다가 팔 하나도 못 쓴다니, 사향이란 종이 모해하여 쫓아낸들 어데로 가겠나이까?"

"허, 이 늙은이 말을 믿지 않는군."

승상은 쩝쩝 입맛을 다시고 못마땅한 듯이 말했다.

"우리 집 안주인이 숙향이를 잃은 뒤 애를 태우다가 그 애 얼굴을 그린 족자를 안방 벽에 걸었으니 내 말이 의심스럽거든 가서 보게나."

"승상 어른께서 그토록 친절을 베푸시니 사양치 않겠나이다."

"어서 가 보세."

승상이 시원스럽게 말하고는 나갔다.

선은 그 뒤를 따라 안채로 들어갔다. 안방에 들어서자 선은 저도 모르게 방 안을 휘둘러보았다. 모든 것이 정갈하고 고상하였다. 동쪽 벽으로 눈길을 돌리니 미인을 그린 한 폭짜리 족자가 걸려 있다. 그림의 인물은 꿈에 만난 선녀와 놀랍게도 꼭 같았다. 선의 얼굴은 금세 환해졌다.

"숙향 낭자가 병신이라는 말을 들었는데, 이 그림에는 그 같은 모양이 조금도 보이지 않으니 이상하옵니다."

"병신이라니? 누가 그런 말을 하던가?"

승상은 펄쩍 뛰었다. 조금 전엔 숙향이 병신이란 말을 듣고도 그저 해 보는 말이려니 하여 스쳐 들었던 모양이다.

"숙향이는 워낙 앓은 적이 없고 다친 일도 없다네. 이 그림은 숙향이가 열 살 때에 그린 것이니, 지금은 더욱 곱게 번졌을 걸세."

승상의 말을 듣고 보니 숙향이 이 집에 없는 것이 분명하였다.

"제가 숙향 낭자를 보러 예까지 먼 길을 왔으나 이젠 그저 돌아가는 길밖에 다른 도리가 없나이다. 하여 저 그림을 갖고 싶은 마음이 간절하옵니다. 승상께서 은혜를 베푸시어 저 그림을 제게 주시면 값은 넉넉히 치르겠나이다."

"젊은이 말을 들으니 정성이 지극함을 잘 알겠네. 그렇지만 우리집 안주인이 저 족자마저 없으면 아마도 정신을 놓고 말 걸세. 그러니 널리 이해해 주게."

승상은 난처해하였다.

"참으로 죄송하오이다. 제가 어리석어 미처 헤아리지 못하였사오니 너그러이 용서해 주사이다."

선은 진심으로 사죄하고 장 승상 집 문을 나섰다.

발길 닿는 대로 걷노라니 저도 모르게 표진강에 이르렀다. 생각에 잠겨 이리저리 방황하다가 마주 오는 한 노인에게 장 승상 댁에 살던 애젊은 처녀가 혹시 여기 나와 돌아다닌 것을 아는지 물었다. 노인은 과연 그런 일이 있다고 하면서, 더없이 아리따운 처녀가 허공에 대고 네 번 절하더니 이 강에 빠져 죽었다고 하였다.

이선은 슬픔을 이기지 못하여 행장에서 향과 초를 꺼내 갖추어 놓고 제사를 지냈다. 그때 갑자기 처량한 젓대 소리가 세 번 나더니 작은 배가 쏜살같이 물살을 가르며 나타났다. 푸른 옷 입은 동자가 배에서 젓대를 불고 있었다. 동자가 선의 앞에 와서는,

"숙향 낭자를 보고자 하거든 이 배에 오르소서."

하고 낭랑한 소리로 외쳤다. 선은 주저 없이 성큼 배에 뛰어올랐다. 자그마한 배가 한 번 기우뚱 흔들리더니 살같이 물 위를 날았다.

어느 곳에 배를 멈춰 세운 동자는 손을 들어 한 곳을 가리키며 말했다.

"여기 물 지키는 신령이 이르기를 숙향 낭자를 구하여 저리로 보냈다고 하더이다. 그리 가 보소서."

선은 고맙다는 인사를 하고 동자가 가리킨 쪽으로 걸어 나갔다. 부지런히 걸음을 다그치다가 지나는 중에게 길을 물었다.

고개를 숙이고 목탁을 두드리며 못 들은 척하던 중이 잠시 뒤 머리를 쳐들며 눈을 번쩍였다.

"저 앞 갈대 우거진 곳에 노감투 쓴 노인이 있을 것이니 그 노인한테 물으면 알려 줄 것이외다."

선은 고개 숙여 인사하고 갈대숲을 헤치며 걸어갔다. 사람 키보다 높이 자란 갈대숲인데 사람이 겨우 나들 만한 길이 나 있어 그리

로 들어섰다. 한참 걸어 언덕에 올라서자 갈대숲 가운데 자리 잡은 아름드리 늙은 소나무가 눈에 띄었다. 소나무 가지들이 커다란 바위 위에 드리워 있는데 번번한 너럭바위 한복판에 과연 노감투를 쓴 늙은이가 앉아 졸고 있었다.

선이 노인 앞으로 다가가서,

"어르신께 문안드리오이다."

하며 공손히 절을 하였다. 그러나 노인은 들었는지 못 들었는지 그저 졸기만 할 뿐이었다. 선이 민망하여 주저주저하며,

"지나가는 길손이 길을 몰라 어르신께 묻고자 하오이다."

하고는 또 절을 하였다.

그제야 노인이 고개를 들고 눈을 가느스름하게 떴다.

"뭔 말을 하는 게냐? 귀가 먹었으니 크게 말하여라."

선은 더욱 공손히 말했다.

"저는 이 위공의 아들 선이라 하옵나이다. 숙향이라는 처녀와 연분이 있다고 하기에 불원천리 왔사오니 가르쳐 주소서."

노인의 얼굴이 갑자기 사납게 일그러졌다. 이마와 미간에는 깊은 주름살이 잡히고 탕건 밑 하얀 머리터럭이 제멋대로 흩날렸다.

"버릇없는 아이로구나. 숙향이란 이름은 듣도 보도 못했다. 어이하여 이 깊은 갈밭에 들어와서 늙은이 잠을 깨우고 수다스럽게 구는 게냐?"

선은 더욱 공손히 두 손을 모아 예를 표하고는 무릎을 꿇었다.

"표진강을 지키는 신령님이 어르신을 찾아가서 물어보라고 하여 왔사옵니다."

노인은 벌컥 화를 내며 눈을 사납게 치떴다.

"전번에 어떤 여자아이가 표진강에 빠져 죽었다는 말을 듣긴 했느니라. 그러고 보니 표진 용왕이 네 제사상을 받아먹고 댈 게 없으니 내게로 보낸 게로구나. 허, 그러니까 그게, 그전에 예 와서 불에 타 죽은 그 아이 말이로구나."

그러더니 손가락을 들어 가리키며 말했다.

"저기 저 재 무지에 가서 뼈나 추려 가거라."

선은 노인이 가리킨 곳으로 천천히 걸어갔다. 인차 재 무지가 나타났다. 재 무지를 헤쳐 보니 타다 남은 천 쪼박지가 나왔다. 그렇지만 해골이 타다 남은 흔적은 조금도 없었다. 선은 다시 노인이 앉아 있는 바위께로 가서 말했다.

"사람이 타 죽은 재가 아니니 속이지 마옵소서."

또 끄떡끄떡 졸고 있던 노인이 고개도 들지 않고 말했다.

"네 참으로 시끄럽게 구는구나. 네가 그리도 애를 태우니 내 꿈속에 들어가 숙향이 어데 있나 보고 와야겠구나. 그동안 너는 두 손으로 내 발바닥이나 문지르고 있거라."

선은 기운이 다하도록 발바닥을 문지르고 또 문질렀다. 그러노라니 날이 저물었다.

앉은 채로 코를 드렁드렁 골던 노인이 문득 눈을 떴다.

"내 너를 위하여 마고할미 집에 가 보니 숙향이가 다락 위에서 수를 놓고 있더라. 내 불똥을 떨구어 봉의 날개를 태우고 왔으니 그곳에 가서 마고할미를 만나 숙향이를 찾아 달라 하거라. 불에 탄 봉의 날개를 보면 내가 다녀간 줄 알리라."

말이 아리송하니 선은 갈피를 잡을 수가 없었다.

"이미 이화정 할미에게 물으러 갔댔나이다. 할미 말이, 남양의 김전을 만나 알아보고 그 집에 없으면 남군 땅 장 승상을 찾아가라 하였나이다. 그곳들을 두루 돌아 또 표진강에 이르니 푸른 옷 입은 동자가 이리이리해서 예까지 끌어 왔사옵니다."

선이 난처해서 머뭇거리자 노인은 껄껄 웃었다.

"걱정 말아라. 할미께 지성으로 빌면 알려 줄 게다."

"고마운 말씀 이루 다 할 수 없사오이다. 그럼 어서 가 보겠나이다."

선이 절하고 머리를 드니 어느새 노인은 온데간데없었다.

선은 이화정 마고할미를 찾아가기 전에 먼저 집에 들렀다. 이곳저곳 돌아다니다 나니 너무도 많은 날이 지났기 때문이다. 아들이 나타나자 위공은 어디 가서 그리도 오래 있었느냐 물었다. 선은 산수 구경을 다니다 나니 늦었노라고 할 수밖에 없었다.

참으로 하늘이 정한 인연이로다

이화정에서는 할미가 이선을 보내고 나서 숙향을 불렀다.

"낭자, 아까 들른 공자를 보셨소?"

"못 보았나이다."

숙향은 괜히 부끄러워 한마디로 대답했다. 그러자 할미가,

"그 공자가 전생의 태을선관이니 낭자의 배필이오이다. 허나 전생의 죄 중하여 눈 하나가 멀고 다리 하나 절고 팔 한쪽 못 쓰는 병신이더이다."

하고는 머리를 설레설레 저었다.

숙향은 오히려 얼굴에 기쁜 빛을 띠고 말했다.

"그 도령이 진실로 태을이라면 병신인들 어떠리까. 내 옥가락지에 박혀 있던 진주를 가진 사람이 태을일 터이니 할머니가 자세히 살펴보소서."

이 일이 있은 뒤 낮과 밤이 물결처럼 흘렀다. 하루는 숙향이 다락 위에 앉아 수를 놓으니 할미가 곁에서 구경하고 있었다. 전보다 수 놓이가 더 잘되어 성수 나게 손을 놀리고 있는데 별안간 난데없는 불똥이 날아와 수틀에 떨어져, 날 듯이 생생하던 봉의 날개를 태워 버렸다. 숙향은 몹시 놀랐으나 할미는 아무렇지도 않은 듯이 불탄 자리를 이윽히 바라보더니 혼잣말로,

"화덕진군이 다녀갔나? 곧 알게 되겠지."

하는 것이다.

별로 일도 없이 열흘이 훌떡 지나갔다. 숙향은 전과 다름없이 수를 놓으며 지난번에 면발치서 한 번 본 도령을 생각하며 애를 태우고 있었다.

이때, 이선은 집에 돌아온 지 사흘 만에 목욕재계하고는 꿈속에서 얻은 진주를 품속 깊이 간수하고 족자와 돈 수천 냥과 고운 비단을 수레에 가득 싣고 이화정 할미를 다시 찾아왔다.

할미는 이선을 반겨 맞았다. 그러고는 초당으로 이끌어 자리에 앉힌 뒤 주안상을 차리고 웃으며 말했다.

"지난번에는 대접이 소홀하였나이다. 그게 속에 맺혀 줄곧 섭섭히 여겼는데, 이렇게 또 오셨으니 오늘은 이 늙은것의 술을 싫도록 마셔 주옵소."

선은 할미가 잔에 가득 채워 주는 술을 단숨에 마시고 호탕하게 웃었다.

"그날 술을 먹고 값을 드리지 못하였소. 오늘은 그 술값을 갚으리다. 전날에 할멈이 말한 것을 곧이듣고 남양과 남군을 두루 돌

아 표진강까지 갔었소. 이젠 제대로 온 듯한데."

말끝을 맺지 않으니 의미심장하였다. 선은 할미에게 천 냥이라는 큰돈을 내놓았다. 할미는 재미있다는 듯 손뼉을 치며 웃었다.

"주시는 천 냥이 감사하여 사양치 않으리다. 내 집이 비록 가난하나 술독 아래 마르지 않는 술샘이 있고 그 위에는 술을 맡아보는 주성酒星이 있어 술이 늘 가득하니 무슨 값을 받으리까."

그러면서 잔을 비우는 대로 맑은 술을 남실거리게 채워 권했다. 선도 술을 조금씩 마시며 농조로 그 말을 받았다.

"그 말을 들으니 천생 없던 욕심이 샘솟는구려. 그 술샘을 사고 싶으나 내 밑천으로는 미칠 바가 아니겠구려."

"하하, 그 말씀 또한 보배로다."

할미가 배를 그러안고 즐거이 웃으며 말하였다.

"헌데 공자는 무슨 일로 그리 먼 길을 가셨소?"

"숙향을 찾아 헤매 돌아다녔소이다."

선이 정중히 대답했다.

할미는 몹시 놀라며 눈을 휘둥그렇게 떴다.

"공자야말로 신의 있는 선비오이다. 병신을 위하여 천 리를 멀다 않고 다니시니 숙향이가 오죽 감격하리까."

선이 머리를 수그리고 가만히 한숨을 내쉬더니 눈을 슬며시 감았다 뜨며 고개를 들었다.

"숙향을 보았으면 감격하였으려니와 못 만났으니 내가 갔던 줄 어이 알리오."

선과 눈길이 마주친 할미는 더욱 놀라는 체하며 물었다.

"그럼 벌써 다른 데 혼인하였더이까?"

"이제 그만 속이시오."

선이 할미의 눈을 똑바로 들여다보며 말했다.

"화덕진군이 이르기를 숙향은 마고할미네 집에서 수를 놓고 있다 하더이다. 제발 비오니 바로 말씀해 주시오."

그 말에 이제껏 온화하던 할미는 얼굴빛을 바꾸고 말했다.

"공자의 말씀이 참으로 허황한 빈말이로다. 화덕진군은 하늘나라 남천문 밖에서 부처님의 법을 배우며 도를 닦는 선관인데 공자가 어찌 만나 보며, 마고할미는 천태산의 선약을 다루는 선녀인즉 인간 세상에 내려올 리 없으매 어찌 나더러 마고할미라 하오? 무슨 마고할미가 숙향이를 건사하리오. 나는 숙향이가 어디 있는지 모르오. 허황한 말 그만두오."

"숙향의 수틀에 불똥이 떨어져 봉의 날개가 타 버린 것이 어인 까닭인지 마고선녀께서 모르지 않으리다. 화덕진군이 이화정에 가서 숙향이 수놓은 것을 보면 화덕이 왔다 간 것을 알 수 있으리라고 합디다."

할미는 그래도 아닌 보살 하며 선의 잔에 술을 가득 채웠다.

"어이구머니나, 그럼 이화정이란 곳이 또 있나?"

선은 잔도 들지 않고 엄숙한 얼굴로 자리를 차고 일어났다.

"내 숙향을 마음에 품은 채 온 세상천지를 다 다녀도 만나지 못하니 살아 무엇 하리오. 죽음이 이제 눈앞에 있소이다."

할미가 그래도 그냥 덤덤히 앉아 혼잣소리로 중얼거리는 것을 보고 선은 슬그머니 자리에 도로 앉으며 긴 한숨을 지었다.

"모를 제는 무심하더니 내 배필을 안 뒤로는 먹고 자는 것이 다 편치 않소이다. 숙향이 이 못난 사람을 위해 고생을 많이 겪고 병신까지 되었다 하니 이 몸이 쇠나 돌이 아닌 다음에야 어찌 잊으리까. 나는 숙향을 찾지 못하면 이 세상에 있지 않으리다."

그때에야 할미는 진지한 얼굴로 말하였다.

"공자는 너무 염려치 마옵소서. 정성이 지극하면 돌에서도 꽃이 피고 하늘도 감동한다 하였으니 아무튼 우리 둘이 함께 찾아보사이다."

"만나고 못 만나는 건 다 할미께 달렸으니 그리 알고 물러가리다."

선은 일어섰다.

사흘이 언뜻 지나갔다. 선은 아침 일찍 일어나 문밖에 나섰다. 마침 이화정 할미가 하늘소(나귀)를 타고 지나가기에 선은 달려 나가 길을 막고 인사하였다.

"그동안 평안하시오? 지금 어데로 가시며 어느 곳을 다녀오시는 길이오?"

"공자를 위해 숙향이를 찾아보려고 여러 곳을 다녔소이다."

할미가 거침없이 대답하는데 농담인지 진담인지 분간할 수 없었다.

"그럼 숙향을 만나 보았다는 것이오이까?"

선이 슬쩍 넘겨짚으니 할미가 허허 웃었다.

"숙향이란 이름을 가진 처녀 셋을 얻어 보았으니 공자는 그중에서 하나 고르시오이다."

"허, 난처한 일이로다. 다 만나 봐야겠으니, 좌우간 어디 있는지 가르쳐 주시오."

"그렇다면 말씀드리지요."

하며 시작하였다.

"하나는 산의대부 진갈의 딸이요, 다른 하나는 빌어먹는 아이고, 또 한 처녀는 만고절색이나 병신으로 늘 하는 말이 제 배필은 진주를 가져간 이라 하며 진주를 본 뒤에야 몸을 허하려 하노라 하더이다."

이선은 할미의 말을 유심히 새겨듣고 두루 생각을 굴린 뒤에 뛸 듯이 기뻐했다.

"그 병신 여자가 내 숙향이로다. 꿈에 내 하늘나라 요지연에 갔을 때 하늘 복숭아를 받고 진주까지 얻었으니 그 복숭아는 어찌 되었는지 몰라도 진주만은 기이하게도 내 손에 쥐여 있었소이다. 가시던 길을 미루시고, 내 잠깐 들어갔다가 나올 테니 기다려 주시오."

선은 급히 안으로 뛰어갔다.

할미는 하늘소를 길가 나무에 매어 놓고 서성거리며 이선이 나오기를 기다렸다. 이윽고 선이 제비 알만 한 진주알을 가지고 달려 나와 할미에게 건넸다.

"수고롭겠지만 이 진주를 가지고 가서 그 병신 여자에게 주시오. 그리고 그 여자가 진주를 제 것이라 하거든 데려다가 할미 집에 두고 택일해 보내시구려. 혼인날 쓸 모든 것은 내가 다 장만하겠소."

"공자의 말씀대로 하리다."

할미는 하늘소에 가볍게 뛰어올라 고삐를 힘껏 잡아챘다. 하늘소 놈이 네 굽을 놓아 준마 못지않게 달린다. 선은 할미가 멀어져 보이지 않을 때까지 그 자리에 못 박힌 듯 서 있었다.

할미는 금세 이화정 집에 가 닿았다. 할미는 제 방으로 들어가지 않고 곧바로 숙향이 수를 놓고 있는 다락에 올라가서 진주를 건네고는 이선의 말을 그대로 전하였다. 진주를 소중하게 받아 든 숙향이 눈물을 머금고 말하였다.

"이 진주 낯이 익구려. 분명 내 것이니 뒷일은 할머니 뜻대로 하오."

"이런 걸 천생연분이라 하옵지요. 낭자는 조금도 염려하지 마시오."

할미는 사람 좋게 벙글벙글 웃으며 내려와 다시 하늘소 등에 날래게 올라앉았다.

할미를 보내고 난 이선은 초조하여 방 안에 앉아 있지 못하고 밖으로 뛰쳐나왔다. 문가에 기대서서 멀리 이화정 쪽 길을 바라보고 있노라니, 웬 사람이 하늘소를 몰아 달려오고 있었다. 가만 보니 이화정 할미였다. 선은 몹시 기뻐 마주 달려 나갔다.

할미가 숙향의 말을 그대로 전하였다. 선은 몹시 기뻐하며 할미를 집으로 데리고 들어갔다.

자리를 정하고 앉자 선은 웃으며,

"이 은혜를 일생 잊지 않으리다."

하고 인사말을 하였다. 할미도 즐겁게 웃었다.

선은 진주 장식을 한 작은 궤에서 오백 냥을 꺼내 앞에 놓았다.

"적으나마 우선 이 돈을 혼수에 쓰도록 하시오."

할미는 입가에 엷은 웃음을 띠고 눈을 흘겼다.

"이 늙은이가 혼자서 외롭게 살고 있어 비록 가난하고 구차하나 별 불편 없이 지내니 혼수에 쓸 돈이 없지 않소이다. 두었다가 숙향 낭자에게나 주소서."

그렇지만 선은 한사코 오백 냥을 할미 손에 쥐여 주고서 며칠 안으로 가겠다는 말을 하고는 벌떡 일어났다. 할미는 하는 수 없이 돈을 챙겨 하늘소 등에 싣고 이화정으로 돌아갔다. 선은 곧장 고모네 집으로 걸음을 옮겼다.

선의 고모는 좌복야 벼슬을 하는 여홍의 부인이었다. 여홍은 일찍이 젊어서 과거 급제를 하고 공명부귀가 온 나라에 으뜸이라 할 만하나, 슬하에 자식을 두지 못하여 늘 제 신세를 한탄하더니 선을 친자식이나 다름없이 아꼈다.

선이 들어서자 고모는 뛸 듯이 반겼다.

"내 지난밤에 참으로 좋은 꿈을 꾸었다. 백룡을 타고 광한전이라는 데 들어가니, 웬 선녀가 말하기를, '내 사랑하는 소아를 그대에게 맡기니 며느리를 삼으소서.' 하더구나. 그래 내 그 소아를 네 배필로 삼으리라 마음먹고 손목을 이끌어 데리고 나왔느니라. 네 틀림없이 아름다운 안해를 얻겠구나 싶다."

"하하, 고모님 꿈이 그전에 제가 꾼 꿈과 통하옵나이다."

선이 웃으며 말하자,

"그러냐? 너는 무슨 꿈을 꾸었더냐?"

부인은 궁금하여 눈을 깜박거렸다.

선이 꿈에 본 것하며 그 뒤에 있은 일이며 전후사연을 다 이야기하니 부인이 몹시 기뻐하였다. 그러면서도 한편으로는 걱정도 없지 않아 머리를 설레설레 흔들었다.

"네 부모 성품이 유다르니 미천한 아이를 며느리 삼지 않겠다 할 것이다. 그러면 어찌하려느냐?"

"다른 데서는 배필을 구하지 아니하겠나이다."

선의 마음은 굳건했다. 조카를 이윽히 바라보던 부인이 빙그레 웃었다.

"네가 벼슬만 하면 두 부인을 둔들 누가 뭐라 하겠느냐. 네 아버지가 지금 서울 가 계시니 이번 혼사는 내 도맡아 책임지고 나중에 둘째 부인은 네 아버지더러 주장하시라 하자."

그 말을 듣자 선의 얼굴에는 기쁜 빛이 떠올랐다.

"고모님은 너그러운 마음과 넉넉한 덕으로 제 소원을 이루어 주소서."

"그래, 힘자라는 만큼 해 보마."

부푼 가슴을 안고 집에 돌아온 선은 혼인날을 손꼽아 기다렸다. 시간은 오는 날과 보내는 날이 안타까울 만큼 더디게 흘러갔다.

혼인날이 가까워 오자 부인이 숙향이 형편을 헤아려, 예식을 차리는 데 쓸 비단이며 그릇붙이를 낱낱이 갖추어 보내었다.

부인은 심부름 다녀온 계집종들더러 숙향이 집이 어떻더냐고 자세히 물었다. 계집종들은 한결같이 그토록 기이한 집은 처음 보았다고 하면서 집 안팎과 단출한 세간살이들하며 모든 것이 참으로 정갈하더라고 하였다. 그런 말을 들으니 참으로 생각 밖이라 더욱 기뻤다.

밤과 낮이 눈 깜박할 사이에 십여 차례 지나가고 드디어 혼인날이다.

화려하게 차리고 위의를 갖춘 이선이 이화정으로 떠났다. 늠름한 하인들이 좌우 앞뒤에서 신랑을 옹위하고 그 뒤를 따르는 행렬도 거의 십 리나 뻗치는지라 길에 구경꾼들이 뒤덮였다. 신랑 행차가 이화정 할미 집에 이르렀을 때는 지체 있는 손님들이 가마와 말을 타고 모여들고 있었다. 혼례 마당에 들어선 손님들은 마치도 하늘 나라 선관들 같았다.

신랑이 가지고 온 기러기를 상 위에 놓고 절하였다.

혼례가 끝나고 환하게 촛불 밝힌 신방에서 서로 맞절을 하니 아름다운 모습이 참으로 하늘에서 내려온 신선이요, 선녀였다. 군자와 숙녀가 짝을 지으니 이들의 기쁨이야 어이 다 말로 하랴.

이튿날 선이 고모 집을 찾아가서 인사를 드리자 고모가 환히 반기며 말했다.

"낭자가 병신이라 하더니 어떠하더냐? 한번 보고 싶은 마음이 간절하지만 지금은 그만두고, 네 아버지 내려오거든 기별하여 한번 보련다."

선은 고모가 그처럼 앞뒤를 가려 깊이 생각해 주자 기쁨을 누르지 못하여,

"조카의 배필을 보시려거든, 우선 이 족자 속 인물을 살피심이 좋으시리다."

하고는 족자를 꺼내어 두 손으로 공손히 드렸다.

부인은 그 족자를 받아 유심히 보더니 갑자기 눈이 커지며,

"원, 세상에 이런 일도 다 있나! 이는 내 꿈에 뵈던 선녀라."

하며 놀란다.

마고할미 떠나니 하늘이 무너지누나

이 무렵 이 위공은 황성에서 소란스러운 변방 일을 의논하느라고 집으로 돌아오지 못하고 있었다. 그때 선이 부모도 모르게 장가들 었다는 부인의 편지를 받고 위공은 천둥같이 화가 나서 펄펄 뛰었 다. 위공은 낙양 태수에게 그 계집을 잡아다가 쳐 죽이라고 편지를 보냈다. 낙양 태수가 위공의 글을 받아 보고 곧바로 숙향을 잡아들 이라 명령을 내렸다.

그날 저물녘, 숙향은 다락에 홀로 앉아 꿈결같이 흘러간 옛일을 조용히 더듬어 보고 있었다. 그럴 때 까치 한 마리가 가까이 날아와 서 소란스레 울어 댄다. 숙향은 그전에 장 승상 댁 영춘당에서 저녁 까치가 울고 난 뒤 그렇듯 흉한 봉변을 당했던 일이 생각나 어쩐지 마음이 좋지 않았다.

아니나 다를까 날이 어두워지자 군졸들이 벌 떼같이 들이닥쳤다.

군졸들은 아무것도 묻지 않고 숙향을 붙들더니 우악스럽게 끌고 갔다. 관가에 이르니 대청 좌우에 불을 밝히고 태수가 위엄 있게 앉아 있다. 숙향은 곧 섬돌 아래 꿇리었다.

태수가 서늘한 눈길로 굽어보며 호령했다.

"너는 대체 어떤 계집이기에 이 위공 댁 공자를 꾀어 이렇듯 죽을죄를 지었느냐? 위공께서 기별하시어 너를 죽이라 하시니 너는 나를 원망치 말고 달게 형벌을 받거라!"

"잠깐 한 말씀 올리겠나이다."

숙향이 당황하거나 겁내는 빛도 없이 말했다.

"그래, 무슨 말이냐?"

태수가 숙향을 굽어보며 나직이 물었다.

"소녀는 다섯 살에 부모를 잃고 마음씨 고운 할머니를 만나 의지하여 지내던 중, 이생이 청혼하고 할머니가 주관하여 혼인이 이루어졌을 뿐이옵나이다. 그러니 이 몸이 양반의 배필로 된 것이 결코 제 죄는 아니옵니다."

숙향은 이렇듯 사리를 따져 가며 죄 없음을 말하나 태수는 싸늘했다.

"이 위공 어른의 명이 엄하니, 내 어찌 거역하겠느냐. 여봐라, 지체 말고 형틀에 올려 매어라."

태수가 영을 내리자 집장사령들이 달려 나와 숙향을 형틀에 묶었다.

"사정 두지 말고 매우 처라!"

태수의 영이 또 우레같이 떨어졌다. 그러나 집장사령들이 우물쭈

물하며 매를 들지 못하였다.

"왜 그러고들 있느냐? 어서 치지 못할까!"

태수가 성난 목소리로 다그쳤다. 그런데도 집장사령들은 꼼짝 않고 있었다. 매를 둘러멘 집장사령이 선 자리에서 아뢰었다.

"팔이 천 근같이 무거워 어찌할 수 없사옵니다."

그 말을 듣고 태수는 짧게 한숨을 쉬었다. 형장 안은 물을 뿌린 듯 조용해졌다.

"저 계집을 형틀에서 내려 물에 처넣어라."

태수가 다시 명하였다.

바로 그때 안방에 있던 태수의 부인 장 씨는 갑자기 까닭 없이 노곤해져서 쓰러져 잠이 들었다. 문득 기이한 향내가 나며 방문이 스르르 열렸다. 장 씨가 놀라 벌떡 일어나 앉았다. 웬 아리따운 애젊은 여자가 어느 사이에 들어왔는지 코앞에 서 있다. 그 여자는 깊이 머리 숙여 절을 하더니,

"아버님이 저를 죽이려 하시는데, 어머님은 어이하여 구할 생각을 하지 않으시나이까?"

하고 울면서 말하였다.

장 씨가 그만 "악!" 소리를 지르며 놀라 깨어나니 한 자리 어수선한 꿈이다. 장 씨는 이상한 생각이 들어 급히 몸종을 불렀다.

"태수께서 어디 계시느냐?"

장 씨의 목소리는 불안스레 떨리었다.

"지금 이 위공 댁 며느리를 잡아와 죽이려고 하시나이다."

"뭐? 이 위공 댁 며느리를?"

장 씨는 놀라 자리를 차고 일어났다.

"네 바삐 달려가서 내가 잠깐 뵈올 일이 있으니 이리로 좀 오시라고 하여라."

장 씨가 분부하자 계집종이 서둘러 달려갔다. 얼마 뒤에 태수가 눈이 휘둥그레져서 들어와,

"대체 무슨 일이오?"

하고 물었다. 장 씨는 대답 대신 눈물부터 흘렸다.

"허, 왜 그러시오?"

"우리가 숙향이를 잃은 지 벌써 십 년이 넘지 않사옵니까. 그 애가 이제껏 꿈에 한 번도 보이지 않더니 방금 전에 꿈에 보이더이다. 애젊은 여자가 방에 들어와 절을 하고는 울면서, 아버지가 저를 죽이려 하시는데 어머니는 어이하여 구하려 하시지 않느냐 하더이다. 지금 죽이려 하시는 이 위공 댁 며느리가 어떤 여자이옵니까?"

장 씨는 다섯 살 잡힌 숙향이를 잃었을 때처럼 슬픔이 되살아나는 듯하여 가슴을 두 손으로 움켜쥐었다.

"부인 생각이 지나치시오이다. 이 위공의 아들이 본처를 맞기도 전에 첩부터 얻으니 이 위공 어른이 그 계집을 죽이라고 편지를 보내왔다오."

"하나밖에 없는 딸자식을 그렇게 버린 사람이 어찌 악업을 짓겠나이까. 빨리 그 여자를 놓아주소서."

장 씨가 태수에게 애원하다시피 말하였다. 태수는 한참 말없이 앉아 있다가 슬그머니 일어나 밖으로 나갔다. 관아 앞뜰에 이르러

숙향을 한번 얼핏 보고는 옥에 가두라 분부하였다.

숙향은 죽음을 면하였으나 옥에 갇힌 몸이 되었다. 옥 안에 발을 들여놓자마자 무너지듯 쓰러져 일어나지 못하였다. 한동안이 지나 정신을 차리고 주위를 둘러보노라니 살창 앞에 돌부처마냥 서 있는 옥졸이 눈에 띄었다. 숙향은 안간힘을 쓰며 간신히 일어나 살창 앞으로 다가갔다.

"여기가 어데요?"

"낙양 관아의 옥중이오."

숙향은 제가 이제 죽게 되었음을 이선에게 알리고 싶었다. 그렇지만 소식을 전할 길이 없다. 속절없이 울고만 있는데, 문득 파랑새가 날아와 살창 가에 앉아서 처량히 우짖었다. 눈을 들어 바라보니 낯이 익다. 전에 길을 알려 주던 그 새가 틀림없다. 숙향은 곧 집 적삼 소매를 떼어 냈다. 손가락을 깨물어 거기에 몇 자 적어 가지고 파랑새한테 다가갔다. 새는 한자리에서 울고 있었다. 숙향은 서두르지 않고 천천히 천 쪼박을 새의 발에 꼼꼼히 매었다.

"숙향이 낙양 옥중에서 죽게 되었단다. 죽기는 그리 섧지 않으나, 부모님과 낭군을 다시 보지 못하니 눈을 감지 못하겠고 또 이렇게 애매하게 죽는 것이 원통하구나. 파랑새야, 이 소식을 우리 낭군께 꼭 전해 다오."

파랑새는 알았다는 듯이 길게 두 번 우짖고 포르르 날아올랐다.

선은 고모 집에 머물고 있었다. 잠자리에 들었으나 숙향을 열흘 나마 보지 못해서인지 마음이 어수선하여 이리 뒤척 저리 뒤척 하며 잠을 이루지 못하였다. 끝내 자리를 걷어차고 일어나 밖으로 나왔다. 하늘 한가운데 떠오른 보름달이 이날따라 유난히 밝았다. 밝은 달빛 아래 오락가락 뜨락을 거니노라니 저절로 서글퍼져서 긴 한숨을 내쉬었다.

실실이 휘늘어진 버드나무 밑동에 몸을 기대고 섰는데, 어깨에 무엇이 닿는 것 같아 고개를 돌리며 한 발자국 앞으로 내디뎠다. 그 순간 작은 새 한 마리가 어깨 위에서 팔랑 날아올랐다. 새는 더 날아가지 않고 허공에 멎어선 채 날개를 자꾸 퍼덕였다. 그쪽으로 손을 뻗치자 이번에는 손등에 살짝 내려앉는다. 선이 가만히 살펴보니 새의 발목에 천 쪼박이 동여매여 있다. 살그머니 그 자리에 주저앉아 새를 땅에 내려놓고 천 쪼박을 풀어서 펴 들었다. 낙양 옥중에서 죽을 날만 기다린다는 숙향이 피로 쓴 편지였다. 선의 몸이 돌처럼 굳었다.

선은 어찌할까 잠깐 망설이다가 한시가 급함을 생각하고 늦은 시각이나 얼른 고모님 방으로 갔다. 방에 들어서니 부인 또한 자지 않고 촛불이 가물거리는 앞에 턱을 고이고 앉아 생각에 잠겨 있었다. 선은 숙향의 글이 씌어 있는 천 쪼박을 보이며 조금 전에 있었던 일을 말했다. 고모는 천 쪼박의 글을 들여다보더니 제 가슴을 꼭 움켜쥐었다.

"이제 곧 낙양 옥으로 가서 숙향 낭자를 구하고자 하나이다."

"아직은 경솔히 굴지 말아라."

고모가 나직이 말하였다.

"그만 가서 자거라."

고모는 어서 가라고 손짓까지 하였다. 선은 하릴없이 편히 주무시라 인사하고 나왔다.

밤은 소리 없이 깊어 갔다. 선도 고모도 각기 제 방에서 밤새도록 뒤척이며 잠들지 못했다. 날이 밝자 고모는 가까이 부리는 계집종을 동촌 이화정 할미 집으로 보내어 숙향에게 일어난 일을 알아오게 하는 한편, 하인을 시켜 이 위공 집의 충직한 종 하나를 데려오게 하였다. 위공 집 종에게 그동안 벌어진 일을 자세히 물었다. 숙향이 어찌하여 낙양 옥에 갇히게 되었는지 자세히 알게 된 부인은 크게 노하였다.

"선이 비록 위공의 아들이나 내가 아끼며 길렀으니 내가 주관하여 혼사를 정한 것인데 대체 무슨 못할 일이란 말이냐? 위공이 제 맏누이를 대접할 것 같으면 내게 묻지도 않고 낙양 태수에게 기별하여 숙향이를 죽이려 한단 말이냐? 내 서울로 올라가서 위공을 만나 말해 보고, 그래도 듣지 않거든 황후께 아뢰어 처리하리라."

고모는 급히 채비하여 그날로 가마에 올라 길을 떠났다.

낙양 관아에서는 태수가 옥에 갇혀 있는 숙향을 다시 관아 앞뜰로 끌어냈다.

낙양 태수 김전은 숙향을 어찌 처리하면 좋을지 참으로 난감하였다. 위공의 명을 감히 어길 수도 없고 사람으로서 차마 못할 일을 벌일 수도 없으니 대체 어쩌면 좋단 말인가.

연약한 몸에 큰칼을 쓰고 끌려 나와 섬돌 아래 꿇어 앉은 숙향의 모습은 바로 볼 수 없을 만큼 참혹하였다. 김전은 그 불쌍한 모습을 굽어보며 침통한 목소리로 물었다.

"네 나이는 몇이고 성과 이름은 무엇이며 뉘 댁 자식인고?"

숙향은 머리를 간신히 들었다.

"소녀의 나이는 열여섯 살이옵고 이름은 숙향이라 하오며, 어려서 헤어진 부모의 근본은 잘 모르오나 김 상서 댁이라고 부르던 것이 기억나옵니다."

김전이 어찌하면 좋을지 난감하여 입맛을 쩝쩝 다시는데, 부인 장 씨가 눈물을 흘리며 말했다.

"저 아이의 얼굴도 이름도 우리 숙향이와 같고 나이 또한 같으며 제 말로 김 상서의 딸이라 하니, 그 근본을 잘 가려 사실이 밝혀질 때까지는 다스리지 말아야 하옵니다."

"음, 부인의 말이 옳은 것 같소."

김전은 고개를 천천히 끄덕인 뒤 나졸들에게 분부하였다.

"큰칼을 벗겨 주고 옥에 다시 가두어라."

이날 김전은 사람을 띄워 위공에게 편지를 보냈다.

며칠 지나 낙양 태수의 글을 받아 본 위공은 노발대발하며 김전을 계양 태수로 옮기고 다른 사람을 낙양 태수 자리에 앉혔다. 위공은 아들이 아비도 모르게 맞아들인 여자를 기어이 죽일 심산이었던 것이다.

그럴 즈음에 문밖에서 청지기의 목소리가 들려왔다.

"여 노야 댁 마님이 오셨사옵니다."

"어, 누님이? 웬일이시지?"

위공은 급히 뛰어나가 맏누이를 맞으며 인사를 드렸다. 부인은 들어서자마자 얼굴에 노기를 띠고 말했다.

"요사이는 벼슬이 높고 위엄이 서리 같으면 친형제도 업수이여 기며 함부로 억누르게 되어 있는가?"

"무슨 말씀이온지요?"

위공은 누님의 말에 당황하여 어찌할 바를 몰라 쩔쩔맸다. 그래도 부인의 얼굴은 노여움으로 더욱 붉게 타오를 뿐이었다.

"내 선이를 길러 친자식같이 여기거니와 마침 마땅한 혼처가 있어 위공에게 미처 기별하지 못하고 혼인을 시켰네. 꿈에 내가 백룡을 타고 광한전이라는 데를 들어가서 웬 선녀한테 소아를 며느리로 삼으라는 말을 들은 바도 있고, 내 곁이 쓸쓸하여 그 아이를 데리고 있을 마음이었네. 헌데 위공은 내게 이르지도 아니하고 죄 없는 아이를 죽이려 하니, 어찌 천하를 호령하는 대장부가 할 일이겠는가?"

위공은 황공하여 두 손을 모아 잡고 고개를 깊숙이 숙였다.

"참으로 잘못하였소이다. 누님께서 주관하신 줄 미처 몰랐나이다. 요사이 양왕이 청혼하기에 제가 허락하였더이다. 그런데 선이 웬 근본 모를 계집에게 장가들었다 하며 시비가 이니 어찌하겠소이까. 혼인은 인륜대사라 사람 힘으로는 어쩔 수가 없는가 보오이다. 이제 곧 낙양 태수에게 기별하여 그 아이를 죽이지도 말며 근처에 두지도 말라고 이르겠으니 누님은 걱정하지 마소서."

"내 위공의 말을 믿겠네."

그제야 부인이 노여움을 풀었다.

부인은 서둘러 선에게 사람을 보내 숙향 낭자가 놓여남을 알리고 위공이 있는 곳에서 며칠을 더 머물렀다. 그런 중에 부인의 시누이 인 여 황후의 부름을 받아 대궐에 들어가서 여러 날을 지내게 되었다.

이 위공은 아들의 성품이 지나치게 대범하고 호방한 것이 학업을 저버리지나 않을까 저어하여 선을 서울로 불러올렸다. 선은 숙향을 다시 보지 못하고 서울로 가게 되자 어머니 방에 들어가서 하직을 고하며 저도 모르게 눈물을 흘렸다. 아들이 그러니 어머니도 낯빛이 좋지 못하였다.

"네 인물이며 풍채며 남보다 못하지 않은데 배필을 구하면 어데 간들 없겠느냐. 부모를 속이고 천한 계집을 얻어 성정이 그릇되니 네 아버님이 걱정스러워 부르시는 게다. 아버지가 부르시는데 그리도 슬프단 말이냐?"

선은 어머니의 호된 꾸지람에 머리를 들지 못하였다. 하지만 숙향을 배필로 맞은 앞뒤 사연만은 말하지 않을 수 없었다. 선은 처음부터 끝까지 다 말씀드린 뒤,

"어머님, 하늘이 정해 준 인연을 생각하시어 숙향을 불러 주사이다."

하고 청을 드렸다.

어머니는 선의 말을 다 듣고 한동안 잠자코 앉아 있었다. 선은 조마조마하여 흘끔흘끔 눈치만 보고 있는데, 어머니가 불쑥 입을 열었다.

"네 말과 같이 참으로 그러하면 하늘이 정한 연분이니 어찌 구박

하겠느냐. 네 아버지도 분명히 알지 못하여 그러시는 게다. 걱정 말고 과거나 잘 치르고 좋이 돌아오너라. 네가 벼슬을 하여 귀히 되면 부모도 네 하는 일을 말리지 못할 게다."

"어머님 말씀을 명심하겠나이다."

선은 기쁜 빛으로 다짐했다.

사흘 뒤에 선은 길을 떠났다. 이화정 할미를 찾아가 보고 싶으나 아버지 명을 어길 수 없고 날을 늦잡을 수도 없어 편지로나 숙향 낭자를 돌봐 달라 당부할 뿐이었다.

십여 일 만에 서울에 닿아 아버지를 뵈었다. 오래간만에 아들을 만난 이 위공은, 부모도 모르게 혼인한 것을 크게 꾸짖고 태학太學"으로 가라 하였다.

이 무렵 김전은 이 위공의 노여움을 사서 계양 태수로 옮겨 가고 낙양에는 신관이 와서 숙향을 놓아 보내며 근처에 있지 말라 분부를 내렸다. 이화정 할미가 낙양 관아 문밖에 있다가 놓여나오는 숙향을 데리고 집으로 돌아왔다.

숙향은 선이 보낸 편지를 받아 여러 번 곱씹어 읽어 보았다. 거기에는 가지가지 사연과 정겨운 이야기가 담겨 있었다. 숙향은 옅은 한숨을 지었다.

"낭군은 서울로 가시고 이 고을에서는 근처에 있지 말라고 하니 어디로 가서 이 한 몸을 의지하리오?"

할미는 눈을 스르르 감았다 뜨더니 말했다.

" 나라에서 세운 학교.

"낭자가 여기에 오래 있으면 틀림없이 화를 당할 것이니 다른 곳으로 옮기는 게 좋을 듯하오."

숙향도 할미 말을 옳이 여겨 머리를 끄덕였다.

이튿날 할미는 마땅한 곳으로 세간을 옮긴 다음 숙향을 데리고 그곳에 자리를 잡았다.

하루는 할미가 숙향을 보고 얼굴빛을 고치고 엄숙히 말했다.

"나는 본디 천태산 마고선녀로 낭자를 위하여 인간 세상에 내려와 급한 재난을 구하였소. 인연이 다하여 내 이제 떠나야 하오. 같이 지내는 동안 정이 참으로 깊었소이다. 이제 와 같이 살던 정리를 끊자니 참으로 마음 아프고 견디기 힘드나, 이는 당연한 이치라오."

숙향이 이 말을 듣고 크게 놀라더니 일어나 절하고는 다소곳이 말하였다.

"인간의 무지한 눈이 신선을 알아보지 못하였나이다. 팔자 기박하여 쫓김을 당하였으나 할머니를 만나 크나큰 은혜로 이 한 몸 편히 살게 되었는데, 이제 떠나시면 저는 누구를 의지하며 지내리까?"

숙향이 구슬 같은 눈물을 흘렸다.

"너무 슬퍼하지 마시오. 이 할미가 청삽사리를 두고 가리다. 그 개가 어떠한 어려운 일도 감당해 낼 만하니 낭자를 잘 돌보아 드리리다."

"죽어 눈에 흙이 들어가도 은혜를 잊지 않으오리다."

숙향은 흘러내리는 눈물을 소매로 씻고 나서 말을 이었다.

"그런데 가시는 길은 얼마나 되오며 어느 날 떠나려 하옵니까?"

"내 갈 길은 오만 팔천 리요, 이제 가려고 하오이다."

할미도 목이 메었다. 숙향은 마음이 다급해졌다.

"하루라도 더 묵어 이 숙향이와 같이 지내시고 가시오소서."

"하늘이 정한 인연이니 이 할미도 어찌할 수 없구려."

마고선녀가 긴 한숨을 내쉬었다. 잠깐 뒤 그지없이 부드러운 할미의 목소리가 숙향의 귓전에 울린다.

"내 간 뒤 입었던 옷으로 장사를 지내고 저 청삽사리가 가서 굽으로 파는 데 묻을 것이며, 행여 어려운 일이 있거든 내 무덤에 오시오. 그러면 자연 모든 일이 순조로이 풀리리다."

말을 마친 할미는 적삼을 벗어 주고 숙향과 이별하였다. 밖으로 나와 두어 발자국 떼자 어느새 온데간데없다.

숙향은 하늘이 무너지는 듯, 할미가 벗어 준 적삼을 붙안고 통곡을 하였다.

청삽사리가 숙향을 살길로 이끄네

하염없이 눈물을 흘리며 숙향은 할미의 유언대로 장사 지낼 채비를 하였다. 그러고는 하늘소를 수레에 메고 정한 곳도 없이 문밖으로 나섰다. 이때 청삽사리가 대가리를 들고 귀를 쫑긋거리며 이윽히 쳐다보다가 다가와서 치맛자락을 물고는 따라오지 말라고 하는 것 같았다. 하여 숙향은 이웃더러 부탁했다.

"이 청삽사리를 따라가다가 개가 멎어서는 곳에서 장사를 지내 주사이다."

청삽사리가 그 말을 듣고는 천천히 나아가기 시작했다. 이웃들이 관을 실은 수레를 끌며 청삽사리 뒤를 따라 걸어갔다.

청삽사리는 숲이 우거지고 안침한 곳에 이르러 멎어서더니 앞발로 땅을 파헤치고 그 자리에 앉았다. 사람들은 그곳에 관을 묻고 봉분을 쌓아 올린 뒤 제사를 지내고 마을로 돌아왔다.

이날부터 숙향은 아침저녁으로 제사를 극진히 지내며 슬퍼하여 마지않았다. 언제나 숙향이 곁에는 청삽사리가 맴돌았다. 청삽사리의 말 없는 위로는 숙향의 외로움을 한결 덜어 주었다.

달이 유난히도 밝은 날 밤이었다. 달빛 은은한 하늘에 구름 한 점 없고 헤아릴 수 없이 많은 별들이 보석처럼 반짝이고 있었다. 홀로 뜨락을 오락가락 거닐며 애달픈 마음을 달래던 숙향은, 방에 들자마자 쓰라린 심정을 글로 적고는 잠깐 졸았다. 청삽사리가 곁에서 지켜보고 있었다. 숙향은 갑자기 찬바람이 휘익 끼쳐 드는 것을 느끼고 놀라 깨어났다. 방 안을 둘러보니 금방 써 놓은 글도 청삽사리도 보이지 않았다. 숙향은 긴 한숨을 내뿜고는,

"불쌍타 내 팔자여, 이제는 삽사리마저 잃었으니 이 적적함을 무엇으로 달랜단 말이냐. 가뜩이나 쓸쓸한 집이 한없이 적막하구나. 이제는 밤이 되어도 잠마저 이룰 수 없으리라."

하고 신세 한탄을 하였다.

이날 밤, 숙향의 소식을 들을 길이 없어 가슴을 태우던 선은 읽던 책을 밀어 던지고 밖으로 나와 달빛 아래 긴 그림자를 흐늘거리며 이리저리 거닐고 있었다. 그러던 중에 웬 난데없는 개 한 마리가 불쑥 나타나 꼬리를 흔들어 깜짝 놀라 걸음을 멈추었다. 퍽 낯이 익어 살펴보니 이화정 할미네 청삽사리였다. 선이 몹시 반가워 허리를 굽히고 개의 등을 다정히 쓰다듬어 주었다. 순간 청삽사리가 주둥이를 벌려 몇 번 딸꾹질을 하더니 무엇인가를 토해 냈다. 조그마한 종이 뭉치였다.

선은 얼른 그 종이를 집어 들었다. 종이에는 글자들이 빼곡히 적

혀 있다. 선은 어인 일인지 가슴이 후두둑 뛰어 얼른 방 안으로 뛰어 들어갔다. 청삽사리도 따라 들어와 곁에 꼬리를 깔고 앉았다. 촛불 아래 펴 보니, 글자들이 정교하면서도 힘 있다. 숙향의 글씨가 또렷하였다.

선의 눈은 글자들 위로 바삐 달렸다.

슬프다. 숙향의 팔자여. 어인 죄로 다섯 살에 부모를 잃고 동서로 정처 없이 떠돌아다니다 하늘과 신령의 도움으로 낭군을 만났건만 또다시 이별이란 말인가.

혈혈단신 의지할 데 없는 내 외로운 신세여. 마음씨 착한 할머니 한테 의지하였더니 그 혼령은 하늘로 올라가고 외로운 이 몸에는 재난이 끊이질 않으니 내 이제 어데 가서 의탁할거나.

아, 낭군을 보지도 못하고, 부모님은 또 어이 찾으리오. 슬퍼라, 내 신세여. 죽고자 하나 죽을 땅이 없구나.

선은 숙향의 글을 읽고 북받쳐 오르는 슬픔을 참지 못하였다. 숙향을 돌봐 주던 할미가 죽은 것을 알게 되니 슬픔과 근심이 한데 겹쳐 가슴을 쌀쌀히 허비었다.

선은 좋은 음식을 내어 청삽사리 앞에 놓고 개가 먹는 동안 숙향에게 부치는 글을 썼다.

청삽사리가 음식을 다 먹고 고개를 쳐들자 막 적은 종이를 목에 걸어 주며 조용히 말했다.

"마음씨 어진 할머니마저 세상을 떠나고 낭자는 너만 의지하고 있겠구나. 빨리 돌아가서 이 글을 전하고 낭자를 잘 보살피거라."

선이 말을 마치니 청삽사리는 두어 번 주억거려 대답하고는 살같이 달렸다. 뒤따라 나온 선은 그 개가 어둠 속으로 자취를 감춘 뒤에도 그 자리에 못 박힌 듯 서 있었다.

그동안 숙향은 잠들지 못하고 창가에 앉아 있었다. 밤이 더욱 깊어지니 인적은커녕 날짐승 소리조차 들리지 않았다. 숙향은 쓸쓸함을 견디지 못하여 활짝 열어 놓은 창가에서 별빛 총총한 밤하늘을 바라보며 오만 팔천 리 머나먼 곳에 가 있을 할머니를 생각하고 함께 지내던 날들을 더듬었다.

시원한 바람이 불어오자 가슴을 허비던 아픔이 다소 멎고 정신도 맑아지는 것 같았다. 그때 문득 바람과 함께 삽사리가 뜨락으로 달려 들어왔다. 숙향이 뛰어나가 삽사리의 목을 얼싸안고 부드러운 털에 볼을 비비며 말했다.

"네 아무리 짐승인들 나를 버리고 어디를 가서 그리도 애를 태우느냐? 그사이 먹지도 못했을 터이니 오죽 주렸으랴."

청삽사리는 꼬리를 흔들며 반기는 기색을 보이더니 대가리를 수그리며 컹컹 소리를 냈다. 자세히 보니 청삽사리 목에 무엇이 달려 있다. 숙향은 얼른 삽사리 목의 끈을 풀고 봉투를 떼 냈다. 은은한 달빛에도 이선의 활달한 필체가 또렷이 드러났다.

숙향은 봉투를 쥐고 급히 방 안으로 들어갔다. 청삽사리도 뒤따라 들어와 곁에 앉았다.

숙향은 봉한 것을 떼고 그 안에서 편지를 꺼내어 펴 들었다. 거침없이 내려 쓴 글자들이 촛불 아래 흔들흔들 춤을 추었다.

숙향 낭자에게 부치나니, 그리운 낭자를 어느 한순간도 잊은 적이 없고 생각지 아니한 때도 없더이다. 그러던 중 오늘 달 밝은 밤에 천만뜻밖에도 청삽사리가 글을 전하는지라, 그 목메는 감격을 무어라 이르오리까. 영리한 개가 오늘 밤에 우리 두 사람의 안부를 전해 준 것이 아니오리까.

낭자가 고초를 겪는 것은 오로지 이 못난 선의 죄이오니 지금 내 마음에 가득한 말을 글로 다 적지 못하나이다. 한 번 이별하매 배조차 띄울 수 없는 약수弱水가 앞을 가로막고 소식 전할 파랑새조차 아득하니, 서산에 지는 해와 동산에 돋는 달을 바라보며 속절없이 간장만 태울 뿐이오이다. 그러니 이 밤 삽사리가 달려와서 소식을 전해 주니 그 반가움 어이 다 말하리오. 낭자의 아리따운 얼굴을 대한 듯 가슴이 더워지나이다.

허나 그대를 지성으로 보살펴 주던 할머니가 세상을 떠났다 하니 어인 일이오이까. 낭자는 이제 누구에게 의지하며 어디에 마음을 붙이리까. 낭자의 그 외로움을 생각하니 참으로 슬프오이다. 종이와 붓을 대한즉 마음 아프기 이를 데 없고 눈물이 앞을 가리는지라, 내 지금 쌓인 회포를 다 적지 못하는구려.

옛사람이 이르기를 흥이 다하면 슬픔이 오고 고생 끝에 반드시 낙이 온다고 하였으니 설마 매양 외로운 몸으로만 있으리까. 나라에서 인재를 얻으려고 과거를 보인다니 혹 이 몸 과거에 급제하여 뜻을 이루면 내 평생소원을 풀고 낭자의 은혜를 갚사오리다.

낭자여! 부디 아름다운 몸 편안히 보존하사 이 몸이 돌아감을 기다려 일생을 한가지로 하기를 바라나이다.

숙향은 선이 보낸 글을 곱씹어 읽고 또 읽으며 눈물을 흘렸다.

달은 벌써 서쪽으로 기울고 반짝이던 별들도 빛을 잃었다. 새벽이 가까워 오는 것이다. 활짝 열려 있는 문으로 서늘한 바람이 몰려들며 귀밑머리를 흩날렸다. 숙향은 흘러내리는 머리칼을 조용히 비다듬어 올리고 청삽사리를 보며 말했다.

"서울은 여기서 오천 리란다. 중중첩첩 산이 험하고 길은 아득히 멀지. 그러니 혈혈단신 여자 몸으로 험하고 가파른 고개를 넘고 물결 사나운 강을 건너는 것이 어렵지 않겠느냐. 또한 불량한 사람을 만날까도 두렵구나. 아무리 생각해 봐도 방도가 없구나."

청삽사리는 그저 눈을 껌벅이며 끙끙거렸다.

숙향은 이러지도 저러지도 못하고 더욱 애간장만 태우며 세월을 보낼 뿐이었다.

나라에 몇 해째 흉년이 들어 먹고살기가 어려우니 사방에서 도적들이 일어나기 시작했다. 숙향이 살고 있는 마을에도 불량한 사내가 있었다. 이자는 숙향을 극진히 돌봐 주던 할미가 죽은 것을 알고는 이 집 재물을 빼앗고 숙향을 겁탈하려는 흉악한 마음을 품고 숙향을 엿보았다. 그러한 소문은 한 입 건너고 두 입 건너 삽시간에 온 마을에 퍼졌다. 그러다 보니 자연 숙향의 귀에까지 그러한 말들이 들려왔다.

하루는 숙향이 온밤을 뜬눈으로 새우고 날이 밝자 악인들이 의논하는 소리를 제 귀로 들었다는 이웃집 여종을 불러서 사실을 자세히 물었다.

"저 건너편 냇가에 빨래하러 나갔다가 느티나무 밑에서 그 무리 서넛이 의논하는 것을 우연히 들었소. 가만히 들어 보니 이 댁에 금은보화가 많을 거라며 오늘 밤에 들이쳐서 보화를 꼭 같이 나누어 가지자 하더이다. 그중 한 놈은 낭자를 제가 데리고 살겠다고 하더이다. 그놈은 흉악하고 불량스럽기로 이름난 놈이오."

숙향은 어찌하면 화를 피할지 궁리하느라 종일토록 모대겼다. 하지만 좀처럼 좋은 계교가 떠오르지 않았다. 날이 저물어 어스름해지자 마음이 더욱 초조하여 어찌할 바를 몰라 하다가 문득 청삽사리 생각이 났다.

숙향은 삽사리를 불러 앉혀 놓고 가만히 말했다.

"아침에 이웃집 여종의 말을 들으니, 오늘 밤 우리 집에 도적이 들어 재물을 있는 대로 모조리 빼앗고 나를 겁탈하려고 한다는구나. 내 살아서 수치를 당하느니 죽어서 절개를 지키련다. 내 이제 할머니 무덤에 가서 목숨을 끊고 그 자리에 묻힐 작정이다. 이것이 내 소원이니 내게 할머니 무덤이 있는 곳을 가르쳐 더러운 욕을 면케 해 다오. 응?"

숙향의 옥 같은 두 볼로 맑은 눈물이 흘러내렸다. 청삽사리는 눈만 껌벅이며 숙향이를 바라볼 뿐이다. 숙향은 옷 두어 가지를 꺼내 보에 쌌다. 청삽사리는 숙향의 거동을 보더니 아예 털썩 누워 버렸다. 한참을 기다려도 일어나려 하지 않았다.

"이것아, 이젠 그만 일어나거라!"

숙향은 삽사리를 흔들며 목소리를 높였다.

"네 비록 짐승이나 형세가 급한 줄 모를 리 없거든 이렇게 늦잡다가 도적이 덤벼들면 어찌하려느냐?"

그제야 청삽사리는 움쭉 일어나더니 숙향이 들고 있던 옷 보따리를 물어 당겼다. 숙향이 내려놓자 개는 얼른 물어서 제 등에 얹고 밖으로 나갔다. 숙향도 삽사리를 따라나섰다. 삽사리 걸음은 빠르지도 느리지도 않았다.

한참 걸어 어느 산기슭에 이르자 개가 더 가지 않고 주저앉았다. 가만가만 다가가서 살펴보니 개가 앉아 있는 바로 옆에 무덤 하나가 있었다. 어둠 속에서 정신없이 청삽사리만을 따르다 나니 어디로 가는지도 모르고 예까지 왔으나, 할머니 무덤만큼은 알아보았다. 숙향은 무덤 앞에 엎드려 목 놓아 울었다.

이때 이 위공의 부인이 완월루에 올라 달구경을 하고 있었다. 부인은 그리 멀지 않은 곳에서 여자의 구슬픈 울음소리가 들려오자 이상한 생각이 들어 아랫사람들을 돌아보며 말했다.

"밤이 이토록 깊었는데 웬 여자가 저리 슬퍼하는고? 얘들아, 어서 가서 보고 오너라."

마침 선을 돌보던 유모의 남편이 따라 나와 있다가 그 말을 듣고 일어났다.

"제가 가 보고 오리다."

유모의 남편은 여자 울음소리가 나는 쪽으로 바삐 걸어갔다. 웬 젊은 여자가 홀로 앉아 슬피 울고 있었다.

유모의 남편은 다가가 공손히 물었다.

"낭자는 뉘시온데 이 깊은 밤중에 홀로 울고 계시오니까?"

숙향이 놀라 머리를 들고 쳐다보니 반백이 지난 늙은이였다. 숙향은 울음을 그치고 말했다.

"나는 북촌 이 공자의 안해오이다. 도적이 가까이 있어 욕을 면할 수 없고 살아날 길도 없어, 생전에 돌보아 주시던 할머니 무덤에 왔나이다. 죽어서나마 할머니 곁에 묻히려 한다오."

유모의 남편은 숙향의 말에 크게 놀라 황급히 엎드렸다.

"제가 이 공자 유모의 지아비이옵니다. 마님이 완월루에 오르시어 달구경을 하시다가 슬픈 울음소리를 들으시고 까닭을 알아 오라 하시기에 예까지 왔사옵니다. 낭자께서 이곳에 계실 줄을 어찌 뜻하였사오리까. 저희 집으로 가시오면 자연 편안하오리다."

숙향은 인차 얼굴이 밝아졌다.

"그대가 이 공자 유모의 지아비라니 참으로 반갑소. 여기서 이렇게 만날 줄이야 어찌 알았겠소. 이젠 죽어도 원이 없소. 허나 이 위공 어르신께서 나를 죽이려 하셨는데 허락도 없이 그대를 따라갔다가 만일 어르신이 아시는 날에는 나를 죽일 것이오. 내가 죽는 것은 그닥 섧지 않으나 그대에게 누가 미치면 그 죄가 가볍지 아니할 것이니 나를 두고 그저 돌아가오. 그리고 이 공자가 돌아오시거든 내가 이곳에서 죽은 줄 알게 하여 주오. 그러면 그 은혜 태산과 같으리다."

"아, 어쩌면 좋으리까."

얼굴이 컴컴해진 유모의 남편은 길게 한숨 짓고 나서 말했다.

"낭자의 말씀을 들자오니 한편 그리하심도 마땅하오니, 그러면

제가 마님께 말씀드리고 올 때까지 기다려 주소서. 천금같이 귀하신 몸 가벼이 하지 마옵소서."

숙향은 대답지 아니하고 다만 머리를 설레설레 흔들 뿐이었다. 유모의 남편은 그 모양을 이윽히 바라보더니 빠른 걸음으로 돌아갔다. 그때까지 곁에서 잠자코 지켜보기만 하던 청삽사리가 제 등에 얹혀 있던 옷보를 땅에 내려놓고 숙향을 쳐다보았다. 숙향은 개를 쓰다듬으며 말했다.

"네 나를 죽게 하려거든 땅을 파거라. 그러면 내 거기 누워 죽을 것이니 나를 묻어 두었다가 이담에 낭군이 오시거든 내가 여기에 묻혀 있다고 알려 드리거라."

청삽사리가 눈을 껌벅이며 컹컹거렸다.

숙향은 보자기를 풀어 싸 온 옷을 곱게 껴 입었다. 그러는 숙향을 멀거니 바라보던 개는 북실북실한 털을 빳빳이 일으켜 세우며 몸을 부르르 떨다가 이 위공 집 쪽으로 돌아앉았다.

숙향은, 이곳에 제가 와 있는 것을 위공이 알면 반드시 죽일 것이고, 그리되는 날에는 위공께도 좋지 못한 시비가 미치리라 생각하고, 스스로 죽을 작정을 하며 깁 수건을 꺼내 나무에 걸었다. 그 순간 와락 달려든 청삽사리가 수건을 물어 당겨 빼앗았다. 숙향은 울며 개를 끌어안았다.

"네 나를 죽지 못하게 하니, 그럭저럭 구차히 살다가도 낭군을 볼 수 있으리라 여겨지면 할머님 무덤 쪽으로 절을 하여라. 그러면 내 죽지 않고 네 뜻을 받으리라."

청삽사리는 컹컹 하는 소리로 대답을 대신하고 마고할미 무덤을 보고 절하듯이 고개를 여러 번 숙여 보이고는 그 자리에 꼬리를 깔고 가만히 앉았다.

"네가 나를 죽지 못하게 하나, 산목숨으로 있다가는 뒤에 욕을 보지 않겠느냐."

숙향은 한숨을 지으며 속삭였다.

숙향이 청삽사리와 이런 말을 주고받고 있을 때, 유모의 남편은 먼저 제집에 들러 안해에게 숙향 낭자의 가여운 처지를 말하였다. 그러고는 낭자가 자결할지 모르니 빨리 가 보라고 하였다.

유모는 서둘러 숙향에게 달려가고, 남편은 완월루로 달려가서 부인께 숙향 낭자를 만나 들은 사연을 아뢰었다.

부인은 곧바로 완월루를 내려와 사랑으로 갔다. 위공이 목침만한 책을 펴 놓고 소리 내어 읊조리고 있다. 부인이 두어 번 기침을 하니 위공이 부인을 맞았다. 부인이 위공에게 숙향의 안된 처지를 말하고 나서 안타까이 말했다.

"그 모양이 안됐나이다. 모르는 척하고 내버려 두는 것은 참으로 박절하오니, 데려다가 근본이나 알아보는 것이 어떠하오리까? 우리 선이의 총명을 믿고 제 하는 양을 보사이다."

"부인 뜻대로 하시오."

마침내 위공도 허락하였다.

부인은 바로 심부름꾼을 불러 자그마한 가마를 하나 가지고 가 빨리 낭자를 데려오라고 하였다. 유모의 남편은 뛸 듯이 기뻐하며 가마를 앞세우고 숙향이 있는 곳으로 종종걸음을 쳤다.

한편, 숙향은 청삽사리가 말려 죽지도 못하고 하릴없이 서성거리고 있었다.

그때, 유모가 숙향이 앞에 이르러 절을 하고,

"이 공자의 유모이옵니다."

하고 뒤이어 목소리를 한껏 낮추어 속삭이듯 말했다.

"듣자온즉 우리 공자께서 낭자를 배필로 맞으셨다 하오나, 고모
님께서 주장하셨으니 위공 어르신과 마님이 알지 못하셨소이다.
하여 옥중에서 곤경을 당하셨는가 보옵니다. 늘 안타깝더니 오늘
이렇게 낭자를 모시게 되어 우리 도련님을 뵈온 듯 반갑기 이를
데 없사옵니다."

유모의 말은 응어리져 있던 숙향의 마음을 따뜻이 녹여 주었다.
숙향의 얼굴에 그제야 화색이 돌았다.

"공자의 유모를 이렇게 만나니 어찌 내 마음을 터놓지 않으리
오."

숙향은 이렇게 말한 뒤 전후사연을 간단히 이야기하였다.

그때 유모의 남편이 하인들과 가마를 가지고 이르러, 낭자를 모
셔오라 한 마님 말씀을 전하였다.

숙향은 고개를 저었다.

"부르시는 명이 지엄하나 천한 몸에 가마는 당치 않으니 나는 그
대로 걸어가리다."

"그러시면 아니 되옵니다."

유모는 손을 내젓고는 어줍게 웃으며 말했다.

"마님의 명이시니 가마를 사양치 마옵소서."

숙향이 마지못해 가마에 오르자 유모는 가마꾼들을 재촉하여 바

삐 움직였다. 가마가 흔들흔들 기우뚱거리며 둥둥 떠가니 청삽사리도 춤추듯 건들건들 가마 뒤를 따라나섰다.

숙향을 태운 가마가 대문 안에 들어서자, 여종들이 완월루로 모시라는 마님의 명을 전하였다. 가마는 다시 완월루에 이르렀다.

숙향이 가마에서 내려 보니, 종들이 붓끝 같은 불길이 너울거리는 향촉을 받쳐 들고 늘어서 밝기가 대낮 같았다. 숙향은 계집종이 이끄는 대로 누각에 올랐다.

숙향은 나란히 앉아 있는 위공 부부께 네 번 절하였다. 청삽사리는 어느 틈에 올라왔는지 한구석에 얌전히 앉아 있다. 위공과 부인은 절을 받고 숙향을 가까이 불러 앉히고는 아리따운 용모와 고운 태도를 슬며시 살펴보았다.

위공이 부인을 돌아보며 말했다.

"달덩이 같은 얼굴하며 자태가 저렇듯 뛰어나니 선이 어찌 무심하겠소."

부인도 얼굴 가득히 기쁜 빛을 띠고 위공을 마주 보며 즐거이 웃었다.

"미인박명이라고 겹겹이 쌓인 시름이 얼굴에 떠 있는가 싶으나 기질이 그저 연약하지만은 않은 것 같소이다. 이제 수심만 씻어 버리면 옛날 그 어떤 이름난 미인이라도 미치지 못할까 하오이다."

"흐흠, 부인 말이 참으로 그럴듯하구려. 허허."

위공은 부인을 보고 고개를 끄덕이며 웃고 나서 숙향이에게 고개를 돌렸다.

"네 고향은 어데며 부친의 성과 이름은 무엇이고 나이는 얼마나 되었느냐?"

"저는 다섯 살에 난리를 만나 부모를 잃고 사방으로 떠돌아다녔사옵니다. 그러던 중 하루는 흰 사슴이 저를 업어다가 남군 땅 장 승상 댁 동산에 내려놓고는 가 버렸나이다. 자식이 없던 승상과 부인이 저를 불쌍히 여겨 자식 삼아 십 년이나 길러 주셨사오나, 뜻하지 않은 일이 벌어져 승상 댁을 떠나지 않을 수 없었나이다. 그러므로 고향도, 아버님의 성과 이름도 모르오며, 나이는 올해 열여섯 살이 되었사옵니다."

숙향은 부모와 헤어진 뒤 지금까지 살아온 일을 이렇게 줄여 말하고 나서 얼굴을 가만히 수그렸다.

위공은 고개를 끄덕이고 사뭇 부드러운 목소리로 또 물었다.

"그래 장 승상 댁에서는 무슨 일로 나왔느냐? 또 듣자니 이화정 할멈과 지냈다고 하던데 그 늙은이와는 어떻게 되느냐?"

"승상 댁에 사향이라는 여종이 승상의 장도와 부인의 금비녀를 훔쳐다가 제 방에 넣어 두고 저를 모해하여 부인께 참소하였나이다. 아무리 밝히 말하여도 소용이 없기로 뛰쳐나와 죽을 마음으로 표진강에 뛰어들었사옵니다. 이때 다행히도 연밥 따는 아이들이 구해 주어 죽지 않고 살아났사옵니다. 그 아이들이 어느 쪽으로 가라고 하였으나 아녀자의 행색이 난처하여 병신인 체하고 걸어가다가 기운이 다하여 갈대숲에 주저앉았사온데 갑자기 불길이 치솟았사옵니다. 미처 피하지 못하여 입은 옷이 다 타고 거의 죽게 되었을 즈음에 화덕진군이 구해 주었나이다. 그러고 나서 옷가지도 없이 서성거리다 이번에는 이화정 할머니를 만나게 되었나이다.

그 뒤 그 할머니를 의지하여 지내던 중 이 공자의 청혼을 받아 혼인을 하였고, 그 일 때문에 낙양 옥중에서 죽을 뻔하는 재액을 당하였사옵니다. 다행히 죽음은 면하였으나 새로 도임한 낙양 태수가 영을 내려 그 근처에 있지 말라 하시기에 할머니와 함께 다른 마을로 자리를 옮겼나이다. 하오나 얼마 안 되어 할머니가 세상을 떠나니, 슬픈 마음을 이길 수 없어 겨우 장사를 치르고 다만 청삽사리를 의지하여 쓸쓸히 지내었나이다.

헌데 오늘 아침에 도적이 저를 해치려 한다는 말을 듣고, 추한 욕을 면할 수 없고 살아갈 길이 아득하여 할머니 무덤을 찾아와서 죽으려 하였나이다. 그러다가 부르심을 입사와 지금 이렇게 왔나이다."

숙향이 말을 마치자 위공은,

"허, 꿈같은 일이로다."

탄복하며 머리를 흔들더니 목소리를 한껏 낮추었다.

"그래 남군 땅 장 승상 댁을 떠나 몇 달 만에 예까지 왔느냐?"

"길가에서 하루를 묵고 할머니를 만났나이다."

숙향의 말에 위공은 눈이 휘둥그레졌다.

"남군서 예까지는 사천삼백 리라 한 달이 걸려도 오지 못하려든 이틀 안에 이른단 말이냐? 기이한 일이로다. 참으로 기이한 일이야."

이번에는 부인이 웃으며 다시 물었다.

"네 이름은 무엇이며 나이는 몇 살이냐? 내 미처 듣지 못하였구나."

"이름은 숙향이고 나이는 열여섯이옵나이다."

숙향은 나직하나 또렷이 대답했다.

"네 태어난 날은 언제냐?"

부인이 다우쳐 대는 것처럼 또 물었다.

"사월 초여드렛날이옵나이다."

숙향은 고개를 숙였다. 부인도 위공도 말이 없었다. 완월루 두리는 그윽한 정적만이 감돌았다. 잠깐 뒤에 부인이 갑자기 무릎을 철썩 쳤다.

"옳거니, 내 이제야 생각나는구나."

부인은 웬일인지 고개를 젖히고 별빛 총총한 밤하늘을 바라보더니 웃으며 말했다.

"내가 잊고 있었더니 과연 옳구나. 선을 낳을 때 선녀가 나타나 무슨 말을 하기에 적어 두었더니 오늘에야 그 뜻을 알겠구나."

부인은 또 한 번 무릎을 철썩 치고 곧장 계집종을 불러 적어 둔 것을 가져오게 하였다. 위공은 영문을 알 수 없어 눈만 껌벅거렸다. 이윽고 계집종이 비단 한 폭을 가지고 와서 부인께 드렸다.

부인은 그 비단을 펴서 위공도 볼 수 있게 앞에 놓았다. '남양 김전의 딸 숙향'이라는 글발이 밝은 촛불 빛에 또렷했다.

"네 부친의 성과 이름도 모르면서 태어난 날은 어찌 아느냐?"

"헤어질 때 부모님이 사주 적은 것을 비단 주머니에 넣어 몸에 채웠으므로 아옵나이다."

숙향은 낮은 소리로 말하고는 몸에 지니고 있던 비단 주머니를 떼어서 두 손으로 받들어 부인께 드렸다. 부인도 자못 엄숙한 낯빛으로 비단 주머니를 받았다. 주머니를 열어 사주 적은 것을 꺼내 놓으니, 거기에 이름은 숙향이요 자는 월궁선이고 사월 초파일 해시(亥時, 밤 아홉 시에서 열한 시) 생이라고 쓰여 있었다.

숙향의 사주를 이윽토록 바라보던 부인이 문득 혼잣말로 중얼거렸다.

"연월일시가 우리 선이와 꼭 같은데 성을 모르니 답답해라."

"어느 저녁 꿈에 신선께서 이르기를, '남양 김전이 네 부친이라.' 하더이다만 한낱 꿈일 뿐이니 어찌 그대로 믿으리까."

숙향이 머리를 조금 들며 들릴 듯 말 듯 말했다. 아버지 이름도 성도 모르는 것이 참으로 딱했다.

위공이 천천히 머리를 끄덕이며 입을 열었다.

"음, 그럴 수도 있겠지. 세상일이란 언제나 기묘하니까. 허허, 만일 네 꿈대로 그게 사실이라면 어찌 다행하지 않겠느냐?"

"그럼 김전이란 사람을 아시옵니까?"

부인이 눈을 크게 뜨고 위공을 바라보았다.

"김전은 어떤 사람인지요?"

다우쳐 묻는 부인의 목소리가 사뭇 높았다.

"김전이란 사람은 운수선생의 아들이니 더 물을 것도 없소."

위공이 웃으며 말했다.

아직 모든 것이 분명치 않으나 어쨌든 부인은 기쁨을 금치 못했고 위공의 마음도 부인과 마찬가지였다. 위공과 부인은 숙향의 방을 정해 주고 몸종을 불러 낭자를 그리 모시라 이른 다음 자리에서 일어났다.

숙향은 아늑한 방으로 들어갔다. 청삽사리도 방문 곁에 자리를 잡았다. 달은 휘영청 밝고 밤은 소리 없이 깊어 갔다.

부인은 숙향의 근본을 알게 되자 아들의 정실을 삼으려고 마음먹었다. 그래서 언제나 곁에 두고 그 행동을 세심히 살펴보곤 하였다. 숙향은 모든 일에 막힘이 없었고 무엇이나 그르침이 없었다. 부인이 숙향을 사랑하는 정은 날이 갈수록 더욱 깊어 갔다.

어느 날 숙향이 부인 앞에 단정히 무릎을 꿇고 여쭈었다.

"전에 살던 집에 가서 세간들을 가져왔으면 하옵나이다."

"그래, 꼭 가져와야겠느냐?"

"예, 그리하면 좋을까 하옵나이다."

숙향이 두 볼에 빨갛게 홍조가 피어올랐다.

"음, 네가 아끼던 물건들이니 그렇겠구나. 허지만 도적이 드나들었을 터이니 그냥 남아 있겠느냐?"

부인이 다정히 물었다. 숙향은 머리를 다소곳이 숙였다.

"소중한 것들은 땅에 파묻었사오니 도적이 알 리가 없나이다."

"네가 가지 않으면 찾아오기 어렵겠구나. 허나 나는 너를 그 험한 곳에 보내고 싶지 않구나."

"청삽사리가 아오니 다른 이가 가도 되옵니다."

부인은 숙향에게 삽사리를 불러오라 하고 믿음직한 유모 남편을 불러 분부하였다.

"저 개를 데리고 낭자가 살던 집에 가서 세간들을 가져오게."

부인은 그러면서도 속으로는 개가 어찌 사람의 일을 다 알겠는가 하고 의심해 마지않았다.

아랫사람들은 부인의 분부를 받자마자 건장한 자 여럿을 불러 청삽사리를 앞세우고 수레를 몰아 숙향이 살던 집으로 갔다.

얼마 뒤 일행이 그 집에 이르자 청삽사리가 뜨락 한구석으로 달려가더니 앞발로 땅을 허비었다. 개가 하는 짓을 유심히 바라보던 유모의 남편이 일꾼들에게 그 자리를 파 보라 하였다. 땅속에 묻혀 있던 물건들이 드러났다. 값진 그릇들과 금은붙이며 귀한 물건들이 적지 않았다. 숙향이 아끼던 것을 한 수레 가득 싣고 벙글거리며 집으로 돌아왔다.

유모의 남편이 집에 돌아와, 세간과 보물들을 실어왔다고 아뢰었다. 부인은 기뻐 웃으며,

"그래 그 삽사리가 어떻게 귀한 물건들이 있는 곳을 알려 주던 가?"

하고 물었다.

저저마다 청삽사리의 신통함을 본 대로 말하니, 부인이 탄복하며 숙향이 예사 사람이 아니라 생각하게 되었다.

여러 날이 훌쩍 지나갔다. 하루는 달이 유난히도 밝아 부인이 숙향을 데리고 완월루에 올라 달구경을 하였다. 보석처럼 반짝이는 수많은 별들이 달을 에워싸고 있었다. 부인이 갑자기 숙향을 돌아보며 물었다.

"애야, 네가 바느질이나 길쌈도 할 수 있느냐?"

"예, 서툴게나마 그저 조금 하오이다."

"그래? 어느 틈에 배웠는지 참 기특하구나."

숙향이를 바라보는 부인의 눈길이 다정스러웠다.

숙향은 머리를 숙이고 조용히 말했다.

"배운 바는 별로 없으나, 본이 있으면 그대로 할 수는 있사옵니다."

"그럼 네 재주를 한번 보고 싶구나."

부인은 빙그레 웃으며 숙향을 쳐다보았다. 백옥 같은 얼굴은 보름달마냥 더욱 환하고 아름다웠다.

이튿날 아침 숙향을 부른 부인은 관복 한 벌과 비단 두어 필을 주며 말했다.

"상공께서 오래지 않아 서울 가신다는구나. 그런데 관복이 좋지 않으니 네가 이걸 보고 그대로 지어 보아라."

"예, 힘껏 해 보겠나이다."

숙향은 비단 필을 받아 가지고 제 방으로 돌아와서 찬찬히 살펴보았다. 비단이 그다지 좋은 편이 못 되었다. 그래서 제가 가지고 있던 비단을 꺼내어 반나절 만에 관복을 지은 뒤 여종에게 다 되었다고 부인께 알리라 하였다. 여종은 바로 달려가서 고하였다. 부인은 믿지 않았다.

"관복은 여느 옷과 다르니라. 내 소싯적에 바느질 재주가 남에게 뒤지지 아니하였으나 관복 한 벌 짓는 데 닷새가 걸렸느니라. 며늘애가 아무리 재주 능하다 해도 어찌 그렇듯 빨리 지었겠느냐. 그런 일이 어디 있으랴."

"그래도 다 지었다고 말씀드리라 하셨는걸요."

여종이 눈을 동그랗게 뜨고 말했다.

"그럴 리가 있겠느냐? 어서 가서 소저에게 내가 부른다고 하여라."

부인이 웃으면서 빨리 가라고 손짓하였다.

여종은 고개를 까닥이고 돌아서 나갔다. 얼마 안 되어 숙향이 관복 두 벌을 들고 들어와서 공손히 절을 하였다.

"아마 저 애가 잘 모르고 관복을 다 지었다고 한 것 같구나. 일이 빨리 되어 가니 그랬겠지. 그래 얼마나 되었느냐? 어디 보자."

숙향은 수줍은 듯 얼굴을 붉히며 말했다.

"과연 관복은 다 지었사오나, 어찌할 줄 몰라 바로 여쭈지 못하였나이다."

"그게 정말이냐?"

부인은 눈이 휘둥그레졌다.

숙향이 관복을 두 손으로 받쳐 부인께 드렸다. 성큼 받아 든 부인은 이리 뒤집고 저리 뒤집으며 찬찬히 살펴보았다. 치수도 꼭 들어맞고 바느질 솜씨도 참으로 정교하였다. 어느 모로 보나 다른 관복에는 댈 것이 아니었다. 그런데 관복을 지은 비단이 숙향이 받아 갔던 것보다 훨씬 더 좋은 것이었다.

"이 비단은 내가 준 것이 아니로구나. 어디서 난 것이냐?"

부인이 새로 지은 관복을 만지작거리며 물었다. 숙향은 부끄러운 듯 고개를 가만히 숙였다.

"이 비단은 동촌 이화정 집에서 짠 것이옵니다. 더 나을 듯하고 마침 색깔도 같아서 바꾸어 지었나이다."

"참, 희한한 재주로다. 이런 재주가 또 어디에 있을꼬!"

부인은 칭찬을 아끼지 않았다. 곁에 서 있는 여종도 눈을 크게 뜨고 관복을 들여다보다가는 부인과 숙향이 얼굴을 번갈아가며 보았다.

"돌아가서 푹 쉬거라. 이걸 짓느라고 얼마나 마음 쓰고 수고를 했겠느냐. 나는 어서 상공께 보여 드려야겠다."

부인 얼굴에 기쁜 빛이 어리었다.

숙향이 절을 하고 물러가자 부인은 사랑으로 나갔다.

"관복을 새로 지었으니 바로 입어 보사이다."

부인이 몹시 기뻐하며 새 관복을 상에 내려놓았다.

"허허, 이게 웬일이오?"

위공은 놀라면서 겉옷을 벗고 새 관복을 느릿느릿 입어 보았다. 품이 한 치도 어김없이 들어맞고 모양 또한 훌륭한 것이 정말로 마음에 들었다.

"요즈음에는 부인이 늙어 몸에 맞는 옷을 입어 보기 힘들었는데 이 관복은 아주 잘 맞소그려. 내 늘그막에 큰 호사를 하는가 보오."

위공은 이렇듯 농말을 하고 껄껄 웃었다. 부인이 또한 웃으며 말하였다.

"저야 소싯적에도 옷 짓는 솜씨가 이렇지 못하였거든, 하물며 늘그막에 어찌 이처럼 기막힌 솜씨를 보이리까. 며늘아이가 지은 것이옵니다. 우리 며늘애가 제 손으로 비단을 짜고 또 제 손으로 관복을 지었으니 참으로 기특하옵니다."

그제야 위공은 무슨 일인가를 깨닫고 놀라움을 금치 못했다.

"만일 그럴진대 우리 며느린 진실로 짝 없는 재주를 가졌소그려. 허 참, 세상에 둘도 없는 재주 아니오?"

위공은 못내 감탄하며 현숙하고 재주 있는 며느리를 맞은 것을 기뻐하였다. 이날 위공 부부는 아들과 며느리 이야기로 꽃을 피웠다.

얼마 안 되어 황제가 위공을 불렀다. 길 떠날 채비를 하고 위공이 오래간만에 흉배胸背*를 보니 새로 지은 좋은 관복에 예전 흉배가 어울리지 않았다. 하여 위공은 다른 흉배를 사 오라고 하였다.

부인은 위공을 보고 조용히 말했다.

"상공의 벼슬에 맞는 흉배를 당장에 구하기도 어렵고 또 그러다 가 길 떠나심이 더뎌질까 근심스럽소이다."

"허, 그럼 어쩐다?"

위공이 난색을 지으니 숙향이 나직이 물었다.

"어떠한 흉배를 달아야 하나이까?"

"위공은 일품이니 쌍학을 붙이느니라."

부인이 대수롭지 않게 말했다.

"제가 수를 조금 놓을 줄 아오니 정성 들여 흉배를 수놓아 보겠 나이다."

숙향의 말에 부인은 머리를 저었다.

"흉배는 다른 수와 달라 누구나 놓을 수 있는 것이 아니니라. 더

---

* 벼슬아치가 관복의 가슴과 등에 붙이는 치렛감. 품계에 따라 다르게 한다.

구나 상공께서 내일 떠나시는데 네 재주 아무리 능하다 해도 어찌 반나절에 해내겠느냐?"

부인 말에 위공은 그렇이 여겨 말이 없고 숙향도 더는 입을 열지 못하였다.

숙향은 위공과 부인께 물러감을 아뢰고 제 방으로 돌아가서 밤 깊도록 수를 놓아 직품에 맞는 흉배를 만들었다. 그리고 날이 밝자 그 흉배를 위공에게 가져다 드렸다. 뜻밖에 훌륭한 흉배를 받아 든 위공은 기뻐 어쩔 줄 몰랐다.

"어허, 우리 며느리 재주가 참으로 신통하구나. 이 어인 복인고."

부인도 덩달아,

"애야, 네 재주와 정성이 우리 집안의 복이로구나."

하며 즐거운 웃음꽃을 피웠다.

착하고 효성스럽고 재주 있는 며느리를 둔 위공 부부의 가슴속에 따스한 봄 물결이 일렁거렸다. 숙향은 더욱 송구스러워 소곳이 숙인 채 발그스름해진 얼굴을 들지 못하였다.

그날 위공은 며느리가 만든 흉배를 붙인 새 관복을 떨쳐입고 서울로 길을 떠났다. 행차는 여러 날 걸려 서울에 들어섰다. 위공은 곧 대궐로 들어가 황제를 뵈었다.

이날 황제는 위공과 더불어 나랏일을 의논하던 중에 위공의 관복과 흉배를 새삼스럽게 살펴보더니,

"경의 흉배는 어디서 났소?"

하고 물었다.

"신의 며느리가 관복을 짓고 또 흉배도 수놓았나이다."

그러자 황제가 물었다.

"경의 아들이 죽었소?"

"살아 있나이다."

위공의 대답을 들은 황제는 흉배를 다시 이윽히 보더니 말하였다.

"경의 관복을 보니 하늘 은하수 무늬요, 흉배는 바다 가운데 짝 잃은 학의 외로운 모양이니, 경의 아들이 살았으면 어찌 이러하리오."

위공은 황공하여 머리를 조아리며 아들이 숙향을 만난 일을 아뢰었다. 앞뒤 이야기를 다 들은 황제가 크게 감탄하였다.

"이 여인의 행실과 재주가 참으로 희한하고 천고에 드문 일이로다. 경의 충성이 지극하니 하늘이 그처럼 현숙한 며느리를 주시어 복을 돕는가 싶소."

"황공하여이다."

위공은 그저 머리만 조아릴 뿐이다.

이날 황제는 비단 백 필을 상으로 내리어 위공의 충성과 그 며느리의 갸륵한 효성을 표창하였다.

위공은 보름 나마 궐 안에 머물러 있으면서 조정의 일들을 처리한 뒤 낙양 북촌의 집으로 돌아왔다. 그사이에 집 안팎은 몰라보게 달라지고 선경처럼 아름다이 꾸려 있었다. 이는 숙향의 지극한 정성과 재주로 이루어진 것이다.

위공은 더없이 기쁘고 즐거운 마음으로 부인과 숙향더러 황제의 말씀을 전하고 상으로 내린 비단 백 필을 며느리에게 주었다. 숙향은 위공의 집에 들어온 뒤 몸이 편안하여서인지, 더욱 아름다워져 얼굴이 언제나 금방 떠오른 보름달처럼 환했다.

위공 부부는, 착하고 효성스럽고 재주 있는 숙향을 날이 갈수록 더욱 사랑하였으며 지극히 소중히 여기었다.

그대와 다시 만나니 기쁨이 더하오

이선은 태학에서 글 읽기에 열중하나 숙향의 소식을 듣지 못하니 마음이 늘 우울하였다. 은근히 쌓이는 그리움이 너울거리는 촛불에 비껴 책장의 글줄을 지워 버리기 일쑤였다. 무심한 낮과 밤은 선의 마음은 아랑곳 않고 흐르고 또 흘렀다. 그런 중에 태학 관원이 황제께 상소를 올렸다.

"요즘에 태을성이 장안에 비치었사오니 과거를 베푸시어 인재를 잃지 마옵소서."

황제도 그렇이 여겨 곧 날을 정하고 과거 시험을 베풀었다. 방이 나붙자 천하 선비들이 구름같이 모여들어 저마다 재주를 다투었다.

선도 다른 선비들과 마찬가지로 과거 시험장에 나아가 재주를 다하였다. 그동안 밤을 밝혀 가며 읽고 배우고 닦은 것이 헛되지 않아, 드디어 선은 장원으로 뽑혔다.

황제는 장원을 한 선을 불러 친히 술을 내리고 환히 웃으시면서,

"이런 인재를 얻으니 짐이 근심을 덜리로다."

하였다. 또한 선의 풍채 끼끗하면서 시원스럽게 늠름하고 기상이 굳세어 만인 중에 뛰어나니 황제께서 기특히 여기사 지극히 사랑하며 선에게 한림학사 벼슬을 내리셨다. 선은 엎드려 사례하고 물러 나와 그길로 태학관의 스승과 나라의 공신들을 찾아가서 인사를 드렸다.

선은 조급한 마음을 누르고 며칠을 분주히 보내면서 할 바를 다한 뒤에야 부모님이 손꼽아 기다리고 있을 고향으로 갔다. 부지런히 말을 채찍질하여 가다가 중간에 동촌 어귀에 이르렀다. 선은 하인들을 먼저 보내고 방향을 돌려 이화정 숙향의 집부터 찾았다. 선은 바삐 말을 몰았다. 선을 태운 말이 앞발을 껑충 높이 들었다가 쾅 내리더니 활짝 열려 있는 사립문 안으로 성큼 뛰어 들어갔다.

말을 멈춰 세우고 둘러보니 뜨락에는 풀이 우거져 있고 사람 사는 흔적이 없다. 선은 훌쩍 뛰어내려 대추나무 밑동에 말을 매 놓고 두리를 살피며 집 안으로 다가갔다. 열려 있는 낡은 문짝들은 금시라도 떨어질 듯 바람결에 건들거렸다. 선은 천천히 방 안에 발을 들여놓았다. 텅 비어 있는 방에는 깨어진 그릇 몇 개와 천 쪼박들이 여기저기 널려 있다. 가슴이 선뜩하고 온몸에 소름이 끼쳤다. 혹시 청삽사리가 있나 하여 밖에 나와 두루 살폈으나 개도 보이지 않았다. 분명 도적이 들어 숙향을 죽이고 재물을 모조리 걷어 간 것 같았다.

"아아, 이 무슨 변고더냐?"

선은 하늘을 우러르며 탄식했다.

"낭자여, 나 때문에 천만 고초를 겪고 아름다운 몸이 죽을 곳에 이르렀구나. 그대 정녕 죽었다면 원혼이 되었으리라. 내 비록 한림 벼슬을 하여 이름을 떨쳤다만 낭자 없이 그것이 무슨 소용이리오. 죽어도 살아 있을 때와 마찬가지로 낭자를 저버리지 못하리니 내 목숨 또한 오래지 않으리라."

이렇듯 슬퍼하고 탄식하는 사이에 하늘 한가운데 떠 있던 해는 벌써 기울어 서산에 걸렸다. 그제야 정신이 든 선은 지금 한탄하는 것도 부질없으니 부모님을 뵈온 뒤 숙향 낭자 무덤을 찾아가 죽음으로써 의를 표하리라 생각하고, 대추나무에 매어 놓은 말고삐를 풀어 뛰어올랐다. 말은 네 굽을 안고 갈기를 날리며 달리기 시작했다.

선은 높고 큰 대문 앞에서 말을 멈춰 세웠다. 제집에 들어서자 아이종이 반가이 절하고는 돌아서 안채 쪽으로 뛰어갔다. 선이 왔다는 전갈을 받은 위공 부부가 급히 달려 나왔다. 선도 마주 달려가서 부모님께 절을 하였다. 여기저기서 집안사람들이 다투어 뛰어나왔다. 선이 장원 급제하여 한림학사가 된 것을 듣고 모두가 기뻐 떠들썩하였다.

위공과 부인은 선의 손목을 붙잡고 이것저것 물어 가며 한없는 기쁨을 숨기지 못하였다. 그래도 선은 저승길로 떠났을 숙향을 잊을 수 없어 시름겨운 낯빛을 도저히 감추지 못하였다. 축하해 주는 이웃 어른들에게 예의를 갖추어 인사도 올리고 아랫사람들의 인사를 받기도 하였으나, 얼굴에 비낀 근심을 아주 감출 수는 없었다.

온 집안을 들썩 들었다 놓은 이 기쁜 날에 아들 얼굴에 근심이 어린 것을 보고 위공이 아들을 가까이 불렀다.

"너는 애젊은 나이에 과거에 급제하여 효도를 다하였을 뿐 아니라 네 한 몸의 영광이 끝없으며 집안의 경사 또한 더없이 큰데, 대체 무슨 일로 얼굴에 근심이 어린 게냐?"

선은 가슴이 뜨끔하였다.

"이 아들이 부모님을 기쁘게 해 드리는 도리를 조금이나마 하였으니 어찌 기쁘지 아니하오리까. 하오나 먼 길을 와서 몸이 고단해 자연 그렇게 되었나이다."

"어허, 그랬구나. 혹여 그 아이가 죽은가 하여 그런 건 아니냐?"

위공의 얼굴에는 밝은 웃음이 어려 있었다. 부인도 웃으며 위로하였다.

"애야, 너무 상심하지 마라."

선은 부모님의 뜻을 깨닫고 황급히 엎드렸다.

"어이 그러하오리까. 그저 먼 길을 와서 피로가 겹싸여 그렇게 보였을 것이옵니다."

"오냐오냐. 알겠다."

위공은 머리를 끄덕이며 입을 닫을 기색이다. 하지만 부인은 자식이 애태우는 것을 그대로 볼 수 없어 끝내 말하고 말았다.

"아버지께서 네 뜻을 알고 숙향이를 데려다가 집에 두었으니 근심하지 말거라."

그래도 선은 듣지 못했는지 믿기지 않는지 공손히 두 손을 맞잡고 들릴 듯 말 듯 말했다.

"어찌 지어미 때문에 부모님께 시름을 끼치리까. 바람과 추위에 상하여 기운이 약해졌을 따름이옵니다."

"네 아직도 믿지 않는구나."

부인은 빙그레 웃고 나서 손짓으로 아랫사람을 불렀다.

"어서 가서 소저더러 선을 구하라고 하여라. 아마도 큰 병이 든 모양이다. 어서 소저를 데려오너라."

조금 있으니 웬 낭자가 시녀와 함께 나와 소리 없이 다가왔다. 선이 눈을 들어 바라보니 숙향 낭자였다. 숙향을 보고 반가움을 이기지 못하면서도 당황하여 어쩌면 좋을지 몰라 하였다. 그사이에 벌써 바로 앞에 이른 숙향은 두 손을 맞잡고 고개 숙여 예를 표하였다.

"군자께서 일찍 벼슬길에 오르시어 영광이 비할 데 없나이다."

나직하면서도 또렷한 말소리에 선은 정신이 번쩍 들었다.

"내 요행히 뜻을 이루니 집안의 경사인데, 그대를 이렇게 만나니 경사에 더 큰 기쁨이 겹쳤구려. 내 그대를 잊지 못하여 아침 흰 구름과 저녁에 뜨는 달을 바라보며 간장을 태웠다오. 뜻을 이루고 오는 길에 이화정 집에 들러 보니 인적은커녕 개도 보이지 않아 슬프고 답답하고 애끓는 심사를 달랠 길 없었소. 허나 오늘 마침내 이렇듯 만났으니 내 무슨 한이 있겠소."

선은 부모님이 곁에 있는 것도 잊고 그리웠던 정을 쏟아 놓았다.

숙향은 수줍어 고개를 가만히 숙였다.

"먼 길에 피로가 쌓여 곤하실 터이니 이젠 쉬도록 하사이다."

위공과 부인은 숙향의 말을 듣고 웃으면서 어서 선을 데려가라는 뜻으로 손짓을 하였다. 숙향은 고개 숙여 예를 표하고는 선을 돌아보자, 선이 숙향의 손을 잡고 봉루당으로 들어갔다. 숙향과 선이 자리를 뜨니 웅성거리던 사람들도 뿔뿔이 흩어졌다.

이윽고 아담한 방 가운데 마주 앉은 두 사람이 서로 그리던 정을 털어놓았다. 선이 이화정 마고할미의 죽음을 위로하자 숙향은,

"슬픈 마음은 끝이 없지만 오늘은 기쁜 날이니 나중에 말하사이다."

하였다.

안온하고 다정한 밤은 더욱 황홀하고 즐거이 흘렀다. 선과 숙향의 넘치는 정은 말로는 이루 다 할 수 없었다.

날이 밝고 해가 두둥실 떠오를 때 선은 숙향과 같이 부모님께 아침 문안을 드렸다. 위공 부부는 아들과 며느리의 더한층 늠름하고 아리따운 모습을 보고 기뻐하며 거듭 감탄하였다. 집안사람들 또한 하나같이 입에 침이 마르도록 칭찬하고 자랑하였다. 위공은 가까운 친척들과 친지들을 부르고 벗들을 청하여 잔치를 차렸다. 또 그다음 날에는 부인이 잔치를 차리고 여러 부인네 벗들과 더불어 즐기며 숙향 낭자의 일을 드러내 말하니, 저마다 그 가엽게 지낸 세월과 기특하게 이겨 낸 것을 아낌없이 칭찬하였다.

하루는 아침에 선이 아버지께 문안 인사를 드리자, 위공이 골똘히 생각하며 말했다.

"며느리를 곁에 두고 보니 모든 일에 막힘이 없이 영리하며 자못 사랑스러우나 그 내력을 몰라 근심이구나. 미천한 여자를 취하였

다는 시비가 생길 것 같아 마음을 못 놓겠다. 전번에 양왕이 구혼하길래 허락하였더니 네가 먼저 혼인을 하였기에 일단 혼삿말은 접었느니라. 이제 네가 벼슬길에 올랐은즉 양왕이 다시 혼인을 재촉하면 어찌하느냐?"

선은 가슴이 선뜩하였으나 아버지 앞에서 내색할 수 없어 엎드려 머리를 조아리며,

"이 일은 제가 알아서 좋도록 할 것이니 근심 마옵소서."

하였다.

보름이 두 번 지나고 선은 행장을 꾸려 서울로 올라갈 채비를 하였다.

"제가 이미 나라에 매인 몸이 되어 부모님 곁을 떠나오니 마음이 편치 못하옵나이다."

선이 이같이 부모님께 하직을 고하니, 위공은,

"오냐오냐. 어서 떠나거라."

할 뿐이고 부인은,

"모든 일에 조심하여 실수 없도록 하고 건강 잘 돌보거라."

하고 거듭 당부하였다.

선은 부모님 앞을 물러 나와 봉루당으로 갔다. 숙향은 먼 길 떠나는 낭군을 위해 벌써 행장을 다 갖추어 놓고 기다리고 있었다.

"내가 어리석어 그대가 갖은 고생을 겪었는데, 이제 그리움 끝에 서로 만났으나 또 금방 떠나게 되니 마음이 편치 않소이다. 나는 더 머물지 못하고 서울로 가오. 부모님 잘 모시고 받들어 내 바라는 바를 저버리지 마소서."

선이 잠깐의 이별을 앞두고 이렇듯 따뜻한 말로 당부하자 숙향 또한 공손히 말하였다.

"남아 대장부 나라를 위해 벼슬길에 오르면 임금 섬기는 날은 많아도 부모 모시는 날은 적다 하오니 부모님을 모시는 일은 제가 할 것이옵니다. 군자는 충성을 다하여 나랏일을 돌보고 이름을 역사에 길이 남길 따름이오니, 어찌 빛나는 지위며 집안의 경사스러움을 돌보지 않겠소이까."

선은 그 어진 덕행에 마음이 한결 가벼워졌다.

서울을 바라고 길을 떠난 선은 얼마 안 되어 형주 지경에 들어섰다. 이곳은 가물 피해가 심하여 배고픔을 견디지 못한 양민들이 끼리끼리 모여 도적이 되는 일이 많았다. 선은 형주 땅의 형편과 민심을 살피다 나니 여기서 여러 날 머물 수밖에 없었다.

선은 예정보다 퍽 늦어서야 서울에 이르렀다. 선은 대궐에 들어가서 황제께 형주 땅의 형편을 아뢰었다.

황제는 선의 말을 듣자마자 바로 신하들을 불러 형주 땅의 백성을 구제하고 민심을 수습할 방책을 의논하면서 어서 마땅한 인재를 찾으라고 명하였다.

이때 한림학사 선이 아뢰었다.

"인심이 어지러운 것은, 흉년을 당한 데다 고을을 다스리는 자가 어질지 못하와 백성을 구하려 하지 않으니, 선량한 백성들이 배고픔을 이기지 못하여 난을 일으키는 것이옵나이다. 신이 비록 재주 없고 덕이 모자라오나 형주를 다스려서 백성을 보호하고 성상의 근심을 덜겠나이다."

이 말을 들은 황제는 크게 기뻐하며 선에게 형주 자사의 벼슬을 내리고 급히 떠나라고 명하였다.

선은 황제의 은혜에 사례하고 물러 나와 그길로 서울을 떠났다. 북촌에 있는 집에 들러 부모님께 문안을 드리고, 황제의 명으로 형주 자사가 되어 떠난다고 말씀드렸다.

하룻밤을 묵고 날이 밝자 선은 부모님께 하직을 고하였다. 위공은 엄숙한 얼굴로 말했다.

"대장부가 벼슬길에 들어섰으면 목숨으로 나라에 충성을 다해야 하느니라. 그런즉 너는 마땅히 백성을 사랑하고 정사를 바로 하여 성상께서 바라시는 바를 저버리지 말아야 한다. 알겠느냐?"

"예, 아버님 말씀 명심하겠나이다."

선도 엄숙히 다짐했다.

"네가 이 아비의 기대에 어긋나지 않게 잘하리라 믿는다."

위공의 말은 부드러우면서도 엄했다. 선은 몸가짐을 바로 하였다.

"이번 길을 성상의 은혜를 갚고 양왕의 청혼을 거절하는 기회로 삼으려 하옵나이다."

선은 부모님 앞을 물러 나와 봉루당으로 들어갔다. 숙향은 선이 들어오자 얼른 일어나 맞았다. 이별을 앞두고 두 사람은 말이 없었다.

이윽고 선이 먼저 입을 열었다.

"내 나라에 몸을 바쳐 험지에 부임하게 되니 부모님 곁을 떠나는 심정 무어라 말할 수 없소. 나중에 부인까지 내려오면 부모님을 어찌 모실지 참으로 난감하구려."

가만히 듣고 있던 숙향이 슬며시 머리를 들었다.

"듣자니 예로부터 충효를 함께 다하는 것이 어렵다고 일러 왔사오니 상공은 너무 심려치 마시오이다. 그런데 나중에 제가 내려갈 때 가는 길에 은혜 갚을 곳이 많으니 어찌하면 좋소이까?"

"부인 뜻대로 하면 될 것이오. 그럼 다시 만날 때까지 귀중한 몸 잘 돌보시오."

선이 일어섰다.

위공과 부인은 아들을 대문 밖에 나와 바래고 숙향도 그 뒤에 서 있었다. 부모님과 안해를 작별하고 총총히 길을 떠나 형주에 부임하였다.

젊은 신임 자사의 유다른 움직임은 첫 시작부터 많은 이의 눈길을 끌었다. 우선 형주 관아에 속한 구실아치부터 점고하였다. 구실아치들은 일마다 환하게 꿰뚫어보는 자사를 대하매 두려워 벌벌 떨었다. 하지만 오래지 않아 마음을 놓고 오히려 전보다 더 충실히 일하였다.

자사는 무엇이나 빈틈없이 파고들어 정확히 밝히고 자리에서 내쫓거나 올려 주었으며 상벌을 고르게 하였다. 또한 곳간을 열어 굶주린 백성들을 구제하고 죄 지은 자도 어진 말로 타일러 가면서 정사를 새롭게 해 나갔다.

도적들은 신임 자사가 처음 부임하였을 때는 저희들을 다 죽일 줄 알고 혹 도망하려 하거나 좀 장난을 쳐 보려고 하였으나 자사가 타이르는 말이나 하는 일을 보니 어진 덕에서 나오지 않는 것이 없는지라, 기꺼이 복종하여 스스로 도적의 업을 버리고 양민이 되어 농사일에 힘썼다.

또한 형주 자사 이선은 여러 지경을 두루 돌아다니며 손수 쟁기를 잡으면서 백성들이 농사일에 힘쓰도록 타이르고, 또 효성과 우애, 충성과 믿음을 가르쳤다. 그리하여 형주 지경의 어지러웠던 풍속은 차츰 아름답고 새롭게 바뀌어 흥겨운 노랫소리가 울려 나오니 몇 년 새 살기 좋은 고장으로 되었다.

지난 은혜 다 갚았으나 부모는 언제 만나누

아들을 험지에 보내고 늘 근심에 잠겨 있던 이 위공의 집에서는 선이 형주 땅을 잘 다스린다는 소식을 듣자 온 집안이 크게 기뻐하였다. 위공은 형주 소식을 듣기 바쁘게 숙향을 불러 앉히고 말했다.

"내 처음에는 형주 땅이 험하다는 소문을 듣고 너를 보내기가 걱정스러웠느니라. 헌데 듣자니 선이 부임한 뒤로 형주 땅 모든 고을이 태평 시절을 만났다 하니 이젠 다른 걱정이 없구나. 그러니 너는 어서 가서 선의 쓸쓸한 마음을 위로해 주거라."

"예, 아버님 말씀 명심하겠사옵니다."

숙향은 공손히 대답하고 길 떠날 채비를 하였다. 먼저 제물을 갖추고는 하인들을 데리고 청삽사리를 앞세워 마고할미 무덤을 찾아갔다.

무덤에 이르러 제상부터 차렸다. 그런 다음 절을 하려 하니 청삽사리가 제물을 다 먹고 그 자리에 앉는다. 숙향은 삽사리의 등을 어루만지며 말했다.

"네 비록 짐승이나 너 아니면 나는 벌써 죽었으리니 그 은혜를 무엇으로 갚으랴?"

청삽사리는 그 말을 알아들었는지 털부숭이 몸을 부르르 떨었다. 숙향이 삽사리를 바라보노라니 눈물겹게 살던 지난날이 되살아나며 가슴을 쌀쌀히 허비었다. 청삽사리는 대가리를 이리저리 휘젓고 일어서더니 앞발로 땅을 여기저기 마구 긁어 댔다. 숙향이 이상하여 자세히 보니 땅에 글자가 쓰여 있었다.

슬프다! 인연이 다하여 나는 여기서 영영 이별하나이다.

숙향이 크게 놀랐다.

"내 너와 더불어 한가지로 고초를 겪다가 이제 귀히 되어 은혜를 갚고자 하거늘 이렇게 헤어지다니 슬픈 마음 가누기 어렵구나."

청삽사리가 할미 무덤을 바라보다 숙향을 돌아보고 크게 우니 그 소리 우레 같더라. 문득 먹구름이 개를 두르더니 이윽고 구름이 사라지자 삽사리도 간데없었다. 숙향이 하염없이 흐르는 눈물을 뿌리며 말하였다.

"과연 범상치 않은 짐승이로구나."

숙향은 관을 마련해 마고할미 무덤 곁에 묻어 주고 제문을 지어 정성껏 제사를 지냈다. 그러고는 집으로 돌아와 시부모께 하직을 고하였다.

위공과 부인은 그동안 정이 깊이 든 며느리의 섬섬옥수 고운 손을 잡고 먼 길 조심할 것을 거듭 당부하였다.

형주 자사 부인 숙향은 집을 떠나기에 앞서 따르는 일행에게 분부하기를, 가면서 제사 지낼 곳이 많으니 준비를 잘 갖추고 지나는 곳마다 지명을 이르라고 하였다. 자사 부인의 행차가 드디어 많은 사람들이 바래는 가운데 길을 떠났다.

행차가 갈대밭에 이르자 숙향은 화덕진군을 생각하고 제문을 지어 제사를 지냈다. 제사를 마치고 보니 잔에 부어 둔 술은 없고 달걀만 한 구슬이 담겨 있었다. 숙향은 구슬을 거두어 잘 간수하고 다시 길을 떠났다.

한참을 가다 어느 물가에 이르러 숙향이 물었다.

"표진이 어데요?"

구실아치가 공손히 대답하였다.

"이 물은 양진이니 표진과 이어져 있나이다. 하오나 멀기가 천리도 더 되나이다."

숙향이 배를 준비하고 물었다.

"그러면 물길로 감이 어떻소?"

"예서 표진을 가려면 물길이 꽤 험하니 뭍길로 가는 게 마땅하나이다."

숙향이 섭섭하나 따르는 무리를 생각하여 배에서 내려 뭍으로 가려 하였다. 그때 문득 거센 바람이 일더니, 배가 하루 낮밤으로 쏜살같이 가는 것이었다. 사람들이 모두 놀라 죽기만 기다렸다.

좀 지나 바람이 잦아들고 물결도 잔잔해졌다. 배를 기슭에 대고 그곳 사람들에게 이곳이 어디냐고 물으니, '표진'이라 하여 모두 크게 놀랐다.

"양진서 표진이 천여 리어늘 어찌 하루 만에 왔을꼬?"

모두들 괴이히 여겼다.

그때 청아한 옥피리 소리가 들려와 숙향이 눈을 들어 보니 선녀 둘이 연잎배를 타고 노래 부르며 오고 있었다.

"여러 해 전 오늘 이 물에 와 숙향 낭자를 만나더니 올해 같은 날 또다시 만나도다. 모름지기 묻지 말라."

하더니만 어느새 간데없었다. 숙향이 크게 괴이히 여겼다.

다시 길을 가려는데 일행이 배가 고팠다. 쌀을 씻어 솥에 담고는 갈대밭에서 얻은 구슬을 거기 담아 두었더니, 쌀이 절로 밥이 되었다. 일행이 못다 먹고 고마워하며 부인을 신령한 사람이라고 하였다.

다시 길을 가는데 숙향이 한 곳에서 일행을 멈춰 세웠다. 산천 형세가 몹시 낯익었다. 자세히 살펴본 뒤에,

"장 승상 댁에 숙소를 정하라."

하고 명하자, 행차는 장 승상 집 쪽으로 위세 있게 나아갔다. 숙향 행차의 위의가 성대하기 비길 데 없어, 사람들이 모여들어 서로 발돋움하며 구경하느라고 떠들썩 붐비었다. 장 승상 댁에서는 자사 부인 일행을 반가이 맞아들여 정성껏 대접하였다.

숙향이 이날 밤 바깥채의 정갈한 방에 누워 있으니 곡소리가 들렸다. 겨우 잠이 들었는데, 한 화상이 벽에 걸려 있고 진수성찬이 차려진 방에서 음식을 먹고 나오는 꿈을 꾸었다.

이튿날 아침 장 승상 부인이 자사 부인을 청하였다. 숙향이 장 승상 부인과 인사를 나누고 나자 푸짐한 상이 차려졌다. 승상 부인이 향기로운 술을 따라 권했다. 숙향은 두 손으로 받아 한 모금 마셨다.

승상 부인이 먼저 입을 뗐다.

"귀하신 부인의 행차가 이르시니 이 누추한 곳이 밝히 빛나오이다. 마침 집안에 일이 있어 바로 청하지 못하여 미안하오이다."

숙향은 앉은 자리에서 두 손을 모아 잡고 고개 숙여 예를 표하였다.

"하룻밤 머무를 생각이었는데 이다지 폐를 끼치니 죄송함을 금할 수 없나이다. 그런데 부인께서는 무슨 일을 당하셨나이까? 지난밤에 몹시 슬픈 소리가 나니 이 몸도 자연 슬픔에 잠기지 않을 수 없었나이다. 그런데 이렇듯 융숭한 대접을 받다니 그저 송구스럽기만 하옵니다."

"원 별말씀을요."

승상 부인은 머리를 흔들었다. 그러고는 잠깐 사이를 두었다가 푹 가라앉은 소리로 말했다.

"어제가 죽은 딸 제삿날이라 너무 원통하여 곡소리가 처량하였나 보오이다."

그 말에 숙향은 고개를 깊이 숙였다.

"그처럼 슬픈 일이 있는 줄도 모르고 염치없이 뛰어들어 참으로 죄송하오이다."

"아아, 그러지 마소서. 이 누추한 곳에 오신 귀한 손을 편치 못하게 하여 이 늙은이가 미안하오."

승상 부인이 머리를 조용히 흔들며 어줍게 웃었다. 숙향이 조심스레 물었다.

"따님 나이는 몇이옵니까?"

"다섯 해 전에 열다섯 살 나이로 집을 나갔소이다."

승상 부인이 울먹이며 대답했다.

"저와 꼭 동갑이옵니다."

숙향이 생각에 잠겨 말하였다.

그런 뒤에 두 사람 다 고개를 숙인 채 말이 없었다. 숙향이 다시 물었다.

"숙향이 사향이란 여종의 참소를 만나 집을 나갔다는 말을 들은 적 있사온데 그 여종이 아직 그대로 있사옵니까?"

승상 부인은 그 말을 듣고 깜짝 놀라 몸을 바르르 떨었다.

"부인이 어떻게 숙향이를 아시오?"

"그저 자연 알게 되었나이다."

숙향의 목소리는 조금 떨리는 듯했다.

"부인이 알게 된 곡절을 들었으면 하오이다."

장 승상 부인이 눈물이 그렁그렁하여 말하니, 숙향이,

"수놓은 족자를 파는 것이 있어 알게 되었나이다."

하며 얼굴에 슬픈 빛을 띠었다.

"그러면 그 족자를 보사이다."

승상 부인 말에, 숙향은 여종더러 족자를 가져오라고 하였다. 여종이 얼마 안 있어 수놓은 그림 족자 하나를 가지고 들어왔다. 숙향은 그것을 받아 누구나 볼 수 있게 벽에 걸었다.

그 족자에는 장 승상이 부인과 같이 동산에서 어린 숙향을 품에 안고 있는 모습과 영춘당에서 저녁 까치를 만나 근심하던 일이며 숙향이 억울한 누명을 쓰고 승상 부인 앞에서 자결하려던 일 따위가 또렷이 그려 있었다. 승상 부인은 그 족자를 보더니 또 목 놓아 울었다. 숙향은 슬퍼하는 부인의 손을 잡고 살뜰히 어루만졌다.

"그림을 보시고 이러하시니 어인 일이옵니까? 그만 고정하소서."

"슬프고 괴롭구려."

승상 부인은 긴 탄식 끝에 혼잣말로,

"지난 일을 이렇듯 다 알고 있으니 감추어 무엇 하리오."

하며 전후사연을 천천히 이야기하였다.

숙향이 다 듣고 나서 입을 열었다.

"제가 낳은 딸자식이라도 죽은 뒤에는 어쩔 수 없는데 남의 자식을 이렇듯 잊지 못하시옵니까? 숙향이 비록 죽었으나 이를 알면 감사히 여기리다."

"아니, 그렇지 않으오."

승상 부인은 머리를 젓고 숙향의 손을 덥석 잡았다.

"이 족자를 내게 파시오. 내 비록 자식이 없으나 숙향이 주려고 황금과 비단을 장만해 두었는데 이제 누구한테 주리까. 부인께 드리겠으니 이 족자를 주시오."

"족자가 내게는 별로 소용이 없으니 부인께 드리겠나이다."

숙향은 소리를 한껏 낮추어 속삭이고 이어 얼굴빛을 고치고 다시 말했다.

"댁에 숙향의 화상이 있다는 말을 들은 적 있는데 대신 그걸 좀 구경하였으면 하옵니다."

"이 늙은이 방에 걸어 두었으니 같이 들어가 보사이다."

장 승상 부인은 무겁게 몸을 일으켰다. 숙향도 뒤따라 일어났다. 노부인과 숙향이 같이 안방으로 들어갔다. 방 안에 들어서자 열 살 나이 숙향이 조금도 틀림없이 그려진 그림이 보이는데 그림 속 숙향은 참으로 생기 있었다. 더욱이 화상에 푸른 비단을 드리워 놓고 또한 그 밑에는 온갖 음식을 차려 놓았는지라, 산 같은 은혜가 뼈에 사무쳤다. 숙향은 눈물이 저절로 솟구쳐 옥 같은 두 볼을 적셔도 깨닫지 못하고 그저 울먹거리기만 하였다. 지난날의 슬픔과 오늘의 감격이 한데 겹쳐 밀물처럼 왈칵 몰려드니 가슴에 뜨거운 불덩이가 치밀어 오르고 목이 꽉 메었다. 슬픔을 억지로 누르고 떨리는 목소리로 말했다.

"노부인께서 숙향을 저렇듯 못 잊으시니 감격을 누르지 못하겠나이다. 제가 비록 곱지 못하오나 숙향 낭자와 비교하면 어떠하옵니까?"

그러고는 머리에 썼던 화관을 벗고 화상 곁에 다가섰다. 그러고 보니 입고 있는 옷만 다를 뿐 얼굴이며 몸매가 꼭 같은 미인 둘이 나란히 서 있다. 노부인이 잠시 어리어리하였다.

"화상이 변하여 자사 부인이 되었느냐, 자사 부인이 변하여 화상이 되었느냐. 참으로 신기하고 이상하구나. 어쩌면 숙향이와 이리도 같을꼬."

노부인의 입에서는 이런 말이 절로 흘러나왔다. 주름 잡힌 부인의 두 볼에는 눈물이 줄줄 흘러내리고 입술은 바르르 떨렸다.

숙향이 그제야 장 승상 부인께 딸로서 예를 갖추어 절을 하였다.

"제가 과연 숙향이옵니다. 낭군이 형주 자사로 부임하여 저도 그곳으로 가는 중에 마님을 뵈옵고 은혜를 사례코자 찾아왔사옵니다. 그런데 마님께서 저를 잊지 않으시고 이렇듯 간절히 생각하시니 산 같은 은혜를 이 세상에서는 다 갚지 못할까 하옵니다."

장 승상 부인은 귀히 되어 온 숙향을 보자,

"이게 꿈이냐, 생시냐? 나를 희롱하는 것이냐?"

하며 어찌할 바를 몰라 했다. 숙향은 눈물을 흘리며 두 손으로 노부인의 손을 꼭 잡았다.

"어찌 꿈이리까. 정신을 수습하시고 여러 해 그리던 회포를 펴소서."

"그래 정녕 꿈이 아니냐? 생시란 말이지? 이런 일이 세상에 또 어디 있을꼬!"

그러면서 부인도 흐르는 눈물을 이리 씻고 저리 씻고 하였다.

"제가 그날 집을 나갈 때 혈서를 써 놓은 것을 보셨나이까?"

"그래, 보고말고. 그걸 보고 얼마나 울었는지 모른다."

"제가 사향이 모해를 입고 이 집을 나갈 때 어찌 오늘날 이렇게 다시 뵈올 줄 알았겠나이까."

숙향은 눈가에 맑은 눈물이 맺힌 채 웃었다. 이어 표진강에 몸을 던진 뒤 선녀의 손길을 입어 다 죽다 살아난 이야기와 또 갈대밭에서 불길에 싸였다가 화덕진군의 도움을 받아 위기를 면한 일이며 천태산 마고할미를 만난 사연까지 주욱 이야기하였다.

그럴 즈음 장 승상이, 숙향이 왔다는 말을 듣고 한걸음에 뛰어 들어왔다.

"어디 보자 내 딸아, 죽었던 네가 살아 돌아왔단 말이냐?"

하며 숙향의 손을 와락 부여잡았다. 숙향은 몹시 기뻐 울고 웃는 승상에게 공손히 절하고 극진히 위로하였다.

그다음 날에는 장 승상 부부를 위하여 큰 잔치를 차리고 많은 사람을 청하였다. 상다리 휘어지게 진수성찬을 차리니 향기로운 술이 강물처럼 철철 넘쳤다. 풍악 소리 맑고 웃음소리 또한 높았다. 숙향은 승상과 부인을 보고 웃으며 말했다.

"모진 고생이 꿈결같이 지나가고 이렇듯 즐거운 날을 맞으니 오늘은 두 분을 모시고 마음껏 즐기려 하옵나이다."

그런 뒤에 여종들더러 자기가 손수 정성껏 지은 승상과 부인의 옷을 가져오게 하였다.

숙향은 또 이웃의 부인들을 청하여 사흘 동안 큰 잔치를 차리고 즐기었다. 수레와 가마들이 울긋불긋 늘어서고 떠들썩한 말소리와 음악 소리가 그칠 줄 몰랐다. 사람들은 승상이 비록 자식이 없으나 이날을 맞아 열 아들이 부럽지 않으리라 하며 칭찬을 아끼지 않았다.

숙향은 이곳에 한 달을 머물면서 승상 부부를 모시고 즐거운 나날을 보내었다. 떠날 때가 되자, 형주 관아가 예서 멀지 아니하니 다시 오겠다 하고 하직하였다. 승상 부처가 딸자식을 멀리 보내는 마음 몹시 슬퍼 하많은 눈물을 흘렸음은 두말할 것도 없다.

장 승상 집을 떠난 자사 부인 행차가 장사 땅에 이르니, 갖가지 꽃들이 활짝 피어 그윽한 향기를 풍기고 바람에 살랑거리는 푸른 나무들 사이로 짐승들이 오르내리고 온갖 새들이 지저귀며 일행을 맞아 주었다. 들쑹날쑹한 산봉우리들이 기묘하기 이를 데 없는 데다가 사슴이며 원숭이, 황새며 까치 들이 무리 지어 몰려다니며 사람을 피하지도 않았다. 일행 중 한 사람이 이 광경에 넋을 잃고 자사 부인께 청하였다.

"저 짐승들이 사람을 보고도 피하지 아니하오니 활을 쏘아 잡도록 허락하여 주옵소서."

그러자 숙향이 머리를 흔들었다.

"여기 짐승들이 우리를 보고 저토록 반기는데 쏘아 잡는다는 것이 될 말이냐? 짐승들을 다치지 말아라."

지금껏 힘들고 위급한 처지에 놓일 때마다 사슴이며 파랑새며 청삽사리와 같은 온갖 짐승들이 도와준지라 숙향은 무심할 수가 없었던 것이다.

숙향은 장사 관아에 말하여 쌀 닷 섬을 갖다가 밥을 지었다. 골어귀에 수레를 머무르고 숙향이 친히 밥을 내놓으니 짐승들이 모두 몰려와 밥을 먹고 흩어져 갔다. 일행이 모두 부인이 비상하다고들 하며 즐거워하였으나, 숙향은 마음 깊이 슬퍼하였다.

'이제 내 전날 은혜를 다 갚았으나 다만 부모를 만나지 못하였으니 한스럽구나.'

일행이 물가에서 참을 먹고 수레를 메운 다음 다시 천천히 움직였다. 산을 넘고 강을 건너며 굽이굽이 길 따라 가노라니 크고 작은 집들이 늘어선 고을에 이르렀다.

앞서 가던 이가 수레 앞으로 말을 몰아와서 읍하며 아뢰었다.

"이곳이 계양 땅이로소이다."

숙향은 전날 마고선녀를 이별할 때 자기 아버지 김전이 계양 태수라 하던 말이 생각나서 수레를 재촉하여 태수가 있는 관아를 바라고 나아갔다. 자사 부인 행차가 이르렀음을 듣고 태수가 나와 예를 갖추어 맞이했다. 숙향이 보니 젊은 사람이라 이상하여 태수의 성과 이름을 물었다. 구실아치가 태수의 성명이 유뢰라고 대답하였다. 숙향은 가슴이 내려앉았다.

"내 전에 들으니 계양 태수는 김전이라고 하던데 이름이 다르구나. 그렇다면 계양이 또 있단 말이냐?"

숙향이 놀라 물으니 아랫사람이 말했다.

"얼마 전에 이곳 백성들이 하는 말을 들으니 전 태수 김전이 어진 정사를 펴서 칭송하는 소리가 높으므로 벼슬이 올라 양양 태수로 가고 유 태수가 새로 왔다 하더이다."

"예서 양양이 얼마나 되느냐?"

"삼백 리 되옵니다."

"형주 관아로 가는 길이냐?"

"그리로 가면 많이 돌게 되옵니다."

숙향은 양양으로 가고 싶었으나 도중에서 많이 지체된 것을 생각하고 다음에 가 보기로 마음먹었다.

"그럼 형주로 길을 잡아라."

우리 숙향이가 자사 부인이 되었구나

김전은 위공의 노여움을 사서 계양 태수 자리로 옮겨 앉아 있었
다. 이때 새로 온 형주 자사 이선이 여러 고을을 돌아보면서 고을
원들이 어찌 일하는지 살피어 파직도 하고 후한 상도 내렸다. 그러
던 중에 김전이 바른 정사를 펴서 백성들의 칭송이 높음을 알고, 이
사실을 황제께 아뢰어 김전의 벼슬을 양양 태수로 높여 주었다.

어느 날 김전이 형주 자사를 만나 고을 일들을 고하고 오는 길이
었다. 반하 물가를 지나는데 웬 백발 늙은이가 길옆 바위에 번듯이
누워 있었다. 수행하는 군사들이 그 오만한 거동을 보고 잡아 내려
죄를 물으려 하니, 김전은 그들을 물리고 바위 앞으로 나아가 공손
히 인사하였다. 노인은 그저 누운 채로 김전을 힐끗 쳐다보고는 끙
소리를 내며 모로 돌아누웠다.

김전이 속으로 생각하였다.

'내 벼슬이 높아 삼천 병마를 거느리고 따르는 사람이 적지 않아 그 위의가 자못 크거늘, 보통 사람이라면 감히 업수이보지 못할 것이로되 이렇듯 거만하게 구는 것을 보니 예사 사람이 아니로구나.'

아무튼 어찌하나 보리라 하고 공손히 절을 또 하였다.

늙은이는 다시 잠깐 흘겨보더니 한 발을 다른 다리 위에 얹으면서 팔베개를 하였다가는 다시 바로 누웠다. 김전은 더욱 공경히 절을 하고 그 곁에 섰다.

"네 갈 길이나 갈 게지, 누가 너더러 절하라더냐?"

늙은이가 눈을 감은 채 말했다.

"지나가는 길손이 어르신을 공경하여 절함이옵니다."

김전은 두 손을 모아 잡고 고개를 숙이며 나직이 대답했다.

늙은이가 반듯이 누운 채로 사납게 눈을 치뜨고 김전을 올려다보며 말했다.

"네 나를 공경할진대 멀리서 절해야 하느니라. 네가 사위 덕에 그만한 벼슬을 얻어 하였다고 어른을 업수이여기어 그따위 잡말을 한단 말이냐?"

그 말에 김전은 그만 노하여 말했다.

"노인을 공경함이 무슨 죄 될 일이오? 또 사위 덕에 벼슬하였다니 대체 어찌하는 말씀이오? 내 본디 자식이 없는데 사위가 어디 있겠소?"

늙은이가 호탕하게 껄껄 웃었다.

"숙향이는 하늘에서 떨어지고 땅에서 솟았느냐? 숙향이는 대체 어디서 났느냐?"

김전이 숙향이라는 말을 듣고 놀라 다시 두 번 절을 하였다.

"잘못하였사오니 용서하소서."

"허, 네가 이제야 바른말을 하는구나."

늙은이는 조금 전과는 달리 부드럽게 말했다.

"제가 전생에 큰 죄를 지어 자식이 없다가 늦게야 숙향이를 얻어 금이야 옥이야 하며 사랑하다가 난리 중에 잃어 생사를 모르오니, 어르신은 숙향이 간 곳을 가르치소서."

김전이 머리를 조아리며 간절히 말하니, 늙은이가 벌떡 일어나 앉으며 말하였다.

"숙향이가 잠깐 있는 곳을 알거니와 지금은 배가 고파 말하기 싫구나."

김전은 하인을 손짓으로 불러 다과를 가져오라고 명했다. 하인이 얼른 다과를 꺼내어 가져다주니, 노인은 그것을 순식간에 다 먹고 나서,

"요걸 먹고는 배고픔을 면치 못하겠다."

하고 주먹으로 바위를 두드렸다. 김전이 하는 수가 없어 곁에 서 있는 심부름꾼에게 술과 안주를 사 오라고 분부하니, 늙은이가 화를 벌컥 내며 눈을 부릅떴다.

"심부름꾼이 술과 안주를 가져오면 그의 정성이 될 것이니라. 그렇다면 숙향인 저 심부름꾼의 자식이더냐?"

김전이 그 말을 듣고 깨닫는 바가 있어 스스로 주막집에 가서 술과 안주를 한껏 사 가지고 돌아오자, 노인은 그것도 눈 깜빡할 사이

에 다 먹어 치웠다.

김전이 조용히 말했다.

"어르신께서는 저를 불쌍히 여겨 숙향이가 있는 곳을 가르쳐 주소서."

"허, 몹시도 조르는구나."

한 손으로 흰 수염을 내리쓸면서 늙은이가 입을 열었다.

"네 진정 알고자 하거든 저 하인 놈들을 다 보내고 너만 혼자 있거라. 헌데 지금은 내가 술이 취하여 이르지 못하겠다."

김전은 모두들 먼저 가라고 분부하고는 홀로 조용히 서서 늙은이의 입만 바라보았다. 김전의 심부름꾼과 하인 무리들이 멀리로 사라지자 별안간 하늘이 컴컴해지더니 소낙비가 줄대같이 쏟아지기 시작했다. 그래도 김전은 까딱도 하지 않고 그 자리에 서 있었다. 물이 차츰 불어나 어느새 바위 앞에 이르렀다. 그래도 백발 늙은이는 바위 위에 앉아서 웃고 있는데 그 늙은이가 앉아 있는 바위가 물 위에 둥둥 떠올랐다. 그사이에 김전은 허리까지 물에 잠겼는데도 늙은이는 본 체도 않고,

"에라, 잠이나 자야겠다."

하더니 그 자리에 누워 드르릉드르릉 코를 골았다.

이윽고 비가 그치더니 이번에는 미친바람이 일어나며 눈이 쏟아붓듯이 내렸다. 천지를 분간하지 못하게 자욱이 내리더니 김전을 거의 어깨까지 묻어 놓았다. 그래도 김전이 움직이지 않고 서 있자니 옷이 다 얼어 조금만 더 있으면 죽음을 면치 못할 판이었다.

그제야 늙은이는 잠에서 깨어 기지개를 늘어지게 하더니 몸을 일

으켜 올방자를 틀고 앉았다. 김전을 바라보며,

"그대 하는 양을 보니 정성이 갸륵하구나."

하더니, 소매 안에서 부채 하나를 꺼내어 활활 부쳤다. 그러자 눈이
다 녹고 다시 여름 날씨가 되었다.

비 오고 눈 내릴 때는 백발 늙은이가 앉은 바위가 얼마간 떨어져
있더니 이제는 김전의 옷자락이 닿을 만큼 바로 앞에 있었다.

"어르신께서는 숙향이가 간 곳을 가리켜 이 마음이 시원케 하소
서."

김전이 절하며 또 간절히 빌었다.

그제야 늙은이가 말하였다.

"내 이르려니와 숙향이가 여러 곳에 갔으니 네가 능히 찾겠느
냐?"

김전이 기쁜 나머지 속이 타 얼른 대답하였다.

"아무려나 이르시면 쇠 신발이 다 닳도록 찾아보리다."

"그대가 반야산 바위틈에 버리니 도적이 업어 데려가더라."

김전이 다우쳐 물었다.

"그 도적의 집이 어데 있나이까?"

"도적이 데려다가 웬 마을에 두고 가니, 파랑새와 금빛 까치가
어디론가 데려가고 또 후토부인이 데려갔으니 게 가 물어보거
라."

김전이 놀라,

"그러면 죽었겠나이다."

하니, 그 노인이 다시 말을 이었다.

"후토부인이 숙향이를 사슴에 태워 장 승상 집 동산에 두었더니, 그 집이 자식이 없어 양녀로 기른다 하더라. 그곳에 가 물어보거라."

"그리로 가 찾으면 되리까?"

"내 또 들으니 그 집 계집종 사향이가 숙향이를 모해하여 내치니 갈 곳 없어 표진 용궁으로 가려고 물에 빠졌다 하더구나."

김전이 놀라 기운이 다 빠진 채 말하였다.

"그러면 정말 죽었겠소. 용궁은 물속 세상이니 제가 어찌 찾을 수 있나이까?"

늙은이는 그런 김전을 보며 느릿하게 다시 말을 이었다.

"또 들었더니라. 연 캐는 아이들이 마침 숙향이를 구하여 뭍에 내놓으나, 길을 그릇 들어 갈대밭에 가 불타 죽었다 하니 그 말이 맞다면 그곳은 육지니라. 백골이나 찾아보거라."

"백골이 지금 남았을 리 없고 또 불속 귀신이 되었으면 스러져 재 되었겠구려. 혼백인들 어데 가 보리까?"

"숙향이가 불타 죽을 뻔한 걸 화덕진군이 구해 냈다 하더라. 숙향이 옷가지가 다 타 버려 앞을 가리지 못하여 나무 밑에 숨었더니 마고할미가 데려갔다 하니 게 가 자세히 찾아보거라."

김전은 다시 정신을 차리고 물었다.

"그럴진대 마음을 쏟아 찾아보리니 마고할미 있는 곳을 자세히 가르쳐 주소서."

"내 들으니 인간 세상에 두었다 하더라."

김전이 큰 소리로,

"하늘 아래는 다 인간 세상이오니 어데를 말하시옵니까? 고을 이름을 자세히 가르치시면 찾으리다."

늙은이가 다시 물었다.

"그대 자식을 찾으려 하는 뜻이 무엇인고?"

김전이 다시 공손히 대답하였다.

"그 아이를 늦게 얻어 사랑하는 마음을 펴지 못하던 중 난중에 헤어지니 슬픈 마음을 어쩌지 못하였나이다. 천행으로 어르신을 만나오니 숙향이가 있는 곳을 자세히 가르치심을 천만 바라나이다."

노인이 얼굴빛을 고치고 엄히 소리쳤다.

"네 숙향이를 그리 못 잊을진대 산중에 어이하여 버렸더냐? 또 버릴 때는 언제고 찾기는 왜 찾는 게냐?"

"도적에게 급하여 다 죽게 되었으매 마지못하여 버렸나이다."

노인이 또다시 노여워하며,

"그것은 네가 살기가 급해 그랬다지만, 낙양 옥중에서는 어찌 죄 없는 숙향이를 죽이려 하였더냐?"

김전이 고개를 들지 못한 채 대답하였다.

"그때 이름과 나이는 같으나 무지한 눈이 아득하여 깨닫지 못하였나이다."

늙은이가 그제야 웃으며,

"이는 그대 어리석음이 아니라 하늘이 정하심이라. 어찌 사람의 힘으로 할 바리오. 나는 이 물을 지키는 용왕이니라. 저적에 내 자식이 물 밖에 나아가 어부에게 붙잡혀 거의 죽게 되었다가 그대의 힘을 입어 살아났으매, 그 은혜를 갚고자 하여 상제께 고하고, 그대가 숙향이를 만날 길을 가르치러 왔느니라. 그대 정성이 지극하지 아니하였던들 찾지 못할러라. 숙향이가 궂기던 일을 어찌 다 헤아리리오. 비록 만나 보아도 그대 자식인 줄 알지 못할 터이니, 지나온 일들을 자세히 일러 준 것이니라. 내 말을 잊지 말고 마음에 새겨 숙향이를 다시 만나는 날 그 궂기던 일을 물어 내 말과 같거든 그대 자식인 줄 알지어다."

김 공이 크게 기뻐 얼른 일어나 절하였다.

"용왕님의 가르치심을 받자오니 몹시 감사하거니와 이로 보건대 자사 부인이 숙향이란 말씀이오이까?"

"자연 알 때 있으리니 어찌 하늘의 비밀을 미리 말하리오."

늙은이는 말을 마친 뒤 홀연히 어디론가 사라지고 말았다. 김전이 하늘을 올려다보고 땅 위를 여기저기 살펴보았으나 어디에도 없었다. 꼭 한바탕 꿈을 꾼 것만 같아 머리를 자꾸 흔들며 두 눈만 비벼 댈 뿐 어찌할 바를 몰랐다.

김전은 그 자리에 주저앉아 조금 전 일을 하나하나 되짚어 보았다. 그러는 사이에 아랫사람들이 다가왔으나 그것조차도 전혀 알지 못했다. 하인이 관가로 가야 하지 않느냐고 깨우쳐 주어서야 정신이 들어 일어났다.

그날 밤 김전은 부인 장 씨에게 반하 물가에서 용왕을 만나 들은 일을 이야기하였다. 그 말을 들은 장 씨는 슬픔과 한스러움이 북받쳐 올라 하늘을 우러러 탄식하며,

"우리 생전에 숙향이를 만나 보면 죽어도 한이 없지 않겠소이까.

이제 자사 부인이 되었다 하나 어찌 우리 자식이라 하리까마는
시험하여 물어보사이다."

하고 또다시 슬픈 마음을 참지 못하였다.

이날 밤, 숙향은 형주 방향으로 곧장 길을 잡았으나 마음이 못내
서운해 뒤척이다 꿈을 꾸었다.

숙향이 울긋불긋 고운 꽃들이 탐스럽게 핀 꽃밭에서 꽃을 꺾고
있었다. 물기 머금은 생신한 꽃들이 저마다 아름다운 자태를 자랑
하며 숙향을 부르는 듯했다. 그중 눈같이 희고 향기 그윽한 꽃을 꺾
다가 문득 허리를 펴니 여남은 발자국 앞에 반짝반짝 보석 같은 꽃
하나가 눈에 띄었다. 수많은 꽃송이들 속에 솟아 눈부시게 아름다
웠다.

숙향은 난생 처음 보는 신기한 꽃으로 한 걸음 두 걸음 조심스럽
게 다가갔다. 걷고 또 걸었으나 어인 일인지 꽃은 또 여남은 발자국
앞에 있는 것이 아닌가. 아무리 기를 쓰고 걸어도 거리가 조금도 줄
지 않았다. 한참 그러고 있노라니 어느 사이엔지 그 연분홍 꽃이 자
취를 감추었다. 그러다 어느 순간 꽃이 있던 자리에 꽃 대신 엄청나
게 크고 늘씬한 학 한 마리와 웬 선녀가 서 있었다. 숙향은 깜짝 놀
라 눈을 비비고 보았다. 자세히 보니 이화정 할미다. 전보다 훨씬
젊어지고 아리따운 마고선녀는 발이 땅에 닿는 듯 마는 듯 가벼이
다가왔다.

"부인이 이번에 부모님을 만나지 못하면 십 년이 지나야 만나
게 되리다. 그러니 부디 이 기회를 놓쳐 세월을 헛되이 보내지

마소서."

숙향이 몹시 반가워서 한 발자국 앞으로 내디디며 지금 어디에 계신지 물으려는데 어느새 선녀 모습이 보이지 않았다. 크게 놀라 이리저리 찾다가 그만 발을 걸채여 엎어지면서, 문득 깼다.

날이 밝자 숙향은 형주 길을 일단 뒤로 미루고 양양에 먼저 들르기로 마음을 먹었다. 그리하여 아침 일찍이 일행을 재촉하여 길을 떠났다.

자사 부인 행차가 양양 땅으로 온다는 기별을 받은 태수 김전이 장 씨에게 말하였다.

"자사 부인이 우리 양양 고을을 거처 형주로 간다오. 반하 용왕이 한 말로 보아 숙향이가 자사 부인이 된 듯하니 우리를 보러 오는 것이 아닐까 싶구려."

"글쎄, 그러면 오죽이나 좋으리까."

부인은 반신반의하며 인차 머리를 흔들었다.

"아니, 꼭 좋은 일이 있을 게요. 이제는 우리 꿈이 기쁨을 가져다 줄 것이오이다."

김전과 장 씨는 딸을 만날 날을 손꼽아 가며 초조히 기다렸다. 얼마 지나서 자사 부인 행차가 가까이 이르렀다고 하니, 장 씨는 안절부절못하다가 마침내 여종들과 하인들을 거느리고 길로 나섰다. 바삐 나아가 길가에 자리를 잡고 자사 부인 행차가 오기를 기다렸다.

자사 부인 행차가 눈앞에 이르렀다. 깃발을 비껴든 군사들이 앞뒤에서 호위하고 온갖 패물로 단장한 시비들이 양옆에 늘어선 가운데 금으로 장식한 가마가 나타났다. 그 호화로운 모습을 보며 장씨가 눈물을 흘렸다.

"어떤 사람은 무슨 복이 있어 저리 귀히 되었는고. 우리 숙향이가 저리 귀히 되었으면 얼마나 좋을꼬."

자사 부인의 행차는 장 씨가 있는 바로 앞에서 멎더니 곧장 객사로 들어갔다. 여기서 하룻밤을 머물기로 한 것이다. 숙향은 객사에 들자마자 태수 부인에게 사람을 보내어 전하기를,

"전에 뵈온 적이 없사오나 부인들끼리니 서로 뵈옴이 무방하온지라, 달밤에 심심하니 말씀이나 나누사이다."

하며 청하였다.

장 씨도 사람을 보내어 답을 하였다.

"먼저 문안할 것이되 미처 그럴 새가 없었는데 지극히 감사하오이다."

장 씨가 자사 부인이 있는 방으로 들어갔다.

화관을 쓰고 칠보단장을 한 젊고 아리따운 부인이 자리에서 일어나 마주 나왔다. 곱게 단장한 시녀들이 얌전하게 늘어서 있고 짙은 향내가 풍겨 마음을 들뜨게 하였다. 붉은 의자 두 개가 상을 가운데 놓고 마주하여 있고 상 위에는 찻주전자와 찻잔들, 음식을 담박하게 담은 접시들이 놓여 있었다. 자사 부인이 정답게 맞아 자리에 앉을 것을 권하자, 장 씨가,

"작은 고을 태수의 안사람이 어찌 감히 부인과 마주 앉으리까."

하며 사양하였다. 이에 자사 부인이 방싯 웃으며 말했다.

"주인과 손님 사이에 벼슬로 차례를 가르는 것도 예의에 어긋나

는 일이옵니다. 또한 나이로 보아도 부인께서 어른이신데 너무
겸손하시옵니다."

그제야 장 씨가 마지못해 자리에 앉으며,

"부인은 연세 얼마나 되시옵니까?"

하고 물었다.

"스물이옵니다."

자사 부인이 나직이 대답했다. 그 말에 장 씨는 샘솟는 눈물을 걷
잡지 못하였다.

"어이하여 이다지 슬퍼하시옵니까?"

자사 부인이 나직이 물었다. 그 고운 목소리도 어쩐지 젖어 있는
듯했다.

"제게도 딸이 하나 있었으나 난리 중에 잃고 이렇듯 밤낮으로 슬
퍼하오이다."

숙향은 반가움과 슬픔이 겹쳐 일어나 눈물을 흘리며 말했다.

"저 역시 난중에 부모를 잃고 지금까지 만나지 못하였는데, 부인
이 또한 이러하시니 우리 부모가 이 딸을 생각하심을 짐작할 수
있사옵니다. 사람의 인정과 도리를 가지고서야 어이 차마 견디오
리까."

"부인께선 부모를 잃고 뉘 집에서 자라셨소이까? 듣고자 하오이
다."

장 씨 목이 메어 말끝을 흐리니 자사 부인이 앉음새를 고쳤다.

"저는 다섯 살에 부모를 잃고 지나간 일을 낱낱이 다 기억지 못
하오나, 그때 사슴이 업어다가 장 승상 댁 동산에 내려놓았고 승

상 내외분이 이 몸을 거두사 십 년이나 길러 주셨으니 지난 일을
제 어찌 다 알리까."

장 씨가 자사 부인 곁에 다가앉아 잔에 차를 가득 부어 권했다.

"저도 또한 부인의 회포와 같으니 우리 서로 슬픈 마음을 위로하
사이다."

자사 부인은 장 씨가 권하는 잔을 잡았다. 그 순간 작고 고운 손
가락에서 옥가락지가 반짝 빛났다. 장 씨는 그것을 눈여겨보았다.

"부인은 어디서 그 옥가락지를 얻으셨나이까?"

장 씨가 조심스럽게 묻자,

"난중에 도적을 만나 이별할 때 부모님이 옷고름에 채워 주신 것
이라, 부모를 보듯이 늘 끼고 있사오이다."

자사 부인이 눈을 반짝이며 대답했다. 장 씨는 이때에야 자사 부
인이 정녕 숙향인 줄 알고 반가운 마음 이를 데 없으나, 혹 틀릴지
모른다는 생각이 들어 아랫사람을 불러 옥가락지 넣어 둔 궤를 가
져오게 하였다. 몸종이 자그마한 궤를 가지고 들어오자, 장 씨는 그
속에서 가락지를 꺼내 놓고 말을 하였다.

태수가 소싯적에 거북을 구해 준 일부터 시작하여, 목숨 수壽 자
와 복 복福 자가 새겨진 진주 둘을 얻게 된 일이며, 그 진주를 자기
에게 혼인 예물로 보내왔고 친정아버지가 보배라 하여 옥가락지를
만들어 주신 사실을 갖추 이야기하였다. 그리고 혼례를 치른 뒤 늦
게야 낳은 딸의 이름을 숙향이라 짓고 혹시 명이 짧을까 근심되어
사주를 써서 비단 주머니에 넣고 남다른 사랑으로 키우던 것도 자
상히 말하였다. 또한 숙향이 다섯 살 나던 해에 난리를 만나 피난하

던 중 도적의 형세 급함을 보고 딸애를 바위틈에 두고 가면서 옥가락지 한 짝을 속옷 고름에 매어 놓고 잠깐 몸을 피하였다가 다시 돌아왔으나, 딸애 종적이 없어 울면서 이리저리 찾던 것과 그 뒤 밤낮으로 슬퍼하며 지금까지 지내 온 사실을 숨김없이 말했다. 그리고 바로 얼마 전에 태수가 반하 물가에서 웬 늙은이를 만난 일까지 들려주었다.

그런 뒤에 장 씨는 가락지 둘을 함께 대보자고 하였다. 그러면서 궤 안에서 또 태수가 겪은 신기한 일들을 적어 둔 것도 내어 놓았다. 숙향은 가락지를 살펴보았다. 궤에서 내놓은 것과 자기가 끼고 있는 옥가락지가 똑같았다. 써 놓은 글도 읽어 보니 의심할 게 없었다. 장씨 부인도 그것을 다시 보니 지난날의 회포가 가슴을 저미어 울고 또 울었다.

숙향은 기쁜지 슬픈지 모를 지경이 되어 제 사주를 써 넣은 비단 주머니를 내어 드리고는 어린애처럼 엉엉 소리 내어 울다가 아뜩하여 그만 기절하고 말았다. 장씨 부인이 숙향이 내어 준 비단 주머니를 미처 열어 볼 새도 없이 숙향을 붙들고 흔들었다. 장 씨가 놀란 중에도 늘 품에 지니고 다니던 환약을 꺼내어 숙향의 입에 넣어 주자 숙향이 잠시 뒤 피어나 몸을 일으켰다.

그제야 부인은 숙향에게 받은 비단 주머니를 열고 그 안에서 사주가 적힌 명주 천을 꺼냈다. 틀림없는 태수의 글씨였다. 장씨 부인은 자사 부인이 곧 숙향임을 또렷이 깨닫고는 목 놓아 울었다. 이쯤 되니 곁에 있던 아랫사람들도 한결같이 신기히 여기고 모든 사람들이 다 희한하다 하였다.

이 소식은 관아에 있던 양양 태수 김전에게도 가 닿았다. 김전은 놀랍고 기뻐서 취한 듯 미친 듯 어찌할 바를 몰라 하였다. 숙향 또한 부모를 찾은 기쁨을 한시바삐 이선에게 전하고 싶어 지체 없이 자사에게 사람을 보내어 기별하였다.

자사는 기별을 듣고 더없이 기뻐 곧바로 위의를 차려 양양으로 와서 김전을 만나 부모를 대하는 예를 차렸다. 그리고 잔치를 베풀어 형주 관하 모든 고을의 태수들을 청하여 즐기었다. 형주 지방에서는 칭찬 아니 하는 사람이 없었다.

이 무렵에 간의대부 양회가 황제께 말미를 얻어 집에 와 있다가 이 사실을 알게 되었다. 양회는 이를 기특히 여겨 서울에 올라가자마자 황제께 김전과 이선의 이야기를 고하였다. 황제는 이 위공을 불러 그 희귀한 일을 물었다. 위공이 전후사연을 다 아뢰자 황제가 신기히 여기며 말했다.

"이선이 형주 자사가 되어 백성을 사랑으로 다스리고 교화하니 도적들도 다 양민으로 되었소. 선은 천하를 다스릴 그릇이니 자사로 오래 두지는 못하겠소."

얼마 안 있어 황제는 김전에게 형주 자사를 맡기고 이선을 서울로 불러올렸다.

선은 서울로 올라가기에 앞서 형주에 온 장인더러,

"황상께서 저를 내직으로 부르시니 장인어른 또한 내직으로 올라오시게 해야겠나이다. 그동안 이곳 백성을 잘 다스려 주소서."

하였다. 김전은 사위의 말이 더없이 고마우나, 그리도 애를 태우다 천행으로 찾은 딸을 만나자마자 헤어지게 되니 섭섭함을 이기지 못하였다. 숙향은 오죽하랴. 숙향은 머리를 싸매고 누워 일어나지 못하였다.

김전 부부가 딸을 애써 위로하였다. 장씨 부인은 얼굴이 파리해진 숙향을 보고 말했다.

"우리가 이렇게 귀히 된 것은 다 네 덕이구나. 네 서울 올라가거든 우리도 쉬이 올라가게 하여라."

김전도 아비 된 도리로 숙향을 달래었다.

"우리가 이처럼 귀히 된 것만 하여도 얼마나 큰 복이냐. 이는 다 네가 모진 고생을 이겨 낸 덕이구나. 우린 이것만으로도 족하다. 만나자 이별하니 서운하다마는 우리도 곧 서울로 올라가서 너를 아침저녁으로 보게 될 것이니, 아무 걱정 말고 올라가거라. 그렇게 잠시 이별함이 서운하여 누워 있으면 나중에는 큰 병이 드느니라. 내 귀한 딸 숙향아, 어서 일어나거라."

이렇듯 부모가 위로하니, 숙향은 더욱 가슴이 뻐개지는 것 같았다.

"벼슬이 귀하다 하오나 부모를 모시고 한곳에서 사는 것만 못하옵니다."

그 고운 두 눈에서 맑은 눈물이 샘솟듯 솟구쳐 옥같이 흰 볼을 타고 하염없이 흘러내렸다.

숙향은 부모님께 하직을 고하고 선을 따라 서울로 올라갔다.

선은 황성에 이르자 대궐에 들어 엄숙히 인사를 차리고 나서 며칠 뒤에 상소를 올렸다.

신이 아비와 품계가 같이 됨이 마음 편치 아니하오니 신의 벼슬을 내려 주옵소서.

그 상소를 받아 본 황제가,

나라에 위공만 한 이가 없으니 위공의 벼슬을 더하여 위왕으로 봉하고, 김전은 병부 상서를 하고, 이선으로 초국공 대승상을 제수하노라.

하고 비답批答*을 내리었다.

위왕 부자가 여러 번 머리를 조아려 사양하나 황제가 듣지 아니하는지라 위왕과 초국공 이선은 부득이 그 은혜에 사례하여 큰절을 올렸다.

황제는 이들 부자를 불러 숙향을 만난 사연을 다시 물었다.

이선이 전후사연을 낱낱이 고하자 황제는,

"이는 다 경의 넓은 덕이로다. 짐 또한 경의 덕을 입고자 하나니 나라를 위하여 짐을 힘껏 도우라."

하면서 웃었다.

이선은 그 은혜에 깊이 사례하고 남군 땅 승상 장송이 애매하게 오랫동안 시골에 내려가 있음을 아뢰었다. 황제는 이를 옳이 여겨 여러 가지로 깊이 헤아려서 죄를 용서하고 다시 우승상으로 불러

---

* 임금이 신하의 상소를 읽고 거기에다 답을 적는 것.

올리도록 하였다. 이 일이 있은 뒤 황제는 초국공 이선을 각별히 총애하고 나라 안의 크고 작은 일들을 모두 초국공에게 물어 처리하였다.

얼마 뒤 황제의 부름을 받고 서울로 올라온 장 승상 부부는 초국공 이선의 집부터 찾았다. 이선 부부는 마음 착한 이들을 더없이 반갑게 맞이하였다. 장 승상 부부는 귀히 된 숙향을 보고 기쁨과 슬픔이 한데 어우러지니 물밀듯이 회포가 일어나고 목이 꽉 메어 말도 제대로 못 하였다. 숙향도 눈물을 흘리고 초국공 이선이 애써 위로하였다.

"이 기쁜 날에 지나간 일을 두고 너무 슬퍼하지 마옵소서."

정렬부인 숙향도 눈물을 거두고 장 승상 부부를 기쁘게 하려고 애를 썼다. 주찬을 차려 하루 종일 즐기니 숙향과 승상 부부 모두 반가움을 이기지 못하였다.

다음 날 병부 상서로 부임한 김전과 장씨 부인도 서울로 올라왔다.

초국공 이선은 큰 잔치를 열고 조정의 관리들을 다 청하였다. 구름 같은 차일이 공중에 날리고 생황 소리며 퉁소 소리에 거문고와 장구가 어울려 하늘땅을 뒤흔들었다. 수놓은 비단 병풍과 무늬 고운 갖가지 그릇들이 빛나니 그 장함이 세상에 처음 있는 일이라 해도 지나치지 않았다. 문무백관이 한결같이 잔을 들어 치하하고 모든 손님들이 일어나서 위왕과 병부 상서 김전에게 인사를 드렸다.

그런 중에 취흥이 도도해진 한 무관이 어려움도 잊었는지 이선더러,

"공의 문장은 이미 아는 바이어니와 음률도 익히 아신다 들었나이다. 우리가 맘껏 취하였으니 흥을 도와 거문고를 한번 희롱하소서."

하고 청하였다. 이선이 미처 대답도 하기 전에 위왕이 웃으며 아들을 돌아보고 말했다.

"네 비록 음률을 아는 바 보잘것없으나 이 자리의 공들께서 너를 사랑하시니, 사양치 말고 손님들의 웃음을 도우거라."

아버지 말씀에 선은 사양치 못할 줄 알고 곧 칠현금을 내오라 하여 술상 곁에 비껴 놓고 한 곡조 타며 노래를 하였다. 그 소리 청아하니 봉황이 하늘에서 내리는 것 같고 참으로 신기한지라 귀신도 자리를 못 떠날 만하였다. 그 노래가 사람의 심금을 울리니 뜻이 이러하였다.

인생은 아침 이슬 같고
공명은 뜬구름이로다.
전생의 언약이 중하기에
이생에 만나기를 다하였구나.
인연의 늦음이여
만고풍상이 일장춘몽이로다.
요지의 꿈을 이루었기에
평생의 한을 이룰 수 있었구나.
황상의 은혜가 높고 높아
내리는 벼슬 받아안기 무겁도다.

충성을 다하여도

만분의 일이나 갚을는지.

사람들이 취흥이 새로워 그 소리 맑고 높음과 뜻이 고상함을 저마다 칭찬하고 또한 위왕의 크나큰 복을 축하하였다.

이윽고 날이 저물어 길이 어두워지니 손님들이 저마다 집으로 돌아가기 시작하는데, 누구나 명문거족들이라 그 기세 장하기 이를 데 없었다.

이 잔치가 있은 뒤 초국공은 장 승상과 김 상서의 집을 자기 집 바로 곁에 짓고, 담에 문을 내어 마음대로 드나들 수 있게 하였다. 숙향이 바라는 바를 들어준 것이었다. 숙향은 친부모는 물론 시부모와 장 승상 내외도 한가지로 극진히 섬겼다.

이선, 시험에 들어 사지로 가니

황제의 셋째 아우 양왕에게는 아들이 없고 다만 외동딸이 있으니, 용모와 재질이 빼어나고 겸하여 시 짓기와 글씨 쓰기에 능한지라, 사람들이 기특하다 칭찬하였다.

양왕 부인이 딸을 갖기 전 일이다.

한 선관이 양왕 꿈에 나타나 매화꽃 한 가지를 주면서 말하였다.

"이는 봉래산 눈 속에서 피는 매화이니 그대 이 매화를 오얏나무에 접붙이면 가지며 잎이 번성하리라."

그 꿈이 신통하여서인지 과연 그달부터 부인이 잉태하여 열 달만에 딸을 낳으니, 양왕이 꿈에 봉래산 매화를 보았다고 하여 그 이름도 매향梅香이라 하고 자를 봉래선蓬萊仙이라 하였다.

매향은 점점 자라면서 용모 재질이 뛰어나고 남달랐다. 양왕은 딸을 더없이 사랑하고 귀히 여겨 사윗감을 고르는 데서도 여간 신중하지 않았다. 그러던 중 우연히 이선을 한번 보고는 어질고 학덕이 높은 것을 알아보고 서둘러 혼사를 청하였다. 선의 아버지 위왕도 양왕이 가문 좋고 그 딸 또한 인물과 재질이 뛰어남을 중히 여겨 선뜻 허락하였다. 양왕이 길한 날을 택하여 혼인하려는데, 그만 이선이 다른 데서 배필을 맞았다는 말을 들었다. 양왕은 무섭게 노하여 당장 그 혼사를 물리려고 하였다.

그런데 매향이 아버지 앞에 무릎을 꿇고 말하였다.

"예부터 충신은 두 임금을 섬기지 않고 열녀는 두 지아비를 받들지 않는다 하였사온데, 아버님께서는 이미 이 공께 허락하시고 어찌 다른 데 혼처를 정하려 하시옵니까? 소녀 그러하오면 아버님께 불효를 끼쳐 홀로 몸을 마칠지언정 결단코 다른 집안에는 들어가지 않겠사옵나이다."

딸의 말을 듣고 한참 생각에 잠겼던 양왕이 머리를 조용히 흔들며 탄식하였다.

"자식이라곤 다만 너뿐이라 어진 사위를 얻어 뒷일을 의탁하고자 하였느니라. 헌데 네 마음이 그러하니 이 아비가 복이 없는 탓이로구나."

저 때문에 이렇듯 마음을 쓰며 괴로워하는 부모에게는 몹시 죄송스러웠으나 매향은 다른 길을 갈 수가 없었다.

"자식이 부모의 영이라면 물과 불이라도 피하지 말아야 한다는 걸 모르지 않사오나, 이 일에 이르러서는 순종할 수 없사오니 그 죄 만 번 죽어도 아까울 것이 없사옵나이다."

매향의 말은 공손하나 그 마음은 돌처럼 단단했다.

양왕과 부인은 딸의 뜻을 돌려세우지 못할 줄 알고 속절없이 하루하루 날만 보낼 뿐이었다. 그렇다고 하여 양왕이 이선과 혼약한 것을 아주 그만둘 마음은 아니었다. 선이 다른 데서 여자를 얻은 것이 괘씸하고, 또 그 때문에 제 앞길이 그리 좋을 성싶지 않아 마음이 편치 않았다.

선의 벼슬이 초국공에 이르고 그 어진 명성이 천하에 드날리게 되니, 어느 날 양왕은 부인과 같이 있다가 문득 말하였다.

"지금 이 공의 벼슬이 초국공에 이르고 사람됨이 특출하니 우리 매향이를 둘째 부인 삼게 하였으면 하는데, 부인의 뜻은 어떠하오?"

부인도 그럴 생각이 있었던지 평온한 기색으로 대꾸하였다.

"매향이한테 물어보사이다."

양왕은 부인의 낯빛을 한 번 더 살펴보고 그 자리에서 바로 매향을 불렀다. 매향이 들어와서 절을 하고 얌전히 앉자 양왕이 조용히 물었다.

"이 공이 이미 첫 부인을 얻은 바이니 네 둘째 부인 됨을 꺼리고 욕되이 여기지 않겠느냐?"

"이미 다른 집안에는 가지 않으려 하였으니 초국공의 둘째 안해 됨을 어찌 욕되다 하오리까."

매향은 조금도 주저 없이 대답하였다.

"그렇다면 위왕을 만나 다시 의논해야겠구나."

양왕은 생각 가는 것이 있어 고개를 여러 번 끄덕이고 나서 빙그레 웃었다.

이러고 며칠 안 되어 양왕은 조회 때 어전에서 위왕을 만났다.

"혼인함을 이미 허락하시고 다른 곳에 하심은 어찌 된 일이시오?"

양왕의 물음에 위왕은 부끄러워 할 말을 찾지 못하였다.

"그처럼 약속을 어겨 낯 둘 곳이 없사오나, 당초에 이 몸이 서울 올라온 사이에 선을 돌봐 주던 누이가 이미 혼인을 정한 것을 모르고 한 일이오이다. 진실로 이 몸이 한 바 아니로되 이제 핑계를 댈 수도 없소이다."

이 말을 들은 황제가 양왕에게 말하였다.

"이선의 일은 짐이 아는 바로다. 누구의 잘못도 아니고 그저 하늘이 정하신 일이니 다투지 말라. 양왕은 다른 데서 혼처를 구함이 마땅하겠노라."

양왕은 황송하기 이를 데 없었으나 그래도 머리를 조아리며 아뢰었다.

"황상의 가르치심이 참으로 지당하시오나, 신의 딸이 규중에서 늙을지언정 다른 집안의 문턱은 밟지 않겠다 하오니 민망하기 그지없는 줄 아옵나이다."

"허, 장한지고."

황제의 감탄에 양왕과 위왕은 황공하여 엎드린 채 그저 머리만 조아릴 뿐이었다.

"경의 딸이 옛사람 못지않은 절개를 지녔구먼. 지금 선의 벼슬이 족히 두 부인을 둘 만하니 경의 뜻은 어떠한가?"

양왕은 황제의 물음에 깊이깊이 머리 숙여 사례를 표하고, 위왕은 엎드린 채 공손히 말하였다.

"양왕의 따님은 금지옥엽이라 둘째 부인으로 함이 불가하오나, 어찌 황상의 말씀을 거역하오리까."

황제는 위왕을 이윽히 굽어보다가 머리를 들며 말하였다.

"짐이 이제 이선을 불러 결단할 것이니, 그리 알고 경들은 물러들 가오."

양왕과 위왕은 황제의 말을 듣고서야 팽팽했던 마음이 조금 풀려 어전에서 물러 나왔다.

이날 황제는 사람을 보내어 선을 불렀다. 그렇지만 선은 그 부름이 어인 곡절인지 짐작하고 병이 들었다 핑계하고 궁궐에 들지 아니하였다.

숙향은 선이 황제의 부름에 응하지 않는 것이 마음에 편치 않았다.

"황제께서 부르시는데 어찌하여 병을 핑계하고 응하지 않으시나이까?"

선의 얼굴이 어두워졌다. 미간에는 굵은 주름이 잡혀 있었다.

"황상께서 부르심이 분명 양왕 따님과의 혼사 때문일 것이오."

그 말을 들은 숙향이 자리를 고쳐 앉으며 몸을 바로 하였다.

"이는 비록 상공이 안해인 저를 위함이나 신하의 도리에는 옳지 않은 줄 아옵나이다."

그 순간 선의 얼굴이 붉어졌다.

"신하로서 임금을 속이는 것이 옳지 않은 줄 모르는 바 아니나 다른 도리가 없소. 그 혼인을 거절하면 죄를 면치 못할 것이고,

양왕의 딸을 취하여 좋지 못한 일이 생긴다면 부인의 괴로움 또한 적지 않을 것이오. 또 황상의 일가라 해서 위세를 부려 집안을 어지럽히는 날에는 우리 가문의 청렴한 덕이 상할 것이오. 그러니 내 어찌 황상의 명이라고 달게 받는단 말이오."

숙향은, 격하여 붉게 상기된 선의 얼굴을 조심히 살피고는 살며시 입을 열었다.

"그래서는 아니 될 까닭이 두 가지오이다. 황상의 명을 거역함이 신하의 도리가 아니니 그것이 하나요, 그 여인이 다른 집안에 출가치 아니하고 백 년을 독수공방하오면 그 원한을 어찌하오리까? 그것이 둘이옵니다. 대장부 할 바가 아닌 줄로 아오이다."

숙향이 이처럼 간곡히 말하여도 선은 끝내 들으려 하지 않았다.

초국공이 병이 들어 누웠다는 말을 들은 황제는 양왕에게 알려주었다. 선의 마음을 알아차린 양왕은 분하고 한스러워 장차 그저 두지 않으리라 마음먹었다.

그즈음, 황태후가 귀먹고 말 못 하며 눈으로 보지 못하는 중한 병에 걸려 궁중이 불안에 휩싸였다. 온 조정이 황급해하고 황제가 근심에 싸여 제대로 먹지도 자지도 못하였다.

그러던 어느 날, 한 도사가 궁성 앞에 와서 황태후의 병을 고쳐 보겠다고 하여 바로 어전으로 불러들였다. 도사는 황제 앞에서 황송해하거나 주저하는 빛이 조금도 없었다.

"빈도는 정처 없이 떠돌아다니는 도사이옵니다. 듣자니 황태후마마 병환이 중하시다 하는지라 빈도가 구하고자 왔나이다."

그런 다음 여러 충신들이 늘어서 있는 모양을 한번 휘돌아보고

나서,

"이 병은 침과 약으로는 고치지 못하옵니다. 봉래산 개언초開言
草˙를 얻어야 말을 할 것이요, 동해 용왕의 계안주啓眼珠˙를 얻
어야 다시 만물을 볼 것이니, 진실로 충실하고 어진 신하를 보내
야 구할 것이옵나이다."

하고는 사라졌다.

황제가 매우 신기히 여겨 곧바로 조정의 모든 관리들을 모아 놓
고 이 일을 의논하였다.

신하들 모두 서로 얼굴만 쳐다볼 뿐 감히 입을 열지 못하였다. 개
언초요 계안주요 하는 이름을 처음 듣는 데다가 혹 어디서 들어 보
았다 할지라도 그것을 제 눈으로 본 사람이 없었다. 더욱이 봉래산
이란 신선들이 산다는 곳이고 동해 용궁도 사람으로서는 감히 가
볼 엄두도 못 낼 물속 궁전이니 그럴 만도 하였다.

"그래 개언초와 계안주를 구해 올 사람이 정녕 없단 말인가?"

황제가 참다못해 좌우를 돌아보며 물었다. 그때 양왕이 머리를
들었다.

"조정 신하들 중 초국공의 재주가 가장 출중하오니 보냄 직한 줄
로 아나이다."

이는 선이 황제의 명을 따르지 못할 줄 알고 일부러 낸 말이다.
그렇게 되면 선이 황제의 신임을 잃거나 혹 그 약들을 구하러 갔다

˙ 벙어리가 말을 하게 한다는 약풀.
˙ 소경이 눈을 뜨게 한다는 구슬.

가도 살아 돌아오지 못할 것이 뻔했다.

양왕의 말을 그럴듯하게 여긴 황제는 선을 굽어보며,

"짐이 본디 경의 충성을 아노니, 수고를 아끼지 말라. 그 약을 얻어 온다면 짐이 마땅히 강산을 둘로 나눠 은혜를 갚으리니 사양치 말지어다."

하고 진중히 말하였다.

선은 관을 벗고 머리를 조아렸다.

"신은 이미 나라에 바친 몸이오라 물과 불도 가리지 아니하옵고 죽고 삶도 돌아보지 않을 것이옵나이다. 신하 된 자 마땅히 할 일이온즉 충성을 다하여 구하려니와, 봉래산은 남쪽 끝에 있삽고 동해 용궁은 수궁이오니, 갔다가 돌아옴이 얼마나 더디고 빠를지 정하지 못하겠나이다."

"초국공다운 말이로다."

황제는 한마디 칭찬하더니 지체 말고 떠날 것을 명하였다. 선은 그 자리에서 황제께 하직을 고하고 물러났다.

집으로 돌아와 선이 부모님과 김 상서, 장 승상, 모두에게 이야기하니 다들 선을 죽은 사람같이 여기며 슬퍼하여 마지않았다. 선은 집에 오래 머물러 있을 수 없어 하직을 고하고 물러 나와 바로 숙향의 방으로 갔다.

숙향은 언제나 그렇듯 일어나 마주 나와서 이선을 맞았다. 선은 숙향에게 어전에서 있은 일을 대강 전하고 무거운 낯빛으로 말했다.

"내 이번 걸음은 돌아옴을 기약할 수 없는 길이오. 부인은 나를 위하여 부모님을 지성으로 모시고 받들어 주오. 부모님 곁을 떠나고 부인과 이별하는 이 마음, 무어라 말할 수 없구려."

너무도 뜻밖이라 숙향은 얼른 입을 열지 못하였다. 하지만 금세 자신을 다잡았다. 얼마간 흐려졌다가 다시 평온해졌다.

"이제 가시는 길이 비록 어딘지 잘 모르신다 하나 충성을 다하여 구하시면 하늘이 무심치 않을 것이요, 부모님 모시는 일은 제게 맡기고 조금도 마음에 두지 마소서. 돌아오실 날을 정하지 못하오나 떠나 계시는 내내 천만 보중하여 쉬이 돌아오심을 바랄 뿐이오이다."

그러고 나서 숙향은 옥가락지 한 짝을 건네며 말을 이었다.

"이 진주 누렇게 변하거든 이 몸이 병든 줄 아시고 거메지거든 죽은 줄 아옵소서."

선이 가락지를 받아 품에 간직하고 나서,

"내 또한 표로 삼을 것이 있소."

하더니 손을 들어 북창 앞 동백나무를 가리켰다.

"저 나무 울거든 내가 병든 줄 알고 가지에 잎이 무성하거든 내 무사히 돌아오는 줄 아시오."

숙향은 말없이 눈을 내리뜨고 고개를 끄덕인 뒤 일어나서 붓과 벼루를 꺼내 종이와 함께 상에 올려놓더니 재빨리 몇 자 글을 적어 봉한 다음 그것을 선의 손에 쥐여 주었다.

"저와 같이 지내던 할머니는 천태산에서 약을 다루는 마고선녀 이오니 찾으시어 이 글을 전하소서."

"알겠소. 자, 그럼 나는 가겠소."

선은 갈린 목소리로 말하고 방을 나섰다. 숙향도 따라 나왔다.

선은 금빛 안장을 얹은 말 등에 올라앉자 숙향을 한번 돌아보고
는 고삐를 슬쩍 당겼다. 말은 느린 걸음을 떼더니 차츰 빨리 걷다가
네 굽을 차며 달리기 시작했다. 숙향은 선의 모습이 멀어져 보이지
않을 때까지 한자리에 서 있었다.

선은 남쪽 물가에 이르러 말에서 내려 배를 탔다. 배는 물결을 가
르며 가고 또 갔다. 배에 올라 열흘쯤 가니 미친바람이 거세게 불어
닥쳐, 배가 흔들흔들 들까불며 위태롭게 나아갔다. 배 안에 있는 사
람들 모두가 두려움에 떨며 어찌할 줄을 몰라 하고 있을 때였다. 물
가운데서 엄청나게 큰 짐승이 불쑥 솟아올랐다.

그 짐승은 크기가 산 같고 눈이 뒤웅박만 하며 온몸에서 빛이 번
쩍였다. 괴물이 사람처럼 소리를 지르는데 그 소리 또한 우레 못지
않았다.

"너희는 도대체 어떤 사람들이기에 이곳을 지나면서 길세도 아
니 내고 당돌하게 그저 가려고 하느냐?"

선은 우레 같은 소리에 조금 놀랐으나 인차 정신을 수습하였다.

"나는 대승상 초국공 이선이노라. 황태후 병환이 중하시어 황명
을 받고 봉래산 선약을 얻으러 가는 길에 마침 이곳을 지나게 되
었으니 잠깐 길을 빌려 주면 고맙겠노라."

선이 말을 마치자 그 짐승이 물 위로 번쩍 솟구치더니,

"잡말 말고 가지고 있는 보배를 내어 길세를 물고 가거라!"

하며 배를 잡아 엎으려 하였다. 괴물이 한 번 요동치자 배가 마치
겁에 질린 듯 부르르 떨었다. 선은 불안한 마음이 없지 않으나 태연
히 말하였다.

"이 배에 실은 것은 양식밖에 없느니라."

짐승은 그 말을 듣자 더욱 성을 내며 흉악하게 날뛰었다. 배는 마구 들까불며 금방이라도 깨질 것처럼 아스러운 소리를 내었다.

"무엇을 달라고 이렇듯 하느냐? 아무것도 줄 것이 없노라. 그러니 제발 길을 열어 주려무나."

선이 이렇게 나무라기도 하고 사정도 해 보았지만 심술 사나운 짐승이 들어줄 리 없었다.

"네가 지닌 보배를 주지 아니하면 이곳에 목숨을 바치고 살아 돌아가지 못하리라."

짐승의 호령은 무섭고 우렁찼다. 선은 망설이다. 숙향과 헤어질 때 받아 품에 깊숙이 간직했던 옥가락지를 주기로 마음먹었다. 한참 짐승의 거동을 살펴보다가 "옜다!" 하고 옥가락지를 던져 주었다. 짐승은 그것을 넝큼 받아서 들여다보고는 더 크게 성을 내었다.

"이건 동해 용왕의 계안주로 만든 것이구나. 네가 이걸 어데서 얻었느냐?"

무서운 괴물의 벼락같은 소리에 물이 사품쳐 뒤설레고 물기둥이 길길이 솟구쳐 올랐다. 그러더니만 배가 이쪽저쪽으로 간들거리며 어데론가 끌려갔다. 배 안의 다른 사람들은 말할 것도 없고 담 큰 이선조차 당황하여 이 위기를 벗어날 방도를 찾지 못하였다. 선은, 배가 물 위를 미끄러져 가는 것이 아니라 물속으로 살같이 달리는 것이 아닌가 생각했다.

얼마 뒤 배는 선이 난생 처음 보는 호화롭고 웅장한 궁궐 앞에 이르렀다. 그 짐승이 이선과 사람들을 모조리 잡아들여 커다란 궐문 앞에 세워 놓고 퍽 공손한 투로 문지기에게 말하였다.

"이곳저곳 순행하다가 용왕님의 계안주를 도적하여 가는 놈을 잡아 왔나이다."

괴물은 옥가락지를 안으로 들여보냈다. 옥가락지가 저절로 둥실둥실 떠서 문 안으로 들어갔다. 선은 이제 또 어떤 자가 나와서 호통 칠 것인가 하고 기다릴 수밖에 없었다.

한참을 기다리노라니 안에서 붉은 관복 차림의 관원이 나왔다.

"너는 어떤 사람인데 수궁 보배를 도적하여 가느냐?"

그 관원도 이선을 도적처럼 여기며 죄인에게 하듯 말했다. 그렇지만 선은 침착하고 태연한 자세를 잃지 않았다.

"그 옥가락지는 내 보물이 아니거니와, 이 몸은 황명을 받고 약을 구하러 가는 몸이라 언제 돌아갈지 몰라, 내 안해가 정표로 그 옥가락지를 준 것이다. 허니 나는 그 근본을 자세히 알 수 없노라."

"음, 모를 일이로다."

수궁 관원은 머리를 기웃거리더니 안으로 들어가서 용왕께 선의 말을 그대로 아뢰었다. 그 말을 들은 용왕은 놀라움이 이만저만 아니어서 그 부인의 이름을 자세히 알아 오라고 하였다.

이선은, 수궁 관원이 안으로 들어간 뒤 이제 어찌 될까 하고 불안해하면서 초조히 기다렸다. 시간이 참으로 더뎠다. 한동안이 지나 문틈으로 내다보니, 수궁 관원이 물속을 나는 듯이 훨훨 걸어오고 있다. 수궁 관원은 이선 앞에 다가오더니 공손히 허리를 굽혔다.

"그대가 지닌 옥가락지가 부인이 준 것이라니, 그 부인은 뉘 딸이며 이름이 무엇이오?"

선도 공손히 허리를 숙이며 마주 절하였다.

"내 안해는 남양 김전의 딸이고 이름은 숙향이며, 나는 낙양 북촌 이 위공의 아들로 내 아버지 위공은 이제 황명으로 위왕이 되었소."

수궁 관원은 머리를 끄덕이고 나서,

"안됐소만 또 잠깐 예서 기다려야겠소이다."

하고는 다시 안으로 들어가 이선의 말을 용왕께 그대로 아뢰었다. 그제야 동해 용왕은 크게 깨달아 무릎을 치며,

"내가 잊고 있었구나."

하고는 위의를 갖추어 친히 귀빈을 맞으러 나섰다.

이선이 초조히 기다리고 있자니 별안간 떠들썩하고 소란스러운 소리가 들리고 이어 곤룡포를 입고 백옥홀*을 쥔 용왕이 궁궐 중문을 열고 나왔다. 그 위의는 거룩하기 이를 데 없었다. 용왕은 선의 앞에 다가와서는 공손히 두 손을 모으고 머리 숙여 예를 표하였다. 선이 송구하여 절을 하니 왕은 두 손으로 붙들어 일으켰다. 용왕은 몸소 선을 내전으로 이끌었다. 진주며 금이며 은이며 온갖 보석으로 장식한 것이 참으로 눈부시었다. 선은, 양옆으로 크고 늘씬한 장수들이 창검을 비껴들고 서 있는 것을 보며 그 엄숙하고 장엄한 광경에 감탄을 누르지 못하였다.

---

* 백옥으로 만든 홀. 홀은 정복을 입을 때 오른손에 쥐는 패로, 비망기를 적던 것이었는데 나중에는 치렛감으로 들었다.

용왕을 따라 옥 계단으로 올라 크고 굉장한 수정 문 안으로 발을 들여놓았다. 드넓은 전각에 비단 장막이 드리워 있고 아름드리 수정 기둥들이 별빛 반짝이는 천장을 받치고 있으니 참으로 볼만하였다. 촛대에서 불초리들이 타올라 사방을 휘황히 밝히고 있었다. 용왕은 진주와 보석을 조화롭게 박은 수정 의자에 선을 앉혔다. 용왕이 웃으면서,

"귀인을 놀라게 하여 죄송하오이다."

하자, 선이,

"제가 용궁을 소란케 한 죄 크오이다."

하고 사례하였다. 용왕은 손을 홰홰 내젓고는 고개를 숙여 인사하였다.

"나는 이곳을 지키는 용왕이오이다. 귀인이 이곳을 지나실 줄 어이 뜻하였으리까. 그전에 내 누이가 부왕께 죄를 짓고 반하에 귀양 갔다가 어부에게 잡혀서 거의 죽게 되었을 때, 김 상서의 구원을 입어 살아났는지라 그 은혜를 갚을 길이 없어 구슬로 보은하였더이다. 그 구슬은 수궁의 귀한 보배로 복 복福 자를 새겨 사람이 지니면 오래 살 뿐 아니라, 죽은 몸에 얹어 두면 천 년이 가도 살이 썩지 않사오이다.

오늘 상서로운 기운이 북두칠성에 어리어 우리 수궁 병사가 돌아보던 중에 그 기운을 보고 잘못하여 감히 존귀하신 분을 놀라게 하였으니 그 죄 가볍지 아니한 줄로 아옵니다. 하온데 황태후 병환에 쓸 약을 구하시러 봉래산으로 가신다 하니, 그 거리가 일만 이천 리로 열두 나라를 지나야 하고 길이 몹시 험하며 약수弱

水가 질러 있으니 인간의 배로는 건너기 어려울까 하오이다."

용왕의 말을 들은 선은 낙심하여 얼굴빛이 다 컴컴해졌다.

"그러니 봉래산에 가 보지도 못하고 헛되이 죽을 따름이란 말이오이까?"

"그러하오나 너무 걱정하지 마소서. 이는 천상의 죄 때문이니 사람의 힘으로 어쩌지 못한다 해도 하늘이 도울지 어이 아오리까."

용왕은 오히려 밝게 웃으며 말하더니 바로 선을 위로하기 위해 큰 잔치를 베풀었다.

너훌너훌 치맛자락들이 펄럭이면서 야릇한 향기를 풍기고 비파며 젓대가 우아하면서도 장중하게 울리니 이선은 잠시나마 근심을 잊었다. 그렇지만 얼굴은 여전히 밝지 못했다. 그때 웬 소년이 사뿐히 걸어 들어와서 용왕께 절을 하고 조금 떨어져 옆자리에 앉았다. 용왕은 손을 들어 음악을 멈추고 나서,

"왕자가 어이 왔느냐?"

하고 물었다. 왕자는 고운 얼굴에 발그레한 빛을 띠었다.

"제 스승께옵서 이르시기를, '네 공부는 이미 이루었으니 이제는 태을의 힘을 얻어야 하느니라. 그래야 모든 데서 막힘이 없을 것이다. 지금 태을이 옥황상제께 죄를 짓고 인간 세상에 귀양살이 내려왔느니라. 태을이 황제의 명을 받아 봉래산으로 약을 구하러 가다가 분명 너희 물나라를 지나가게 될 것이니, 편히 모시어 다녀오면 반드시 뒷날 그 은혜 갚음이 있으리라.' 하시더이다. 그래서 급히 들어와 아뢰나이다."

그 말을 듣고 용왕은 펄쩍 뛸 듯이 기뻐했다.

"허허, 이처럼 좋은 운수가 어디 있겠느냐? 그러면 네 선관의 옷차림을 한 뒤에 내 편지를 지니고 태을을 모시고 가거라. 그러면 어디 가도 의심이 없으리라."

"가르침대로 하오리다."

왕자가 대답을 하고 이선더러 아뢰었다.

"저는 여기 물나라 왕자이옵니다. 일광도인의 제자로 스승의 명을 받아 상공을 모시러 왔사옵니다."

왕자는 목소리가 명랑하니 밝게 웃고 있었다. 그제야 선의 얼굴도 밝아졌다. 선은 더없이 기뻤으나 한편으로는 데리고 온 많은 사람들을 어찌하면 좋을지 몰라 근심이었다.

"저를 따라온 사람들을 어찌하면 좋사옵니까?"

"그 사람들과 배는 도로 보내사이다."

그러더니 한 신하를 불러 사람들을 뭍으로 돌려보내라고 명하였다.

신선 세상에서 세 가지 약을 얻고

선이 용왕을 하직하고 수궁 문을 나서니 한순간 캄캄해졌다가 다시 밝아졌다. 어리둥절하여 둘레를 살펴보니 어찌 된 일인지 강가에 서 있는데, 왕자가 어느새 표주박처럼 생긴 작고 날씬한 배를 가지고 와서 기다리고 있었다. 이선은 얼른 그 배에 올랐다.

둘을 태운 배는 세차게 요동치며 부르르 떨었다. 물 위로 미끄러져 가는 것인지 아니면 공중으로 날아가는 것인지 알 수 없었다. 한동안이 지나니 배가 요동치는 것은 멎었으나 가슴이 서늘한 것을 보니 앞서보다 곱절이나 빠른 것 같다. 들리나니 귓가를 스치는 바람 소리와 철썩거리는 물소리뿐이다.

차츰 고요해지니 왕자가 낭랑한 목소리로 말했다.

"공은 인간 세상의 나그네인지라 마음대로 다니지 못하오리다. 하오나 어디 가나 부왕의 편지를 보이면 되오리다. 제가 하라는 대로 하소서."

"시키는 대로 하리다."

선은 상쾌히 대답했다.

그러는 사이에 배는 회회국回回國이라는 나라에 이르렀다. 이 나라 사람들은 누구나 바로 다니지 않고 에돌아다녔다. 곧은길이 있어도 반드시 에돌아야 질서 있고 예의를 갖춘 것이라 여겼다. 이 회회국 왕의 이름은 정성井星이었다. 왕은 성미가 퍽 온순한 사람인 것 같았다. 물나라 왕자가 왕궁 안으로 들어가서 부왕의 편지를 드리니 잠자코 도장을 쳐 주었다. 왕자는 회회국 왕에게 이 나라에 들르게 된 사연을 이야기하였다. 그제야 왕은 몸소 밖으로 나와서 선을 귀빈으로 맞아 갖가지를 다 돌보아 주었다. 선도 공경하는 태도로 왕을 대하였다. 이들은 이곳에서 하루를 묵고 또 길을 떠났다.

배는 먼저보다 더 빠르게 물결을 가르며 나아갔다. 회회국 지경을 금방 벗어났는가 싶었건만 어느새 또 다른 나라의 서울에 이르렀다. 이 나라는 호밀국胡蜜國이라고 하였다. 이곳 사람들은 괴이하게도 밥은 입에 대지도 않고 꿀만 먹으며 살았다. 둘이 탄 배는 물로만 가는 것이 아니라 뭍에서도 땅을 양옆으로 파헤치며 잘도 달렸다. 눈을 두서너 번 감았다 뜨는 동안에 배가 부르르 떨며 멎어선 곳은 호밀국의 왕궁 앞이었다. 호밀국 왕의 이름은 필성畢星이었다. 궁 안으로 들어가서 용왕의 아들이 왕에게 편지를 보이자 바로 도장을 쳐 주며 왕이 말했다.

"지금부터 태을을 데리고 갈 길이 몹시 험하니 부디 조심하라. 우리는 하늘의 스물여덟 개 별들로 상제께 죄를 짓고 이 땅에 귀양을 왔느니라. 이제 수성을 만나면 가장 어려우리라."

호밀국 왕에게 사례하고 물러 나와 서둘러 길을 떠나 눈 깜박할 사이에 유구국流求國에 이르렀다. 이 땅 사람들은 의관문물이 보배로운데 누리고 비린 것을 먹지 않았다. 유구국 왕의 이름은 기성箕星이었다. 왕자가 들어가 편지를 보이자 왕은,

"이곳은 선경이라. 사람은 오가지 못하거늘 어찌 잡인을 데리고 오는고?"

하고 본 체도 아니 하였다. 왕자가 태을을 데리고 가는 사연을 고하자 그제야 왕이 웃으며,

"내 그대의 낯을 보아 죄를 용서하노라."

하고 도장을 쳐 주었다. 둘은 얼른 그곳을 떠났다.

작은 배가 소리 없이 미끄러져 나아갔다. 뺨과 귓부리가 아리고 옷자락이 몸에 착 붙어 떨어지지 않는 것을 보니 더욱 빠른 것 같았다. 순식간에 교지국交趾國에 닿았다. 이 땅 사람들은 오곡을 먹지 않고 차만 먹으니 몸이 날래어 다 짐승 같았다. 규성奎星이라는 이 나라 왕은 본성이 몹시 사나워서 다른 나라 사람이 지경을 범하면 시비를 묻지 않고 그 죄를 중히 다스렸으며 혹독한 벌을 주곤 하였다. 배가 교지국 왕궁에 이르자 왕자가 근심스럽게 말하였다.

"이곳이 가장 어려운 곳이니 쉬이 지나가지 못할까 하오이다."

"허, 그럼 어떻게 한다?"

선이 막막한 생각이 들어 한숨을 내쉬었다. 왕자가 어쨌든 부딪쳐 보아야겠다며 궁에 들어가서 왕을 만나 사정을 말하고 용왕의 편지를 보이자 교지국 왕이 사납게 성을 내며 눈을 부라렸다.

"봉래산은 신령스러운 산이다. 네가 아무리 태을을 데리고 간다
해도 그 태을이 이미 인간 세상에서 귀양살이 하는 신세가 아니
더냐. 어찌 이곳을 지날 수 있겠느냐!"

그러더니 왕은 좌우를 보고 천둥소리로 호령하며 왕자와 이선을
구리 옥에 잡아넣도록 하였다. 둘은 갇힌 몸이 되고 말았다. 왕자가
이선에게 조용히 말하였다.

"교지국 왕이 본디 사나워 누구의 말도 듣지 아니하니, 제 스승
께 청해야겠나이다. 잠깐 이곳에 계시오소서."

그러고는 구리 옥에서 몰래 나가 스승인 일광도인을 데려오자 교
지국 왕은 아무 소리 못 하고 이들을 풀어 주고 편지에 도장을 쳐
주었다. 둘은 일광도인과 규성에게 사례하고 다시 배를 탔다. 얼마
쯤 가노라니 물 가운데 오색구름을 모아 탑을 쌓고는 선관들이 풍
류를 즐기는 모습이 또렷하게 보였다.

"저 구름 탑 위에 동쪽을 바라보고 앉으신 분이 제 스승 일광도
인이시고 서쪽으로 앉은 이가 규성이오이다."

왕자가 손을 들어 가리키면서 말했다. 선은 그 희한한 모양을 보
고 찬탄하여 마지않았다. 그러자 왕자가 웃으며 말하였다.

"우리도 오래지 않아 저러하리다."

그러는 사이에 배는 부희국富喜國 바닷가에 닿았다. 이곳 사람들
은 키가 열 자나 되고 짐승은 물론 사람도 잘 잡아먹는다고 하였다.
이 나라 왕은 진성軫星이니 수성水星 중 맨 마지막 별이라 하였다.
둘은 이 나라 왕궁 성벽 밑에서 걸음을 멈추었다.

"내가 궁 안에 도장을 치러 들어가면 분명 이 고장 사람들이 공

에게 덤벼들 것이니 이 부적으로 물리치소서."

왕자가 부적 하나를 주며 말했다.

왕자가 들어간 다음 이선이 객사에 머물며 안석에 기대어 쉬고 있을 때였다. 갑자기 건장하고 우락부락하게 생긴 자 여럿이 들이 닥쳐 눈알을 희번득이며 금방이라도 해칠 것만 같았다. 선이 크게 놀라 부적을 던지자 순간 무엇인가 번쩍 빛나더니 바람이 세차게 일고 난데없는 물결이 밀려와 뛰놀았다. 선은 너무도 급하여 밖에 세워 놓았던 배에 뛰어올랐다. 선을 해치려던 놈들은 물에 빠져 허우적거리고 있었다. 선이 탄 배는 바람에 떠밀려 정처 없이 어데론가 흘러갔다.

바로 그때 용왕의 아들은 부희국 왕에게 편지를 드렸다. 왕은 군말 없이 바로 제 이름을 쓰고 그 옆에 도장을 쳐 주었다.

한편, 선이 타고 있는 배는 바람보다 더 빨리 내달렸다. 문득 웬 신선이 고래를 타고 나타났다. 그 신선은 술에 취하여 선더러 물었다.

"네 모양을 보니 신선도 아니요 속인도 아니요 용왕도 아니거늘, 어데서 그 좋은 배를 얻어 타고 가느냐?"

"저는 중국 대승상 초국공 이선이옵니다. 황태후 병이 위중하와 황제께서 봉래산에 가 약을 구해 오라 하시어 가는 길이옵니다. 바라건대 길을 가르쳐 주소서."

선관이 웃으며 말하였다.

"우습구나. 그대가 대승상이라고? 그럼 옛글을 좀 보았느냐? 삼신산三神山 십주十洲란 말이 다 허무한 것이라, 진시황도 한 무제도 미치지 못하였거든 그대가 어찌 봉래산에 닿으리오?"

"그렇다 하여도 황제의 명을 받자왔으니 기필코 구해야 하나이다."

신선이 웃으며,

"내 탄 고래가 구만 리 끝없는 하늘을 순식간에 오가되 봉래산은 보지 못하였느니라. 그대가 나와 한가지로 다니는 게 좋겠도다."

하고 선이 타고 있는 배를 끌고 가며 갖가지로 조롱하는데, 그때 뒤에서 또 다른 신선이 파초선芭蕉船을 타고 오며 그 신선을 불렀다.

"이적선, 어데로 가느냐?"

그러자 선을 조롱하던 신선이 대답하였다.

"이 손이 나더러 술집을 가르쳐 달라 보채니 내 끌려가노라."

파초선을 탄 신선이 웃으며,

"참으로 보기 좋구나."

하고는 선을 보고 물었다.

"그대 돈이나 많이 가졌느냐?"

선이 얼른 대답하였다.

"나는 황제의 명으로 봉래산에 약을 구하러 가거늘, 이 신선이 잡고 놓지 아니하매 곤란한 지경이오."

선관이 웃으며 선을 붙잡고 있는 이를 가리키며 말하였다.

"그대는 저 선관을 모르느냐? 당 현종 때 한림학사 이태백李太白이라, 이제 취토록 먹고자 하니 술값이나 가져왔는가?"

선이 그제야 알아보고 대답하였다.

"몸에 한 푼도 없으니 어찌하리오?"

이적선이 웃으며,

"네 가진 옥가락지면 술값은 족하리라."

하고 배를 끌고 가려 하였다.

그때 멀리서 옥피리 소리 나거늘 적선이 그 소리를 듣고,

"여동빈呂洞賓*이 옥피리를 부는구려. 따라가 보세."

하고 급히 좇아가 보니, 한 신선이 칠현금을 물 위에 띄우고 피리를 불다가 이들을 보고 말하였다.

"반갑구나 태을아, 인간재미 어떠하뇨?"

선이 놀라 대답하였다.

"인간 세상의 나그네가 어찌 선관을 알리까. 길이 바쁜데 놓아주지 않으니 민망하오이다."

적선이 그 말을 듣고 웃으며 말하였다.

"이 손이 제 안해가 준 옥가락지를 팔아 내게 술을 사마 하고 종일 끌고 다니되, 술을 아니 사 먹이니 몹시 분하도다."

여동빈이 두 사람을 보고 웃었다.

"너희 서로 끌려 다닌다 하니 까마귀의 암수를 모르겠도다."

문득 한 선녀가 연잎배에 술을 싣고 오니 여동빈이 선녀더러 물었다.

"선녀는 어데서 오는가?"

그러자 선녀가 공손히 대답하였다.

---

* 당나라 때 학자로 천하를 떠돌며 도를 닦아 기이한 행적을 숱하게 남겼다. 신선이 되었다 한다.

"두목지杜牧之* 선생이 벗을 보려고 옥화주玉華州로 가신다 하여
그리로 가나이다."

파초선을 탄 신선이 말하였다.

"두목지는 분명 태을을 보러 오는 것이오."

적선이 손을 들어 가리키며,

"저기 오는 배 아니오?"

하고 모두 보니, 한 선관이 소요관逍遙冠을 쓰고 자주색 학창의鶴氅
衣를 입고 작은 배를 바삐 저어 오며 선을 보고 말하였다.

"반갑도다 태을아, 인간재미 어떠하뇨? 우리 술이나 먹자."

하고 서로 권하는데, 문득 공중에서 동자가 내려와 공손히 말하였
다.

"안기安期 선생*께서 사부님들을 직녀궁으로 청하더이다."

그 말에 여동빈이 물었다.

"태을은 어찌하리오?"

두목지가 모두를 보며 말하였다.

"장건張騫*이 내 학을 바꾸어 타고 봉래산으로 갔으니 내 태을을
데리고 어서 좇아가야겠소."

이 말을 듣고 모두 기꺼이 선더러 말하였다.

"우리 이제 이별하니 섭섭하거니와 오래지 않아 다시 만나리라."

---

* 당나라 때 시인.
* 안기생. 중국의 신선으로, 바닷가에서 참외만큼 큰 대추를 먹고 천 살 넘도록 살면서 약을
  팔았다고 한다.
* 중국 한나라 때 사람. 한 무제의 명으로 서역에 사신으로 가게 되어, 비단길을 개척하였다.

두목지가 선을 데리고 한 곳에 이르니 산이 하늘에 닿았고 상서로운 구름이 어려 있었다. 두목지가 선을 보며,

"이 산이 봉래산이니 구류선拘留仙을 찾아 약을 구하라."

하고 돌아가더라.

선이 조심스레 그 산속으로 들어가더니 산천을 보며 감탄하였다.

"이태백이 봉황대에 올라, '세 산은 푸른 하늘 밖에 반쯤 솟아 있고 두 줄기 강물은 나뉘어 백로주로 흐른다〔三山半落青天外 二水中分白鷺洲〕.'* 하였더니 허튼 말이 아니구나."

보이는 것마다 황홀하니 선의 걸음이 몹시도 더디었다. 걸음마다 찬탄하며 중얼중얼 혼잣말을 하던 선은 그 자리에 우뚝 멈춰 섰다. 눈앞에 용왕의 아들이 환하게 웃으며 서 있었다.

"어찌 알고 예까지 왔는지요?"

선이 놀라 물으니 왕자가 이곳 산천의 한없는 아름다움에 누가 갈까 속삭이듯 낮게 말했다.

"초국공께서 간 곳을 몰라 방황하였더니, 그러는 중 이태백도 만나고 두목지도 만나 봉래산으로 가셨다는 말씀을 듣고 예 와서 기다린 지 벌써 오래되었소이다."

그 말에 선이 조심스레 말했다.

"그 선관들한테 보채인 것이야 이루 다 말할 수가 없소그려."

"그 선관들이 다 전생의 벗이니 공이 반가워 놀린 것이오이다. 그 분들을 만나지 못하였던들 아직 이곳에 이르지 못하였으리라."

---

* 이태백의 〈등금릉봉황대登金陵鳳凰臺〉 속 구절.

왕자가 말을 마치고는 발자국을 떼었다. 선도 따라갔다. 얼마 못 가 하늘에 닿은 듯 높이 솟은 엄청나게 큰 바위 봉우리를 만났다. 왕자가 그 봉우리 앞에 이르자 선을 업고 순식간에 봉우리 끝에 올라가서 내려놓았다.

"저는 이제 배에 가서 기다릴 것이니 어서 약을 얻어 가지고 오소서."

눈앞에는 아무것도 보이지 않았다.

"약을 얻는다 해도 여기서 어떻게 내려가리오?"

선이 걱정스러워서 봉우리 밑 저 아래를 굽어보며 묻자, 왕자가 웃으며 말했다.

"오실 제는 자연 쉬우리니 근심 아니 해도 되리다."

용왕의 아들은 이렇게 말하고 곧 성큼성큼 내리뛰며 깎아지른 절벽 아래로 나는 듯이 내려갔다.

선은 무작정 앞으로 걸어갔다. 얼마 안 가 나무숲이 우거지고 아름다운 꽃들이 가득히 피어 있는 데 이르렀다. 잠깐 망설이다 내친 걸음으로 여기저기 둘러보며 산으로 올라갔다. 가쁜 숨을 톺아 쉬면서 산 중턱에 오르니 수풀 사이로 넓은 길이 나왔다. 선이 그 길로 들어서 한참 걷노라니 웬 백발노인이 검은 소를 타고 마주 오고 있었다. 소를 타고 오는 노인과 선은 몇 발자국 앞에서 멈춰 섰다.

"그대는 어떤 사람인고?"

백발노인이 굵고 부드러운 소리로 물었다. 위풍이 있었다.

선은 노인에게 절을 하고 대답했다.

"저는 대승상 초국공 이선이온데, 지금 구류선을 찾는 중이옵니다."

노인은 그 말을 듣자 손을 들어 왼쪽 숲을 가리켰다. 그 숲에는 유달리 높은 나무 하나가 서 있었다.

"저 침향나무 밑에 가면 신선들이 바위에 앉아 바둑을 두고 있으니 거기 가서 물어보거라."

선은 노인에게 또 공손히 절하고 침향나무 쪽으로 걸어갔다. 나무 밑에 이르니 과연 넓은 바위 위에서 신선들이 빙 둘러앉아 바둑을 두고 있는 모습이 보였다.

선은 바위로 다가가서 엎드려 절하고 선관들에게 보아 주십사 청하였다. 선관들은 본 체도 아니 했다. 한참 지나 곁에서 구경하던 선관 하나가 고개를 들더니 가까이 오라고 손짓했다.

선은 바위 바로 밑까지 다가갔다.

"그대는 어떤 사람인데 감히 이곳에 들어왔는고?"

손짓으로 부른 선관이 엄하게 물었다.

"저는 인간 대승상 초국공 이선이라 하오이다. 구류선을 뵈오려 왔나이다."

선이 허리를 숙이며 대답했다.

이때 하늘하늘한 푸른 옷을 입은 신선이 바둑을 두면서 물었다.

"그래, 무슨 일로 구류선을 찾느냐?"

"황태후 병환이 중하여 황명을 받자와 선약을 얻어 가려고 하오이다."

푸른 옷의 신선은 바둑알을 옮겨 놓으며 말이 없고, 이번에는 붉은 옷 입은 신선이 바둑알 하나를 딱 소리가 나게 판에 놓더니 고개를 들었다.

"구류선을 보려거든 저 산마루로 올라가거라. 그러지 않으면 못 보리라."

선은 그 험한 산벼랑을 타고 올라갈 일이 아뜩하였다.

"황태후 병환이 중하시고 신하 된 자 황명을 받고 지체치 못하리니 쉬이 얻어 가게 해 주소서."

붉은 옷 입은 신선이 바둑알 하나를 손에 쥐더니,

"우리는 그런 약을 모르느니라."

하고는 그것을 바둑판 위에 탁 놓았다. 선은 민망하여 어찌할 바를 모르나 또 사정해 보려고 하였다.

그때 공중에서 한 선관이 푸른 옷 입은 동자를 데리고 학을 타고 날아왔다. 학에서 내린 동자는 수정 병과 옥잔을 받쳐 든 채 그 자리에 오뚝 서고, 신선은 반가운 낯빛으로 이선한테 다가왔다.

"그대는 옛정을 다시 만나 인연을 이었느냐?"

이런 말을 던지고는 선의 손을 잡고 미처 대답할 사이도 없이,

"그래 인간재미 어떠하더냐? 설중매는 만나 보았느냐?"

하면서 연거푸 물어 댔다.

"인간사 고생뿐이옵니다. 제가 전생 일을 어이 알며 설중매를 또 어이 알리까?"

선은 정신이 얼떨떨하였다.

"어허, 천상 일은 다 잊었구나."

신선은 웃으며 동자를 불러 수정 병 속에 든 찻물을 옥잔 가득 부어서 권하였다.

선은 천천히 마시었다. 이채로운 향기와 감칠맛은 인간 세상에서는 맛보지 못한 것이다. 차츰 정신이 맑아지고 몸이 날 듯이 가벼워졌다. 차츰 자기가 천상의 태을진군이었으며 옥제께 죄를 짓던 일하며, 봉래산에서 놀다가 신선인 능허선凌虛仙의 딸 설중매를 만나 부부 되었던 일하며, 지금 제 곁에 서 있는 신선이 구류선이며, 그를 수하로 두고 지내던 때가 어제런 듯 환히 되살아났다.

선은 비로소 태을진군으로 돌아와서 신선에게 말했다.

"내가 죄를 지은 뒤 인간 세상의 이러저러한 고생이 몹시 심하였네. 헌데 그대와 벗들이 다 무사하니 다행하나, 설중매는 어디에 있는가?"

선이 태을진군으로 처음 하는 말이다.

"능허선 부부는 인간 김전과 그 부인이요, 능허선 딸 설중매는 양왕의 딸이 되었으니 장차 태을의 둘째 부인이 되리다."

선관이 아까와는 달리 공경하는 태도로 대답했다.

선이 한숨을 지었다.

"능허선과 설중매는 무슨 죄로 인간 세상에 내려갔는고? 또 소아가 김전의 딸이 되고 설중매는 양왕의 딸이 되게 하다니 어찌 된 일인고?"

이제는 본디대로 태을이 되었으나 천상을 떠난 지 오래되었는지라 궁금하였다.

"능허선 부부는 방장산에 놀러 갔다가 상제께 귤 진상을 더디게 한 죄로 인간 세상에 귀양 내려갔나이다. 태을께서 소아와 인연을 맺은 것을 보고는 능허선 부부가 소아를 몹시 원망하였는데,

소아도 인간 세상에 귀양 가게 되니, 상제께서 전생의 원수와 후생에서 부녀지간이 되게 하여 서로 간장을 썩이도록 하였더이다. 또 설중매는 죄 지은 일이 없으나 부모와 태을께서 인간 세상으로 내려가자 저도 인간 세상에 가서 만나 보려고 약수에 빠져 죽으니, 그것이 가여워 후생에는 귀히 되어 양왕의 딸로 태어난 것이오이다."

구류선이 차근차근 말하니, 선은 고개를 끄덕이었다.

"내 양왕의 혼사를 거절코자 하다가 이 고생을 만났다네. 오늘까지는 죽어도 혼인을 아니 하려 하였으나 하늘이 시키시니 도망하지 못할 일일세."

구류선이 세 가지 약을 내주며 말하였다.

"돌아갈 때가 되었으니 이 약을 가지고 가시고 천상 일은 조금도 말하지 마소서."

"이 세 가지 약 이름이 무엇인고?"

선이 물었다.

"이 작은 병에 든 물은 환혼수還魂水요, 저 누런 것은 개언초開言草요, 저 약은 우화환羽化丸이오이다. 이제 돌아가면 황태후 벌써 승하하였을 것이니 태을께서 지니고 있는 옥가락지를 태후 시신에 얹어 두면 썩은 살이 되살아날 것이오이다. 그때 환혼수를 입에 바르면 혼백이 돌아오리니 그다음엔 개언초를 먹이소서. 개언초를 먹고 나서는 말을 하게 될 것이오. 계안주啓眼珠는 이미 가지고 계시오이다."

"이 우화환은 어데 쓰는 것인가?"

선이 또 물었다.

"그것은 잘 간수해 두었다가 나이 일흔 되는 해 칠월 보름날에 하나씩 먹으소서. 날개가 돋아 하늘로 오를 것이오이다."

선관은 이렇게 말하고 나서 동자를 시켜 차를 권하였다. 선이 그 차를 받아 마시자마자 천상 일은 까맣게 잊어버리고 다시 인간 이선으로 돌아와서 용왕의 아들이 기다린다는 것을 깨달았다. 서둘러 선관에게 하직 인사를 하였다. 구류선은 서운함을 누르지 못하였다. 바둑 두던 신선들 또한 조금 전과는 달리 태을진군을 인간 세상으로 떠나보내는 섭섭함을 감추려 하지 않았다.

선이 하직을 고하고 급히 왕자가 기다리는 곳으로 가자 왕자는 바로 배를 몰아 순식간에 동해 용궁에 가 닿았다.

용왕은 무사히 돌아온 선과 아들을 반가이 맞았다. 그리고 잔치를 베풀고 선의 마음을 즐겁게 해 주었다. 잔치가 끝날 무렵 선이 용왕에게 말했다.

"용왕님 덕분에 봉래산을 무사히 다녀왔으니 이 은혜를 어찌 갚아야 할지 모르겠소이다."

이 말을 들은 용왕이 펄쩍 뛰었다.

"별말씀을 다 하시오이다. 오히려 선생의 장인이 내 누이를 구해 준 은혜야말로 다 갚지 못하였소이다."

"내 이미 그 덕을 입었사온데 너무 겸손히 말씀하시니 몸 둘 바를 알지 못하겠소이다. 그런데 또 용왕님의 힘을 빌려야겠으니 어쩌면 좋으리까. 이번에는 천태산으로 가야 하오니 길을 가르쳐 주셨으면 하오이다."

선이 웃으며 말하자 용왕은 머리를 천천히 끄덕였다.

용궁의 음악과 용궁 병사들의 춤이 어울려 장관을 이루는데, 아리따운 여인들이 너울거리는 얇은 옷깃으로 살짝살짝 바람을 일으키며 가까이 다가왔다가는 물러가곤 하니 흥취가 한껏 올랐다. 고래며 상어, 문어, 곱등어(돌고래) 따위가 넓은 궁 가녘에서 이리저리 헤엄쳐 다니며 위세를 뽐내는 것도 볼만하였다. 하지만 선은 한시바삐 천태산으로 가야 하니 마음이 초조하였다.

이윽고 용왕이 선을 돌아보며 입을 열었다.

"오늘은 편히 쉬시고 내일 아침 일찍이 천태산으로 떠나소서."

"이 은혜 뼈에 새겨 잊지 아니하오리다."

선이 진심으로 고마워하였다. 용왕은 그 자리에서 아들을 불러 이선과 함께 내일 아침 떠나라고 분부를 내렸다.

다음 날 아침 선은 용왕과 용궁 관리들의 성대한 바램을 받으며 용왕의 아들과 함께 배를 타고 떠났다. 밥 한 그릇 먹을 만큼 잠깐 새에 배가 어느 기슭에 닿았다.

배에서 내려 사방을 둘러보니 산천이 빼어나고 봉우리들이 하늘 가운데 아득히 솟아 있었다. 산세는 참으로 웅장하여 숲이 짙게 우거졌으며 골짜기에서 줄기차게 흘러내리는 물이 티 없이 맑고 시원했다.

"이 산이 천태산이오이다. 예서 약을 구하시려면 마고선녀를 만나야 하리다."

왕자는 이 말을 남기고 문득 사라졌다.

홀로 남은 선은 어찌할까 잠시 망설였으나 마음을 다잡고 앞으로 한 걸음 두 걸음 내디뎠다. 처음에는 조심스럽게 천천히 걸었으나 차츰 걸음이 빨라졌다. 산골로 한참 들어가노라니 깊은 시냇물이 앞을 막았다. 기슭을 오르며 길을 잡으려고 하나 어디로 가야 할지 가늠할 수가 없다.

이때 동쪽에서 한 동자가 사슴을 타고 오는 것이 눈에 띄었다. 선이 길을 물으려고 마주 나아가니 동자는 사슴을 채찍질하여 나는 듯이 스쳐 지나가 버린다. 하는 수 없이 동자가 가는 쪽으로 급히 따라가다가 보니 한 늙은이가 소나무 아래 바위에 걸터앉아 있었다. 그 늙은이는 다 해진 누비옷을 입고 있었다. 선이 그 앞으로 다가가서 두 번 절하였다.

"저는 대승상 초국공 이선이옵나이다. 황제의 명을 받자와 약을 구하러 왔사오나 몹시 배가 고프고 갈 길을 모르오니 인가를 가르쳐 주시면 배고픔을 우선 면하겠나이다. 또한 마고선녀의 집을 찾을 수 있게 은혜를 베푸시면 약을 얻어 갈까 하옵나이다."

늙은이는 그 말을 잠자코 다 듣더니 두 눈을 번쩍이며 머리를 들었다.

"깊은 산 궁벽한 골안에 인가가 어이 있으며, 내 여기 있은 지 오만 년이로되 마고선녀가 산다는 말은 금시초문이로다."

선이 다시 물으려고 하는데 그 늙은이가 사라졌다. 사방을 둘러보나 어디에도 없어, 하는 수 없이 숲 속을 오락가락 헤매는데, 또 다른 늙은이가 지팡이 짚고 오솔길을 오르는 모습이 눈에 띄었다. 나무숲에 가리었다가 나타나고 또 가리었다가 나타나곤 하는데 놓칠세라 선은 두 주먹을 부르쥐고 달려갔다. 손이며 얼굴이 다 가시에 찔리고 긁히는 줄도 모르고 앞질러 가서는 돌아서 늙은이가 이르기를 기다렸다. 가까이 오자 두어 걸음 나아가서 절을 하였다.

"마고선녀를 꼭 만나야 할 일이 있사오니 큰 은혜를 베풀어 길을 가르쳐 주옵소서."

선의 목소리는 낮고 공손하나 또렷했다. 또 헛일로 돌아갈까 저어하여 자연 그렇게 된 것이다.

"무슨 일로 찾느냐?"

늙은이가 눈을 치뜨며 물었다. 굵고 짙은 눈썹이 꿈틀거리는데 보기에 범상치 않았다. 선이 선약 구하러 오게 된 사연을 자세히 고하니 그 굵은 눈썹이 다시 꿈틀 움직였다.

"이쪽으로 가면 물이 나오는데 그곳을 건너면 옥포동이 있느니라. 게 가서 찾아보아라."

늙은이가 가리키는 쪽을 한참 바라보고는 실망한 기색을 누그러뜨리면서 다시 말하였다.

"물살이 몹시 빠르고 그 깊이도 헤아릴 수 없으니 건너가지 못할까 하오이다."

그러자 늙은이는 짚고 있던 지팡이를 훌 던졌다. 순간 지팡이가 변하여 물 위에 다리가 하나 놓였다. 선이 수없이 사례하고 가리켜 준 쪽으로 다리를 건너 부지런히 걸어가노라니 공중에서 소리가 들렸다.

"나는 대성사 부처러니 그대에게 길을 가르쳤노라."

이선이 허공에 대고 또다시 여러 차례 절을 하고는 다시 길을 가는데, 문득 저쪽 바위에 또 어떤 늙은이가 앉아 있었다. 선이 그 늙

은이에게 절을 하고 옥포동이 어느 쪽에 있는지 물어보았다. 늙은
이는 거들떠보지도 않았다. 다시 묻자 이번에는 대답 대신 길게 노
랫가락을 뽑으며 벌렁 누웠다.

선이 이러지도 저러지도 못하고 바위 곁을 오락가락하는데 한 선
녀가 푸른 학을 타고 날아와 내렸다. 선은 고개 숙여 예를 표하고
옥포동이 어디쯤 있는지 물었다.

선녀도 황급히 답례하며,

"공자는 뉘시며 무엇 하러 옥포동을 찾으시오?"

하고 되물었다.

"마고선녀를 찾아 약을 구하고자 하나이다."

선이 대답하자 선녀는 머리를 저으며 말하였다.

"그렇다면 길을 잘못 들어 계시오. 나도 이 산중에 있은 지 오래
지만 마고선녀는 보지 못하였나이다."

"그러면 이 산 이름을 무엇이라 하옵니까?"

"이 산 이름은 옥포산이요 골 이름은 천태동이어니와, 날도 이미
저물었으니 내 집으로 가 하룻밤 머물고 내일 찾아보시오."

선녀가 따라오라는 말도 없이 앞장서 걸었다. 선이 하는 수 없어
그 뒤를 따르며 좌우 길녘을 바라보니 황홀하기 그지없다. 아름답
고 기이한 꽃과 풀 들이 활짝 피어 가슴을 시원히 해 주는데 코를
찌르는 향기에 정신이 다 어리어리하였다.

얼마쯤 걸어가자 외딴곳에 자리 잡은 아담한 집 한 채가 나왔다.
개 짖는 소리가 들려와서 자세히 살펴보니 청삽사리였다. 선녀가
다정하게 선을 집 안으로 이끌었다. 집은 그리 크지 않으나 정갈하

기가 인간 세상의 집과는 사뭇 달랐다.

선이 선녀를 따라 방 안에 들어서자 선녀가 웃으며 말했다.

"내 집이 과부의 집이라 손님 접대할 남자가 없어 내 손수 하니 허물치 말기 바라오."

선이 예를 갖추어 사례하려고 고개 숙이며 입을 열려는데 선녀는 손을 저어 말리며 동쪽으로 놓인 황금 의자에 앉으라 권하였다. 의자가 몹시 화려하여 선이 사양하자 선녀는 얼굴에 짐짓 노여움을 띠었다.

"공자께서 내 말을 듣지 아니하시니, 나도 길을 일러 주지 않겠소."

그 말을 듣고 선은 민망해하면서도 하는 수 없이 그 의자에 앉았다. 선녀도 서쪽에 놓인 의자에 살며시 앉더니 여덟 가지 맛있는 음식을 내왔다. 맛을 보니 낙양 동촌 이화정에서 술 팔던 할미네 음식과 꼭 같았다. 선이 의심스러워 물었다.

"여기서 천태산이 얼마나 되옵니까?"

"천태산이라, 그건 나도 금시초문이니 수고로이 헛길을 가셔서는 아니 되오리니 제 말을 좇으면 이로울까 하오이다."

선녀가 눈을 반짝이며 말하였다.

"좇을 만하면 좇으리다."

선이 유쾌히 대답하자 선녀의 얼굴이 금세 환해졌다.

"나도 명산에 있었을 뿐 아니라 이름난 선비의 안해 되어 참으로 영화로이 지냈소이다. 그러다가 남편이 죄를 짓고 이 땅에 귀양을 왔사온데 여기서 얼마 동안 지내던 중 남편이 세상을 떠났소

이다. 그 뒤 어린 딸을 데리고 돌아갈 곳이 없어 이곳에서 살아가
는데, 딸이 크도록 배필을 정하지 못하여 해와 달을 헛되이 보냄
을 탄식하는 처지가 되었소이다. 그런데 오늘 다행히 공을 만나
고 보니 군자이시오이다. 바라건대 그대는 위태로운 길을 가지
말고 내게 와 백 년 아름다운 손이 되어 인간 세상 생각을 말끔히
잊음이 어떠하겠소?"

선녀의 말을 듣더니 선의 얼굴에 한순간 난처한 빛이 스쳤으나
곧 공경하는 낯으로 말하였다.

"그 말씀이 더없이 감사하나 이미 황명을 받았으니 선약을 구해
야 하옵니다. 온몸의 기운이 다할 때까지 다니다가 그래도 구하
지 못하면 죽을 따름이오이다. 그러니 죽어도 충성스럽지 못한
귀신은 되지 않으리다."

선녀는 선의 기색을 조심히 살펴보고 나서 또 말했다.

"듣고 보니 그렇게 하는 것이 옳고 떳떳하기는 하나 그것 또한
사리에는 맞지 않는 말인 줄로 아오이다. 옛말에 이르기를, '죽
은 정승이 산 개만 못하다.' 하였으니, 무슨 일로 남을 위해 고초
만 겪다가 비명에 원통히 죽으리까. 내 비록 가난하나 노비가 삼
천이요 논밭이 수천 결이니 절대 궁핍치 않으리다."

선녀가 그렇게까지 나오니 선은 더 할 말이 없어 다만 "허!" 하는
소리만 하였다. 밤이 차츰 깊어 갔다. 말없이 앉아 있던 선녀가 시
녀를 시켜 작은 방을 깨끗이 거두고 선을 그 방에서 쉬도록 하였다.
선은 온종일 산을 헤매느라고 지친지라 자리에 눕자마자 단잠이
들어 세상모르고 잤다.

다음 날 아침, 잠을 깬 선은 깜짝 놀랐다. 어찌 된 일인지 집은 간데없고 자기는 시냇가에 누워 있었다. 정신이 어리어리하여 한동안 그 자리에 누워 있다가 마음을 가다듬으며 일어났다. 그러고는 머나먼 고국을 생각하며 글을 지어 한바탕 읊고는 길을 찾아 떠났다.

수십 걸음을 나아가니 웬 할미가 광주리를 옆에 끼고 길가에서 나물을 캐고 있었다. 선이 잠시 망설이다가 곧 정신을 차리고 할미에게 다가갔으나 할미는 본 체도 아니 하고 여전히 나물만 캐고 있었다. 그러거나 말거나 선은 공손히 절하고 물었다.

"천태산이 어디쯤 있나이까?"

할미는 고개도 들지 않고 대꾸했다.

"엊저녁에 산을 넘어오지 않았는고? 그 산이 천태산이오."

선이 다시 물었다.

"그럼 옥포동이 어디이온지요?"

"이 골안이 옥포동이오."

선이 기쁨을 누르지 못해 떨리는 목소리로 물었다.

"그렇다면 마고선녀께선 어디에 있는지요?"

"내 눈이 어두워 몰라보아 민망하오이다. 뉘시오이까? 내가 바로 마고선녀로소이다."

할미가 눈을 껌벅이며 말하였다. 선은 반가움을 이기지 못하여 두 번 절하고 말을 계속하였다.

"낙양 북촌의 이선이오이다. 마고선녀를 찾아 약을 구하려고 허위단심 예까지 왔소이다. 헌데 어찌 저를 몰라보시오이까?"

그러자 할미가 반가운 기색을 지었다.

"그 말이 참이오? 이화정을 떠난 뒤 서로 본 지 오래고 또 내 나이 많아 무엇이나 잘 잊어버리는지라 알아보지 못했나 보오."

그러면서 손등으로 입을 가리고 웃더니,

"그러면 숙향 낭자 편안하시오니까?"

하고 인사말을 하였다.

"예, 늘 할머니를 그리워하오이다. 그동안 할머니도 편안하였소이까?"

그제야 선도 부인 숙향이 준 글을 전했다.

할미는 그 글을 받고 빙그레 웃음을 지으며,

"내 지금껏 공자의 맥을 짚어 보았소이다. 내 공자를 위하여 약을 얻어 놓고 기다린 지 오래오이다."

하더니 품에서 약을 꺼내 건네면서 말을 이었다.

"오랜 정을 펴고자 하나 어제 숙향 낭자를 만나 들으니 황태후 벌써 세상을 뜨셨다 하더이다. 빨리 돌아가소서."

선이 약을 받아 품속에 깊숙이 건사하고 그 은혜를 깊이 사례하려고 고개를 드니 이 어인 일인가. 할미는 어느새 온데간데없었다.

선은 하는 수 없이 공중에 대고 수없이 사례하고 길을 찾아 강가로 나왔다. 강기슭에서 기다리고 있던 용왕의 아들이 선을 반겨 맞아 주었다.

"저는 초국공을 보내고 표진 용궁에 가서 고모님을 뵈었소이다. 고모님이 이르시기를 '내게 계안주가 있었는데 김 상서의 은혜를 갚노라 드리고, 그 뒤에는 정렬부인 숙향이 표진강에 와서 제

사할 적에는 정을 표할 것이 없어 술잔에 담아 주었노라.' 하더
이다. 그러니 그것이 벌써 공의 댁에 있을 것이오이다. 공께서는
급히 돌아가소서. 듣자니 황태후께서 세상을 뜨셨다 하더이다."

왕자가 말을 마치더니 어서 배에 오르라고 재촉하였다. 선이 서
둘러 배에 오르자 눈을 감으라고 하였다. 선은 눈을 감았다. 순간
귓가에서 윙윙 소리가 나고 바람이 옷자락을 세차게 흔들었다. 막
눈을 감았는가 싶은데 눈을 뜨라고 하였다. 선이 눈을 떠 보니 배는
어느새 서울을 겨우 십 리 앞둔 경하 물가에 있었다.

선은 기뻐 눈물을 흘리며 왕자에게 은혜를 깊이 사례하고 귀한
몸 보중하기를 진심으로 당부하였다. 왕자도 선의 앞날이 복되기
를 빌며 작별 인사를 하였다.

하늘 세상으로 함께 돌아가누나

선은 기쁜 마음에 언제 성문 안에 들어섰는지도 알지 못했다. 초국공이 약을 구해 가지고 돌아왔다는 소식을 듣고 황제는 바로 벼슬아치들에게 분부를 내려 성대히 예를 갖추어 이선을 맞도록 하였다. 선은 곧바로 궁궐로 들어가서 황제를 뵈옵고 엎드려 약을 드리면서 빨리 돌아오지 못한 죄를 주십사 청하였다. 황제는 그 어려운 길을 무사히 다녀옴을 치하하고 극진히 위로하였다.

황제는 지체 없이 손수 약을 시험해 보았다. 먼저 옥가락지를 태후의 몸에 올려놓았다. 옥가락지는 들은 대로 인차 신통력을 나타냈다. 옥가락지를 가슴에 얹자마자 썩은 살이 되살아나 산 사람의 살이나 다름없었다. 그다음에는 환혼수를 입에 조금씩 흘려 넣었다. 싸늘하던 태후의 몸이 차츰 따뜻해졌다. 숨기가 돌아왔다. 태후의 입에 개언초를 넣자 황제와 신하들은 온몸이 금세 졸아드는 듯

돌부처마냥 굳어졌다. 어떤 일이 일어날 것인가 하고 모두들 마음이 몹시도 팽팽해진 것이다. 태후의 입술이 조금 움직이더니 얼마가 지나자,

"왜 세상이 이렇게 캄캄한고?"

하며 입을 열었다. 마지막으로 계안주를 태후의 눈에 세 번 문질렀다. 눈동자가 움직이더니 드디어 눈을 떴다. 태후는 누운 채로 두리를 한번 둘러보고는,

"어찌하여 이렇게들 모여 서 있는고?"

하고 말하였다. 죽어서 살까지 썩었던 태후가 되살아난 것은 말할 것도 없고, 몰라보게 젊어지고 건강해졌을 뿐 아니라 만물을 어린애처럼 깨끗한 눈으로 보게 되었다. 그러니 황제의 반가움이 얼마나 크고 뭇 관리들의 기쁨이 어떠했겠는가.

황제는 대승상 초국공 이선의 손을 잡고,

"이렇듯 신통하고 신기한 약을 어찌 구하였소? 짐은 경이 험한 길에 얼마나 고생했을지 짐작할 수 있소."

하며 눈물을 흘렸다.

선은 그제야 약을 구하러 가서 있은 온갖 사연을 자세히 아뢰었다. 황제는 감탄을 금치 못했다.

"옛적 진시황과 한 무제의 위엄으로도 이런 신비한 약을 얻지 못하였는데, 경이 이번에 그처럼 신기한 약을 구하여 황태후가 되살아나게 하니 이는 세상에 두 번 다시 없을 큰 공이라, 무엇으로 그 공을 갚으며 한시인들 잊으리오. 마땅히 천하를 나눠 반을 주리라."

선은 황공하여 몸 둘 바를 몰라 하며 땅에 엎드렸다.

"임금이 욕을 보시면 신하는 마땅히 죽어야 한다 하였사오니 그 말씀은 참으로 지나치시옵니다. 성상께옵서 어이하여 이 변변치 못한 신하로 하여금 뒷날 역적의 이름을 면치 못하게 하시나이까. 엎드려 비옵나니 성상께옵서는 밝히 살피소서."

말을 마친 초국공 이선은 제 머리를 섬돌에 들이받았다. 그 옥같이 흰 얼굴이 피로 붉게 물들고 채 좋은 검은 수염에 진홍빛 핏방울들이 맺혀서는 땅바닥에 방울방울 떨어졌다.

황제는 그 뜻이 굳음을 보고 장하게 여기어 선을 초왕에 봉하고 김전에게는 좌승상 벼슬을 내렸다.

선이 황제의 은혜에 깊이 사례하고 집으로 돌아오니, 부모님과 장 승상 부부며 김 승상 내외 그리고 정렬부인 숙향을 비롯하여 집 안의 어른, 아이, 아랫사람들 할 것 없이 모두가 죽었던 사람을 다시 본 듯 크게 기뻐하였다. 그리하여 일찍이 보지 못한 큰 잔치가 차려지고 풍악 소리와 춤사위가 하늘땅을 뒤흔들었다. 황제가 이 소식을 듣고 궁중 악대를 보내어 그 장한 위세를 돕도록 하였다.

정렬부인 숙향이 그처럼 영화로운 집안 경사를 못내 즐거워하며 초왕이 된 선을 보고 말하였다.

"떠나실 때 말씀하시던 저 동백나무가 날로 기운을 잃어 가기에 돌아오시지 못할까 날마다 근심하며 보냈나이다. 이 미천한 목숨으로 대신해 달라고 하늘땅에 빌기를 얼마나 하였는지 모르오이다.

그러던 중에 하루는 신통한 꿈을 꾸었소이다. 꿈에 마고선녀가 와서 이르기를, '부인이 승상을 보려거든 나와 같이 가사이다.' 하는지라, 할머니를 따라 어느 깊은 산골에 들어갔나이다. 그곳에 있는 한 궁궐에서 마고선녀는 상공을 만나 양왕의 딸을 맞아들이셔야 한다고 이르더이다. 이제 아무리 사양하셔도 이미 하늘이 정하신 배필이니 아니 맞지 못하실 것이오이다."

숙향의 말은 참으로 살뜰하고 절절했다. 선은 이에 크게 감복하여 저도 모르게 고개를 끄덕인 뒤 천태산 마고선녀의 집에 갔던 일을 이르고 마침내 양왕의 딸을 맞을 결단을 내렸다.

마침 이즈음 양왕이 선의 아버지 위왕을 만나 또 정식으로 청혼하였다. 위왕은 이를 유쾌히 받아들이고 그날 저녁 아들한테 조용히 말하였다. 이미 하늘이 정한 인연임을 알게 된 선은 아버지께 선관들이 하던 말을 전하였다. 그러자 위왕은 물론이고 이 말을 전해 들은 집안사람 모두가 희한해하였다.

위왕은 다음 날로 양왕에게 통혼하여 길한 날을 정하고, 혼례식을 성대히 치렀다.

황제는 이를 알고 크게 기뻐하며 숙향을 정렬 왕비로 봉하고 양왕의 딸 매향을 정숙 왕비로 봉하였다. 매향은 김 승상, 장 승상 부부를 부모같이 섬기고 숙향은 양왕 부부를 친부모와 다름없이 대하였다. 두 왕비가 서로 의가 좋아 집안이 더없이 화목했다.

정렬 왕비 숙향은 두 아들과 딸 하나를 두었으며 정숙 왕비 매향은 세 아들에 딸 둘을 두었다. 두 부인의 끌끌한 아들들은 하나같이 다 과거에 급제하여 높은 벼슬에 올랐으며 자손이 번성하였다.

정렬 왕비의 맏아들은 황태자의 스승인 태자태부 겸 병부 상서로 부귀영화가 이를 데 없었으며, 딸은 태자비가 되었다.

둘째 아들은 정서대도독으로 오원주천이라는 땅에서 오랑캐를 치고 적병을 수없이 무찔렀다. 그때 이상스러운 적병을 만났는데, 찌르려 해도 창검이 들지 아니하고, 붙들어서 꽁꽁 묶어도 절로 풀려 벗어났으며, 여러 명궁을 시켜 한꺼번에 활을 쏘아도 화살이 공중으로 날아가 버리든가 아니면 발밑에 떨어져 그 적병의 몸에는 닿지도 않았다. 어쩌다가 화살이 몸에 닿아도 상처 하나 입지 않았다. 이를 이상히 여긴 도독이 애매한 사람을 죽이려 하니 하늘이 돕는 것이 아닌가 하여, 두터운 인정과 의리를 베푸니, 그 적병이 도독의 어진 덕과 인품에 감복하여 스스로 항복하였다. 정서대도독은 이 적병을 제 밑에 두고 부렸다.

오랑캐들을 모조리 토벌하고 집으로 돌아온 도독은 부모님께 그 사연을 자세히 고하였다. 초왕 부부는 아들의 말을 듣고 매우 신기히 여겨 그 사내를 집안에 두고 가까이 부렸다.

그해 정월 대보름날에 초왕은 위왕, 양왕과 김 승상, 장 승상네 하인들을 모조리 모아 씨름판을 벌였다. 그랬더니 둘째 아들이 전장에서 데리고 온 그 사내가 누구보다도 뛰어나 당할 자가 없었다. 초왕이 칭찬을 아끼지 아니하였다.

숙향도 그 용맹을 장하게 여기며 씨름하는 거동을 자세히 보았다. 준수하고 단아하면서도 사내다운 그 얼굴하며 우람찬 몸집과 걸음걸이가 낯익어 보였다. 어디서 한번 본 적이 있는 사람인 것 같았다. 문득 다섯 살 적 피난할 때가 떠올랐다. 부모님을 기다리다가 도적 무리를 만났고 도적들이 자신을 죽이려 하자 한 사내가 그들을 꾸짖어 말리고 숙향을 빼내 업어다가 마을에 내려놓고 갔는데, 바로 그 사내인 것 같았다. 숙향은 여종을 시켜 언젠가 그려 놓고 소중히 가지고 있던 족자를 가져오게 하였다. 그리고 그 그림 족자와 눈앞의 사내를 대보았다. 세월이 많이 흘러 비록 늙기는 하였으나 틀림없이 그 사람이었다.

숙향은 바로 초왕에게 족자를 보여 주고, 씨름판에서 한다하는 장사들은 다 물리쳐 이긴 그 사내를 가리켰다. 초왕이 이리저리 살펴보니 족자에 그려진 사람과 같은 사람이 분명하였다. 초왕은 매우 기이히 여기면서 그 사내를 불렀다. 부름을 받고 사내가 달려와 땅에 엎드렸다.

"네가 그전에 난리가 일어났을 때 반야산에서 어린아이를 구한 적이 있느냐?"

초왕이 부드럽게 묻자 그 사내가 황공하여 머리를 조아렸다.

"반야산을 지나가다가, 부모를 잃고 바위틈에 앉아 울고 있는 여자 아이를 보았더이다. 그때 도적들이 죽이려 하므로 제가 꾸짖어 말린 뒤 아이를 업어다가 유곡촌에 두고 저는 떨어지지 않는 발을 옮겨 그대로 간 일이 있나이다. 그 아이의 상은 무식한 이놈이 보기에도 남달랐나이다."

초왕이 그 말을 듣고 기뻐서 껄껄 웃고, 정렬 왕비 숙향은 그때의 은혜를 생각하고 이름을 물었다.

"제 이름은 신비해이옵나이다."

하고 공손히 대답하였다.

이날 정렬 왕비 숙향은 신비해에게 많은 금은을 상으로 내리고, 초왕과 아들딸들도 금이며 은이며 비단 따위를 적잖이 주었다.

얼마 지나 초왕은 황제께 이 일을 아뢰었다. 황제 또한 초왕의 말을 듣고 기특히 여겨 신비해에게 평서장군 겸 진서 태수의 벼슬을 내리고 도적들을 다스리라는 명을 내렸다.

진서 태수로 부임한 신비해는 수시로 출몰하는 도적들을 벼락같이 쳐서 진압하고 또한 덕으로 다스려 북방을 안정시켰다. 북방이 안정되니 태평세월을 노래하는 소리 또한 높았다.

세월이 흘러 장 승상 부부가 세상을 떠나니 정렬 왕비 숙향이 슬퍼하여 마지않았다. 김전 부부와 위왕 부부도 뒤이어 세상을 하직하였다. 초왕 이선과 왕비 숙향, 매향은 슬픔을 가누지 못하면서 선산에 안장하고 삼년상을 극진히 치렀다.

초왕이 일흔이 된 해 칠월 보름날이었다. 이날 왕은 자손들과 식솔들을 거느리고 궁중에서 성대한 잔치를 베풀었다. 풍악 소리 맑고 취흥이 도도하여 웃음소리 한층 높을 즈음에 풍채 좋은 선비가 들어왔다. 초왕은 봉래산으로 가던 길에 만났던 선관 여동빈임을 인차 알아보았다.

"그대는 어디서 오며 여기는 어쩐 일이오?"

초왕이 반기는 기색으로 묻자, 여동빈이,

"옥제의 명을 받들고 그대를 데리러 왔소이다. 어서 가사이다."

하며 웃었다.

"인간 세상의 몸이 어찌 천상에 오를 수 있으리오."

초왕이 근심스럽게 말하자,

"그전에 봉래산에서 구류선이 드린 우화환을 가지고 계시지 않사오이까?"

그제야 초왕이 번개 치듯 깨달아 늘 몸에 지니고 있던 선약을 꺼내어 두 왕비에게 하나씩 주고 자기도 하나 입에 넣었다. 셋이 모두 입에 넣자마자 공중으로 둥둥 떠올랐다. 가벼이 날아올라 까마득히 떠오르니 세 사람이 조그맣게 보였다. 그러다 문득 사라졌다. 끝없이 푸른 하늘에는 다만 꽃구름 세 송이가 떠 있었다.

왕의 세 딸과 다섯 아들이 망극하여 하늘을 우러르며 슬피 통곡하고 이어 생전의 옷가지들로 헛장을 치렀다. 왕과 왕비의 예로 정성을 다하였다.

그 뒤 자손 대대로 태평세월을 길이길이 누렸다.

숙향전 원문

〈숙향전〉에 관하여

숙향전 원문

상

화설話說[1] 중국 대송大宋 시에 일위 명공名公이 있으니, 성은 김金이요 명은 전佺이니, 대대로 명문거족이라. 그 부친 운수선생雲水先生이 도덕이 높은 선비라, 공명에 뜻이 없어 산중에 은거하여 세월을 보내더니, 천자가 들으시고 그 도덕을 아름다이 여기사 사관使官을 보내어 이부 상서吏部尚書로 부르시되 종시 나지(나오지) 아니하고 산중에서 죽으니라.

김전의 문장이 빼어나매 이적선李謫仙, 두목지杜牧之[2]를 압두壓頭하고 필법은 왕희지王羲之와 조맹부趙孟頫를 묘시藐視[3]하니 수학受學하는 선비 구름 모이듯 하더라.

일일은 동학洞壑[4]에 사는 붕우가 호주부에 벼슬하여 부임하러 갈새 십 리 장정長亭에 전송하려 하고 주효酒肴를 가지고 반하泮河 물가에 이르렀더니, 모든 어부가 한 거북을 잡아 가지고 구워 먹으려 하거늘, 김전이 보고 또 자세히 보니 그 짐승의 이마 위에 하늘 천天 자 있고 복상腹上[5]에 또 하늘 천 자 있으니 비상한 줄 알고,

"도로 놓으라."

하니, 어부 등 왈,

"우리 종일 낚시질하여 겨우 이 짐승을 잡았거늘 어찌 놓으리오."

하니, 그 짐승이 김전을 보고 눈물을 흘리며 죽기를 슬퍼하는 형상이라. 김전이 가져왔던 주찬을 주고 바꾸어 물에 넣으니, 그 거북이 물속으로 들어가며 김전을 돌아보더라.

김전이 벗을 전송하고 돌아오는 길에 반하를 건너더니, 문득 풍랑이 대작大作하여 다리 무너지며 사람이 빠져 죽었고 또한 김전도 죽게 되었더니, 홀연 앞에 검은 매판[6] 같은 것이

---

1) 옛 소설에서 흔히 첫머리에 쓰이는 말. 곧, '이야기인즉'.
2) 둘 다 당나라 때 시인. 이적선은 이백, 두목지는 두목.
3) 하찮게 봄.
4) 깊은 산골짜기.
5) 배 위.
6) 매갈이나 맷돌질할 때에 밑바닥에 까는 방석. 전이 없고 둥글다.

물 위에 떴거늘 김전이 그 위에 올라앉으니 비록 은신하였으나 정신이 혼미하여 있더니 그 짐승이 네 굽을 허위며 빠르기 살같이 뛰어 건너 육지에 내리거늘, 생각하매, 필위必爲[7] 반 하 물가에 넣었던 거북이 은혜를 갚고자 함이라. 전이 무수 사례하매 그것이 입으로 안개 같은 것을 토하니 광채 무지개 서듯 하여 황홀하더니 이윽고 그 기운이 진盡하며 또한 간 데없고 새알만 한 구슬 두 개가 놓였거늘, 김전이 더욱 기이히 여겨 두 손으로 들어 자세히 보니 구슬 가운데 오색 빛이 찬란한데 하나는 목숨 수壽 자요 하나는 복 복福 자어늘, 전이 마음에 헤오되,

'일정一定[8] 거북을 반하수에 넣은 연고라.'

하고 거두어 가지고 집에 돌아왔더라.

김전이 나이 이십이로되 집이 빈한하여 취실娶室[9]치 못하였더니, 형초 땅에서 사는 장 희라 하는 사람이 공명에 뜻이 없어 벼슬을 구求치 아니하고 있으나, 본디 공후 자손公侯 子孫[10]이라, 집이 유여裕餘하며 슬하에 무남독녀를 두었으니 위인이 빼어나고 재용才容이 현철賢哲하니 장희 부부 장중보옥掌中寶玉같이 알아 택서擇婿[11]하기를 범연泛然[12]치 않 더니 김전의 어짊을 듣고 구혼하니, 김전이 반하에서 얻은 진주로써 빙폐聘幣[13]하매, 장희 부인 왈,

"공경대부公卿大夫가 구혼하는 자 구름 뫼듯 하되 허許치 아니하고 구태여 가난한 김전 에게 허혼하여, 이제 김전의 빙물聘物[14]을 보니 그 빈한을 가히 알지라. 다만 일녀一女 의 평생을 그르게 하시느뇨?"

장희 왈,

"혼인은 인륜대사라. 부인의 알 바 아니요, 더욱 혼취婚娶에 재물을 취함은 이적夷狄의 유類[15]라. 또한 빙폐하는 진주를 보니 이는 천금으로 바꾸지 못할 바라."

장인으로 꾸며 지환指環[16]을 만드니 광채 황홀하여 바로 보지 못할러라. 이에 여아를 주 고 택일하여 김전을 맞으니 양인의 풍광風光이 서로 참치參差[17]하더라. 장희 김전을 보매

---

7) 반드시.

8) 반드시. 틀림없이.

9) 안해를 맞이함.

10) 공작, 후작과 같은 귀족 가문의 자손.

11) 사윗감을 고름.

12) 데면데면함. 별로 관심이 없음.

13) 혼인할 때 신랑 집에서 신부 집에 보내는 예물.

14) 혼인 예물로 보내온 물건.

15) 오랑캐 무리. 어리석은 자들이라는 뜻.

16) 가락지.

희색이 과만過滿하여 사랑함이 친자 같더라. 김전이 장 씨를 취하매 원앙이 녹수綠水에 놀고 비취翡翠 연리지連理枝에 깃들임[18] 같더라.

삼 년 만에 장희 부부 쌍망雙亡[19]하니 장 씨 망극하여 슬퍼함을 마지아니하고 김전이 장사를 예로 한 후 조석 제사를 극진히 받들고 세월을 보내더라.

이러구러 여러 춘추春秋[20] 지나되 슬하에 일점혈육이 없어 슬퍼하더니, 이해 추칠월 망간望間에 김전과 장 씨 누에 올라 월색을 구경하더니 홀연 공중으로서(공중에서) 꽃 한 송이 떨어져 장 씨 앞에 내려지거늘 괴이히 여겨 자세히 보니, 이화도 아니요 매화도 아니로되 향취 진동하거늘, 김전이 보더니 문득 광풍이 대작하여 꽃이 산산이 흩어져 간 바를 알지 못할러라.

장 씨 마음에 연연하여 돌아왔더니 차야此夜[21]에 일몽을 얻으니 달이 떨어져 금돝이(금돼지가) 되어 품에 들어 뵈거늘 놀라 깨니 남가일몽이라. 크게 의혹하여 김전을 깨워 몽사를 이를새 김전 왈,

"작일 계화桂花 일지一枝[22] 앞에 떨어져 뵈더니 금야今夜 몽사夢事 또한 여차如此하니 하늘이 우리 무자無子함을 불쌍히 여겨 귀자貴子를 점지하시도다."

하더니, 과연 그달부터 태기 있으니 김전 부부 크게 기꺼 아들 낳기를 바라더니, 십 삭이 차매 장 씨 곤비困憊[23]하여 일지 못하거늘 김전이 의약으로 치료하더니, 사월 초파일에 기이한 향내 나며 상운祥雲[24]이 집을 둘러싸며 밤이 깊은 후 선녀 한 쌍이 내려와 이르되,

"집을 쇄소刷掃[25]하고 있으면 선녀 하강하리라."

하고 산실로 들어가거늘, 김전이 바삐 나와 노복을 시켜 집을 쇄소하더니, 이윽고 오색 채운이 집을 두르며 향취 진동하거늘, 김전이 행여 장 씨 죽을까 하여 침소에 가 엿보니, 그 부인이 순산하고 두 선녀 벌써 문밖에 나왔으니 가는 것을 보려 한즉 보지 못할러라.

김전이 놀라 즉시 방중에 들어오니 장 씨 혼절하였거늘 수족을 주물러 깨우니 반상半晌[26]

---

17) 길고 짧음이 어슷비슷함.
18) 비취는 물총새, 연리지는 줄기가 다른 두 그루의 나뭇가지가 이어져 하나로 된 것. 부부나 남녀 사이가 몹시 좋은 것을 이르는 말. 원앙이 녹수에 논다 함도 같은 뜻.
19) 부부가 둘 다 죽음.
20) 해. 세월.
21) 이날 밤.
22) 계수나무꽃 한 가지.
23) 지치고 고단함.
24) 상서로운 구름.
25) 깨끗이 치우고 거둠.
26) 반나절.

후 인사를 차려 보거늘, 김전이 대희大喜하여 아이를 보니 옥골선풍玉骨仙風[27]이 비범 탈속非凡脫俗[28]하여 기이한데, 한낱 여아라. 남자 아님이 서운하나 이름을 숙향淑香이라 하고 자를 월궁선月宮仙이라 하여 사랑하고 귀중함이 비길 데 없더라.

연광年光이 오 세에 이르매 더욱 아름다워 월궁선아 하강함이 아니면 망월望月이 운무雲霧를 헤치고 벽공碧空에 걸렸는 듯 사람의 눈이 현황眩慌하고 성음이 청아하여 백옥을 산호채로 두드리는 듯하더라. 백사百事에 진선진미盡善盡美[29]하니, 김전이 행여 단수短壽할까 저어하여 상 보는 사람 왕규를 청하여 숙향의 사주를 물으니, 규 왈,

"이 아이는 인간 사람이 아니라 월궁항아月宮姮娥의 정맥精脈[30]이라. 일정 귀히 되리로소이다. 다만 옥제께 득죄하고 인간에 나왔사오매 초분初分[31]은 험하고 그 후는 길하리다."

하니, 김전 왈,

"우리 의식衣食이 족하니 초분이 어찌 괴로우리오?"

규 왈,

"미리 정치 못할 것은 사람의 팔자오니 오 세에 부모를 이별하고 사방으로 표박漂泊[32]하다가 이십이 되면 부모를 다시 만나 부귀영화하고 이자 일녀를 두어 부귀를 누리리니 또 칠십 세에 도로 천상으로 올라가리다."

김전이 믿지 아니하나 행여 잃을까 저어하여 생월생시를 써서 금낭錦囊을 만들어 숙향을 채웠더니, 이때에 국운이 불행하여 금국金國[33]이 반反하여 황성皇城[34]을 침노하니, 먼저 형초 땅을 범하는지라. 김전이 피란하더니 중로에서 도적을 만나 행장을 다 잃고 숙향을 업고 장 씨를 데리고 달아나더니 도적이 점점 가까이 오매, 전이 진력盡力[35]하여 장 씨더러 왈,

"도적이 따름이 급하고 힘이 쇠진하여 급히 가지 못하니 우리 살아나면 자식은 다시 보려니와 우리 죽으면 시신을 뉘 거두며 조선 향화祖先香火[36]를 뉘 받들리오. 인정이 절박

---

27) 옥 같은 골격에 신선 같은 풍채.
28) 평범하지 않고 속되지 않음.
29) 모든 일에 다 좋고 다 아름다움.
30) 정기와 혈통.
31) 젊을 적 운수.
32) 고향을 떠나 정처 없이 떠돌아다님.
33) 금나라. 12세기 초에 여진족이 압록강 북쪽의 넓은 지역을 차지하고 세운 나라.
34) 황제가 있는 곳. 나라의 도읍지. 서울.
35) 힘이 다 빠짐.

하나 숙향을 여기 두고 급한 화를 피하였다가 다시 와 데려가사이다."

장 씨 이 말을 듣고 망극하여 울고 왈,

"나는 숙향과 한가지로 죽을 것이니 군자는 급히 급히 피하여 천금 귀체千金貴體를 보존하여 우리 모녀 시신이나 거두어 주소서."

생이 탄 왈,

"그대를 버리고 차마 어찌 혼자 피하리오. 차라리 한가지로 죽으리라."

장 씨 왈,

"그대 말씀이 그르도다. 대장부가 처자를 따라 죽으리오? 빨리 피화避禍[37]하여 천금 귀체를 보존하소서."

생이 장 씨 손을 잡고 왈,

"그대를 어찌 버리리오?"

장 씨 망극하여 통곡 왈,

"군자가 이렇듯 하시니, 첩이 비록 절박하나 숙향을 여기 두고 가사이다."

생이 이 말 듣고 장 씨를 급히 이끄니, 장 씨 숙향을 표주박에 밥을 담아 주고 왈,

"어여쁠사 아녀阿女야! 배고프거든 이 밥 먹고 목마르거든 냇가의 물을 떠먹고 좋이 있으라. 우리 명일 와 데려가리라."

숙향이 발을 구르며 울고,

"어머님 아버님, 나와 한가지로 가사이다."

장 씨 가슴이 미어지는 듯하여 정신이 아득하니 말을 못 하며 울며 숙향을 달래어 왈,

"잠깐 예 있으면 우리 도로 이리 와 데려가리라. 소리 말고 있거라. 소리하면 도적이 죽이느니라."

숙향이 더욱 울고 왈,

"모친은 어찌 홀로 나를 여기 두고 도적에게 죽으라 하시느뇨? 한가지로 가사이다."

하고 놓지 아니하니, 장 씨 차마 떠나지 못하여 안고 우니, 생이 통곡 왈,

"적세賊勢 급하니 어찌 저를 위하여 우리 죽으리오. 그대가 가지 아니하면 나도 한가지로 죽으리라."

장 씨 천지 망극하여 옥지환 한 짝을 숙향을 주어 옷고름에 채우고 달래어 왈,

"울지 말고 예 있으면 내 즉시 오마."

하고 돌아보니 도적은 벌써 가깝거늘, 생이 황망히 장 씨를 이끌고 가니 숙향이 통곡 왈,

"어머님, 날 버리고 어디로 가시는고? 나도 한가지로 가사이다."

부르고 우는 소리 멀리 가도록 들리니 김생의 부처 간장이 녹는 듯 뛰노는 듯하여 앞이

36) 조상 제사.
37) 화를 피함.

어두워 달아나니 그 형상이 참혹하더라.

　도적이 다다라 숙향을 보고 왈,

　"네 아비 어미 어디로 갔느뇨? 간 곳을 이르지 아니하면 죽이리라."

　숙향이 부모 찾는 것을 놀라 울며 속여 왈,

　"이제 나를 버리고 갔거늘 내 어찌 알리오."

하며 무수히 애곡哀哭하니 도적이 노하여 죽이려 하거늘 그중 한 도적이 가로되,

　"제 아비 어미 무상無狀[38]하여 버리고 가니 어린것이 배고파 우는데 무슨 죄로 죽이리
오. 여기 두면 짐승에게 상하리라."

하고 업어다가 마을 앞에 두고 가며 왈,

　"나도 자식이 이만한 것이 있는지라. 가련하다! 네 부모가 너를 버리고 가며 오죽 심사
상하랴."

하며 함루含淚하더라.

　숙향이 아무 데로 갈 줄 몰라 부모만 부르고 길로 방황하더니 보는 자 자닝히[39] 여겨 하
더라.

　날이 저물고 인적이 끊쳤으니 배고프고 길을 몰라 덤불 밑에 엎디어 울더니, 문득 황새
여럿이 날아와 날개로 덮으니 춥지 아니하나 배고픈지라 견디기 어렵더니, 이윽고 잔나비
둘이 삶은 고기를 갖다 주거늘 반색하여 먹으니 배부른지라.

　명조明朝[40]에 까치 날아와 숙향의 앞에 앉아 지저귀며 오락가락하여 인도하는 것 같거
늘 숙향이 울며 까치를 따라 여러 고개를 넘어가니 마을이 있는지라, 숙향이 들어가니 마
을 사람들이 묻되,

　"어떤 아이인데 길로 배회하는다?"

　숙향이 울며 왈,

　"우리 부모가 내일 와 데려가마 하시더니 오지 아니하나이다."

하고 울기만 하니, 보는 사람이 다 불쌍히 여기더라.

　숙향의 얼굴이 고우니 데려다가 기르고자 할 이 하나 둘이 아니로되, 병란兵亂이 급하여
피난 때가 되매 하릴없는지라, 밥을 주며 왈,

　"우리 피난 가기로 데려가지 못하니 너도 이 밥을 잘 먹고 어디로 가거라."

하더라.

　이적에 김생이 장 씨를 깊은 산중에 감추고 가만히 내려와 숙향을 찾으니 종적이 없거

---

38) 사리에 밝지 못함.

39) '자닝하다'는 불쌍하고 애처로워 차마 보기 어렵다는 말.

40) 다음 날 아침.

늘,

　"일정 죽었도다."

하고 크게 울며 장 씨더러 왈,

　"필경 죽었다."

하니, 장 씨 통곡하고 기절하거늘 생이 개유開諭[41] 왈,

　"어이 너무 슬퍼하느뇨? 과도히 말라. 어린아이 멀리 가지 못하였을 것이니 죽어도 시신
이 근처에 있을 것이로되 종적이 없으니 필연 아무나 데려간가 싶으니 왕규의 말이 맞힌
지라. 너무 애상哀傷[42]치 말라."

하니, 장 씨 통곡 왈,

　"어여쁠사 숙향이여! 일정 죽었도다. 살았을지라도 누를 의지하리오."

하고 자로(자주) 혼절하니, 김생이 울며 위로 왈,

　"숙향이 만일 살았을진대 이 앞에 만나 보리니 왕규의 말을 믿으소서."

하고 위로하더라.

　이적에 숙향이 피난하는 사람이 다 흩어지매 만뢰구적萬籟俱寂[43]하고 월색月色이 조요
照耀한데 배고프고 슬픈지라. 앉아서 슬피 울더니 홀연 푸른 새 앞을 인도하거늘 숙향이
청조靑鳥를 따라 한 곳에 이르러 본즉, 전각이 의의猗猗[44]하고 풍경風磬 소리 요란한지라.
홀연 청의 여동靑衣女童이 가만히 나와 숙향을 안고 들어와 전우殿宇[45]에 놓거늘 보니, 한
부인이 화관을 쓰고 칠보단장七寶丹粧으로 황금 교의交椅[46]에 앉았다가 숙향을 보고 황망
히 내려 동편 백옥 교의에 좌를 정하거늘, 숙향이 아무런 줄 모르고 우니, 부인 왈,

　"선녀 인간에 내려가 더러운 물을 많이 먹어 정신이 상하였으니 경액瓊液[47]을 내오라."

　시녀 승명承命[48]하여 마노종瑪瑙鍾[49]에 가득 부어 드리니 숙향이 받아 마시매, 정신이
씩씩하여, 전생 월궁소아月宮小娥로 천상에서 놀던 일과 인간에 내려와 부모를 잃고 고초
하는 일이 역력하니 몸은 비록 아이나 음音은 어른이라. 머리를 들어 부인께 사례 왈,

---

41) 알아듣도록 잘 타이름.

42) 죽은 사람을 생각하며 마음이 매우 상함.

43) 자연의 모든 사물이 고요함.

44) 아름답고 웅장함.

45) 신령이나 부처 같은 것을 위하거나 앉혀 놓는 집, 또는 궁전.

46) 금으로 장식한 의자.

47) 신선들이 마시면 오래 산다고 하는 신령스러운 약물.

48) 명령을 받듦.

49) 마노로 만든 술 그릇. 마노는 보석 이름.

"첩이 천상에서 득죄하여 인간에 내려와 고초히 다니옵더니 부인이 데려다가 이렇듯 관대款待[50]하시니 감사하여이다."

부인 왈,

"선녀 나를 알쏘냐?"

숙향 왈,

"첩이 멀리 나와 정신이 혼미하여 깨닫지 못하나이다."

부인 왈,

"이 땅은 명사계冥司界[51]요 나는 후토부인后土夫人[52]이로소이다. 선녀 인간에 내려와 고초히 다니시매 잔나비와 황새, 청조靑鳥를 보내었더니 보시니이까?"

숙향 왈,

"보았삽거니와 부인의 은혜 백골난망이라. 천상 죄를 속贖하옵고 부인 좌하에 시녀 되어 은혜를 갚삽고자 하나이다."

부인 왈,

"선녀는 월궁소아라. 불행하여 지금 인간에 잠깐 적거謫居[53]하였으나 칠십 년 고락을 지내시면 다시 천궁의 쾌락을 받으실 것이니 슬퍼하지 마소서. 오늘 날이 저물었고 가실 곳이 머온지라, 오늘은 나와 한가지로 머무시고 명일 돌아가소서."

하고 잔치를 배설하여 음식과 풍류를 갖추고 대접하니 인간에서 보지 못한 풍류러라.

부인이 경액을 권하니 숙향이 정신이 쇄락灑落하여 천상 일만 기억하고 인간 일은 전혀 잊었더라. 숙향이 문 왈,

"전에 듣사오니 명사계는 시왕十王이 계시다 하더니 옳으니이까?"

부인 왈,

"연然하여이다[54]."

숙향 왈,

"인간 부모 시왕전에 있으면 만나 보리까?"

부인 왈,

"선녀의 부모는 인간에 그저 계시거니와 상례 사람이 아니라 봉래산蓬萊山 선관 선녀로 인간에 적강謫降[55]하였사오니 한限[56]이 차면 다시 봉래로 가시리니 어이 이곳에 계시리

---

50) 친절히 대함. 정성껏 대접함.
51) 불교에서, 사람이 죽으면 가게 된다는 세상.
52) 땅을 맡아 다스리는 신.
53) 귀양살이를 하며 살고 있는 것.
54) 그러하여이다.
55) 신선이 하늘에서 죄를 짓고 인간 세상에서 귀양살이 내려옴.

까."

숙향 왈,

"인간에 나아가면 다시 부모를 찾아보리까?"

부인 왈,

"월궁에 선녀 계실 때는 항아에게 득죄하여 굿기시게[57] 되었더니 규성奎星이란 선녀 옥황께 득죄하여 내려와 장 승상 부인이 되었사오니 선녀 그 댁으로 가서 전생 은혜를 갚고 바야흐로 때를 만나 귀히 되고 부모를 만날 것이니 십오 년이 되오리다."

숙향 왈,

"인간 고행을 생각하면 일각一刻이 삼추三秋 같사온대 십오 년을 어찌 지내리오. 차라리 죽어 면코자 하나이다."

부인 왈,

"이는 천명天命이라. 천상에 득죄하여 받는 바어니와 다섯 번 죽을 액을 지내고 전생 죄를 속한 후 인간 영화를 보시리다."

부상扶桑[58]에 금계金鷄[59] 울고 날이 밝아 오니 부인 왈,

"선녀를 뫼셔 말씀을 무궁히 하고자 하오나 가실 곳이 머옵고 때 늦어 가니 어서 가소서."

숙향 왈,

"때 늦어 가나 인간 길을 모르오니 뉘 집으로 의탁하오리까?"

부인 왈,

"염려 마소서. 가실 길은 내 지시하오리다. 장 승상 집으로 먼저 가소서."

숙향 왈,

"장 승상 집이 에서 얼마나 하니이까?"

부인 왈,

"삼천삼백 리옵거니와 그는 염려 마소서."

하고 금분金盆[60]에 심은 나무 한 가지를 꺾어 흰 사슴뿔에 걸고 왈,

"이 사슴을 타면 순식간에 만 리라도 가시리니 시장하시거든 이 열매를 자시고 가소서."

숙향이 사례하고 사슴의 등에 오르니 그 사슴이 한번 굽을 치매 만리강산이 눈앞에 있는지라. 가는 새 없이 한 곳에 다다라, 가지 않고 서거늘, 숙향이 내리니 배고픈지라 그 열매

56) 기한.

57) '굿기다'는 윗사람이 죽는 것을 에둘러 이르는 말.

58) 해가 돋는 동쪽 바다.

59) 금빛 닭.

60) 금빛 화분.

를 먹으니 배부르고 천상 일은 다 잊히고 마음도 도로 아이 되어 사슴이 물까 두려하더라.

이곳은 초목이 무성하니 갈 바를 알지 못하여 모란나무 포기를 의지하여 졸더니, 이 땅은 남군 땅 장 승상 집 동산이러라.

장 승상은 한나라 장량張良[61]의 후예라. 일찍 벼슬하여 명망이 조정에 들레더라. 사십 전 승상이 되어 부귀공명이 일국에 제일 되더니, 이때에 간신의 참소를 만나 사직하고 고향으로 돌아와 세월을 보내더니, 슬하에 일점골육이 없어 매양 슬퍼하다가, 승상이 일일은 일몽을 얻으니, 선녀 구름을 타고 내려와 계화 한 가지를 주며 왈,

"전생에 죄악이 중하여 이생에 자식이 없게 하였더니 이 꽃을 주나니 잘 간수하라. 차후로 좋은 일이 있으리라."

하거늘 깨매 꿈이라, 부인더러 몽사를 일러 왈,

"우리 무자하여 슬퍼하더니 하늘이 자식을 점지하시도다. 연然이나[62] 우리 나이 오십에 어찌 생산을 바라리오."

하고 한탄하더니 예 없던 상운이 공중에 어리었고 기이한 향내 원중園中에 가득하니 승상이 괴히 여겨 왈,

"때 겨울이라. 오색 안개 어리고 꽃이 피어 향내 날 때 아니어늘 괴이타."

하고 청려장靑藜杖을 짚고 등산登山하여 보니, 모란 포기에 새잎 나고자 하는데, 일개 여아 잠을 자거늘, 승상이 놀라 부인을 청하며 시녀 부르는 소리에 그 아이 깨어 울거늘, 승상이 나아가 문 왈,

"네 어떤 아이인데 깊은 동산에서 자는다?"

숙향이 울며 왈,

"나는 부모를 잃고 거리로 다니더니 어떤 짐승이 업어다가 여기 두고 가더니이다."

승상 왈,

"네 나이는 몇이며 이름은 무엇이뇨?"

숙향 왈,

"나이는 다섯 살이요 이름은 숙향이로소이다. 우리 부모 나를 바위틈에 앉히고 가며 내일 와 데려가마 하시더니 오시지 아니하기로 우나이다."

승상이 추연惆然 탄식歎息 왈,[63]

"부모 잃은 아이로다."

하고 부인을 청하여 뵈니 꿈에 뵈던 선녀 같으매, 부인이 크게 기꺼 왈,

---

61) 한나라를 세우는 데 기여한 공신. 장자방.

62) 그러나.

63) 측은하여 탄식하며 말하기를.

"이는 하늘이 우리 자식 없음을 어여삐 여기사 주신 것이니 거두어 기르사이다."

하고 안고 들어가 음식을 먹이고 옷을 갖추어 입히고 품에 기르매, 세월이 여류如流하여 칠 세 되니 얼굴은 일월日月 같고 배우지 아니한 글을 능통하고 수놓기를 잘하니, 승상 부부 사랑함이 기출己出[64]에 지나더라.

이러구러 십 세 되니 점점 기이하여 어른이 밎지(미치지) 못할 일이 많으니 부인이 크게 사랑하여 가중 대소사를 맡기매, 숙향이 동동촉촉洞洞屬屬[65]하며 숙흥야매夙興夜寐[66]하여 승상 부부를 지성으로 섬기고 모든 비복을 인덕으로 부리니, 승상 부부의 의향이 어진 가문의 저와 같은 배필을 구하여 후사後事를 맡기고자 듣보더니, 비복 중 사향이라 하는 계집이 승상 집 대소사에 다 검찰檢察[67]하여 제집이 가계家計 요부饒富[68]하더니, 숙향이 가사를 맡은 후는 떨어진 뒤웅[69]이 되어 손을 놀릴 곳이 없거늘, 매양 해할 뜻이 있으나 틈을 얻지 못하여 그윽히 계교를 생각하더니, 일일은 숙향이 승상 양위를 뫼셔 영춘당迎春堂에 잔치를 배설하고 춘경春景을 구경하더니, 홀연 저녁 까치 숙향을 향하여 세 번 울고 날아가거늘, 숙향이 놀라 생각하되,

'까치는 계집의 넋이라, 허다한 사람 가운데 구태여 내 앞에 와 울고 가니 길조吉兆가 아니라.'

하며, 승상도 또한 괴히 여겨 한 괘卦를 얻고[70] 심중에 불락不樂하여 이에 잔치를 파하고 근심을 마지아니하고 부인이 또한 염려 적지 아니하더라.

이날 사향이 승상 양위 숙향을 데리고 영춘당에서 설연設宴[71]함을 듣고 크게 기꺼 부인 침소에 들어가 협실夾室[72]에 감춘 바 승상의 장도粧刀와 부인의 금봉차金鳳釵[73]를 내어다가 숙향의 방에 감추었더니, 십여 일 후 부인이 동리 경연慶宴[74]에 가려 하고 금봉차를 찾으니 없거늘, 여러 곳 두루 보나 없고 승상의 장도도 또한 없거늘, 시녀를 다스려 사핵査核[75]하더니 시녀 중 사향이 밖으로(밖에서) 들어오며 거짓 모르는 체하고, 문 왈,

---

64) 자기가 낳은 자식.
65) 매우 삼가고 조심하는 것.
66) 아침에 일찍 일어나고 밤에 늦게 잔다는 뜻으로 늘 부지런히 일함.
67) 검사하고 고찰함. 여기서는 맡아 처리함을 말한다.
68) 집안 살림이 매우 넉넉함.
69) 뒤웅은 뒤웅박. 떨어진 뒤웅박이란, 쓸모없어진 물건이나 의지가지없는 신세.
70) 점을 쳐서 점괘를 얻고.
71) 잔치를 베풂.
72) 곁에 딸린 방.
73) 황금으로 봉황을 새겨서 만든 큼직한 비녀.
74) 경사스러운 잔치.

"댁에 무슨 일로 어찌 이렇듯 소요하시뇨?"

부인 왈,

"조정에서 승상께 사송賜送[76]하신 장도와 빙폐하신 봉차 없으니 이 두 가지는 가중의 큰 보배라."

사향 왈,

"저적에 숙향 낭자가 부인 침소로 가거늘 괴이히 여겼삽더니 행여 가져간가 찾아보옵소서."

부인 왈,

"여아의 마음이 빙옥氷玉 같거늘 나를 속이고 가져다 무엇에 쓰리오?"

사향 왈,

"전에는 숙향 낭자가 그렇지 않더니 요사이 구혼하는 기미도 있삽고 나이 점점 차 가매 자기 세사細事[77]를 보내려 그러한지 시비 등도 보는 바에 미안未安한 일이 많사오나, 부인이 애중하시매 감히 누설치 못하였삽더니 아모커나 찾아보옵소서."

부인이 숙향 침소에 가 이르되,

"봉차와 승상의 장도를 잃었으니 혹 너의 그릇에 있는가 보아라."

숙향 왈,

"소녀가 가져오지 아니하였거늘 어찌 여기 있사오리까?"

하고 세간을 내어 부인 앞에 놓고 상고詳考[75]하니, 과연 성적함成赤函[78] 가운데 봉차와 장도 들었는지라, 숙향이 대경 상혼大驚喪魂[79]하여 일언一言도 못 하거늘, 부인 왈,

"네 아니 가져왔으면 어찌 예 있는고?"

봉차와 장도를 가지고 들어와 승상께 고 왈,

"우리는 숙향을 친자식같이 사랑하여 가중사家中事를 다 맡기고 혼인하여 후사를 맡겨 저에게 의탁코자 하였더니, 저는 남의 자식이라 나를 속임이 여차하니 어찌 애닯지 아니 하리꼬."

승상 왈,

"이것이 제게 불관不關[80]하니 어찌 가져갔던고."

사향이 곁에 섰다가 고 왈,

---

75) 자세히 조사해 밝힘.
76) 임금이 물건을 내려 주는 것.
77) 세간살이. 자질구레한 일.
78) 단장하는 데 쓰는 것을 넣어 두는 그릇.
79) 몹시 놀라 넋을 잃음.
80) 관계하지 않음. 관계없음.

"숙향 낭자가 근일은 전과 달라 혹 글도 지어 외인 남자도 주며 부정지사不貞之事[81]도 많으니 그 뜻을 모르나이다."

승상이 청파聽罷에[82] 대로 왈,

"연즉然則[83] 나이 찼으매 외인을 통간通姦[84]함이 있도다. 집에 두면 불측不測한 환患이 있을 것이니 수이 내어 보냄이 마땅하다."

하니, 이때 숙향이 제 방에서 통곡하며 머리를 싸고 누웠거늘, 부인이 책責 왈,

"우리 팔자 기박하여 자식이 없어 너를 얻으매 매사에 기이하니 사부가士夫家 자식인가 여겨 길러 상적相適한 가문에 혼인하여 우리 후사를 맡길까 하였더니, 네 상한常漢[85]의 자식인가 행실이 불측한지라. 황금이 수십만 냥이나 되니 어찌 생계를 근심하리오? 장도와 봉차를 가지고자 하면 나더러 달라 하면 줄 것이요, 봉차는 여자지물이나 아직 불관하고 장도는 더욱 가可치 아니하니 무슨 일로 그리한다? 나는 너와 정이 중하여 용서하나 승상이 진노하시니 뉘 능히 말리리오. 아직 노기 꺼질 동안에 너 입던 옷이나 가지고 근처 마을 집에 가 있으라. 내가 조용히 승상께 고하여 도로 데려오게 하리라."

하고 슬픈 마음을 정치 못하여 눈물이 비 오듯 하더라.

숙향이 재배再拜 고 왈,

"숙향이 전생에 죄 중하와 오 세에 난을 만나 부모를 잃고 동서로 개걸丐乞[86]하여 밤이면 수풀 밑에서 자고 배고프고 추움이 한두 번이 되리까. 혈혈 인생孑孑人生[87]이 부모를 찾지 못하고 울더니, 하늘이 살리사 사슴이 소녀를 데려다가 이에 두고 가오니, 승상과 부인이 사랑하사 금의옥식으로 기르시니 숙향의 몸이 간뇌도지肝腦塗地[88]하와도 은혜를 갈력竭力 봉행奉行[89]하려 하옵더니, 만만의외萬萬意外에 악명을 실었사오니 도시都是[90] 숙향의 팔자라. 누를 원怨하리까. 봉차와 장도는 소녀 가져온 바 없사오니 귀신의 조화 아니면 사람의 반간反間[91]이오니 발명發明[92]하여 무엇 하리꼬. 부인 안전眼前에

---

81) 부정한 일.
82) 다 듣고 나서.
83) 그러한즉.
84) 간통.
85) 신분이 낮은 사람. 상놈.
86) 빌어먹음.
87) 외로운 인생.
88) 간과 뇌를 꺼내어 땅에 바름. 몹시 참혹한 죽음을 당함.
89) 힘을 다하여 받들어 일함.
90) 도무지. 모두.
91) 이간.

죽사와 소녀의 빙옥 같은 마음을 표表코자 하나이다."

언파言罷에[93] 천지를 부르고 통곡하다가 칼을 들어 자문自刎[94]코자 하거늘, 부인이 저의 기색이 조금도 변치 않고 언어 강개함을 깨달아 가만히 헤오되(헤아리되),

'일정 간인奸人의 시기로 숙향의 총애를 시기하여 모함함인가?'

하고 숙향을 개유開諭하여 왈,

"네 말이 당연하니 내 상사께 고하고 좋도록 할 것이니 조급히 죽으려 하지 말라."

하더라. 사향이 승상 명으로 부인께 전하되,

"숙향의 행실이 불측하기로 내치라 하였더니 뉘라서 내 명을 거역하며 머물러 두었느뇨? 바삐 내치라 하시더이다."

부인이 측연惻然하여 눈물을 흘리고 왈,

"승상의 노기 풀리실 동안 잠깐 문밖에 노복의 집에 가 있으라. 내 조용히 고하여 너를 데려오리라."

숙향이 배사拜謝 왈,

"부인의 은혜는 백골난망이오니 죽은 후라도 다 갚삽지 못하리로소이다."

하고 칼을 들어 죽고자 하거늘, 부인이 숙향의 손을 잡고 울며 왈,

"너로 하여금 이렇게 함은 나의 경輕히 말한 죄라."

무수히 개유하니, 사향이 고 왈,

"승상 분부에, 숙향이 사족士族의 자식 같으면 그런 행실을 하리까. 기생의 자식인가 싶으니 바삐 내치라 하시며, 집에 두면 필경 대화大禍를 볼 것이니 일시도 더디지 말라 하시더이다."

부인이 더욱 망조罔措[95]하여 비자婢子[96] 금향을 명하여,

"숙향의 의복을 내어 주라."

하고 누수淚水가 종횡縱橫하시니, 숙향이 울며 왈,

"저적 영춘당에서 저녁 까치 울더니 이런 애매하온 일을 당하오니 이는 하늘이 소녀를 죽이심이라. 어찌 천의天意를 거역하리오."

하며,

"다만 부모 이별하올 적에 옥지환 한 짝을 주고 가시오니 그거나 내 부모 본 듯이 가져가겠나이다. 의복은 무엇 하오리까."

---

92) 죄나 잘못이 없음을 스스로 말하여 밝힘.

93) 말을 마치고서.

94) 스스로 목에 칼을 찔러 죽음.

95) 어찌할 바를 모름.

96) 계집종.

부인이 그 자닝함을 차마 보지 못하여 승상께 나아가 고 왈,

"첩이 인제야 생각하오니 봉차와 장도를 첩이 가지고 숙향의 방에 갔다가 두었삽더니 이제야 애매하온 숙향을 내치려 하시매, 제 발명할 길이 없어 죽으려 하오니 그런 자닝한 일이 없는지라, 승상은 다시 생각하소서."

승상 왈,

"당초에 그런 줄은 모르고 내치려 하였더니 일이 그러하면 내 마음은 더욱 내칠 마음이 없다."

하고 도리어 부인을 위로 왈,

"내 거야去夜에 꿈을 꾸니 앵무가 도화에 깃들이다가 한 중이 들어와 도채(도끼)로 가지를 버히니(베니) 앵무 놀라 달아나 보매 그 어쩐 연고인지 몰라, 오늘 종일 마음이 중보重寶97)를 잃은 듯하여 심히 울적하니 부인은 주효를 가져와 위로하소서."

부인이 시녀로 주찬을 내와 승상의 울적함을 위로하더라.

이때 사향이 승상과 부인이 숙향을 도로 두고자 함을 보고 곧 숙향 방에 가서 왈,

"승상이 그대를 그저 둔다 하고 대로하여 부인을 대책大責하시고 나로 하여금 바삐 내치라 하시니, 어서 가라."

하고 성화 독촉하거늘, 숙향이 울며 왈,

"부인께 하직이나 하고 가리라."

하니 사향이 소리 질러 왈,

"좋은 의식衣食에 싸이어 그런 몹쓸 노릇 하고 하면목何面目으로 부인을 뵈와 하직하려 하는다? 부인이 또한 노하여 계시니 나오실 리 없으니 어서어서 나가라."

손목을 잡아 이끌어 내거늘, 숙향이 부인께 하직도 못 하고 감을 더욱 망극하여, 저 있던 방에 들어가 손가락을 깨물어 하직하는 글을 지어 벽상壁上에 혈서로 쓰고 눈물을 흘리며 나오니, 사향이 독촉하여 발이 땅에 붙지 않게 끌어 내치니, 천지 망망하며 동서를 분별치 못하며 아무 데로 갈 줄 모르니, 사향이 또 이르되,

"승상이 노하사 근처에도 있지 말라 하시니 멀리 가라."

하고 문을 닫거늘, 숙향이 망극하여 부모를 부르며 정처 없이 나갈새 승상 집을 자주 돌아보며 가더니, 앞에 큰물이 막혔거늘 숙향이 그 물에 빠져 죽으려 하고 물가에 가 하늘께 재배再拜 왈,

"박명薄命한 숙향이 전생의 죄 중하와 오 세에 부모를 여의옵고 낮이면 거리로 바장이다가 밤이면 수풀을 의지하오니 혈혈단신이 의탁할 곳이 없어 눈물로 지내다가, 천행으로 장 승상 댁에 의탁하와 태산 같은 은혜를 받잡고 일신이 안한安閑하옵더니, 참혹한 악명을 짓고 축화逐禍98)를 만나오매 차마 살지 못할지라. 부모의 얼굴을 다시 보지 못하고

---

97) 귀중한 보배.

슬픔을 머금고 물에 빠지오니 천지신명은 숙향의 악명을 벗겨 주소서."

하고 슬피 우니, 왕래 행인往來行人이 보고 눈물 아니 흘릴 이 없더라.

숙향이 한 손으로 치마를 부여잡고 또 한 손으로 옥지환을 쥐고 물에 뛰어드니, 수세 급하고 풍랑이 일매 행인이 구코자 하다가 미처 구치 못하고 다만 차석嗟惜⁹⁹⁾할 뿐이러라.

숙향이 물속에 들매 문득 물 가운데로서 매판만 한 것이 받거늘 숙향이 그 위에 올라서니 편하기 육지 같은지라. 이윽고 오색 채운이 일어나는 곳에 새앙머리 한 여동 둘이 옥저를 불며 연엽주蓮葉舟¹⁰⁰⁾를 급히 저어 이르러 가로되,

"용녀龍女는 부인을 뫼셔 이 배에 오르소서."

하니, 매판이 변하여 고운 여자 되어 숙향을 안고 배에 오르매 여동 둘이 숙향에게 절하여 왈,

"부인은 어찌 천금지신千金之身¹⁰¹⁾을 가배야이(가벼이) 버리려 하시느뇨? 우리 항아의 명을 받자와 부인을 구하라 하옵기 오옵다가 옥화수에 여동빈呂洞賓¹⁰²⁾이 술 내라 하고 놓지 아니하기로 진작 오지 못하였더니, 일정 용녀 아니런들 하마 구치 못하여 항아의 명을 그릇할 뻔하였도다."

하고 또 용녀에게 사례 왈,

"그대는 어데로서 와 부인을 구호하였느뇨?"

용녀 답 왈,

"석년昔年¹⁰³⁾에 사해 용왕이 우리 수궁에 와 잔치할 제, 내 사랑하는 시녀 옥종玉鍾¹⁰⁴⁾을 깨쳤거늘 행여 죄를 입을까 저어하여 고치 못하였더니 발각되매, 부왕이 진노하사 첩을 반하물에 내치시거늘 마침 물가라 어망魚網에 싸이었더니 천행으로 김 상서를 만나 구함을 힘입어 살아나매, 은혜를 갚고자 하나 수부水府와 인간이 다른 고로 은혜를 갚지 못하더니, 이제 부왕이 옥제께 조회하시고 옥제 말씀을 듣사오니, 월궁소아 천상에 득죄하고 인간 김 상서의 딸이 되어 반야산 도적에게 죽을 액을 지내고 또 표진물에 죽을 액을 지내고 또 화재火災를 만나고 이후 낙양落陽 옥중獄中에 사액死厄을 지낸 후 태을太

---

98) 쫓겨나는 재앙.

99) 애달파서 아깝게 여김.

100) 연잎 배. 또는 연잎 모양 배.

101) 천금같이 귀한 몸.

102) 중국 당나라 때 사람으로, 천하를 떠돌며 도를 닦아 기이한 행적을 숱하게 남겼다. 신선
    이 되었다 한다.

103) 여러 해 전.

104) 옥으로 다듬어 만든 그릇.

乙[105]을 만나 귀히 되리라 하시니, 물 지킨 신령을 분부하여 죽지 않게 하라 하시더라 하옵거늘, 내 김 상서의 은혜를 갚고자 하여 자원하여 나왔더니 선녀 와 계시니, 나는 가나이다."

숙향에게 하직하고 가거늘 숙향이 아무런 줄 모르고 그 여동더러 문 왈,
"저 사람은 물을 어찌 평지같이 다니느뇨?"

여동이 답 왈,
"저는 동해 용왕의 제삼녀요 표진 용왕의 부인이라. 전일 부인의 부친이 저를 구하신 은혜로 부인을 구하고 가나이다."

"첩이 어려서 부모를 여의고 혈혈한 몸이 의탁할 곳이 없어 남의 고공雇工[106]이 되었다가 애매한 악명을 싣고 이 물에 빠져 죽으려 하거늘 이렇듯 구제하시니 감사하여이다. 첩은 어려서 부모를 난중에 여의고 유리표박流離漂泊하여 이리되었노라."

여동이 소 왈,
"부인이 인간 화식火食[107]을 먹어 우리를 모르시는도다."

찼던 호로병을 기울여 차를 따라 주며 왈,
"이를 자시면 알리다."

숙향이 받아 마시매, 정신이 씩씩하여 천상이 역력하며 자기 분명 월궁소아로서 옥제 앞에서 태을진군으로 글 지어 창화唱和[108]하고 월령단月靈丹을 도적하여 태을을 준 죄로 인간에 귀양 온 줄 역력히 알매, 두 여동은 자기의 부리던 시녀인 줄 깨달아 대경하여 붙들고 대성통곡함을 마지아니하니, 여동이 위로하더라.

숙향 왈,
"부모를 잃고 누명을 실었으니 맺힌 한이 죽어도 잊히지 아니하리로다."

여동 왈,
"부모는 봉래산 선관 선녀로 상제께 득죄하고 인간에 내려와 여아를 잃고 간장을 살라 죄를 속贖하게 함이니 어찌 한恨하며, 장 승상 집에는 십 년 연분이 있으니 또한 더 있지 못하리이다. 사향이란 종이 부인을 모해하여 누명을 애매히 실은 죄로 항아께서 노하사 상제께 고하사 벼락 치게 하였으니, 부인의 애매한 줄은 승상 부부가 이미 아시고 물가에 와 찾다 못하여 그저 갔나이다. 상제 귀양 보내실 제 다섯 번 죽을 액을 지내어야 부모를 만나게 하였으니 이제 세 번 액을 지내었으나 이 앞 두 번 액이 있나이다. 조심하소

---

105) 음양설에서 중요하게 보는 별. 하늘 북쪽에 있는데 전쟁, 재앙, 삶과 죽음 같은 것을 다 스린다고 한다.
106) 더부살이.
107) 불에 익힌 음식.
108) 한쪽에서 시나 노래를 부르고 다른 쪽에서 화답함.

서."

숙향이 대경 왈,

"또 무슨 액이 있느뇨?"

여동 왈,

"노전蘆田[109]에 가 화재를 보시고 낙양 옥중에 부친께 죽을 액을 지내시고 태을을 만나 영화 부귀를 누리리다."

숙향이 탄 왈,

"이전 지낸 액도 천지 망극하거든 또 두 번 액이 있다 하니 어찌 살기를 바라리오. 장 승상 부인이 지극히 사랑하사 나의 애매한 줄 아시면 나를 생각하시리니 도로 그리로 가 액을 면코자 하노라."

여동 왈,

"이미 하늘이 정하신 바니 도로 가시나 면치 못하시리다. 태을을 만나지 못하면 부인 힘으로는 부모를 만나기 아득하고 태을 계신 곳이 삼천여 리니 길이 심원甚遠[110]합니다."

숙향 왈,

"태을은 뉘며 이생의 성명은 무엇이뇨?"

여동 왈,

"항아의 말씀을 들사오니 태을이 낙양 북촌 이 위공의 자제 되어 일생 부귀를 누리게 하더이다."

숙향이 탄 왈,

"한가지로 죄를 짓고 저는 어찌 부귀 극진하며 나는 이대도록 고생을 겪게 하는고. 또한 태을 있는 곳이 삼천 리라 하니 만나지 못하면 누를 의지하며 부모를 언제 볼꼬?"

하며 눈물짓거늘, 여동 왈,

"부인은 근심 마소서. 육로로 가면 일 년이라도 득달得達치 못하려니와 연엽주를 타시면 순식간에 득달하리니 염려 마소서. 또 천태산天太山 마고선녀麻姑仙女[111] 부인을 위하여 인간에 내려와 기다린 지 오래매 의탁할 곳이 자연 있으리니 염려 마소서."

말을 마치며 배를 놓으니 빠르기 살 같은지라. 이윽고 이곳에 다다라 선녀 배를 머무르고 왈,

"이미 다 왔으니 부인은 내려 저 길로 가소서. 자연 구할 사람이 있으리라."

하고 소매로서(소매에서) 동정洞庭 귤[112] 같은 실과를 주며 왈,

---

109) 갈대밭.

110) 몹시 멂.

111) 신선. 흔히 마고할미라고도 하며, 창조하고 노동하는 모습이다.

112) 동정 땅에서 나는 귤.

"시장하시거든 자시면 요기되리라."

하고 서로 이별하기를 슬퍼하더라.

숙향이 배에 내려 바라다보니 배 벌써 간데없더라.

마음에 신기히 여겨 공중을 향하여 사례하고 점점 나아가더니 배고프거늘 과실을 먹으니 배는 부르되 천상 일은 아득하고 인간 고생한 일만 생각나는지라 스스로 헤오되,

"내 몸이 장성한 여자라 색옷을 입고 대로로 가다가 욕을 볼까 두렵다."

하고 촌가에 들어가 헌 의상을 바꾸어 입고 낯에 더러운 것을 바르고 한 눈 멀고 한 다리 저는 모양으로 동다히로(동쪽으로) 가니, 저마다 보고 왈,

"젊은 여자 불쌍한 병인病人이라."

하더라.

이때, 장 승상 부인이 술을 내어 심사를 위로하더니 술이 반감半酣[113]에 고 왈,

"내 이제 미과未果한 탓[114]으로 숙향이 애매한 악명을 싣고 어찌 슬퍼 아니하리오. 불러 오소서. 제 마음을 위로하여 편케 하사이다."

부인이 대희하여 즉시 시녀로 숙향을 부르니 사향이 알고 대경하여 밖으로 전도顚倒히[115] 들어오며 손뼉 치고 왈,

"우리는 그런 줄 몰랐삽더니 그럴 데가 어데 있으리오."

하고 차탄嗟歎하거늘, 부인이 대경하여 급문急問 왈,

"네 무슨 일을 저렇듯 놀라는다?"

사향이 대 왈,

"소비 등은 숙향 낭자를 양반 사류士類의 생출生出[116]로 알았삽더니 짐짓 상인常人의 여자라."

하고 손뼉 치며 왈,

"아까 부인께서 승상 계신 곳에 가신 사이에 숙향이 제 방에 들어가 무엇인지 싸 가지고 달음질 주어 가거늘, 소비는 그 가져가는 것을 보려 하여 따라간즉 급히 가기로 따를 길 없어, 부인께 하직도 않고 간다 한즉, 돌아보고 종종거려 왈, '부인이 나를 구박하여 내치니 무슨 정으로 하직하리오.' 하고, 어떤 행인 남자를 따라가며 온갖 정설情說[117]과 온갖 비양스러운 말을 수없이 하더이다."

---

113) 술에 반쯤 취함.

114) 미과란 열매를 맺지 못했다는 뜻. 미과한 탓으로는 온전치 못한 탓으로라는 말.

115) 꺼꾸러지듯이.

116) 낳은 자식.

117) 남녀 사이에 주고받는 정겨운 이야기.

부인이 대경 왈,

"내 부디 저더러 물을 말이 있으니 바삐 불러오라."

사향이 대답하고 바삐 가는 체하고 마을 집에 앉았다가 들어가 고 왈,

"벌써 멀리 갔삽거늘 소비 진력하여 따라가 부인 말씀을 전하온즉, 숙향이 입을 비죽이며 왈, '내 얼굴과 내 재주를 가지고 그만 의식衣食을 어데 가 못 얻으리오?' 비소鼻笑[118]의 말을 무수히 하며 악소년惡少年 떼로 어깨를 엇지고 손목 잡고 희롱을 낭자狼藉히 하고 가더이다. 소비는 비록 천인이나 그런 행실은 듣도 보도 못하였나이다."

분한 형상으로 분한 기운을 이기지 못하는 체하더라.

문득 밖으로 누비옷 입은 중이 바로 내당으로 향하여 들어오거늘 보니 행지行止[119] 비상하여 예사 산승이 아니라.

승상이 부인을 협실로 치우고 몸을 일어 중을 맞아 당에 올라 읍하고 앉거늘, 승상이 문 왈,

"선사禪師는 어데로서 왔느뇨?"

그 중이 답 왈,

"옥황상제께 명을 받아 승상 댁 옥석玉石을 가리려 하나이다."

승상 왈,

"내 집에 별로 옥석을 가릴 일이 없거늘 선승禪僧이 수고로이 오시도다."

중이 답 왈,

"승상 댁의 숙향과 사향을 아시나니까?"

승상이 미처 답쓸디 못하여, 사향이 내달아 왈,

"숙향은 본디 빌어먹는 걸인으로 승상과 부인께서 불쌍히 여기사 댁에 두고 금의옥식으로 길러 내었거늘 행실이 불측하여 가중의 중보重寶를 도적하여 감추었다가 들켰으니 또 심지어 내쫓길 때를 당하여 남의 은공을 모르고 도리어 원수로 말을 하는 몹쓸 것을 내어 보내었으나, 중놈은 어떤 중놈이완데 숙향의 부촉附囑[120]을 듣고 감히 재상가 내각內閣에 들어와, 무엇을 아는 체하고 숙향을 위하여 신원伸冤[121]코자 하는다? 노복을 불러 잡아 내리어 쳐 죽이소서."

하니, 그 중이 웃고 왈,

"네 승상 양위는 속이려니와 하늘조차 속일쏘냐? 네 승상 댁 가사를 맡아 온갖 것을 도적하여 네 가사를 보태다가 숙향이 장성하여 가사를 맡은 후 네 손댈 데 없으매 매양 숙

---

118) 코웃음.
119) 행동거지. 몸가짐과 움직임.
120) 부탁하여 맡김.
121) 원통한 일을 풀어 줌.

향을 해코자 하다가, 승상 양위 삼월 삼일에 영춘당에서 잔치하는 새에 네가 부인 침방에 들어가 봉차와 장도를 도적하여 숙향의 협사簇笥[122]에 넣고, 숙향이 도적한 양으로 부인께 모함하고 양위를 속여 허무한 말로 위조僞造 전갈傳喝[123]하여 내치고, 거짓 부르러 가는 체하고 마을 집에 앉았다가 들어와 맹랑한 말을 내어 승상을 속이고 너의 간악은 감추고 악명을 숙향에게 보내니, 승상과 부인은 간정奸情[124]을 깨닫지 못하여 속으려니와, 하늘이야 능히 속이랴?"

하고 소매로서 작은 붉은 것을 내어 공중으로 던지더니, 뇌성벽력이 진동하며 큰비 담아 붓듯 하며 천암지흑天暗地黑[125]하니, 일가 상하 황황망조遑遑罔措[126]하여 아무리 할 줄 모르고 뜰에 내려 축수하더니, 이윽고 공중으로서 동홰[127] 같은 불덩이가 내려와 사향을 벼락 치니, 가중이 다 기절하였다가 오랜 후 정신을 차려 부인이 울며 왈,

"사향은 제 죄로 천벌을 입었거니와 숙향은 어데 가 뉘게 의지하였는고? 불쌍하다, 무죄한 숙향이 필연 길로 다니며 나를 생각하리라. 내 소루疏漏히[128] 생각하고 또 사향의 말을 아혹訝惑히[129] 곧이듣고 숙향을 내치게 하니 도시 내 탓이라."

하고 울며 숙향의 방에 들어가 보니, 방중이 고요한데 다만 혈서 쓴 글이 놓여 있고 창전窓前에 눈물을 뿌렸거늘, 그 글을 보니,

숙향이 오 세에 부모를 잃고 동서로 유리하다가 장 승상 댁에 십 년을 의탁하니 그 은혜 하해河海 같도다. 일조一朝에 악명을 얻으니 차마 세상에 있지 못할 터이다. 유유창천悠悠蒼天아, 어여삐 여겨 누명을 벗기소서.

하였더라. 부인이 남필覽畢에[130] 탄식 왈,

"숙향이 일정 죽었도다."

승상께 아뢰되,

"숙향이 사향의 모함을 입어 일정 죽었으리니 그런 자닝할 데 없도소이다."

---

122) 대, 버들가지 같은 것으로 상자처럼 만든 작은 손그릇.
123) 거짓을 진짜처럼 꾸며 전달함.
124) 간사한 마음.
125) 하늘도 어둡고 땅도 컴컴하다는 뜻.
126) 몹시 다급하여 어찌할 바를 모름.
127) 큰 횃불.
128) 생각과 행동이 꼼꼼치 못하여 얼뜨고 거칠게.
129) 괴이하고 의심스럽게.
130) 다 보고 나서.

승상이 뉘우쳐 왈,

"부인이 어찌 죽음을 아느뇨?"

부인이 그 혈서를 고하니 승상이 차악嗟愕[131]히 여기더라.

마침 승상의 당질堂姪 장원이 이르렀다가 이 말을 듣고 왈,

"어제 물가에서 소질小姪[132]이 멀리 보니 십오 세 된 여자가 하늘께 재배하는 것을 보고 왔더니 그 아이로소이다."

승상이 즉시 노복을 보내어 찾으라 한대, 노복 등이 즉시 물가로 찾되 종적이 없고 사람이 이르되,

"벌써 빠져 죽었다."

하거늘 돌아와 그대로 고하니, 부인이 더욱 슬픈 마음을 이기지 못하여 실성통곡하며 숙향의 화월花月 같은 얼굴과 미옥美玉 같은 음성이 이목耳目에 어리었으니 잊을 길이 없어 식음을 전폐하고 주야 슬퍼하는지라, 승상이 근심하여,

"그림 잘 그리는 화원畵員을 얻어 오라."

한대, 장원 왈,

"숙향이 십 세 전에 소질을 업고 수정水亭[133]에 가 구경하옵더니 장사 땅에 있는 조적이라 하는 사람이 숙향의 얼굴을 보고 왈, '내 경국지색傾國之色을 많이 보았으되 이 처자 같은 이는 보지 못하였노라.' 하고 숙향을 그려 갔사오니 조적에게 구하옵시면 좋을까 하나이다."

승상이 그 말을 듣고 장원을 조적에게 보내어 구하니 조적 왈,

"그 화상을 벌써 팔았나이다."

하거늘, 장원이 돌아와 그 말대로 고한대, 승상이 즉시 황금 백 냥을 주어,

"물러오라."

하니, 조적이 금을 받고 그림을 찾다 올리거늘, 승상 양위 받아 보매 진실로 숙향이 돌아온 듯하여 화상을 안고 통곡함을 마지아니하며 침방에 걸어 두고 조석으로 식상을 놓고 슬퍼하더라.

이때 숙향이 울며 동다히로(동쪽으로) 가니 한 곳에 이르매 뫼(산) 높아 하늘에 닿았고 갈대밭이 자욱한지라. 길을 찾아가더니 날이 저물매 갈수풀에 의지하여 졸더니 밤중은 하여 광풍이 대작大作하며 난데없는 연화煙火 창천漲天하니[134] 숙향이 아무런 줄 몰라 하늘

---

131) 슬퍼서 몹시 놀라는 것.

132) 조카가 삼촌에게 자기를 낮추어 이르는 말.

133) 물가에 세운 정자.

134) 연기와 불길이 하늘에 퍼져 가득하니.

께 재배하여 왈,

"전생에 죄 중하와 이생에 내려와 어려서 부모를 여의고 천만 가지 고초를 겪고 부모의 얼굴을 다시 보려 구차히 목숨을 부지하자 하였삽더니 이 땅에 와 죽게 되오니, 명천明天이 살피사 부모의 얼굴이나 다시 보고 죽어지이다."

하니, 홀연 한 노옹이 죽장을 짚고 서다히로서(서쪽에서) 와 이르되,

"네 어떤 아이완데 이 밤중에 참화慘禍를 만나는다?"

숙향이 대 왈,

"나는 난중에 부모를 잃고 의탁할 곳이 없어 동서로 유리하옵다가 길을 그릇 들어 이 땅에 와 화재를 만나 죽게 되었사오니 노옹은 구하옵소서."

노옹이 답 왈,

"네 이르지 아니하여도 내 다 아노라. 화세火勢 급하니 입은 옷을 다 벗어서 이곳에 놓고 몸만 내 등에 업히라."

숙향이 입었던 옷을 다 버리고 노옹의 등에 오르니 불이 벌써 섰던 데 왔거늘, 그 노옹이 소매로서(소매에서) 부채를 내어 부치니 불꽃이 가까이 오지 못하더라. 그 노옹이 숙향을 업어다 놓고 소매를 떼어 주며 왈,

"이로 앞이나 가리고 동다히로 가라. 이제는 화재를 면하였으니 후에 은혜를 잊지 말라."

숙향이 사례 왈,

"선옹仙翁은 어데 계시며 성호姓號를 뉘라 하시니이까?"

노옹이 소 왈,

"내 집은 남천문 밖이요, 부르기는 화덕진군火德眞君[135]이라 하거니와, 네가 나곳 아니면 사천삼백 리를 어찌 지나리오."

하고 간데없거늘, 숙향이 공중을 향하여 사례하고 청춘 여자로 벌거벗고 가기 망연茫然하여 길가에서 울더니, 홀연 한 할미 광주리를 옆에 끼고 지나다가 숙향을 보고 곁에 앉아 문 왈,

"너는 어떠한 아이인데 점잖은 것이 벌거벗고 갈 길을 몰라 앉았느뇨? 너 어데서 득죄하고 내치였느냐? 남의 것 도적질하다가 쫓기었느냐? 불한당을 만났느냐?"

숙향이 대 왈,

"나는 본디 부모 없는 아이라. 어버이게도 내치인 일이 없고 자연 곤하여 앉았나이다."

할미 왈,

"네 본디 어버이 없으면 어데서 난다? 네 부모 너를 반야산에 버리고 갔으니 내치나 다르며, 장 승상 집 장도와 봉차 연고로 나왔으니 쫓겨나나 다르냐?"

---

135) 전설에서, 불을 맡아 다스린다는 신령.

하고 무수히 조롱하거늘, 숙향이 놀라 이르되,

"할미 어찌 그리 자세 아는다?"

할미 왈,

"남이 이르기로 들었노라. 그러나 네 이제 어데로 가려 하는다?"

숙향이 답 왈,

"갈 곳이 없어 방황하나이다."

할미 왈,

"나는 자식 없는 과부라. 나와 한가지로 삶이 어떠하뇨?"

숙향이 울며 이르되,

"버리시지 아니하실진대 좇으려니와 지금 내가 벗은 몸이 되고 배가 고파 민망하나이다."

하니, 할미 광주리로서 삶은 나물 한 뭉치를 내어 주며,

"먹으라."

하거늘, 받아먹으니 기이한 향내 나며 배부르고 정신이 씩씩하더라.

할미 옷을 벗어 입히고,

"어서 가자."

하거늘, 할미를 따라 두어 고개를 넘어가니 마을이 정결하고 가장 부요하더라. 그중 조고마한 집으로 들어가며,

"이 집이 내 집이라."

하거늘, 들어가 보니 집이 크지 아니하되 심히 정결한지라. 집안에 남자 없고 다만 청삽사리 하나가 있는지라, 그 개 마주 나와 숙향을 보고 꼬리 치며 반기는 듯하더라.

숙향이 할미 집에 온 지 반월半月이로되 종시 병인病人인 체하더니, 할미 왈,

"내 그대를 보니 얼굴이 가을 달이 구름에 잠긴 듯하고 짐짓 병인이 아니라. 나를 속이지 말라."

숙향이 웃고 대답 아니 하거늘,

"내 집이 본디 술집인 고로 마을 사람이 자로(자주) 출입하는데 저리 더러이 하고 있으면 오직 더러이 여길 것이니 낯이나 씻고 있으라."

하거늘, 숙향이 오래 있어 보되 여자는 출입하나 사나이는 들어오지 않거늘 숙향이 아미蛾眉를 다스리고 의복을 갈아입고 수를 놓더니 할미 나갔다가 들어와 낭자를 안고 대희 왈,

"어여뿔사, 내 딸이여. 전생에 무슨 죄로 광한전廣寒殿을 이별하고 인간에 내려와 그대도록 고생을 겪는고?"

숙향이 한숨짓고 대 왈,

"할미 나를 친녀같이 여기시니 어찌 기이리까(숨기리까). 난중에 부모를 잃고 의탁할 데 없어 유리하옵더니, 사슴이 업어다가 승상 집 뒷동산에 두고 가오니, 그 댁이 무자無子하여 나를 친녀같이 기르더니, 비자 사향이란 년이 모해하여 승상 양위께 참소되어 내치

오니 악명을 싣고 차마 살지 못하여 표진물에 빠져 죽으려 하였더니, 채련採蓮[136]하는 아이들이 구하여 동다히로 가라 하오니 정처 없이 가다가 화재를 만나 화덕진군의 구하심을 입었사오며, 또한 할미를 만나 할미 나를 친녀같이 사랑하시니 나도 친모같이 아나이다."

할미 이 말을 듣고 일어 절하여 왈,

"낭자 실로 그러한가."

하며 이후는 더욱 사랑하더라.

낭자는 본디 총명하여 배우지 아니하여도 매사에 모를 것이 없으니 수만 놓아 팔아도 가계 족한지라. 할미 더욱 사랑하더니 할미 집에 온 지 이듬해 춘삼월 망간에, 할미는 술 팔러 나가고 낭자 홀로 수놓더니 푸른 새 내려와 매화 가지에 앉아 슬피 울거늘 낭자 탄 왈,

"저 새도 나와 같이 부모를 잃고 우는가?"

하니, 마음이 비창悲愴[137]하여 사창紗窓을 의지하여 잠을 들었더니, 문득 그 새가 낭자더러 이르되,

"낭자의 부모 다 저기 계시니 나를 좇아가사이다."

낭자 그 새를 따라 한 곳에 다다르니 백사장白沙場 연못 가운데 구슬로 대를 뭇고 산호 기둥의 집을 지었으되 호박 주추와 오색구름같이 아로새겨 광채 찬란하매 바로 보지 못할러라. 숙향이 우러러보니 전각 위에 황금 대자로 썼으되, '요지 보배루'[138] 라 하였거늘 엄숙하여 들어가지 못하고 문밖에 섰으니, 문득 서다히로서(서쪽에서) 오색구름이 일어나며 향내 진동하며 무수한 선관 선녀 등이 혹 학도 타며 혹 봉도 타고 쌍쌍이 들어가고, 그 뒤에 채운이 어리었는데 육룡六龍이 황금 수레를 멍에하여 가니 이는 상제 타신 연輦이라. 그 뒤에는 석가래 오신다 하고 오백 나한이 차례로 시위하여 오니 각색 풍류와 향내 진동하더라.

여러 행차 지나되 숙향을 본 체하는 이 없더니 이윽고 한 구름이 일어나며 백옥 교자에 또 한 선녀 연화蓮花를 쥐고 단정히 앉았는데 무수한 선녀 시위하였으니, 이는 월궁항아의 행차라. 항아 숙향을 보고 이르되,

"반갑다, 소아小娥여. 인간 고생이 어떠하더뇨? 나를 좇아 들어가 요지를 구경하고 가라."

숙향이 청조를 앞세우고 항아를 따라 들어가니 그 집 형용이 찬란할 뿐 아니라 팔진 경

---

136) 연을 캐는 일. 연꽃을 꺾음.

137) 마음이 몹시 상하고 슬픔.

138) 요지瑤池는 신선 세상에 있는 연못. 서왕모가 여기서 잔치를 차리는 것을 요지연이라 한다.

장八珍瓊漿[139)과 육각六角[140) 하는 곳에 한 보살이 젊은 선관을 뒤에 세우고 들어와 상제께 뵈오니, 상제 그 선관더러 물으시되,

"태을이 어데 갔더뇨? 반갑다, 인간 재미 어떠하더냐. 소아를 만나 본다?"

항아 상제께 고 왈,

"소아 벌써 죽을 액을 네 번 지내었으니 그만 죄를 사하시와 석가여래께 수한壽限[141)을 점지하되 칠십을 점지하옵소서."

상제 가라사대,

"칠성七星[142)을 명하여 자손을 점지하되 이자 일녀를 점지하라."

남두성南斗星[143)을 명하여 복록을 점지하시니 남두성이 여쭈오되,

"아들은 정승 하고 딸인즉 황후 되게 하나이다."

상제 소아를 명하여 반도蟠桃[144) 둘을 주고 계화 한 가지를 주시거늘 숙향이 명을 받자와 옥반玉盤의 반도와 계화 가지를 가지고 내려와 태을을 준대, 그 선관이 복지伏地하여 두 손으로 받아 가지고 소아를 눈 주어 보거늘, 소아 부끄러 몸을 두루힐(돌이킬) 제 손에 낀 옥지환에 박은 진주가 떨어지거늘, 몸을 굽혀 집으려 할 제 태을이 집어 손에 쥐이거늘 소아가 부끄러할 즈음에 돌아오고자 하다가, 문득 할미 술을 팔고 들어와,

"무슨 잠을 그대도록 자시느뇨?"

하거늘, 그 소리에 깨달으니 요지연 풍류 소리 귀에 쟁쟁한지라.

할미 왈,

"낭자, 천상을 보시니까 어찌어찌하더뇨?"

낭자 대경 왈,

"내 꿈꾼 줄을 할미 어찌 아느뇨?"

할미 왈,

"청조가 낭자를 따라갈 제 나더러 이르기로 알았나이다."

낭자 괴이히 여겨 꿈 말을 자세히 이르니, 할미 왈,

"그런 경景을 보시고 잊어버리기 아까운지라. 낭자의 재주로 이제 수를 놓아 그 경을 기록하여 후세에 전하소서."

낭자 옳이 여겨 즉시 수를 놓아 내니, 할미 보고 대찬大讚 왈,

---

139) 여러 가지 맛있는 음식과 좋은 술을 성대하게 차린 음식상.

140) 여섯 가지 악기 곧, 북, 장구, 해금, 피리, 태평소 한 쌍. 흔히 성대한 음악을 이름.

141) 타고난 수명. 불교에서는 석가여래가 사람들의 수명을 정해 준다고도 함.

142) 북두칠성.

143) 황도를 중심으로 하여 스물여덟으로 나눈 별자리에서 여덟째 별자리.

144) 삼천 년 만에 한 번씩 열매를 맺는 복숭아. 이 복숭아를 먹으면 오래 산다고 함.

"기특한 일이로다."

하고,

"훗날 장에 가 팔아 보사이다."

낭자 왈,

"이 경치는 천금 싸고 공력은 백금이 싸나 사람이 뉘 알아보리오."

그 후 장에 가 팔려 하되 아무도 알아볼 이 없더니, 조적이란 사람이 그런 것을 숭상하여 아는지라, 수를 보고 반겨 왈,

"이 수를 뉘 놓았느뇨?"

할미 왈,

"어린 딸이 놓았나이다."

조적 왈,

"할미는 어데 계시며 뉘라 하시나이까?"

할미 왈,

"나는 낙양 동촌 이화정梨花亭 술 파는 마고할미니, 딸이 놓은 바라. 만금이 싸니이다."

조적이 오백 금을 주고 사거늘, 받아 가지고 집에 돌아와 낭자더러 수 판 말을 이르니 낭자 왈,

"인간에도 하늘 경景을 아는 이 있도다."

하더라.

조적이 중가重價를 주고 샀으되 제목이 없는지라. 천하 명필을 얻어 제목을 써 천하 보배를 삼고자 하여 두루 광문廣問[145]하더니, 낙양 동촌 이 위공의 아들이 문장이 천하에 유명하여 이두李杜[146]를 압두壓頭한다는 말을 듣고 낙양 동촌을 찾아가니라.

어시於時에, 병부 상서 이 위공이란 사람이 젊어서부터 문무겸전하니 명망이 사해에 진동하매, 황제 아름다이 여기사 위공을 봉하시고 국사를 맡기려 하시매, 위공이 후래의 화를 당할까 두려 병들었다 일컫고 고향에 돌아가니, 황제 위공의 충성과 재주를 아끼시더라.

위공이 고향에 돌아와 농업을 힘써 가계 유여하나 다만 자식이 없어 매양 슬퍼하더니 이때 추칠월 망간이라. 부인으로 더불어 완월루에 올라 달을 구경하더니 공이 부인더러 왈,

"내 공명부귀 조정에 으뜸이로되 자녀 없어 후사를 의탁할 곳이 없으니 조종 제사祖宗祭祀를 뉘 받들리오. 타문他門의 숙녀를 취하여 자식을 보려 하니 부인은 불안히 여기지 마소서."

---

145) 널리 물음.

146) 중국 당나라 때 시인 이백과 두보.

부인이 차언此言¹⁴⁷⁾을 듣고 길이 탄식 왈,

"내 박복하여 무자無子하니 여러 부인이 들어온들 어찌하리까."

이렇듯 한담하다가 왕 씨 본가에 돌아가 부친 왕 승상께 뵈옵고 상서의 말을 전하니 승상 왈,

"무자한 죄는 죄 중에 제일 큰 죄라. 내 들으니 대성사 부처가 영험이 장하다 하니 네 가서 빌어나 보라."

왕 씨 기꺼 택일하여 재계齋戒¹⁴⁸⁾하고 친히 가 정성으로 빌고 있더니, 이날 밤 꿈에 한 부처 이르되,

"상서 전생에 죄 없는 사람을 많이 살해한 고로 차생에 무자하게 정하였더니, 그대 정성이 지극하매 귀자를 점지하나니 바삐 집으로 돌아가라."

한대, 왕 부인이 감사하여 사례하다가 깨달으니 기쁨을 이기지 못하여, 즉시 본부로 돌아오매, 상서 문 왈,

"무슨 연고로 여러 날 계시더뇨?"

부인 왈,

"상공이 나를 무자타 하여 내치려 하시매 산천 기도하러 갔더이다."

상서 소笑 왈,

"빌어 자식을 낳으면 세상에 무자할 이 뉘 있으리오?"

하고 한탄하다가 취침하였더니 상서 일몽一夢을 얻으니,

"태을진군이 옥황께 득죄하여 그대게로 보내시니 귀중히 보중하소서."

하고 간데없거늘, 꿈을 깨어 부인더러 문 왈,

"그대 자식 빌기를 지성으로 하여 몽사 여차하니 모를 일이로소이다."

상서가 부인 헌공獻供¹⁴⁹⁾을 위로하거늘, 그제야 대성사 부처에게 빈 말을 하고 또 몽사를 일러 부부 서로 기꺼하더니, 과연 그달부터 잉태하여 익년翌年 사월 초파일에 이르러 상서 마침 나가고 부인 혼자 있더니, 그날 오색구름이 집을 두르고 기이한 향내 가득하거늘, 부인이 시녀로 집안을 소쇄하더니 오시午時부터 부인이 기운이 불평하여 침상을 의지하였더니, 학의 소리 나며 새앙머리 한 선녀 한 쌍이 들어와 이르되,

"때 늦어 가오니 부인은 침석에 누우소서."

하며, 벌써 아이 소리 나는지라.

선녀 옥병에 물을 따라 아이를 씻겨 뉘고 가려 하거늘, 부인 왈,

"그대는 뉘시관데 누사陋舍¹⁵⁰⁾에 이르러 수고를 하시니 불안하오이다."

---

147) 이 말.
148) 부정 타지 않도록 육식을 하지 않고 몸과 마음을 깨끗이 하며 특별히 조심하는 것.
149) 신이나 높은 이에게 재물을 바침.

선녀 왈,

"우리는 천상에서 해산 가음아는[151] 선녀려니 옥제 명을 받자와 아기 낳으시는 것을 보러 왔삽고, 배필은 남군 땅에 있기로 그를 바삐 보러 가나이다."

하더라. 부인이 선녀에게 사례 왈,

"이 아이 배필은 뉘 집에서 나며 성명이 뉘니이까?"

선녀 대 왈,

"김 상서의 여아요 이름은 숙향이라 하나이다."

하고 간데없더라.

부인이 필묵筆墨을 내어 선녀의 말을 기록하니라.

이날 상서 꿈을 꾸니, 하늘로서 선관이 내려와 부인을 벼락을 쳐 뵈거늘 상서 놀라 깨었더니, 천자의 부르시는 명이 있거늘 곧 조회에 들어갔다가 천자께 여쭈오되,

"간밤의 꿈에 신의 처가 벼락을 맞아 뵈오니 돌아가 보아지이다."

상이 문 왈,

"경의 부인이 잉태함이 있느냐?"

위공이 주 왈,

"늦도록 자식이 없삽더니 홀연 잉태하여 금월이 산월産月이로소이다."

상이 대희하사 왈,

"짐이 천문을 보니 낙양성에 태을성이 떨어졌으매 기이한 사람이 나리라 하였더니 과연 경의 집이로다. 귀히 길러 짐을 도우라."

공이 사은하고 집에 돌아오니 과연 부인이 아들을 낳았더라. 공이 대희하여 바삐 들어가 보니 그 아이 얼굴이 꿈에 보던 선관 같거늘 이름을 '선仙'이라 하고 자를 '태을太乙'이라 하다.

선이 난 지 오륙 삭에 말을 하고 사오 세에 글을 모를 것이 없어, 십 세에 이르러 문장이 천하에 이름이 나 공경대부들이 다투어 구혼하여도 선이 매양 희롱의 말로,

"나의 배필은 월궁소아 아니면 배필 될 이 없다."

하니, 위공이 택부擇婦[152]하기 심상치 않더라.

선이 부친께 여쭈오되,

"과거가 가깝다 하오니 구경코자 하나이다."

위공 왈,

"네 재주는 족하나 나라에 몸이 매였은즉 우리 너를 그리워 어찌하리오. 아직 더 기다리

---

150) 누추한 집.

151) 가마는. '가말다'는 '일을 헤아려 처리하다'는 뜻.

152) 며느릿감을 고름.

라."

선이 마음이 울울鬱鬱[153]하여 근처 산수를 유람하기를 일삼더니, 한 곳에 다다르니 대성사란 절이 있거늘 들어가 난간을 의지하여 잠을 들었더니, 부처 이르되,

"오늘 서왕모 잔치에 선관 선녀 많이 모인다 하니 그대 나를 따라가 구경하라."

선이 기꺼 사례하고 부처를 따라가더니 한 곳에 다다르매 연화蓮花 만발하고 누각이 층층하여 그 위의 늠름하니 엄숙함을 측량치 못할러라.

부처 선더러 왈,

"저 오색구름 모은 탑 위에 앉으신 이는 옥황이시고 뒤에는 삼태성이 모든 별을 거느리고 앉았고 동편 황금탑 위에는 월궁항아시니 모든 선녀 근시近侍[154]하고 서편 백옥탑 위에 앉으신 이는 석가여래시니 모든 부처를 거느려 계시니, 내 먼저 들어갈 것이니 그대 좇아 들어오라."

선 왈,

"하도 엄엄하니 동서를 분변치 못할까 저어하나이다."

부처 웃고 소매로서 대추 같은 것을 주니 선이 받아먹으매 정신이 소연昭然[155]하여, 자기는 태을진군으로서 상제 앞에서 매사를 봉승奉承[156]하던 일과 월궁소아로 글 지어 창화唱和하던 일과 약 도적하여 주던 일이 역력하고, 모든 선관이 다 벗이라. 반가움을 이기지 못하여 옥제께 사례 왈,

"이제야 전생 일을 생각하나이다."

하고 모든 선관께 뵈이니, 다 반겨하더라.

상제 문 왈,

"태을아, 인간재미 어떠하더뇨? 소아를 만나 본다?"

선이 복지伏地 사죄한대, 상제 한 선녀를 명하여,

"반도 둘과 계화 한 가지를 주라."

하신대, 선녀 옥반에 반도를 담고 계화 일지를 들고 나오거늘, 이선李仙이 복지하여 받아 가지고 문득 선녀를 곁눈으로 보니, 그 선녀 부끄러 몸을 두루일 제 손에 낀 옥지환에 박은 진주 계화 가지에 걸려 떨어지매 이선이 집어 손에 쥐고 섰더니, 절 종 치는 소리에 놀라 깨니 한 꿈이라. 요지연이 눈에 암암하고 천상 풍류 소리 귀에 쟁쟁한데 손에 진주 쥐었거늘 극히 괴이히 여겨 글을 지어 꿈을 기록하고 부처께 하직하고 집으로 돌아오니라.

이후로부터 소아만 생각하더니, 일일은 소동小童[157]이 고 왈,

---

153) 기분이 가볍지 않고 아주 답답함.
154) 가까이에서 모심.
155) 밝고 또렷함.
156) 받들어 시행함.

"밖에 남성 땅에 사는 사람이 공자께 뵘을 청하나이다."

이선이 보려 하여 부르니, 기인其人[158]이 예하고 왈,

"소생은 남성 땅 조적이옵더니 한 족자를 얻으매, 그 경치를 그려 찬讚[159]을 짓고자 하되 문장이 없어 여의치 못하더니 들으니, 공자 문필이 천하제일이라 하옵기 불원천리하고 왔사오니, 청컨대 한번 수고를 아끼지 마옵소서."

하고 족자를 드리거늘, 선이 받아 보니 꿈에 보던 선경이라. 역력히 그렸거늘 심중에 경아 驚訝[160]하여 문 왈,

"이 족자를 어데서 얻었느뇨?"

한대, 조적 왈,

"공자 어찌 놀라시나이까?"

하고 심중에 생각하되,

'그 할미 이 집 족자를 도적하여 팔았는가?'

의심하더니, 선이 소 왈,

"내 전일 본 것이니 그대는 난 곳을 기이지(숨기지) 말라."

조적이 답 왈,

"낙양 동촌 이화정 술 파는 할미에게 샀나이다."

공자 왈,

"이는 천상 요지도天上瑤池圖[161]오니 우리게는 가하거니와 그대에게는 불가하니, 수족 자繡簇子[162]가 있으매 바꾸어 주거나 중가를 줄 것이니 팔기나 하라."

조적 왈,

"나는 본디 취리取利하는 사람이라. 오백 금을 주고 샀으니 더 주시면 팔고 가리다."

선이 즉시 육백 금을 주고 사서 대성사 절에 꿈꾸고 지은 글을 금자로 그림 위에 쓰고 족 자를 꾸며서 족자는 방에 걸고 주야로 보니, 몸은 비록 인간에 있으나 마음은 다 요지에 있 는 듯하여 다만 소아를 찾고자 원이러니, 일일은 스스로 깨달아 왈,

"나는 요지에 다녀왔거니와 이 수놓은 사람은 어찌하여 인간에서 천상 일을 역력히 그렸 으니 필연 비상한 사람이로다. 이화정 할미를 찾아 수놓은 사람을 찾으리라."

하고 부모께 유산遊山[163]함을 고하고 노새를 채쳐 이화정을 찾아가니라.

---

157) 남의 집에서 심부름하는 어린 사내아이.

158) 그 사람.

159) 남의 글씨나 그림을 찬양하는 글.

160) 놀라고 의아해함.

161) 하늘나라 요지연을 그린 그림.

162) 수를 놓은 족자.

이때는 하夏 사월이라.

숙향이 누상樓上에서 수놓더니, 홀연 청조青鳥가 석류꽃을 물고 낭자의 앞에 와 앉았다가 북녘으로 가거늘 낭자 괴이히 여겨 새 가는 곳을 보려 하고 주렴珠簾을 들고 보려 하더니, 한 소년이 청삼青衫[164]을 입고 노새를 타고 할미 집을 향하여 들어오거늘, 낭자 자세히 보니 꿈에 요지에 가 반도를 받아 갈 제 진주를 집어 가던 신선의 얼굴 같거늘 마음에 반갑고 일변 놀라워 주렴을 지우고 앉았더니, 그 소년이 바로 할미 집으로 와 주인을 찾거늘 할미 나와 보니 북촌 이 위공 댁 귀공자러라.

맞아 들어가 좌정한 후 할미 왈,

"공자가 이 누지陋地에 오시니 지극 감격하여이다."

생이 소 왈,

"한잔 술이나 아끼지 말라."

하고 이에 말씀할새, 선이 문 왈,

"요지 그림을 할미가 팔더라 하니 어떤 사람이 수놓았는고?"

할미 왈,

"소아라 하는 아이가 놓았거니와 어찌 아시느뇨?"

선이 왈,

"조적에게 들었노라."

할미 왈,

"찾아 무엇 하려 하는고?"

"천상연분이 있기로 찾으려 하노라."

할미 왈,

"소아 본디 전생에 죄 중하여 병인病人이 되어 귀먹고 한 다리 한 팔 못 쓰는 고로 쓸데없는 터에 구하려 하심은 망계妄計[165]로다."

선이 왈,

"소아곳 아니면 혼인치 않으리니 바삐 이르라."

할미 왈,

"공자는 귀공자어늘 제왕의 부마駙馬 아니면 공경대부의 서랑壻郎[166]이 되리니 어찌 그런 천인을 구하는고? 다시 허황한 말을 마소서."

선이 왈,

---

163) 산놀이.
164) 남빛 도포.
165) 부질없는 계획.
166) 사위.

"만승萬乘[167]의 공주라도 싫으니 할미는 있는 곳만 가르치라."

할미 왈,

"소아를 본 지 오래니 있는 곳을 모르거니와 남양 땅 김전을 찾아보아 만일 게 없거든 남군 땅 장 승상 집으로 찾으소서. 차생此生[168] 이름은 숙향이라 하더이다."

이선李仙이 즉시 하직하고 돌아와 부모께 고하되,

"형초 땅에 기이한 문장이 있다 하니 소자 찾아가 보고자 하나이다."

공이 허락하며,

"수이 다녀오라."

하니, 생이 절하여 하직하고 황금을 싣고 형주로 이르러 남양을 향하여 여러 날 만에 김전의 집에 이르러 문에 가 묻되,

"상공이 계시냐?"

한즉, 하인이 대 왈,

"계시니이다."

생 왈,

"낙양 동촌 이 위공의 아들 선이 뵈오러 왔음을 고하라."

하니 들어가 고한대 김전이 청하거늘 생이 들어가니, 김전이 내리 맞아 예필禮畢[169] 좌정 후에 왈,

"귀객貴客이 누지에 오시니 괴이하도다."

생 왈,

"소생이 이에 이름은 다름이 아니라 영녀令女[170]의 향명좋名을 듣고 구혼코자 하나이다."

김전이 청파聽罷에 함루含淚 대對 왈,

"학생[171]이 팔자 기박하여 남녀간 자식이 없더니 늦게야 여아를 낳으매 위인이 남의 아래 아니러니, 오 세에 난중에 실산失散[172]하고 지금껏 사생존망死生存亡을 모르더니 그대 말을 들으니 더욱 비창悲愴하도다."

생이 하릴없어 김전을 하직하고 남군 장 승상 집을 찾아가 명함을 드리니, 승상이 청하여 예필에 생 왈,

---

167) 전쟁에 동원하는 수레가 만 채나 된다는 뜻으로, 매우 부유하고 큰 나라.

168) 지금 세상. 이승.

169) 인사를 마침.

170) 남의 딸자식을 대접하여 이르는 말.

171) 벼슬이 없는 선비. 여기서는 자기를 낮추어 이르는 말로 쓰였다.

172) 뿔뿔이 흩어짐.

"소자는 낙양 동촌 이 위공의 아들이러니 남양 땅 김전이란 사람의 딸 숙향이란 여자 댁에 있다 하오매 불원천리하고 구혼코자 왔나이다."

승상이 눈물을 흘려 왈,

"숙향이 오 세에 짐승이 물어다가 내 집 동산에 버렸거늘 우리 무자無子하기로 십 년을 양육하여 자식을 삼았더니, 사향이란 종년이 모함하여 내치니 표진강 물에 빠졌다 하기로 사람을 보내어 찾되 종적이 없으니, 사생死生을 몰라 슬퍼하노라."

이선 왈,

"소생이 분명 여기 있는 줄 알고 왔으니 추탁推托¹⁷³⁾지 마소서."

승상 왈,

"숙향이 내 친녀라도 그대와 결혼하기 과분하거늘 어이 기이리오(숨기리오). 다 우리 박복한 탓이로다."

생이 다시 고 왈,

"숙향이 병인이라 하는데 사향이 구박한들 어데로 가리까?"

승상 왈,

"노부의 부인 숙향을 여읜 후 화상을 그려 방중에 걸었으니 나의 말을 믿지 않거든 보라."

하니, 과연 방중에 한 폭 족자 걸렸거늘 다시 보니 요지에서 보던 선녀 같거늘 반김을 이기지 못하여 왈,

"숙향이 병인이라 하옵더니 화상은 병체 없사오니 괴이하외다."

승상 왈,

"숙향은 본디 병이 없고 화상은 십 세 전에 낸 것이요, 숙향이 십 세 후는 더욱 아름답다."

하매, 생 왈,

"숙향을 위하여 왔다가 그저 가오니 저 화상을 파시면 중가를 드리리다."

승상 왈,

"그대 말을 들으니 정성이 지극하나 노부인이 족자를 마저 없이하면 실성하리니 이러므로 못 하노라."

생이 하릴없어 하직하고 표진 물가에 와서 두루 찾되 알 길이 없더니, 한 노옹이 이르되,

"수 년 전 모양이 기이한 여자 장 승상 댁으로 나와 이 물에 사배四拜하고 빠져 죽으니라."

생이 슬픔을 이기지 못하여 향촉을 갖추어 제祭하더니, 물 위에서 저 부는 소리 세 번 나더니 한 청의동자 일엽선一葉船¹⁷⁴⁾을 타고 저를 불며 와 이선더러 왈,

---

173) 다른 일을 핑계 대며 거절함.

"숙향을 보고자 하거든 이 배에 오르라."

하니, 생이 배에 오르매 빠르기 살 같더라.

한 곳에 다다라 동자 왈,

"내 이 물 지킨 신령을 알더니 나더러 이르되, '숙향을 구하여 동다히로(동쪽으로) 보냈다.' 하니 그리로 가 찾으라."

생이 사례하고 동다히로 가더니 한 중이 지나거늘 길을 물으니, 중 왈,

"이 앞에 노감투[175] 쓴 노옹이 있을 것이니 그 노옹더러 물으면 알리라."

생이 갈 속으로 오다가 보니 소나무 아래 바위 위에 한 노옹이 노감투를 쓰고 앉아 조는지라, 생이 나아가 절하여도 본 체 아니 하거늘 민망하여 가로되,

"지나가는 행인이옵더니 길을 몰라 묻나이다."

노옹이 눈을 떠 보고 왈,

"무슨 말을 묻느뇨? 귀먹은 사람이니 크게 말하라."

생 왈,

"소자는 이 위공의 아들이옵더니 숙향으로 연분이 있다 하와 불원천리하고 왔사오니 가르쳐 주심을 바라나이다."

노옹이 찡그리고 가로되,

"숙향이란 말은 듣도 보도 못하였는데, 네 아이로서 깊은 갈밭에 들어와 늙은이 잠을 깨워 수다히 구느뇨?"

생이 다시 절하고 왈,

"표진물 지킨 신령이 이리 가라 지시하매 왔으니 노옹은 이르소서."

노옹 왈,

"저적에 어떤 여자 표진물에 빠져 죽었다 함을 들었더니 표진 용왕이 그대의 제물을 받아먹고 댈 데 없어 내게로 지시함이요, 전일에 예 와 불타 죽은 그 아이로다."

하고 왈,

"저 재 무더기에 가 뼈나 얻어 가라."

생이 가 보니 의복 탄 재는 있으되 해골 탄 재는 없으니 노옹더러 이르되,

"노인은 속이지 마소서."

노옹이 졸다가 이르되,

"그대 너무 애쓰니 내 잠을 들어 숙향을 어데 있는가 보고 올 것이니, 네 두 손으로 내 발바닥을 문지르라."

이선이 저물도록 발바닥을 문지르니, 이윽고 깨어 왈,

---

174) 나뭇잎처럼 작은 배.

175) 노끈으로 만든 감투.

"내 그대를 위하여 마고할미 집에 가 보니 숙향이 누 위에서 수놓거늘, 불똥을 떨쳐 봉의 날개를 타이고(태우고) 왔으니 마고할미를 찾아 숙향을 찾고 봉의 날개를 보면 내 갔던 줄 알리라."

이선 왈,

"게서 처음에 물으니 여차여차 가르치기로 이리 오니이다."

노옹이 웃고 왈,

"할미께 지성으로 빌면 이르리라."

선이 하직하고 돌아서니 노옹이 벌써 간데없더라.

인하여 집으로 돌아오니 부모 왈,

"네 어데를 가 그리 오래 있던다?"

선이 대 왈,

"산수를 구경하오니 더디었나이다."

하더라.

이적에 이화정 할미 이랑을 보내고 들어가 낭자더러 왈,

"아까 소년을 보시니이까?"

숙향 왈,

"못 보았나이다."

할미 왈,

"그 소년이 전생의 태을 선관이니 낭자의 배필이니이다. 그러나 전생에 죄 중하여 한 눈 멀고 한 다리 절고 한 팔 못 쓰는 더러운 병인이러니다."

낭자 왈,

"진실로 태을일진대 병인인들 관계하오리까. 내 옥지환의 진주 가진 사람이 태을이니 할미는 자세히 살피소서."

하더라.

일일은 누 위에서 수놓더니 홀연 난데없는 불똥이 내려 봉의 날개를 태웠거늘 할미 보고,

"화덕진군이 왔던가? 후일 알리라."

하더라.

이때 이선이 집에 온 지 삼 일 만에 목욕재계하고 요지瑤池에 가 얻은 진주와 족자를 가지고 금은 몇 천 냥을 실어 가지고 할미 집으로 오니, 할미 이랑을 보고 반겨 읍하며 초당에 들어가 좌정 후 가로되,

"저적에 공자를 만나 약간 술을 먹은 후 섭섭히 지내었더니 오늘은 싫도록 먹사이다."

생 왈,

"그날도 할미 술을 먹고 값을 진즉 주지 못하였으니 금일 갚노라. 전일 할미 말을 곧이듣

고 남양과 남군과 표진물까지 두루 다니다가 이제야 돌아왔나이다."

할미 대소 왈,

"주시는 일천 냥이 감사하와 사양치 아니하거니와 내 집이 비록 가난하나 술독 아래 주천酒泉[176]이 있고 위에 주성酒星[177]이 있으니 유주영준有酒盈樽[178]한지라. 무슨 값을 받으리까. 공자가 또 무슨 일로 그리 멀리 가 계시니이꼬?"

생이 한숨짓고 답 왈,

"숙향을 위하여 갔더니이다."

할미 왈,

"공자는 짐짓 신사信士[179]로다. 그런 병신을 위하여 천 리를 지척같이 다니시니 숙향이 오죽 감격해하오리까."

생 왈,

"숙향을 보았으면 감격하려니와 못 만났으니 갔던 줄 어찌 알리까."

할미 거짓 놀라는 체하고 왈,

"벌써 다른 데 혼인하였더니이까?"

생이 소笑 왈,

"할미 속이기를 그만하라. 화덕진군의 말을 들었으니 할미 집에 있어 수를 놓더라 하니 할미께 비나이다. 바로 이르소서."

할미 정색 왈,

"공자의 말씀이 실로 허사虛辭[180]로다. 화덕진군은 천상 남천문 밖에 불 가음아는[181] 선관이니 어찌 만나 보며, 마고할미는 천태산에 약 가음아는 선녀니 인간에 내려올 리 없고 숙향을 데려가단 말은 더욱 허사로다."

생이 진군의 불똥 떨어치고 와 징험하라던 말을 다 이르니, 할미 왈,

"그러면 이화정이란 곳이 또 있는가?"

생이 이 말을 듣고 술도 먹지 아니하고 탄 왈,

"내 진심하여 삼산 사해三山四海[182]를 다 다니되 만나지 못하니 내 또한 죽으리로다."

하고 일어나거늘, 할미 왈,

---

176) 술이 솟아나는 샘.

177) 술을 맡아보는 별.

178) 술이 술두루미에 가득 차 있음.

179) 신의가 있는 사람.

180) 빈말.

181) 가마는. '가말다'는 '일을 헤아려 처리하다'는 뜻.

182) 세 산과 네 바다, 곧 온 세상.

"공자는 공후가公侯家 귀공자로 아름다운 배필을 얻어 원앙이 녹수에 놀고 추월춘풍秋月春風을 지내며 내 몸이 괴로심을 모르시나이까?"

생 왈,

"모를 제는 무심하더니 그 배필을 안 후는 숙향을 위하여 침식이 불평하고 나를 위하여 고행을 많이 겪고 병인까지 된다 하니 철석간장鐵石肝腸[183]인들 어찌 잊으리오. 숙향을 찾지 못하면 인간에 있지 아니하리라."

할미 왈,

"공자는 염려치 마소서. 정성이 지극하면 지성이 감천이니 아모커나 우리 둘이 얻어 보사이다."

생 왈,

"만나고 못 만나기는 할미께 달렸으니 어여삐 여기소서."

하고 돌아와 삼 일 후 마침 문밖에 섰더니, 할미 나귀를 타고 지나거늘 이선이 인사하고 문 왈,

"어데를 가시며 다녀오시는고?"

할미 왈,

"공자를 지극히 위하여 숙향을 얻으려 갔더니이다."

생 왈,

"얻어 보시니이까?"

할미 왈,

"숙향이란 이름 가진 아이 셋을 얻어 보았으니 공자는 그중에 택취擇娶[184]하소서."

"어데 있더니이까?"

할미 왈,

"하나는 산의대부 진갈의 여女요, 하나는 빌어먹는 아이요, 하나는 만고절색이나 병신 아이니 이르되 내 배필은 진주 가져간 이라 하고 진주를 본 후에 몸을 허하려 하노라 하더이다."

이생이 듣고 대희 왈,

"이는 나의 숙향이로다. 내 요지에 갔을 제 반도蟠桃 주던 선녀에게 진주를 얻어 왔으니 이를 보라."

하고 들어가더니 제비알만 한 진주를 내어 주며 왈,

"할미 수고로우나 이 진주를 갖다가 병신 아이를 주어 제 진주라 하거든 데려다가 할미 집에 두고 택일하여 보내면 혼사 제구諸具[185]는 내 담당하리라."

---

183) 쇠나 돌같이 굳은 마음이라는 뜻으로, 무정한 사람더러 쓰는 말.

184) 골라서 안해로 맞음.

할미 응답하고 돌아와 이생의 말을 이르고 진주를 내어 주니 낭자 진주를 보고 눈물을 머금고 이르되,

"이는 내 것이니 할미 마음대로 하소서."

할미 이대로 이생에게 전하니, 생이 황금 오백 냥을 주며,

"혼수에 쓰라."

한대, 할미 왈,

"혼사 지내기는 내 비록 구간苟艱[186)]하나 자연 지내리니, 이것은 두었다가 낭자나 주소서."

하더라.

이생의 고모는 좌복야左僕射[187)] 여흥의 부인이라, 청년에 과거寡居[188)]하여 자식이 없으매 선을 친자식같이 사랑하더라. 이생이 숙모 집에 나아가니 부인이 반기며 왈,

"내 밤에 꿈을 꾸니 백룡을 타고 광한전이라 하는 데 들어가니 한 선녀 이르되, '내 사랑하던 소아를 그대를 주나니 며느리를 삼으라.' 하거늘, 내 너를 주려 하고 데려와 뵈니 일정 아름다운 아이를 얻을러라."

생이 전후사를 다 고하니 부인이 대희 왈,

"네 부모가 성정性情이 유다르니 비천한 아이를 며느리 삼을 리 없으매 어찌하느뇨?"

생 왈,

"소질小姪이 죽어도 다른 데 취처娶妻치 아니하리이다."

부인 왈,

"네 벼슬곳 하면 두 부인을 둘 것이요, 또 네 부친이 서울에 가고 없으니, 이번 혼사는 내 주장하고 둘째 부인은 네 부친이 주장하면 아니 좋으랴."

생이 사례 왈,

"숙모의 유덕有德으로 소질의 원을 이루게 하소서."

하고 생이 집에 돌아와 날만 기다리더니 이미 날을 당하매, 부인이 숙향의 집에서 기구器具[189)] 없으리라 하여 채단과 기구를 돕더라. 채단 가져가던 시녀 등더러 그 집 모양을 물으니,

"이 댁같이 기이한 데는 처음 보았나이다."

하매, 부인이 기꺼하더라.

---

185) 혼사에 쓰는 여러 가지 물건.
186) 몹시 구차하고 가난함.
187) 정2품 벼슬 이름.
188) 과부로 살아감.
189) 의식을 차리는 데 쓰는 각종 그릇붙이.

이선이 이에 위의를 숙모 집에서 차려 할미 집으로 가니 모든 기구와 좌우 빈객이 요지
선관처럼 모였더라. 전안지례奠雁之禮[190]를 맞고(마치고) 동방화촉洞房華燭[191]에 나아가
교배할새 천정天定한 배필인 줄 알려라.

이생이 요조숙녀를 만나매 견권지정繾綣之情[192]이 원앙이 녹수에 놀고 비취翡翠 연리지
連理枝에 깃들임 같으니 무궁히 즐거워하더라.

이튿날 부인께 뵈오니 부인이,

"낭자 병인이라 하더니 어떠하뇨? 데려다가 보고 싶되 네 부친이 내려오거든 권귀捲歸[193]
차로 기별하고 데려오려 하노라."

생 왈,

"낭자를 보려 하시거든 이 족자를 보옵소서."

하고 족자를 드리니 부인이 보고 대회 왈,

"이것이 꿈에 뵈던 선녀라."

하더라.

이적에 이 상서 황성에 있어 변방 일을 의논하고 내려오지 못하였더니, 부인이 선의 하
는 일이 전과 다름을 보고 시녀 등에게 물어서 알고 상서에게 기별하니, 상서 대로大怒하
여 낙양 원에게 기별하여,

"그 계집을 잡아다가 쳐 죽이라."

이때, 낭자 옛일을 생각하고 슬퍼하더니 홀연 저녁 까치 와 울거늘 낭자 놀라 왈,

"장 승상 댁의 영춘당에서 저녁 까치 울어 불측한 봉변을 당하였더니 오늘 또 우니 무슨
연고가 있으리로다."

하고 가장 염려하더니, 밤중은 하여 관차官差[194]가 이르러 불문곡직不問曲直하고 성화같
이 잡아가니, 숙향이 아무런 줄 모르고 잡혀가 아문衙門[195]에 이르니 좌우에 등촉을 밝히
고, 원이 좌기坐起[196]하여 묻되,

"네 어떤 계집이완대 이 상서 댁 공자를 고혹蠱惑[197]케 하여 죽을죄를 지었다? 상서

---

190) 전안례. 혼례식 때 신랑이 신부 집에 기러기를 가지고 가서 상 위에 놓고 절하는 예식.
191) 신방의 아름다운 촛불이라는 뜻으로, 첫날밤 신랑이 신부의 방에서 자는 것.
192) 마음속에 깊이 서리어 잊히지 않는 정.
193) 벌여 놓은 것을 거두어 돌아가거나 돌아옴.
194) 관청에서 보내는 아전 곧 군뢰, 사령 들.
195) 관아. 상급 관아를 이를 때도 있다.
196) 고을 원이 하루 일을 시작함.
197) 남의 마음을 꾀어 어떤 일에 빠지게 함.

기별하시기를 너를 죽이라 하시니 너는 나를 원치 말고 형벌을 받으라."

하고 올려 매고 치려 하거늘 숙향이 울며 왈,

"오 세에 부모를 잃고 할미를 만나 의탁하였사옵더니, 이생이 구혼하옵거늘 상민의 자식이 사부가 배필이 되옴이 첩의 죄 아니니이다."

태수太守 왈,

"낸들 어찌 거역하리오. 어서 치라."

하니, 집장사령執杖使令[198]이 매를 메고 치려 한즉 팔이 무거워 치지 못하거늘, 원이 이르되,

"무죄한 사람을 치려 하니 그런가 싶되 상서의 명을 어기지 못할지라. 동여다가 물에 넣으라."

하더니, 이때 원의 부인이 꿈을 꾸니 숙향이 절하고 울며 왈,

"부친이 소녀를 죽이려 하시는데 모친은 어찌 구求치 아니하시나이까?"

장 씨 놀라 깨어 시녀를 불러 문 왈,

"노야老爺[199] 어데 계시뇨?"

시비 대 왈,

"이 상서 댁 청촉請囑[200]으로 그 댁 며느리를 쳐 죽이려 좌기하시나이다."

장 씨 놀라 태수를 청하여 울며 왈,

"숙향을 잃은 지 십 년이로되 일절 꿈에 뵈지 않더니 아까 꿈을 꾸니 숙향이 와서 여차여차하오니, 그 여자는 어떠한 사람이니이까?"

원 왈,

"이 위공의 아들이 취처娶妻 전에 작첩作妾하여 그 계집을 이 공이 죽이라 하니이다."

부인 왈,

"무자식한 사람이 또 어찌 적악積惡[201]을 하리오. 그 계집을 놓으소서."

하더라.

이때 낭자 울며 왈,

"이 땅은 어데뇨?"

"낙양 옥중이라 하나이다."

낭자 망극하여 이 공자에게 죽는 줄이나 기별코자 하나, 전할 사람이 없어 울더니 홀연 청조青鳥 날아와 앞에 앉아 울거늘, 낭자 기꺼 손가락을 깨물어 깁 적삼 소매를 떼어 글을

---

198) 곤장을 직접 쥐고 볼기를 치는 형벌을 집행하는 자.

199) 남자를 높여 이르는 말. 어르신.

200) 소원이나 요구를 들어주기를 부탁하는 것.

201) 못된 짓을 하여 악을 쌓음. 또는 그렇게 쌓은 죄악.

써 발에 매고 경계하여 왈,

"숙향이 낙양 옥중에서 죽게 되었으니 죽기는 섧지 않으나 부모와 이랑을 다시 보지 못하니 명목瞑目[202]지 못하겠고 또 비명非命에 죽으니 원통치 아니하리오. 청조는 유신有信커든 소식을 전하라."

청조 두 번 울고 가더라.

이생이 고모 집에서 자더니 자연 마음이 산란하여 잠을 이루지 못하고 울울불락鬱鬱不樂[203]하더니, 청조 날아와 이생의 팔에 앉거늘 보니 발목에 서찰이 매였으되 낭자의 혈적血跡[204]이라. 그 사연을 보니 낙양 옥중에 갇힌 사의辭意[205]라. 크게 놀라 그 글을 부인께 드리고 옥으로 가 낭자를 구코자 하거늘, 부인 왈,

"아직 경선徑先히[206] 굴지 말라."

하며 할미 집에 시녀를 보내어,

"알아 오라."

하고, 일변 상서 부중 노복을 불러 수말首末[207]을 물으니 노복이 자세 고하는지라. 부인이 대로 왈,

"선이 비록 상서의 아들이나 내가 양육하였으매 내 주혼主婚[208]한 일이어늘, 상서 장매長妹[209]를 대접할 것 같으면 날더러 묻지 않고 낙양 원에게 기별하여 애매히 사람을 죽이려 하니, 내 친히 서울에 가 상서를 보아 듣지 않거든 황후께 아뢰어 처치하리라."

하고 행장을 차려 서울로 가니라.

이적에 김전이 과거 하여 낙양 원이 되었더니 이 위공의 말을 거역지 못하여 마음이 자연 비창悲愴하나 마지못하여 내아內衙로 들어가 좌기하고 낭자를 잡아 올리니, 낭자 옥면에 눈물을 흘리고 약한 몸에 큰칼 쓰고 붙들려 들어오매, 김 공이 묻되,

"네 나이는 몇이며 성명은 무엇이며 어데 사람의 자식인고? 자세히 아뢰라."

낭자 정신을 겨우 차려 고 왈,

"아비는 김 상서라 하고 이름은 숙향이요, 나이는 십오 세로소이다."

부인이 이 말을 듣고 눈물이 여우如雨[210]하여 왈,

---

202) 눈을 감음.
203) 마음이 답답하고 즐겁지 아니함.
204) 피로 쓴 필적.
205) 말이나 글로 이야기한 뜻.
206) 가벼이. 경솔히.
207) 첫머리부터 끄트머리까지.
208) 혼사 일을 주관하여 맡음.
209) 맏누이.

"그 아이 얼굴을 보니 우리 숙향이와 같고 나이 더욱 같으며 김 상서의 딸이라 하니, 근본을 사실査實[211]하와 아직 다스리지 마소서."

공이 옳이 여겨 도로 하옥下獄하고 그 사연을 이 위공에게 기별하니라. 부인이 숙향을 생각하고 울거늘 공이 분부하되,

"그 형상이 참혹하니 칼이나 벗겨 주라."

하다.

이적에 이 공이 낙양 원의 편지를 보고 대로하여 김전을 계양 태수로 옮기고 다른 이로 낙양 원을 시켜 그 계집을 기어코 죽이려 하더니, 문득 하인이 고 왈,

"여 노야 댁 부인이 오시나이다."

상서 반겨 하당下堂[212]하여 맞아 문후問候하니 부인이 문득 대로 왈,

"요사이는 벼슬이 높고 위엄이 중하면 동기도 업수이여겨 절제하려 하느뇨?"

상서 황공하여 대 왈,

"어찌 이르시는 말씀이니이까?"

부인이 대로 왈,

"내 선을 길러 친자같이 알거늘 마침 마땅한 혼처를 만나 네게 미처 기별치 못하고 성혼하였으며 또 몽사가 여차여차하기로 내 슬하 적막하여 데리고 있으려 하였더니, 네 내게 이르도 않고 무죄한 여자를 죽이려 하니 대장부가 저러하고 천하 병마를 어찌 부리리오."

크게 책하니 위공이 황공 대 왈,

"저저姐姐[213]의 주혼하신 줄은 모르고 잘못하였나이다. 요사이 양왕이 구혼하옵거늘 사제舍弟[214] 허락하였삽더니, 선이 미천한 계집에게 장가들었다 하고 시비 많사오니 그리하였나이다. 혼인은 인륜대사이오니 어찌 인력으로 하리까. 낙양 원에게 대단히 기별하여 죽이지 말고 근처에 두지 말라 하리다."

하더라.

여 황후는 여 부인의 시고모라. 황후 청하여 궁중에서 머무니, 부인이 선에게 편지를 부쳐 낭자 놓임을 기별하니라.

이때 위 공이 아자兒子 호탕하매 학업을 폐할까 저어하여 선을 서울로 데려가니, 생이 낭자를 다시 보지 못하고 경사京師로 가게 되매 모부인께 들어가 하직하고 눈물을 흘리니,

---

210) 비 오듯.

211) 일을 조사하여 사실을 가림.

212) 윗사람을 맞기 위하여 방이나 마루에 있던 사람이 아래로 내려가는 것.

213) 누님.

214) 아우가 형 앞에서 자기를 낮춰 이르는 말.

부인 왈,

"네 인물 풍채 하등下等[215]이 아니어늘 배필을 구할진대 어데 없으리오. 부모를 속이고 천한 계집을 얻어 성정이 그릇되니 네 부친이 부르시는 것을 슬퍼하느뇨?"

선이 그제야 숙향과 혼인하던 수말首末을 세세히 고하고 왈,

"모친은 소자의 천정天定을 생각하사 숙향을 부르소서."

부인 왈,

"진실로 그러하면 천정연분이니 어찌 구박하리오. 너의 부친도 알지 못하심이라. 염려 말고 과거나 하여 좋이 돌아오라. 벼슬하면 네 하고자 하는 일을 부모라도 말리지 아니 하리라."

생이 할미나 보고 가고자 하되 부명父命을 지완遲緩[216]치 못하여, 할미께 편지하여 숙 낭자 보호함을 당부하고 서울에 올라가 부친께 뵈니, 공이 불고이취不告而娶함을 대책大 責하고[217],

"태학太學[218]으로 가라."

하심을 이른 후, 이에 황제께 하직하고 집에 돌아오니, 이때 김전은 계양 태수를 하여 가고 신관新官이 도임하매 낭자를 놓아,

"근처에 있지 말라."

하니, 할미 문밖에 있다가 낭자를 붙들고 집에 돌아오니, 생의 보낸 글이 있거늘 낭자 떼어 보니 만단정화萬端情話[219]라, 이에 탄식 왈,

"이랑이 이제 경사로 가시고 고을서는 이 근처에 있지 말라 하니 이제 어데 가 의탁하리 오?"

할미 왈,

"이제 내게 오래 있으면 또 환患을 볼 것이니 또 옮아 살 것이라."

하고 즉시 세간을 옮긴 후 낭자를 데리고 집을 떠나 살더라.

일일은 할미 왈,

"나는 본디 천태산 마고선녀麻姑仙女러니, 낭자를 위하여 내려와 급화急禍를 다 구하였 고 이제는 또한 연분이 진盡하여 떠나게 되니 여러 해 동처同處하던 정리情理에 결연缺 然함[220]을 이기지 못하리로소이다."

---

215) 맨 낮은 등급.
216) 더디고 늦음.
217) 부모에게 알리지 않고 장가든 것을 크게 꾸짖고.
218) 나라에서 세운 고급 과정의 학교.
219) 가슴속에 서리고 얽힌 온갖 정겨운 이야기.
220) 같이 살던 정을 생각하니 아쉽고 섭섭함.

낭자 이 말을 듣고 대경大驚하여 배사拜謝[221] 왈,

"인간 무지한 눈이 신선을 알지 못하고 이제는 연분이 박하여 내치여 쫓기심을 당하고 할미의 은혜를 입어 일신이 안활安豁[222]하더니, 할미 이에 돌아가시면 누구를 의지하리오?"

하며 슬퍼하니, 할미 왈,

"청삼살을 주고 가나니 낭자의 어려운 일을 돌보리다."

낭자 왈,

"가시는 길이 얼마나 하오며 어느 날 가시려 하시나이까?"

할미 왈,

"나의 길은 오만 팔천 리요, 가기는 이제 가려 하나이다."

낭자 더욱 촉급促急하여 울며 왈,

"하루나 더 묵어 서로 놀다 가소서."

하고 슬픔을 이기지 못하니, 할미 길이 한숨짓고 이르되,

"내 간 후 입었던 옷을 빙렴聘殮[223]하고 관곽棺槨[224]을 갖춘 후에 저 청방靑尨[225]이 가서 굽으로 파는 데 묻어 주시고, 행여 어려운 일이 있거든 내 분묘墳墓에 오면 자연 구하리다."

하며 입었던 적삼을 벗어 주고 이에 이별하니, 두어 걸음에 간 바를 알지 못할러라.

낭자 망극하여 적삼을 붙들고 통곡하더라.

---

221) 절하며 사례함.
222) 편안히 삶.
223) 시체를 깨끗이 씻고 새 옷을 입히고 다시 베천이나 명주천에 싸서 묶는 일.
224) 관과 곽. 곧 속널과 겉널.
225) 청삽사리. 털빛이 잿빛인 삽살개.

하

차설且說, 낭자가 망극하여 통곡하다가 할미 유언대로 장사코자 예복을 갖추어 한없이 가려 하니, 청삽사리가 이윽히 보다가 치마를 물어 못 가게 하는 형상이어늘, 낭자가 가지 아니하고, 가는 사람더러 이르되,

"이 청방을 따라가다가 청방이 가지 않고 머무는 곳에 장사하라."

하고 슬퍼하며 조석으로 제전祭奠[1]을 극진히 하여 제祭하더라.

낭자가 그 개를 의지하여 세월을 보내더니, 일일은 달이 밝고 청천靑天에 한 점 구름도 없으니 잠을 이루지 못하고 사창을 의지하여 탄식하는 글을 지어 서안書案에 놓고 졸다가 깨어 보니 글도 없고 개도 없는지라. 더욱 망극하여 울며 왈,

"가련타, 팔자여! 사람은커녕 개마저 잃었으니 밤에 적적하여 잠을 이루지 못하리로다."

이때 이랑이 태학에 가서 공부한 후는 낭자의 소식을 들을 길이 없어 주야 체읍涕泣[2]이러니, 멀리 바라보니 청삽사리 생을 향하여 오거늘 생이 살펴보니 낭자 집의 개라, 생의 앞에 와 입을 토하거늘 보니, 이곳 동촌 이화정 숙 낭자의 필적이라. 급히 떼어 보니, 하였으되,

슬프다 숙향의 팔자여! 무슨 죄로 오 세에 부모를 잃고 동서로 표박瓢泊하다가 천우신조天佑神助[3]하사 이랑을 만났으나 다시 이별하고 혈혈 무의無依한 나의 신세 할미를 의지하였더니 여액餘厄[4]이 미진未盡하여 일조一朝에 상천上天[5]하니 혈혈단신이 어데 가서 의탁하리오. 생전에 이랑을 보지 못하면 부모를 어이 찾으리오. 슬프다 나의 신세여, 죽고자 하나 땅이 없도다.

하였더라.

생이 보매 슬픔을 금치 못하고 할미 죽은 줄로 알고 더욱 슬퍼하며 음식을 내어 개를 먹이고 편지를 써 개 목에 걸며 경계 왈,

"할미마저 죽고 낭자가 너만 의지하는지라, 빨리 돌아가 편지를 전하고 낭자를 잘 보호

---

1) 제사를 지내는 절차와 의식.
2) 소리를 내지 않고 눈물을 흘리면서 우는 것.
3) 하늘이 보살피고 귀신이 도움.
4) 아직 남아 있는 액.
5) 하늘에 오름. 죽음.

하라."

그 개 머리를 끄덕여 응하는 듯하고 나는 듯이 가더라.

이때 낭자 개를 잃고 종일 체읍하더니 날이 저물어 인적은커녕 새짐승 소리도 듣지 못하니 고적함을 이기지 못하여 원천遠天을 관망觀望하며 비회悲懷[6]를 금치 못하더니, 홀연 청삽사리가 나는 듯이 앞에 와 엎데거늘,

'어디 가 죽은가?'

하다가 반색하여 나아가 쓰다듬어 왈,

"네 아무리 짐승인들 나를 버리고 어디를 갔던다? 오죽 주렸으랴."

하고 두루 쓰다듬으니, 그 개가 또한 흔연히 반겨 두 발을 허위며 목을 숙이고 있거늘, 낭자 보매, 목에 일봉 서찰이 매였거늘 끌러 보니 그 글에 왈,

　　숙 낭자 전에 부치나니, 낭자의 옥안을 사념思念하여 생각을 밤낮없이 하더니, 천만 몽상지외夢想之外에[7] 청방(청삽사리)이 글을 전하거늘, 가히 감동하여 우리 양인의 평부平否[8]를 전하는도다. 그대의 전후 고초는 다 선의 죄라, 한번 이별하매 약수弱水[9]가 가리었고 청조靑鳥 끊쳤으니 서산에 지는 날과 동령東嶺에 돋는 달을 대하여 속절없이 간장만 사를 뿐이러니, 청방이 한 소식을 전하니 옥안을 대한 듯 든든하며 반가운 마음을 정치 못하나, 할미 죽었다 하니 누를 의지하며 그 고고孤孤한 신세를 생각하니 나의 마음이 어떠하리오. 지필을 대하매 마음을 진정치 못하고 눈물이 앞을 가리도다. 쌓인 회포를 다 기록지 못하나니, 옛사람이 이르되, '흥진비래興盡悲來요 고진감래苦盡甘來라.' 하니 혈마(설마) 매양 그러할 것 아니오매, 과거 기별이 들리니 혹 방목榜目[10]에 참예하여 뜻을 이루면 나의 평생 원을 풀고 낭자의 은혜를 갚으리니, 옥보방신玉步芳身[11]을 안보安保하사 생의 돌아가기를 기다려 사생死生을 한가지로 함을 원하노라.

하였더라.

낭자 견필見畢에[12] 오열 왈,

---

6) 마음속에 서린 슬픈 생각이나 회포.

7) 꿈에도 생각지 못하던 참에.

8) 안부.

9) 전설에 나오는 강으로, 물살이 매우 약해서 기러기 털마저 가라앉는다는 강. 건널 수 없는 강.

10) 과거 급제자들의 이름을 적은 책. 방목에 참예한다는 것은 곧 과거에 급제함을 말한다.

11) 고운 걸음새와 아름다운 몸. 흔히 여자의 몸을 이르는 말.

12) 보고 나서.

"황성皇城이 예서 오천여 리라. 도로가 요원하고 운산이 망망하니 혈혈 여자 발섭跋涉[13] 이 극난極難하고 또한 강포지욕强暴之辱[14]이 두려운지라. 좌사우량左思右量[15]하나 백계무책百計無策이라."

일일日日[16] 간장을 사를 뿐이러니, 들으니 도내에 도적이 성하는 중, 동리에 불량지인不良之人이 있어 할미조차 없음을 알고 재물을 취하고 낭자를 겁탈코자 한다 하거늘, 낭자 대경하여 동리의 소동小童을 불러 자세히 물으니 소동이 답 왈,

"길에서 들으매 이 집에 보화 많으니 오늘 밤에 겁탈하여 보화를 나누고 낭자는 저희가 데리고 산다 하더이다."

낭자 듣고 모골이 송연하고 망극함을 이기지 못하여 아무리 할 줄 모르더니 황혼이 되매 더욱 초조하여 망지소위罔知所爲[17]러니 한 계교를 생각하고 청삽사리를 불러 경계 왈,

"아까 지나가는 아이 말을 들으니 오늘 밤에 도적이 들어 재물을 수탐搜探[18]하고 나를 기어코 겁측[19]한다 하니 만일 이럴진대 내 죽어 절개를 완전히 하리니, 이제 할미 분묘에 가 명을 끊어 할미 해골과 한가지로 묻힘이 나의 원이라. 너는 할미 분묘를 가르쳐 나로 하여금 이 욕을 면케 할쏘냐?"

하고 눈물을 흘리니, 삽사리가 다만 고개를 들어 듣는 듯하고 응함이 없거늘 낭자가 의복 두어 가지를 보에 싸고 개가 가기를 바라되, 그 개 누워 일지 않거늘, 낭자 더욱 황황遑遑하여 또 경계 왈,

"네 비록 짐승이나 사세 급한 줄 알거든 이리 지완遲緩하다가 도적의 욕을 어찌하려 하는다?"

청삽사리가 그제야 일어나 보자에 싸인 것을 물어 당기는지라, 보를 벗어 놓으니 물어 제 등에 얹고 나가거늘, 낭자 따라갈새 한 뫼에 앉고 가지 않는지라. 낭자 살펴보니 한 무덤이 있으니,

"반드시 할미 무덤이라."

하고 분묘를 어루만져 통곡하더라.

이때 이 상서 부인으로 더불어 완월루에 올라 월색을 구경할새, 멀리서 여자의 곡성이 은은히 들리거늘 괴이히 여겨 부인더러 왈,

---

13) 산을 넘고 물을 건넘.
14) 불량배들한테 당하게 되는 모욕이나 행패.
15) 이리저리 생각하고 또 생각함.
16) 매일. 날마다.
17) 어찌할 바를 모름.
18) 찾아냄.
19) 겁탈.

"야심한데 어떠한 여자가 저리 슬퍼하는고?"

창두蒼頭[20]로 하여금,

"보라."

하니, 마침 공자 유부乳父[21] 사환使喚[22] 하나가 수명受命[23]하여 울음소리를 찾아가니 한 소년 여자 홀로 앉아 울거늘, 나아가 절하고 문 왈,

"낭자는 뉘시완대 심야에 홀로 여기 와 우시느뇨?"

낭자 눈을 들어 보니 늙은 사람이라 울음을 그치고 답 왈,

"나는 동촌 이 공자의 낭자러니 도적의 욕이 급하매 할미 분묘에 함께 묻히러 왔나이다."

기인其人이 청파에 대경하여 부복俯伏 왈,

"소복은 이 공자의 유부옵더니 부인이 소저의 곡성을 들으시고, '연고를 알아 오라.' 하시매 왔은즉, 소저 이곳에 계신 줄 어찌 뜻하였사오리까. 소복의 집으로 가시면 자연 평안하리다."

낭자 왈,

"그대, 낭군의 유부라 하니 극히 반가운지라, 이제 죽어도 여한이 없도다. 노야께서 나를 죽이려 하시거늘 이제 명 없이 갔다가 아시면 내 반드시 죽을지나, 죽기는 섭지 아니하나 그대에게 연좌連坐[24]가 비경非輕[25]할까 하노니, 그대는 돌아가 낭군이 오시거든 내 이곳에서 죽은 줄 아시게 하면 은혜가 태산 같을까 하노라."

유부 왈,

"낭자의 말씀을 듣자오니 마땅하오나, 소복이 부인께 품稟하고 오리니 기다리시고 천금 귀체를 가배야이(가벼이) 마소서."

하고 나는 듯이 가는지라.

청삼사리가 옷보를 내려놓고 낭자로 하여금 입고자 하거늘, 낭자 왈,

"네 나를 죽게 하려 하거든 땅을 파면 내 거기 누워 죽을 것이니 나를 덮어 두었다가 낭군이 오시거든 가르치라."

하고 옷을 입으니, 청삼사리가 상서 댁으로 향하여 앉거늘 낭자 생각하되,

'상서 아시면 반드시 죽일 것이니 나중에 상서 신상에 시비 될지라. 내 스스로 죽어 시비

---

20) 하인으로 부리는 사내종.

21) 유모의 남편.

22) 사삿집이나 여관, 가게 같은 데서 심부름하는 사람.

23) 명령을 받음.

24) 같이 죄를 지은 것으로 됨.

25) 가볍지 않음. 엄중함.

를 그치고자 하느니만 같지 못하다.'

하고 깁 수건으로 목을 매려 하니, 그 개가 수건을 물어 목을 못 매게 하는지라, 낭자 울며 이르되,

"네 나를 죽지 못하게 하니, 구차히 살았다가 낭군을 보리라 하거든 할미 분묘를 향하여 절하면 죽지 않고 네 뜻을 받으리라."

삼사리가 말대로 할미 분묘를 향하여 절하고 앉거늘, 낭자 어루만져 왈,

"네 나를 죽지 못하게 하니 살았다가 욕을 볼까 하노라."

이때 유부 바삐 돌아가 제 계집더러 그 말을 이르고,

"자결할까 싶으니 바삐 가 보라."

하고 급히 들어가 부인께 사유를 고하니, 부인이 자닝하여 상서께 고 왈,

"차언此言의 정상情狀이 가련하오니 바라건대 인정이 박절하오니 데려다가 제 근본이나 알고, 아자兒子 총명하니 저의 하는 양을 보사이다."

상서가 허許하니 부인이 하리下吏²⁶⁾로 하여금 일승一乘 교자轎子²⁷⁾를 가져 유모를 보내어,

"데려오라."

하다.

이때 유모 낭자 앞에 이르러 가로되,

"소첩은 공자의 유모러니, 저적에 들사온즉 공자 성취하시다 하오나 고모 부인께옵서 주장하시기로 알지 못하였삽더니, 그 후 옥중에 곤경을 당하시매 차탄嗟歎하옵더니, 아까 지아비 말을 듣사오니 공자를 뵈온 듯 반가움을 이기지 못하와 바삐 왔나이다."

낭자가 탄 왈,

"공자의 유모라 하니 나의 정회를 펴리라."

하고 전후 수말首末을 다 이를새, 유부가 시비를 거느려 교자를 가져 부인의 말씀을 고하니, 낭자 가로되,

"부르시는 명이 계시니 어찌 거역하리오마는 천신賤身에게 교자 불긴不緊²⁸⁾하니 걸어가리라."

한대, 유부 왈,

"부인의 명이 계시니 교자를 사양치 마소서."

낭자 마지못하여 교자에 올라 이부에 이르매 시비 나와 분분히 부인 명으로,

"완월루로 뫼시라."

---

26) 관청에 소속되어 행정 실무를 보는 구실아치.
27) 한 사람을 태우고 앞뒤에서 메고 가는 가마.
28) 긴요치 않음. 필요하지 않음.

하니 교자 누하樓下에 이르거늘, 낭자 교자에 내리니 향촉 든 시비 좌우에 나열하여 밝기 낮 같더라. 한 시비 인도하거늘 따라가 멀리 서서 사배四拜하니 상서 부부 병좌並坐[29]하고,

"나아오라."

하여 좌를 가까이 하여 주고 용모 동지容貌動止[30]를 살핀 후 차탄 왈,

"색태色態[31]가 저렇듯 탁월하니 아이 어찌 무심하리오."

부인이 탄 왈,

"홍안박명紅顔薄命[32]이라 하니 만첩수운萬疊愁雲[33]이나 기질이 여차하니 수심을 척탕滌蕩[34]할진대 장강莊姜[35]의 색태라도 빛지 못하리로다."

문 왈,

"네 고향이 어데며 성명은 무엇이며 나이는 얼마나 하뇨?"

낭자가 염용斂容[36] 대 왈,

"첩이 오 세에 부모를 잃삽고 도로에 개걸丐乞[37]하압더니, 백록白鹿이 업어다가 낙양 장승상 댁 동산에 버리오니 그 댁에 자녀 없는 고로 첩을 십 년을 무휼撫恤[38]하옵더니, 그간 사고事故 있사 그 댁을 떠나오매 본향本鄕과 부모의 성명을 모르나이다."

상서 왈,

"장 승상 댁에서 무슨 일로 나와 이화정 할미에게 왔더뇨?"

낭자 대 왈,

"시비 사향이 모해하여 승상의 장도와 부인의 봉차를 도적하여 첩의 상자에 두고 부인께 참소하오니 발명發明이 무익하와 표진물에 빠지오니, 채련採蓮하는 선동仙童[39]이 구하여 동다히로(동쪽으로) 가라 하오니, 아녀자의 행색이 난처하와 병인病人인 체하고 가다가, 기운이 진盡하와 갈수풀에 의지하였삽다가 노전蘆田에서 화재를 만나 의복을 다 태

---

29) 나란히 앉음.
30) 얼굴의 생김새와 행동거지.
31) 아름다운 태도.
32) 잘 생긴 여자는 운명이 기구함.
33) 겹겹이 쌓인 시름.
34) 더러운 것이나 나쁜 것을 깨끗이 씻어 버림.
35) 중국 춘추 시대 때 위 장공의 안해로, 이름난 미인이다.
36) 몸가짐을 조심하고 용모를 단정히 함.
37) 빌어먹음.
38) 어려운 처지에 놓인 사람을 불쌍히 여겨 위로하고 도움.
39) 신선에게 시중드는 아이.

우고 거의 죽게 되었삽더니, 화덕진군이 구하였사오나 의복이 없사와 진퇴를 정치 못하옵다가, 의외에 이화정 할미를 만나 의지하였삽더니, 생각지 않은 공자의 구혼하옴을 인因하와 성례하였삽더니, 낙양 옥중 사액死厄[40]을 지내옵고, 다시 하령下令하여 '멀리 쫓아 내치라.' 하오매, 옮아 북촌에 가 사옵더니, 할미가 마저 죽사오매 더욱 망극하여 겨우 염장殮葬[41]하고 다만 청방(청삽사리)을 의지하였더니, 금야今夜에 도적에게 쫓기어 할미 분묘에 와 죽으려 하였삽더니, 부르심을 입사와 이리 대령하였나이다."

상서 왈,

"남군서 몇 달 만에 왔더뇨?"

낭자가 왈,

"노전에서 하루를 묵고 할미를 만났나이다."

상서 대경 왈,

"남군이 에서 삼천오백 리라 일삭一朔[42]이라도 오지 못하려든 이틀 만에 옴이 극히 괴이하도다."

부인이 또 이름과 나이를 물으니 낭자 대 왈,

"이름은 숙향이요, 나이는 십륙 세로소이다."

또 문 왈,

"생일은 언제뇨?"

"사월 초파일이로소이다."

부인이 양구良久 후後[43] 가로되,

"내 과연 잊었도다. 선을 낳을 제 선녀 여차여차하거늘 기록하였더니 이제 깨달았다."

하고 시녀로 하여금 기록한 것을 내어다 보니,

낙양에 거하는 김전의 여아요. 이름은 숙향이라.

하였거늘, 부인이 또 문 왈,

"네 부모의 성명을 모르며 사주를 어이 아느뇨?"

낭자 복지伏地 대 왈,

"어버이 잃을 때에 금낭錦囊에 넣어 채웠사오매 아나이다."

하고 즉시 금낭을 쌍수로 받들어 드리니, 부인이 받아 보니 금자로 썼으되,

---

40) 죽을 액운. 죽을 뻔한 재난.
41) 시체를 거두어 염을 하고 장사를 지냄.
42) 한 달.
43) 한참 뒤에.

이름은 숙향이요, 자는 월궁선이니, 기축근丑 사월 초파일 해시亥時[44] 생이라.

하였더라. 부인이 남필에 기특히 여겨 왈,
　"연월일시 우리 아이와 같은데 성을 모르니 답답하도다."
　낭자 가로되,
　"저녁 꿈에 신인神人이 이르되 낙양 김전이 첩의 부라 하더이다마는 어이 알리꼬?"
　상서 왈,
　"그럴진대 어찌 다행치 않으리오."
　부인 왈,
　"어떠한 사람이니이꼬?"
　상서 왈,
　"운수선생의 아들이니 더 물을 것이 없나이다."
　부인이 기꺼 근본을 알아 아자의 정실을 삼으려 하더라. 이후로부터 낭자를 부인 좌우에 두어 그 행동을 보니 백사百事 진선진미盡善盡美하여 한 일도 그름이 없는 고로 부인의 사랑이 갈수록 더하더라.
　일일은 소저 있던 집에 가장집물을 가져오기를 청하니, 부인 왈,
　"도적이 어찌 남겨 두었으리오?"
　소저가 왈,
　"땅을 파고 묻었으니 도적이 어찌 알리꼬?"
　부인 왈,
　"네 아니 가면 찾아오기 어렵지 않으랴?"
　소저 대 왈,
　"첩이 아니 가도 청방을 데리고 가면 알리다."
　부인 즉시 유부를 불러 이르되,
　"저 개를 데리고 소저 있던 집에 가서 기명器皿과 집물什物[45]을 가져오라."
하고 심중에 헤오되,
　'저 개 어찌 인사人事를 알리오? 가장 괴이하도다.'
하고 의심함을 마지아니하더라. 유부 창두 거느려 나아가서 개 발로 허비는 곳을 파고 기명을 다 수운輸運[46]하여 가지고 와 고하니, 부인이 문 왈,
　"개를 데리고 가 어찌 찾아온다?"

44) 하루를 열둘로 나누니, 저녁 10시를 전후한 두 시간. 곧 오후 9시부터 11시까지.
45) 그릇붙이와 세간.
46) 실어서 날라 옴.

유부 사유를 고하니 부인이 차탄 왈,

"신부는 범인凡人이 아니로다."

더욱 사랑함이 비할 데 없더라.

일일은 부인이 소저더러 문 왈,

"네 침선방적針線紡績[47]을 능히 하는다?"

소저 대 왈,

"일찍 어버이를 실산失散하고 도로에 두류逗留[48]하와 배운 바 없사오나, 본이 있사오면 아무것이라도 그대로 하리다."

부인이 그 재주를 시험코자 하여 비단 한 필을 주며 왈,

"상공이 불구不久에[49] 상경上京하실 때 관복이 무색無色하니 네 이것을 보고 지어 내라."

소저 수명受命하고 비단을 받아 가지고 침소에 돌아와 그 비단을 보니 곱지 못하거늘 있던 비단을 바꾸어 반일 만에 지어 내니, 시녀 부인께 고한대, 부인이 믿지 아니하여 왈,

"관복은 예사 옷과 다르니 내 소년 적에 침재針才[50] 남에게 뒤지지 아니하였으되 닷새에 지었던 것이라. 소저 아무리 재주 능하나 어찌 그렇듯 속히 하였으리오. 일정 허언虛言이로다."

인하여 소저를 불러 물으니, 낭자 대 왈,

"과연 지었사오나 어찌하올지 모르와 즉시 고告치 못하였나이다."

하고 관복을 드리니, 부인이 받아 보니 수품제도手品製圖[51] 전 관복에서 나을 뿐 아니라 비단이 자기 준 것이 아니라 더욱 괴이히 여겨 물으니, 소저 대 왈,

"비단이 이것이 나을 듯하옵고 할미 집에서 짠 비단이러니 마침 동색同色이옵기에 지었삽나이다."

부인이 대경 대찬大驚大讚[52] 왈,

"이런 재주 어데 있으리오?"

하고 즉시 관복을 가져 상서께 드리어 왈,

"관복을 새로 지었사오니 입어 보소서."

상서 관복을 입고 대희 왈,

---

47) 바느질과 길쌈.
48) 머무름.
49) 오래지 않아.
50) 바느질 솜씨.
51) 마르고 바느질하는 솜씨.
52) 몹시 놀라 크게 칭찬함.

"근래 부인이 늙으매 몸에 맞는 옷을 입지 못하더니 이 관복은 가장 잘 맞사오니 노래老來[53]에 극한 호사를 하나이다."

부인이 소 왈,

"첩이 소시少時[54]에도 수품제도 이렇지 못하였거든 하물며 노래에 어찌 이러하리까. 이는 자부子婦 제 손으로 비단을 짜고 제 손으로 지은 바이로소이다."

상서 경아 탄복 왈,

"만일 그럴진대 자부는 진실로 무쌍한 재주로다."

하고 칭선稱善함[55]을 마지아니하더라.

오래지 않아 상上이 상서를 패초牌招[56]하시니, 상서 바야흐로 치행治行[57]할새 흉배胸背[58]를 보고 좋은 관대에 흉배가 무색하니,

"다른 흉배를 사 오라."

한대, 부인이 대 왈,

"상공 직품에 맞는 흉배를 창졸倉卒[59]에 사기 어렵고 길이 지완遲緩[60]하실까 하나이다."

이때 소저 시좌侍坐[61]러니 공경 문 왈,

"대인 직품은 어떠한 흉배를 다시나이까?"

부인 왈,

"상서는 일품이매 쌍학을 붙이느니라."

소저 왈,

"첩이 약간 수놓기를 하옵더니, 놓으려 하나이다."

부인 왈,

"흉배는 다른 수와 달라 사람마다 놓을 줄 모를 뿐 아니라 명일 상경하시리니 자부 비록

---

53) 늘그막.
54) 젊을 때. 소싯적.
55) 잘한 것을 칭찬함.
56) 승정원의 승지가 임금의 명령을 받아서 신하를 부르는 일. '명命' 자를 쓴 나무 패쪽에 부를 사람 이름을 써서 보낸다.
57) 길 차림을 함. 행장을 꾸림.
58) 관복의 가슴과 등쪽에 붙이는, 수놓은 헝겊 조각. 문관은 학을 수놓은 것을 붙이고 무관은 범을 수놓은 것을 붙임.
59) 미처 어찌할 새 없이 급작스럽게.
60) 더딤.
61) 모시고 앉음.

재주 능하나 어찌 미치리오."

소저 즉시 침소로 물러나와 종야토록 수를 놓아 명조明朝에 정당에 나아가 드리니, 상서 부부 대경 대찬 왈,

"자부는 진실로 신통한 재주를 가졌도다."

하고 애중함을 마지아니하더라.

차일此日, 상서 상경하니 천자가 인견引見하사 조사朝事[62]를 의논하시더니, 상서의 관복을 보시며 또 흉배를 보시고 문 왈,

"경의 관대와 흉배 어디서 나뇨?"

상서 주 왈,

"신의 며느리 수품繡品[63]이로소이다."

상이 우문又問 왈,

"경의 아들이 죽었느냐?"

상서 주 왈,

"살았나이다."

상 왈,

"경의 관복을 보니 하늘 은하수 문채요, 흉배는 바다 가운데 짝 잃은 학의 외로운 형상이니, 경의 아들이 살았으면 어찌 이러하리오."

상서 부복俯伏하며 선이 숙향 만나던 일을 주달奏達[64]하니, 상이 칭선 왈,

"이러한 여자 행실과 재주 희한하도다. 경의 충성이 지극하매 하늘이 현부를 주사 복을 도우심이로다."

하시고 비단 일백 필을 상사賞賜[65]하시니, 공이 사은하고 부중에 돌아와 성상 하교를 전하고 상사지물賞賜之物을 다 소저를 주니라.

소저 이부에 온 후 일신이 안한하니 용모 더욱 쇄락灑落한지라, 상서 부처 애중함이 날로 더하더라.

이때 공자 태학에서 낭자의 소식을 듣지 못하니 심신이 울울鬱鬱하여 회포를 정치 못하나 임의로 돌아가지 못하매 주야 탄식만 하더니, 일일은 태학 관원이 상소 왈,

"근간 태을성이 장안에 비치었사오니 가히 설과設科[66]하와 인재를 잃지 마소서."

---

62) 조정의 일.
63) 수놓은 물건.
64) 임금에게 직접 아뢰거나 보고를 올려 보내는 것.
65) 상으로 내려 줌.
66) 과거를 베풂. 과거 시험을 보임.

상이 의윤依允[67]하사 즉시 택일하여 설과하시니, 이때 이선이 과장에 나아가 평생 재주를 다하였는지라. 의외에 장원壯元에 빼어나니 풍채 동탕動蕩[68]하고 기질이 헌앙軒昂[69]하여 만인 중에 뛰어나니, 상이 일견一見에 대경 기애奇愛[70]하사 즉시 한림학사를 제수하시니라.

학사가 사은하고 고향에 돌아와 영친榮親[71] 소분掃墳[72]하려 할새, 지나는 길에 이화정에 이르러 낭자의 침소에 이르니, 사람은 고사하고 청방靑尨도 없으며 일용기물日用器物[73]이 하나도 없으니, 분명 도적이 들어 낭자를 죽이고 간 줄로 알아 심회 통박痛迫[74]하여 하늘을 우러러 탄식 왈,

"낭자여, 나로 하여 천만 고초를 겪고 몸이 사망死亡 지경에 이르니 유명간幽明間[75] 어찌 원혼이 되지 않으리오. 내 비록 몸이 현달顯達하나 무엇이 귀하리오. 내 또한 죽어 사생간 저버리지 않으리니 나의 명이 또한 오래지 않으리로다."

슬퍼하다가 날이 서西에 떨어지니 정신을 정하고 생각하매,

'이제 울어도 부질없으니 부모께 뵈온 후 낭자 분묘 찾아 한낱 죽음을 본받아 저의 절節을 표하리라.'

하고 눈물을 거두고 본부로 돌아오니, 공의 부처 아자를 보고 일변 반기며 영화를 기꺼하고 상하 환성이 낭자하니, 공의 부처 학사의 손을 잡고 애중함을 이기지 못하되, 학사는 낭자를 위하는 마음이 간절하여 수색愁色[76]이 만면하니, 공이 괴이히 여겨 문 왈,

"네 소년등과少年登科하여 부모에게 영효榮孝[77]와 일신의 영광이 극하고 문호에 경사 극하거늘 무슨 일로 수색을 띠었느뇨?"

학사 대 왈,

"소자야 열친지도悅親之道[78]에 어찌 기쁘지 않으리꼬마는 행역行役에 일신이 곤비困

---

67) 임금이 신하가 아뢴 대로 하도록 허락하는 것.

68) 얼굴이 두툼하고 생김새가 깨끗함.

69) 풍채가 좋고 의기가 당당함.

70) 기특히 여기며 사랑함.

71) 부모를 영화롭게 한다는 뜻으로, 과거에 급제하거나 처음으로 벼슬을 한 사람이 고향에 돌아와 부모를 찾아뵙는 것을 이르는 말.

72) 경사로운 일이 있을 때에 조상의 산소에 가서 무덤을 깨끗이 하고 제사를 지내는 일.

73) 날마다 쓰는 물품이나 그릇붙이.

74) 몹시 절절하고 급함.

75) 죽었든지 살았든지 간에.

76) 시름에 싸인 기색.

77) 부모를 영화롭게 하는 효도.

儣⁷⁹⁾하와 자연 그러하여이다."

상서 부처 그 뜻을 짐작하고,

"현부가 죽은가 하여 그리하는다?"

학사 부복 왈,

"어이 그러하오리까."

부인이 소 왈,

"네 뜻을 알고 데려다가 부중에 두었으니 근심치 말라."

학사 의혹하여 공수拱手⁸⁰⁾ 대 왈,

"어찌 천부賤婦⁸¹⁾를 위하여 이우貽憂⁸²⁾를 끼치리까. 풍한風寒에 촉상觸傷⁸³⁾하와 신기身氣 불평함이니이다."

부인이 시녀를 불러 소저더러,

"학사를 구호하라."

하니, 소저 안에서 나오니, 학사 이 말을 듣고 심사 산란하더니 눈을 들어 보매, 이는 곧 숙낭자라. 반가움을 이기지 못하여 거지擧止⁸⁴⁾ 당황하니 소저 나직이 가로되,

"군자가 일찍 청운青雲에 족답足踏⁸⁵⁾하사 영광이 무비無比⁸⁶⁾하오니 치하하나이다."

학사가 대 왈,

"요행 득의得意하니 문호의 경사요 그대를 위하여 조운모월朝雲暮月⁸⁷⁾에 간장肝腸을 사르다가 오는 길에 이화정에 다다라 보니 인적은커녕 개도 없으매 비월飛越한 심사心思⁸⁸⁾를 정치 못하더니, 이제 서로 만나니 무슨 한이 있으리오."

소저 염용斂容 대 왈,

"군자 행역에 곤비하였으니 구고舅姑⁸⁹⁾께서, '침소에 편히 쉬라.' 하신즉 조리하실까 하

---

78) 부모를 기쁘게 하는 도리.

79) 나그네로 다니니 괴롭고 고단함.

80) 공경하는 뜻을 보이기 위하여 왼손을 오른손 위에 놓고 두 손을 마주 잡음.

81) 천한 안해. 자신을 낮추는 말.

82) 남에게 걱정을 끼침.

83) 찬 기운이 몸에 닿아 병이 듦.

84) 행동거지.

85) 청운은 벼슬길이고 족답은 발로 밟음이니, 청운에 족답한다 함은 벼슬길에 오르게 됨.

86) 비길 데가 없음.

87) 아침의 구름과 저녁의 달.

88) 정신이 아뜩아뜩 날아나거나 오락가락하는 생각.

89) 시아버지와 시어머니.

나이다."

학사 기꺼 옥수를 잡고 봉루당에 들어가, 피차 사모하던 정이 탐탐耽耽[90]하고, 할미 상사를 치위致慰[91]하니, 소저 왈,

"첩의 비회는 첩첩하오나 오늘은 즐기는 날이니 이후에 말씀하리다."

학사 옷을 고치고 한가지로 정당에 나아오니, 상서 부처 희불자승喜不自勝[92]하여 탄상歎賞하시고 상하 칭찬함을 마지아니하더라.

명일에 인리 친척을 모아 잔치를 배설하여 즐기고, 우명일又明日[93]에 여 복야僕射 부중에 이르러 잔치할새 부인이 또한 기꺼 제부인을 청하여 즐기며 숙 낭자의 일을 좌중에 설파說罷[94]하니, 다 기특히 여기고 자닝히[95] 여겨 칭찬함을 마지아니하더라.

일일은 학사 부친께 문안하니, 상서 왈,

"소부를 슬하에 두고 보니 백사百事 영리하여 자못 사랑하나, 그 내력을 몰라 타인이 미천한 데 취娶한다 하여 시비 날 듯하고 저적에 양왕이 구혼하매 허하였더니 네 현부를 취하였으매 중지하였더니, 네 이미 입신立身하였은지라, 다시 성친함을 재촉하면 어찌하리오?"

학사 부복 대 왈,

"이는 소자가 좋도록 하올 것이니 대인은 염려 마옵소서."

인하여 행장을 차려 경사京師로 향할새 부모께 하직 왈,

"소자 몸을 나라에 허하오매 슬하를 떠나오니 어찌 마음이 편하리꼬."

침소에 이르러 소저를 이별하여 가로되,

"그대로 말미암아 적년積年[96] 심사를 허비하고 이제 서로 만나 좌석이 덥지 못하여 떠나니 심사 울울하나, 사세事勢 마지못하여 가니, 그대는 시봉감지侍奉甘旨[97]를 극진히 하여 나의 바라는 바를 저버리지 마소서."

소저 염용 대 왈,

"남아 입신하매 사군지일事君之日은 다多하고 사친지일事親之日은 소소하다[98] 하오니,

---

90) 몹시 즐거움.

91) 위로하는 말을 함.

92) 몹시 기뻐 어찌할 바를 모름.

93) 또 그다음 날. 다음다음 날.

94) 이야기나 설명을 끝냄.

95) '자닝하다'는 불쌍하고 애처로워 차마 보기 어렵다는 말.

96) 여러 해.

97) 웃어른을 잘 모시고 받들며 좋은 음식으로 봉양함.

구고舅姑 시봉侍奉은 첩이 스스로 하올 것이니 군자는 갈충보국竭忠報國[99]하사 유방백세流芳百世[100]하실 따름이오니, 어찌 아녀자를 결연缺然하여 일신 영위一身榮位와 문호경사門戶慶事[101]를 돌아보지 아니하리꼬."

학사 그 숙덕현행淑德賢行[102]을 탄복하고 경사로 향하더라.

차시 양왕이 위공께 혼인을 재촉하니, 상서 이미 허락한 일이라 막지 못하여 학사로 처단하라 하니, 학사 수명하고 장차 거절하기로 사량思量[103]하더니 형초 지경에 이르러 본즉, 한재旱災[104] 심하여 백성이 기근을 이기지 못하여 양민이 모여 도적이 되니, 상上이 근심하사,

"현재賢才[105]를 구하라."

하시니, 학사 주 왈,

"인심이 산란함은 세황歲荒한 시절[106]을 당하와 수령이 어질지 못하와 백성을 무휼撫恤치 아니하오매 기근을 이기지 못하여 난을 짓사오니, 신이 비록 무재 박덕無才薄德[107]하오나 형초를 진무鎭撫[108]하여 백성을 안보하고 성상 근심을 덜리다."

상이 대희하사 즉시 학사로 형주 자사刺史를 하여,

"급히 발정發程하라"

하시니, 학사 사은하고 본부에 돌아와 하직할새 부모 반겨 왈,

"남아가 입신하면 충즉진명忠則盡命[109]하나니 마땅히 백성을 사랑하고 정사를 부지런히 하여 인군의 바라시는 뜻을 저버리지 말라."

학사 대 왈,

"이번 행도行道[110]는 천은을 갚삽고 아래로 양왕의 혼인을 거절코자 하나이다."

---

98) 남자가 벼슬길에 나아가면 임금을 섬기는 날은 많고 부모를 모시는 날은 적다.

99) 충성을 다하여 나랏일에 힘씀.

100) 아름다운 이름을 길이 남김.

101) 제 한 몸의 영예로움과 집안의 경사로움.

102) 어진 덕과 행실.

103) 생각하여 헤아림.

104) 가물 피해.

105) 어질고 능력 있는 인재.

106) 흉년이 든 시절.

107) 재주 없고 덕도 모자람.

108) 백성들을 진정시키고 달래는 일.

109) 충성은 목숨을 다 바쳐야 함.

110) 가는 길.

하고, 봉루당에 가 부인을 작별 왈,

"내 몸이 나라에 허하여 험지에 부임하게 되니 이친지정離親之情[111]이 간절하고 부인이 마저 내려오면 봉친지절奉親之節[112]이 난감하도다."

부인 왈,

"이러므로 예로부터 '충효쌍전忠孝雙全[113]'함이 어렵다.' 하오니 상공은 물념勿念하소서[114]. 첩이 내려가면 가는 길에 은혜 갚을 곳이 많으니 어찌하리꼬."

자사 왈,

"이는 다 부인 임의로 하려니와 나의 심회를 위로하소서."

언필言畢에[115] 행함이 총총怱怱하매 작별하고, 위의를 휘동麾動[116]하여 형주에 이르러 부임하고, 좌기를 열어 관속官屬[117]을 점고點考[118]할새, 사람의 얼굴을 보고 소리를 들어 선악을 밝히고 출척黜陟[119]을 실로 명백히 하고 상벌을 고르게 하며 창곡倉穀을 열어 기민 饑民을 진휼振恤하고[120] 어진 말씀으로 교유敎諭하여 정사 일신一新하니, 도적들이 신관 이 도임하매 저희를 다 죽일 줄로 알고 혹 도망코자 하며 혹 작란作亂코자 하더니, 문득 자 사의 교유하는 말을 들은즉 무비無非 인덕仁德[121]이라. 도적이 교유에 열복悅服[122]하여 스 스로 죄하고 물러가 농업을 힘쓰니, 자사 친히 순행巡行하여 손수 쟁기를 잡아 권농勸農하 고 백성을 보는 대로 효제충신지도를 교유하니, 일삭지내一朔之內에 형주 지경이 격양가 擊壤歌[123]를 불러 즐김이 이루 측량치 못할러라.

이때 본부에서 학사를 험지에 보내고 사념함을 마지아니하더니, 이 소식을 듣고 대희하 여 소저를 불러 이르되,

"당초 형주 소식을 들으매 내행內行[124] 보냄을 염려하였더니, 이제 들으매 아자 부임한

---

111) 부모 곁을 떠나는 심정.

112) 부모를 모시는 예절.

113) 충성과 효도를 둘 다 원만히 함.

114) 염려 마소서.

115) 말을 그침에. 말을 마침에.

116) 지휘하여 움직임. 위엄을 부림.

117) 관청에 소속된 아전들과 하인들을 통틀어 이르는 말.

118) 관가의 명단과 해당 인원을 점을 찍어 가며 하나하나 대조하고 확인하는 것.

119) 못된 벼슬아치를 내쫓고 어진 이를 올리어 씀.

120) 굶주린 백성들을 구제하고.

121) 어질고 덕스럽지 않은 것이 없음.

122) 기쁜 마음으로 따르고 복종함.

123) 땅을 두드리며 부르는 노래라는 뜻으로, 풍년이 들어 태평스러움을 즐기는 노래.

124) 여자가 길을 가는 것.

후로 열읍列邑[125]이 요천순일堯天舜日[126]이 되다 하니, 이제 다른 염려 없으니 현부는 수이 행하여 아자의 울적한 심사를 위로하라."

소저 수명하고 즉시 행리行李[127]를 차릴새, 제전을 차려 할미 분묘에 하직하려 하니 청삽사리가 따라가 제물을 다 먹고 앉거늘 소저 그 등을 어루만져 왈,

"네 비록 짐승이나 내 너곳 아니면 벌써 죽었으리니 은혜를 무엇으로 갚으리오."

하고 석사昔事를 생각하여 슬픔을 정치 못하더니 그 개가 흙을 발로 긁거늘 자세 보니 글자를 썼으되,

슬프다! 인연이 진盡하니 나는 여기서 영 이별하나이다.

하였거늘, 부인이 대경하여 경계 왈,

"내 너로 더불어 한가지로 고초를 겪다가 내 이제 귀히 되니 네 은혜를 갚고자 하거늘 이제 이별을 하니 비회를 정키 어렵도다."

그 개 할미 분묘를 가리키며 부인을 돌아보고 한소리를 크게 우니 그 소리 우레 같더라. 문득 흑운黑雲이 그 개를 두르더니 이윽고 구름이 거두며 개가 간데없으니, 부인이 유유悠悠한 누수淚水[128]를 뿌려 차탄 왈,

"과연 비상한 짐승이로다."

개 앉았던 곳에 의복과 관곽을 갖추어 묻고 제문 지어 제하고 통곡하니 산천초목이 다 슬퍼하는 듯하고 보는 사람들이 다 기특히 여기더라.

제를 파하고 부중에 돌아와 구고께 하직하고 발행發行[129]할새, 구고 결연함을 마지않아 옥수를 잡고 원로에 보중함을 당부하더라.

자사 부인이 행중行中[130]에 분부 왈,

"지나는 곳에 설제設祭[131]할 데 많으니 제전을 갖추어 대후待候[132]하고 지나는 곳마다 지명地名을 아뢰어라."

하니, 하리下吏 청령聽令[133]하고 행하여 노전蘆田에 이르러 지명을 아뢴대, 부인이 화덕진

---

125) 모든 고을.
126) 태평세월을 이르는 말. 중국 고대 전설에서 상상적인 군주들인 요, 순의 시절이라는 뜻.
127) 길 떠날 때 꾸리는 짐.
128) 하염없이 흐르는 눈물.
129) 길을 떠남.
130) 일행 가운데.
131) 제사를 지냄.
132) 윗사람의 분부를 기다림.

군을 생각하고 제문 지어 제하더니, 제파祭罷[134]에 보니 잔에 술이 없고 계란만 한 구슬이 담겼거늘 거두어 간수하고, 행하여 한 곳에 이르러 지명을 아뢰거늘,

부인 왈,

"표진이 어데뇨?"

하리 고하되,

"이 물은 양진이니 표진을 연련連하였나이다."

하고,

"멀기는 천여 리나 하나이다."

부인 왈,

"연즉 수로로 감이 어떠하뇨?"

하리 아뢰되,

"예서 표진을 가려 하오면 여러 강을 건너 길이 가장 험하오니 육로로 행함이 마땅하니 이다."

부인이 가장 서운히 여기나 하리의 폐를 아니 보지 못하여 바로 행코자 하더니, 문득 광 풍이 대작하며 배 가기를 일주야一晝夜[135]를 정처 없이 행하니, 제인이 망극하여 죽기만 대후하더니, 바람이 자고 물결이 잔잔하거늘 지명을 물으니, '표진'이라 하매, 제인이 크 게 놀라고 의심하여 이르되,

"양진서 표진이 천여 리어늘 어찌 일일지내에 왔는고?"

하며 괴이히 여기더라.

부인이 들으니 청아한 옥저 소리 나거늘 눈을 들어 보니 두 선녀 연엽주를 타고 오며 노 래 불러 왈,

"석년 오늘 이 물에 와 숙 낭자를 만나더니 금년 오늘 숙 부인을 만나도다. 모로미(모름 지기) 묻지 말라."

하고 지나가니, 간 곳이 없는지라, 부인이 크게 괴이히 여기더라.

제인이 기갈飢渴을 이기지 못하여 쌀을 씻어 솥에 담고 노전에서 얻은 구슬을 담아 두 니, 쌀이 절로 익어 밥이 되니 못다 먹어 사례하여 부인을 '신인神人'이라 하더라.

이는 부인이 의사로 기갈을 구함이러라.

또 행할새 부인이,

"장 승상 댁으로 하처下處[136]를 정하라."

---

133) 명령을 들음.

134) 제사를 마침.

135) 만 하루.

136) 길 가다가 묵는 집. 사처.

하니, 하리 승명하고 장 승상 대으로 나아가니 부성富盛한 위의威儀[137] 측량없더라.

부인이 후당에서 밤을 지낼새 일몽을 얻으니, 자기 몸이 날아 내당에 들어가니 한 화상이 벽에 걸리었고 진수성찬을 벌였거늘 약간 하저下箸[138]하고 돌아왔더니, 명조明朝에 승상 부인이 자사 부인을 청하여 서로 보고 찬선饌膳[139]을 들어 권하거늘 부인이 먹으니, 승상 부인이 가로되,

"존가尊家 누지에 임하시니 광채光彩 배승倍勝[140]하오나 마침 일이 있사와 즉시 청치 못하였사오니 미안하여이다. 부인은 누인陋人[141]의 무례함을 용서하소서."

부인이 답 왈,

"하룻밤 숙소하러 왔더니 정부인은 무슨 참경을 보시나이까. 거야에 참절慘絶[142]한 곡성을 듣사오니 첩의 심사를 정치 못하온지라 존부인의 대접을 당치 못할까 하나이다."

장 부인 왈,

"간밤이 죽은 딸의 대기大朞[143]라. 너무 지원至冤하여 곡성이 처량턴가 하나이다."

부인 왈,

"영녀令女[144]의 나이 얼마나 되었나이까?"

장 부인 왈,

"십오 세에 나갔으니 슬퍼하나이다."

자사 부인 왈,

"첩의 동갑이로소이다."

또 문 왈,

"숙향이 나갈 제 사향의 참소를 면치 못하고 나갔다 하오니 그 시녀 그저 있나니이까?"

장 부인이 그 말을 듣고 대경 왈,

"부인이 어찌 숙향을 아시나이까?"

숙 부인 왈,

"자연 아나이다."

장 부인이 눈물을 드리워 가로되,

---

137) 부유하고 성대한 위의.
138) 젓가락을 댄다는 뜻으로, 음식을 먹음을 이르는 말.
139) 음식.
140) 밝은 빛이 곱절이나 더함.
141) 자기를 낮추어 이르는 말.
142) 몹시 슬픔.
143) 죽은 지 두 돌 만에 지내는 제사 또는 그 제삿날. 대상.
144) 따님. 상대자를 높이는 말.

"부인의 아는 곡절을 이르소서."

숙 부인이 대 왈,

"수족자를 파는 것이 있어 아니이다."

장 부인이 경아하여 왈,

"그러면 족자를 보사이다."

부인이 좌우로,

"족자를 가져오라."

하여 벽상에 거니, 승상이 부인으로 더불어 동산에서 숙향을 안고 들어가는 일과 승상 양위 영춘당에서 저녁 까치를 만나 근심하던 일과 악명을 듣고 부인 앞에서 자결하려던 일을 역력히 그렸는지라.

장 부인이 일견에 방성대곡放聲大哭[145]하니, 자사 부인이 위로 왈,

"그림을 보시고 이리하시니 불안하여이다."

장 부인 왈,

"왕사往事[146]를 역력히 다 알았으니 은휘隱諱[147]할 바가 있으리오."

하고 전후사연을 다 이르고 설워하니 자사 부인이 이르되,

"친생지녀親生之女[148]라도 죽은 후는 하릴없거늘 남의 자식을 이렇듯 잊지 못하시니이까? 숙향이 비록 죽었으나 감사하리로소이다."

부인이 이르되,

"그 족자를 파소서. 내 비록 자식이 없으나 숙향이 살았거든 주려 하고 황금과 채단을 두었더니 이제 뉘를 주리오. 이것을 드릴 것이니 그 족자를 주옵소서."

하니, 자사 부인 대 왈,

"존택에 숙향의 화상이 있다 하오니 구경코자 하나이다."

장 부인 왈,

"노신老身[149]의 침소에 걸어 두었으니 들어가 보소서."

인하여 한가지로 들어가니 과연 자기 아이 적 모양이 호발毫髮도[150] 다름이 없는지라. 화상을 벽상에 걸고 청사靑紗[151]로 기울이고 상탁에 온갖 음식을 생시같이 벌였거늘, 자사

---

145) 목 놓아 몹시 욺.

146) 지나간 일.

147) 꺼리어서 숨기거나 감춤.

148) 친딸.

149) 늙은이. 자기를 낮추어 이르는 말.

150) 털끝만큼도.

151) 푸른 빛깔의 비단 천.

부인이 감은각골感恩刻骨[152]하여 슬픔이 극極한지라.

　슬픔을 강잉强仍[153]하여 가로되,

　"부인이 숙향을 저렇듯 못 잊어하시니, 첩이 비록 곱지 못하오나 숙 낭자와 어떠하니이꼬?"

하며 화관을 벗고 화상 곁에 서니, 모두 보고 놀라 왈,

　"화상이 변하여 부인이 되었느냐, 부인이 변하여 화상이 되었느냐? 진실로 괴이하고 이상하도다."

　장 부인은 눈물만 흘리고 슬퍼하는지라. 자사 부인이 그제야 부인께 재배하고 가로되,

　"첩이 과연 당년 숙향이로소이다. 가군家君이 형주 자사로 도임하매 소녀 임소에 가는지라, 부인께 뵈옵고 당년 은혜를 사례코자 이르렀삽더니, 부인이 소첩을 이때까지 잊지 아니사 이렇듯 권념眷念[154]하시니, 그 은혜는 차세此世[155]에 다 갚지 못하리로소이다."

　부인이 자사 부인의 말을 듣고,

　"꿈이냐 생시냐? 나를 희롱하여 속이느냐?"

　아무리 할 줄 모르거늘 자사 부인이 붙들어 위로 왈,

　"어찌 꿈이리까. 정신을 수습하사 적년 그리던 회포를 펴사이다."

하고 자기 침당을 가리켜 왈,

　"소녀 그때 나갈 제 혈서를 창전窓前에 쓴 줄 보아 계시니이까?"

　부인이 그제야 깨닫고 통곡한대, 위로 왈,

　"첩이 사향의 구축驅逐을 만나 귀댁을 떠날 때에 어찌 오늘날 슬하에 뵈올 줄 알리오."

하고, 인하여 선녀 구함을 입었더니 화재를 만나 화덕진군이 구하여 살아나고 천태산 마고선녀 만난 사연을 설화說話할 즈음에, 마침 승상이 이 말을 듣고 미처 신을 신지 못하고 들어와 통곡하니, 숙 부인이 재배하여 눈물을 머금고 위로하는지라.

　숙 부인이 승상 양위를 모셔 잔치할새 승상 양위께 고 왈,

　"빈한고락貧寒苦樂이 상반相反하온지라. 소녀 금일은 뫼시고 같이 즐기리다."

하고 즉시 시녀를 명하여,

　"나의 행장에 큰 농 봉한 것을 드리라."

하여,

　"승상 양위의 의복을 가져오라."

하여 드리니 자기 근로하여 지은 것이더라.

---

152) 은혜가 고마워 뼈에 새김.

153) 억지로 참음.

154) 돌보며 생각함.

155) 이 세상, 곧 죽기 전.

근처 제부인을 청하고 삼 일 잔치하여 크게 즐기니, 모두 칭찬 왈,

"승상이 비록 자녀 없으나 이 영화는 십자十子를 부러 아니하리로다."

하고, 원근에 환성이 진동하더라.

숙 부인이 일삭을 머물러 승상 양위를 뫼셔 하도 즐겨 하다가 하직하고 갈새,

"형주가 멀지 아니하매 자사에게 고하고 거마를 차려 오리이다."

승상 부처 새로이 이별하매 슬퍼하더라.

자사 부인이 장부를 떠나 장사 땅에 이르니 뫼(산)이 기이하고 사슴과 잔나비와 황새, 오작烏鵲이 무리 지어 진 치고 사람을 피치 아니하거늘, 부인께 고 왈,

"저 짐승이 사람을 피치 아니하오니 궁노弓弩[156]를 발하여 쏘아 잡아지이다."

부인이 명하여 말리고, 장사 본관本官을 분부하여 쌀 닷 섬을 가져다가 밥을 지어 놓고 골 어귀에 수레를 머무르고 부인이 친히 경계하니, 그 짐승이 일시에 밥을 먹고 다 흩어지니, 일행 제인이 비상함을 일컫더라.

이때 부인이 생각하되,

'이제 내 전일 은혜를 다 갚았으나 다만 부모를 만나지 못함이 한이로다.'

하고 가장 비창悲愴하여 하더라.

한 곳에 다다라 하리下吏 고하되,

"이곳은 계양 땅이로소이다."

부인이 대열大悅하여,

"전일 할미 이별할 제 계양 태수 김전이 나의 부친이라 하더니 이제 여기 이르렀으니 가히 부친을 만나리로다."

행거行車를 재촉하여 계양 태수 있는 곳에 다다르는, 계양 태수 나와 부인을 영접하거늘, 부인이 그 성명을 물으니 '유뢰'라 하거늘, 부인이 대경 왈,

"내 전에 들으니 계양 태수는 김전이라 하더니 이제 성명이 다르니 또 계양이 있느냐?"

하리 고 왈,

"이 땅 백성에게 들으니 갈려 간 태수 김전이러니, 백성을 어질게 진무하기로 송성頌聲[157]이 훤자喧藉[158]하매 벼슬을 돋우어 양양 태수를 하고 유 태수로 교대했다 하나이다."

부인이 가장 서운하여 문 왈,

"예서 양양이 얼마나 하뇨?"

하리 대 왈,

---

156) 활과 쇠뇌.

157) 공덕을 칭송하여 말하는 소리.

158) 뭇사람의 입으로 퍼져 떠들썩하고 와자함.

"삼백 리니이다."

부인이 우문 왈,

"형주 가는 길이냐?"

하리 대 왈,

"그리 가면 많이 도나이다."

부인이 그리 가고자 하나 하리의 폐를 보아 그저 가나 결연缺然함을 마지아니하더라.

선시先是에[159] 김전이 낙양 영으로 숙향을 죽이지 아니한 연고로 위공이 계양으로 옮겼더니, 이선이 자사로 도임하고 각 읍에 순행하여 수령의 선불선善不善을 살펴 혹 파직도 하고 혹 승차陞差[160]도 하더니, 김전이 정사 명백하여 백성을 무휼撫恤하니 송성이 흰자하매 승직陞職하여 양양을 하이니(하게 하니) 양양은 형주 버금이라. 위의 장려하여 자사와 다르지 않을러라.

일일은 김전이 자사를 보고 돌아오더니 반하 물가에 이르러 한 노옹이 바위 위에 누웠으매 하리下吏 등이 잡아 내려 치죄治罪[161]하려 하거늘, 태수 보니 범인이 아니라. 하리를 분부하여 물리치고 나아가 읍하고 공경한대 그 노옹이 본 체 않거늘 태수가 가장 의혹하여 생각하되,

'내 벼슬이 높고 삼천 병마를 거느렸으니 위의 있거늘 심상한 사람이면 감히 만모慢侮[162] 치 못할 것으로되 이렇듯 거만하니 비상한 사람이로다.'

하고,

"아무려나 종말을 보리라."

하고 공수 배례拱手拜禮 하니, 노옹이 알은체 아니 하고 한 발을 들어 자기 다리 위에 얹고 팔을 베고 쓰러지거늘, 태수 더욱 공경하여 공수시립拱手恃立하니 노옹 왈,

"네 길이나 갈 것이지 너더러 절하라더냐?"

공이 공경 대 왈,

"지나는 행객이나 노인 행색을 공경하여 절함이니이다."

"네 나를 공경할진대 멀리서 절할 바라. 네 사위 덕에 그만 벼슬을 얻어 하였다고 어른을 능모凌侮[163]하여 잡말을 하는다?"

공이 노하여 가로되,

---

159) 이에 앞서.

160) 윗자리 벼슬로 오름.

161) 죄를 다스림.

162) 거만한 태도로 남을 깔보고 업신여김.

163) 교만하고 건방진 태도로 업신여김.

"노인을 공경하거늘, 도리어 사위 덕에 벼슬하였다 하니 내 본디 자녀 없거늘 사위가 어이 있으리오?"

노인이 대소 왈,

"숙향은 하늘로서(하늘에서) 떨어지고 땅으로서 솟았느냐? 숙향이 어데서 났느뇨?"

김전이 숙향 두 자를 듣고 다시 재배 왈,

"소자가 실례하였사오니 죄를 사하소서."

노옹이 그제야 노색怒色을 풀거늘, 공이 다시 고 왈,

"소자가 전생에 죄악이 지중하와 무자하더니 늦게야 숙향을 얻어 장중보옥같이 사랑하다가 난중에 잃어 지금 존망을 모르더니, 노옹은 숙향의 간 곳을 아시거든 가르치소서."

노옹 왈,

"숙향의 잠깐 있는 곳을 알거니와 배고프니 말하기 싫도다."

공이 행중의 다과를 내어 드린대, 종시 부족하여 하거늘, 공이 하인을 명하여,

"주점에 가 주찬을 갖추어 오라."

하니, 노옹 왈,

"하리 가져오면 하리 정성이니 하리의 자식 간 곳을 물으려 하느냐?"

공이 차언을 듣고 친히 주점에 나와 주찬을 많이 갖다 드리니 노옹이 사양치 아니하고 다 먹거늘, 그제야 숙향의 거처를 물으니,

"술이 취하였으매 이르지 못하나 진정 알고자 하거든 하리下吏 추종騶從[164]을 다 보내고 너만 떨어져 있어 알고 가라."

공이 이에 하리를 보내고 홀로 섰더니, 문득 급한 비 오니 공의 허리에 물이 지나는지라. 공이 움직이지 않고 섰더니 이윽고 비 그친 후, 대풍이 일어나며 눈이 담아 붓는 듯하니 거의 어깨 묻히되 또 움직이지 아니하고 섰더니 옷이 다 얼음이 되어 장차 죽게 되었더니, 노옹이 그제야 잠을 깨어 보고 이르되,

"그대의 하는 양을 보니 과연 정성이 지극하도다."

하고 소매로서(소매에서) 붉은 부채를 내어 공을 향하여 부치니 눈이 다 녹고 여름이 되어 더운지라.

공이 다시 절하고 문 왈,

"숙향의 간 곳을 가리켜 흉금을 시원케 하소서."

노옹 왈,

"이르려니와 숙향이 여러 곳에 갔으니 네 능히 찾을까?"

공이 왈,

"아무려나 이르시면 쇠신이 다 닳도록 찾아보리다."

---

164) 상전을 따라다니는 하인이나 종.

노옹 왈,

"그대 반야산 바위틈에 버려 도적이 업어다가 데리고 가니라."

공이 문 왈,

"그러면 도적의 집이 어데니이꼬?"

노옹 왈,

"도적이 데려다가 마을에 두고 가 청조靑鳥와 금작金鵲[165]이 데려가고 또 후토부인이 데려갔으니 게 가 물어보라."

공이 차악嗟愕[166] 왈,

"연즉 죽었도소이다."

노옹 왈,

"후토부인이 백록白鹿을 태워 장 승상 집 동산에 두어 그 집이 무자無子하여 양녀로 기른다 하니 그곳에 가 물어보라."

공이 왈,

"그리로 가 찾으리까?"

노옹 왈,

"내 또 들으니 그 집 시녀 사향이 숙향을 모해하여 내치니 갈 곳이 없어 표진 용궁으로 가려 하여 물에 빠지니라."

공이 놀라 왈,

"연즉 죽도소이다. 찾으려 하오나 용궁은 수부水府라 어찌 찾으리꼬?"

노옹 왈,

"또 들었노라. 채련하는 아이들이 구하여 육지에 내놓으니 길을 그릇 들어 노전에 가 불타 죽다 하니 그 말이 옳으면 그곳은 육지라. 백골이나 찾아가라."

공 왈,

"백골이 지금 남았을 리 없고 또 화중 귀신이 되었으면 스러져 재 되었으리니 혼백인들 어데 가 보리까?"

노옹 왈,

"화덕진군이 구하여 냈으나 의복을 다 태우고 앞을 가리지 못하여 나무 밑에 숨었더니 마고할미 데려갔다 하니 게 가 자세히 찾아보라."

하니, 공이 왈,

"그럴진대 진심盡心하여 찾아보리니 마고할미 있는 곳을 자세히 가르치소서."

노옹 왈,

---

165) 금빛 까치.

166) 슬퍼서 몹시 놀람.

"내 들으니 인간에 두었다 하더라."

공이 대 왈,

"하늘 아래는 다 인간이라, 어데를 지향하리꼬? 지명을 자세히 가르치시면 찾으리이다."

노옹 왈,

"그대 자식을 찾으려 하는 뜻은 무슨 일고?"

공 왈,

"저를 늦게 얻어 사랑하는 마음을 펴지 못하여서 난중에 이별하니 서로 비회를 정치 못하옵더니, 천행으로 선생을 만나오니 종적을 자세히 가르치심을 천만 바라나이다."

노옹이 변색 왈,

"네 숙향을 저리 못 잊을진대 반야산 중에 버림은 무슨 일이며 또 찾기는 무슨 뜻고?"

공이 왈,

"도적에게 급하여 다 죽게 되었으매 마지못하여 버렸나이다."

노옹이 역노亦怒[167] 왈,

"그는 네 살기를 위하였거니와 낙양 옥중에서는 어찌 죽이려 하던다?"

공이 더욱 망극하여 왈,

"그때 이름과 나이는 같으나 인간 무지한 눈이 아득하여 깨닫지 못하였나이다."

노옹이 소 왈,

"이는 그대 불명不明함이 아니라 하늘이 정하심이라. 어찌 인력으로 할 바리오. 또 나는 과연 이 물 지킨 용왕이러니, 저적은 내 자식이 물 밖에 나아가 놀다가 어부에게 붙잡힌 바 되어 거의 죽게 되었더니 그대의 힘을 입어 살아났으매, 나도 자식을 위하여 그대의 은혜를 갚고자 하여 상제께 고하고 그대로 하여 숙향을 만날 길을 가르치리라 하였더니 그대 정성이 지극지 아니하였던들 찾지 못할러니라."

하더라.

"아래[168] 숙향의 궂기던[169] 일을 어찌 다 측량하리오. 비록 만나 보아도 그대 자식인 줄 알지 못할 것인 고로 그 소경사所經事[170]를 자세히 이르나 나의 말을 명심불망銘心不忘[171]하여 숙향을 만나는 날 그 궂기던 일을 물어 내 말과 같거든 그대 자식인 줄 알지어다."

김 공이 대희하여 일어 배사拜謝 왈,

---

167) 또다시 노여워함.

168) 저 먼저.

169) '궂기다'는 일에 헤살이 들거나 하여 잘되지 않는다는 뜻.

170) 지나온 일.

171) 마음에 새겨 두고 잊지 않음.

"노선老仙의 가르치심을 받자오니 지극 감사하거니와 이로 보건대 자사 부인이 숙향이 란 말씀이니이까?"

노옹 왈,

"자연 알 때 있으리니 어찌 천기天機를 미리 누설하리오."

문득 간데없거늘 공이 가장 괴이히 여겨 춘몽을 깬 듯한지라.

이에 아중衙中[172]으로 돌아와 부인더러 용왕의 말을 갖추 전하니 부인이 청파에 비한悲 恨[173]이 상반하여 앙천장탄仰天長歎[174] 왈,

"우리 생전에 숙향을 만나 보면 사무여한死無餘恨[175]이라. 이제 자사 부인이 돌아온다 하나 어찌 우리 자식이라 하리꼬마는 시험하여 물어보사이다."

비회를 금치 못하더라.

차시 숙 부인이 양양을 가고자 하나 사세 난처하여 정치 못하더니, 차야에 일몽을 얻으 니 할미 모든 앞에 와 이르되,

"부인이 이번에 부모를 찾지 못하면 십 년 후에야 만나리니 부디 차시를 허송치 마소 서."

한대, 부인이 크게 반겨 다시 묻고자 하더니 할미 문득 간데없거늘 놀라 깨달으니, 침상일 몽枕上一夢이라. 마음에 기특히 여겨 즉시 하리에게 분부하여 양양으로 갈새 고을마다 유 련留連[176]하여 실내室內[177]로 더불어 말씀하여 각별 살피더니, 양양 땅에 다다를새 김 공 이 실내더러 왈,

"자사 부인이 이 길로 돌아가니 반하 용왕의 말이 숙향이 자사 부인이 되어 오리라 하더 니 그 아니 숙향이 우리를 보려 하는가."

장 부인 왈,

"오늘 우리 꿈이 반드시 기쁜 일이 있으리라."

하고 시비를 보내어 자사의 근본을 탐지하더니, 장 승상의 딸이라 하거늘 김 태수 가장 서 운하여 하더니, 자사 부인이 가까이 온다 하거늘, 장 부인이 놀랍고 반가운 마음이 유동流 動[178]하여 중로에 사처하여 구경할새, 일만 갑사甲士 전차후옹前遮後擁하며[179] 칠보장렴

---

172) 관청의 안.
173) 슬픈 원한.
174) 하늘을 우러러 길이 탄식함.
175) 죽어도 한이 없음.
176) 머물러 묵음.
177) 남의 안해를 점잖게 이르는 말.
178) 이리저리 움직임.
179) 갑옷을 입은 병사들이 앞뒤로 보호하고 따르며.

七寶粧匲[180]한 시비 좌우에 옹위하였는데 정렬부인이 금덩[181]을 타고 들어오니, 장 부인이 보고 울며 왈,

"어떤 사람의 자식은 저리 귀히 되었는고? 숙향도 있던들 행여 저리될까?"

하고 슬퍼하더라. 부인이 객사에 들며 태수 실내께 말씀을 부리되[182],

"전에 뵈온 적이 없사오나 같은 부인이니 서로 보옴이 무방하온지라. 달밤이 심심하오니 말씀이나 하사이다."

장 씨 가장 기꺼 답 왈,

"내 먼저 문안할 것이로되 불감不敢[183]하와더니 지극 감사하여이다."

하고 즉시 나오니, 숙 부인이 화관을 쓰고 칠보단장에 교의에 앉았으니 백여 명 시녀 차례로 벌였으며 향내 진동하더라.

숙 부인이 교의에 내려 장 씨를 맞아 주홍 교의에 좌를 정하니, 장 씨 사양 왈,

"각 관 수령의 안해 감히 자사 부인과 대좌對坐하리까?"

정렬 왈,

"주객이 되어 어찌 벼슬 차례를 가리며 연기 존장尊丈[184]이시니 어찌 겸손하시리까?"

장 씨 그제야 교의에 앉고 문 왈,

"부인 연세 얼마나 하시니이까?"

답 왈,

"이십이로소이다."

장 씨 눈물을 무수히 흘리거늘 부인이 문 왈,

"어찌 연치를 묻고 이다지 슬퍼하시나이까?"

장 씨 답 왈,

"첩도 한 딸이 있더니 난리에 잃고 주야 슬퍼하나이다."

정렬이 이 말을 듣고 반갑고 슬픔이 겸발兼發[185]하여 눈물을 내려 이에 휘루揮淚[186] 왈,

"첩도 난중에 부모를 잃고 이제까지 만나지 못하였더니 부인이 또한 이러하시니 우리 부모도 첩을 생각하심이 또한 이러하시리니 인자정리人者情理[187]에 어찌 차마 견딜 바리

---

180) 온갖 보배로운 보석으로 몸을 단장함.

181) 금으로 장식한 가마.

182) 사람을 시켜 말을 전하되.

183) 감히 하지 못함.

184) 저보다 나이가 썩 많은 사람을 높여 이르는 말.

185) 겹쳐서 일어남.

186) 눈물을 뿌림.

187) 사람의 인정과 도리.

오."

하고 눈물을 뿌리거늘, 장 씨 우문 왈,

"부인이 부모를 실산失散하고 뉘 집에서 생장하였느뇨? 원컨대 듣고자 하나이다."

정렬이 염슬斂膝[188] 대 왈,

"첩이 오 세에 부모를 잃고 소경사所經事를 기록지 못하오나 그때 사슴이 업어다가 남군 땅 장 승상 집 동산에 두었더니 승상 부부 거두어 십 년 양육하였사오니 전사를 어찌 알리까."

부인이 청파에 그 말씀이 유리有理[189]함을 보고 마음에 가장 반가워 이에 좌를 가까이 하여 왈,

"첩이 또한 부인의 회포와 일반이니 피차에 비척悲慽한 심사[190]를 위로하사이다."

하고 잔을 잡아 정렬께 전하니 정렬이 잔을 잡을 제, 손에 옥지환 한 짝을 끼었거늘 장 씨 보니 숙향을 이별할 제 채워 보낸 지환 같거늘 놀라 문 왈,

"부인이 어데 가 저 옥지환을 얻어 계시니이까?"

대 왈,

"부모 첩을 이별할 제 옷고름에 채운 것이매 부모를 보듯이 항상 손에 끼나이다."

장 씨 그제야 정녕丁寧한[191] 숙향인 줄 알고 반가운 마음이야 오히려 진적眞的[192]지 못함이 있을 듯하여 시녀를 명하여,

"부중에 가 지환 든 상자를 가져오라."

하여 옥지환 한 짝을 내어 놓고 다만 눈물을 흘려 왈,

"태수 소시에 반하 용왕의 자子를 구하고 그 거북이 진주 둘을 주던 말이며 그 진주 속에 은은한 글자 있어 하나는 '목숨 수壽' 자 하나는 '복 복福' 자니 태수 첩에게 봉채封釵하였는지라. 어버이 보시고 보배라 하여 옥지환을 만들어 가졌더니, 늦게야 한 딸을 낳으니 기시其時[193]에 채운이 온 집을 둘러쌌는데 이향異香이 만실滿室하니 기이히 여겨 이름을 숙향이라 하고, 행여 단수短壽할까 생월일시를 써 금낭에 넣어 사랑함이 무비無比하더니, 오 세에 난을 만나매 우리 부부 피란할새 반야산에 이르러 도적이 급한지라 어찌할 길 없어 여아를 바위틈에 두고 갈새 옥지환 한 짝을 속옷 고름에 매고 잠깐 피하였다가, 도적이 멀리 간 후 다시 와 찾으니 딸의 종적이 없는지라, 주야 슬퍼하더니 저즈음

---

188) 무릎을 모아 몸을 단정히 함.

189) 이치에 맞음. 일리가 있음.

190) 슬픈 마음.

191) 틀림없는.

192) 사실 그대로 틀림없이 뚜렷함.

193) 그때.

께 가군家君이 길에서 한 노옹을 만나 여차여차 수작하였으니 가장 신기하기로 기록한 바러니, 금일 부인을 만나 우연히 지환을 보니 여아에 채운 바와 일호차착一毫差錯[194]이 없사온지라. 시고是故[195]로 자연 슬픔을 억제치 못하리로소이다."

하고 옥지환 한 짝과 기록한 것을 내어 놓으니, 정렬이 한번 보매 정신이 황홀하여 자기 생월일시 써 넣은 금낭을 내어 드리며 대성통곡에 혼절하니, 장 씨 대경하여 급히 붙들어 구호하며 그 적은 것을 자시 보니 태수의 글씨어늘 그제야 분명한 숙향인 줄 알고 궁굴며 통곡하니, 백여 명 시녀 이상히 여기고 모든 사람이 다 이 말 듣고 희한히 여기더라. 태수 이 말을 듣고 대경대회하여 희불자승喜不自勝하고 여취여광如醉如狂[196]하여 어찌할 줄 모르더라.

부인이 자사에게 사람을 부려 부모 만난 말을 기별하니, 자사 대회하여 즉시 위의를 차려 양양으로 와 김 공을 보고 형초 땅의 열읍 태수의 실내를 다 청하여 낙봉연樂逢宴을 배설하고 즐기니, 원근 사람이 칭찬 않는 이 없더라.

이적에 강릉 사람 양회 간의대부 벼슬을 하였더니 수유受由[197]를 받아 집에 왔다가 이 기별을 듣고 기특히 여겨 황성에 들어가 천자께 여쭈오니, 천자 공을 불러 물으신대 위공이 전후사연을 다 주달하니, 천자 가장 신기히 여기사 칭찬하여 왈,

"이선이 한번 형주 자사 되어 그런 도적이 다 화하여 양민이 되니 선은 일도 자사만 될 재목이 아니라 마땅히 천하를 다스릴 재주니 형주 자사로 오래 두지 못할 것이라."

하시고 김전으로 형주 자사를 하이시고(하게 하시고) 부르시니, 자사 김 공더러 왈,

"천자 내직內職[198]을 제수하시니 내 황성에 들어가 황상께 품하고 빙장聘丈[199]도 내직을 제수하여 속히 올라오시게 할 것이니 악장岳丈[200]은 아직 치민治民하옵소서."

하니, 태수 부부 숙향을 만난 지가 여러 날이 되지 못하여 또 이별하게 되니 섭섭한 정을 이기지 못하더라. 정렬은 머리를 싸고 누워 일지 아니하거늘, 김 상서 부부 위로하여 왈,

"우리 이리 귀히 되기는 다 너의 덕이니 너는 황성에 올라가 도모하여 우리를 수이 황성으로 올라가게 하라."

정렬이 울며 왈,

"비록 벼슬이 귀하오나 부모를 모셔 한데서 늙음만 같지 못하여이다."

---

194) 털끝만큼의 작은 차이나 어긋남.
195) 이런 까닭에.
196) 취한 듯하고 미친 듯함.
197) 말미를 받음. 또는 받은 말미. 휴가.
198) 지방이 아닌, 중앙의 벼슬자리.
199) 장인을 대접하여 이르는 말.
200) 장인의 예스러운 말.

하고 가장 슬퍼하니, 부모 위로하더라. 이에 하직하고 황성으로 가니라.

　이 자사 황성에 이르러 입궐入闕 숙배肅拜[201] 후 수일 지나매 상소하여 왈,

　"신이 아비로 동품同品이 되기 미안하오니 신의 벼슬을 갈아 치이다."

한대, 상이 비답批答[202] 왈,

　"나라에 위공만 한 이 없으니 위공의 벼슬을 더하여 위왕을 봉하고 김전으로 병부 상서를 하이고, 이선으로 초국공 대승상을 제수하라."

하시니, 위왕 부자 여러 번 돈수頓首[203] 사양하되 듣지 아니하시니 부득이 사은숙배한대, 황제 인견하시고 숙향 만난 사연을 물으신대, 초공[204]이 전후사연을 일일이 고하니 상이 칭찬하사 왈,

　"이는 다 경의 넓은 덕이로다. 짐이 또 경의 덕을 입고자 하나니 나라를 힘써 도우라."

하시니, 초공이 사은하고 남군 땅 승상 장송이 애매히 오래 금고禁錮[205]하였음을 주달하오니, 상이 장송을 서용敍用[206]하사 우승상을 하이시니, 장 승상 부인과 즉시 상경하여 정렬을 잡고 반겨 누수淚水 여우如雨하니 초공이 위로 왈,

　"양 대인은 모로미(모름지기) 과상過傷[207]치 마소서."

하고 이에 주찬을 내와 종일 즐길새, 정렬이 승상 양위와 부모를 만나매 반가움을 이기지 못하더라.

　초공이 이에 낙봉연을 다시 개설할새 조정 백료百寮[208]를 다 청하니 구름 같은 차일은 반공에 표표飄飄[209]하고 생소고악笙簫鼓樂[210]은 천지를 흔드는지라. 금수병장錦繡屛帳[211]과 기용집물器用什物[212]이 아니 갖춘 것이 없으니 장함이 천고에 가히 처음 될러라. 문무천관文武千官이 모두 서로 잔을 날라 치하할새 제객諸客이 몸을 일어 잔을 들고 상서께 하례하고 초공을 향하여 왈,

---

201) 대궐에 들어가 삼가 인사를 차림.
202) 신하의 상소에 임금이 내리는 답.
203) 머리가 땅에 닿도록 꾸벅이는 것.
204) 초국공 이선을 가리키는 말.
205) 죄 있다 하여 벼슬에 쓰지 않는 것.
206) 죄를 지어 벼슬에서 물러난 사람을 다시 등용함.
207) 지나치게 슬퍼함.
208) 모든 벼슬아치.
209) 바람에 가벼이 날아오름.
210) 생황, 통소, 장고 따위 악기를 불거나 튕기어 소리를 냄.
211) 비단에 수를 놓아 만든 병풍과 장막.
212) 늘 쓰는 그릇이나 물품.

"명공의 문장은 이미 아는 바이거니와 음률을 익히 아신다 하니 우리 취후醉後 높은 흥을 도와 아름다운 거문고를 한번 희롱함을 아끼지 마소서."

초공이 미처 답지 못하여 위왕이 흔연히 웃음을 띠어 초공을 돌아보아 왈,

"네 비록 음률이 소호小毫[213]하나 제공이 너를 사랑함으로써 오늘날 이런 좋은 잔치에 한번 듣고자 함이니 너는 사양치 말고 한번 시험하여 좌상座上 제객의 일시 웃음을 도우라."

초공이 부교父敎를 듣자오매 사양치 못할 줄 알고 이에 칠현금七絃琴을 내와 술상에 비껴 놓고 한 곡조를 타니, 기성其聲이 청아하여 단봉丹鳳[214]이 구소九霄[215]에 내림 같고 율성律聲이 신기하여 귀신이 느끼더라.

그 곡조에 가라사대,

인생은 초로草露 같고 공명은 부운浮雲이로다.
전생의 언약이 중함이여 이생에 만나기를 다하도다.
인연이 늦음이여 만고풍상萬古風霜이 일장춘몽이로다.
요지瑤池의 꿈을 이룸이여 평생 한을 이뤘도다.
성은이 융숭함이여 작위爵位 일신에 무겁도다.
충성을 다함이여 만분지일이나 갚사올까.

하였더라.

제인이 취흥이 새로워 그 율성의 청아함과 뜻이 신기함을 대찬하고 다만 위왕의 복록을 하례하더라. 이윽고 일모도혼日暮途昏[216]하매 제객이 각기 귀가할새 벽제辟除[217] 추종騶從이 십 리에 벌였더라.

초공이 이에 장 승상, 김 상서 집을 격린隔隣[218]에 짓고 각각 사이에 문을 두어 정렬이 삼양위 부모를 일체로 섬기더라.

화설話說, 양왕은 천자의 셋째 아우라. 다만 딸이 있으니 용모와 재질이 빼어나고 겸하여 시서詩書를 능통하니 시인時人[219]의 일컫는 바이라. 왕이 소저를 낳을 때 일몽을 얻으

---

213) 작은 터럭이라는 뜻으로, 아주 적음.
214) 털빛이 붉은 봉황새.
215) 높은 하늘.
216) 날이 저물어 길이 어두워짐.
217) 높은 벼슬아치가 나다닐 때 그 하인이 앞서 가면서 사람의 통행을 금하고 길을 내는 일.
218) 가까이 떨어져 이웃하여 있는 것 또는 그 이웃.

니, 한 선관이 매화 일지一枝를 주며 왈,

"이는 봉래산 설중매雪中梅니, 그대 이 매화를 오얏낡에 접하여야 지엽枝葉이 번성하리라."

하더니, 과연 그달부터 부인이 잉태하여 십 삭 만에 공주를 생생하니 이를 인하여 이름을 매향梅香이라 하고 자를 봉래선蓬萊仙이라 하다. 점점 자라매 비상하니 왕이 애중하여 택서擇婿[220]하기를 심상치 않더니, 우연히 이선을 한번 보매 대현군자大賢君子[221]인 줄 알고 구혼하매, 위왕이 허락하매 장차 기일을 택코자 하더니, 선이 다른 데 취처함을 듣고 대로하여 퇴혼退婚하려 하니, 공주 왈,

"충신忠臣은 불사이군不事二君이요, 열녀烈女는 불경이부不更二夫라 하니, 대인이 이미 이랑에게 허락하시고 이제 다른 데 구혼하시려 하시니, 소녀 차라리 불효를 끼쳐 몸이 마칠지언정 결단코 타문他門에 가지 않으리라."

양왕이 차언을 듣고 침음양구沈吟良久에[222] 왈,

"내 아들이 없고 다만 너뿐이라, 어진 사위를 얻어 후사를 의탁하고자 하거늘 네 여차하니 이 도시 노부의 박복한 탓이라."

하고 희호장탄唏呼長歎[223]하니, 공주 재배 왈,

"소녀 부모의 교령教令을 수화水火라도 불피不避하오나, 지어차사至於此事[224] 하와는 순종할 바 아니오니 그 죄 만사무석萬死無惜[225]이로소이다."

그 뜻을 도로혀지(돌이키지) 못할 줄 알고 가장 우민憂悶[226]하더니, 선이 벼슬이 초공에 이름을 보고 왕비 최 씨더러 왈,

"이제 이랑의 벼슬이 초국공에 이르고 위인이 특출하니 여아로 그 둘째 부인을 삼고자 하니 부인 뜻이 어떠하뇨?"

비妃 왈,

"저더러 물어보사이다."

하고 즉시 공주를 불러 이 말을 이르니, 공주 대 왈,

"타문에는 가지 아니하려 하매 초공의 차비次妃[227] 됨을 어찌 욕되다 하오리까."

---

219) 그 당시의 사람.

220) 사윗감을 고름.

221) 몹시 어질고 학식과 덕망이 높은 사람.

222) 아무 말 없이 한동안 있다가.

223) 슬피 한숨 쉬며 길이 탄식함.

224) 이 일에 이름.

225) 만 번 죽어도 아까울 것이 없음.

226) 근심하고 고민함.

왕 왈,

"연즉 위왕을 보고 다시 의논하리라."

명일 조회에 들어가 어전에서 위왕을 보고 왈,

"혼인을 이미 허하시고 타처에 하심은 어찜이니이꼬?"

왕이 참괴慙愧[228]하여 사 왈,

"나의 실약失約함은 낯 둘 곳이 없사오나 당초에 학생[229]이 경사에 올라온 사이에 맏아 이 선을 수양收養하였더니 소제의 결혼할 줄 모르고 타문에 혼인하였으니, 실로 학생의 한 바 아니로되 이제 발명무로發明無路[230]하여이다."

상上이 이 말을 들으시고 양왕더러 왈,

"이선의 일은 짐이 아는 바이니, 저의 불민함도 아니라 이는 천정天定함이니 다투지 말고 다른 데 구혼할지어다."

양왕이 고두叩頭 주 왈,

"성교聖敎 지당하시나 신녀臣女[231] 규중에서 늙을지언정 타문을 밟지 아니하려 하오니 가장 민망하여이다."

상이 칭찬하사 왈,

"경녀卿女[232]의 절행이 족히 고인에 내리지 않으리로다. 이제 선의 벼슬이 족히 두 부인을 두리니 경의 뜻에 어떠하뇨?"

양왕이 성교를 사은하고 위왕은 부복 주 왈,

"양왕지녀는 금지옥엽金枝玉葉이라. 선의 차위에 굴함이 불가不可하올지나 어찌 성교를 위월違越[233]하리까."

상이 가로되,

"짐이 이제 이선을 불러 결단하리라."

하시고 선을 패초牌招[234]하시니, 초공이 일정 양왕의 혼사인 줄 알고 칭병稱病하고 조현朝見[235]치 아니하니, 정렬이 문 왈,

---

227) 둘째 안해.

228) 몹시 부끄러워함.

229) 벼슬이 없는 선비를 이르는 말로, 여기서는 자기를 가리키는 말.

230) 잘못이 없음을 밝힐 길이 없음.

231) 제 딸. 신하가 임금더러 하는 말.

232) 경의 딸. 임금이 신하더러 하는 말.

233) 위반. 어김.

234) 승정원의 승지가 임금의 명령을 받아서 신하를 부르는 일. '명命' 자를 쓴 나무 패쪽에 부를 사람 이름을 써서 보낸다.

"황상이 명초命招[236]하시거늘 어찌 칭병하시나이까?"

초공 왈,

"상이 부르시매 양왕의 혼사 일절一切이라. 시고是故로 칭병稱病함이니다."

부인이 정색 왈,

"공이 비록 첩을 위함이나 신자臣子의 도리에 불가하여이다."

공 왈,

"기망欺罔[237]함이 불가한 줄 아나 어전에서 사혼辭婚[238]하면 죄를 면치 못할지라. 만일 그 여자를 취하여 불미지사不美之事[239] 있을진대 부인의 괴로움이 적지 않을 것이요, 하물며 이제 국척國戚[240]이라 위세를 빙자하여 가중을 탁란濁亂하면 오문吾門 청덕清德[241]이 이로조차 손상하리니 황송하나 거절함만 같지 못하니이다."

부인이 대 왈,

"그러나 불가함이 두 가지니, 하나는 군명을 거역함이 신자의 도리 아니요, 둘은 그 여자가 타문에 출가하지 아니하고 백 년을 독수공방하오면 그런 원한을 대장부 할 바 아니이다."

공이 마침내 듣지 아니하니, 사관이 돌아와 이대로 고한대, 상이 양왕더러 선의 유병有病함을 전하시니, 양왕이 초공의 칭탁함을 짐작하고 불승분한不勝憤恨[242]하여 장차 해할 뜻이 있더라.

이때에 황태후가 병을 얻으사 증세 괴이하여 귀먹고 말 못 하며 눈으로 또한 보지 못하시니, 만조滿朝 황황하고 상이 또한 우려하사 식음을 전폐하시더니, 일일은 한 도사가 바로 전상에 이르러 천자더러 왈,

"빈도貧道[243]는 운유雲遊[244]하는 도사러니 들은즉 황태후 병환이 중하시다 하매 약으로 치료코자 왔나이다."

하고 인하여 가로되,

---

235) 신하가 조정에 나아가 임금을 보는 일.
236) 임금의 명으로 신하를 부름.
237) 속임.
238) 혼인하기를 거절함.
239) 좋지 못한 일.
240) 임금의 친인척.
241) 우리 가문의 맑은 덕.
242) 분하고 한스러움을 이기지 못함.
243) 중이나 도사가 자기를 겸손하게 이르는 말.
244) 구름처럼 정처 없이 떠돌아다님.

"이 병이 침약鍼藥[245]으로는 능히 고치지 못하리니 봉래산 개언초開言草[246]를 얻어야 가히 말을 할 것이요, 동해 용왕의 계안주啓眼珠[247]를 얻어야 다시 만물을 볼 것이니 가히 어진 신하를 보내어 구하옵소서."

하고 문득 간데없거늘, 상이 또한 신기히 여겨 이에 조신朝臣을 모아 차사此事를 의논하실 새, 양왕이 주 왈,

"조정 신하 중 이선이 재주가 과인過人하오니 가히 보내옴 직하여이다."

상이 연기언然其言[248]하사 즉시 초공더러 왈,

"짐이 본래 경의 충성을 아는지라 한번 수고를 아끼지 말고 약을 얻어 올진대 짐이 마땅히 강산을 반분半分하여 은혜를 갚으리니, 경은 모로미 사양치 말지어다."

초공이 면관돈수免冠頓首[249] 주 왈,

"신이 몸을 국가에 허하오매 수화水火를 불피하옵고 사생을 돌아보지 않음이 신자의 직분이오니 충성을 다하여 구하오려니와 봉래산은 종남終南에 있삽고 동해는 수궁水宮이오니 가히 회환回還[250]함이 지속遲速[251]을 정치 못하리로소이다."

하고 이에 하직하고 집에 돌아오니, 위왕과 승상이 다 죽은 사람같이 슬퍼함을 마지아니하더라.

초공이 길이 바쁜 고로 이에 하직할새 수이 돌아옴을 고하고 물러 부인 침소에 돌아와 이별할새 초공 왈,

"나의 길이 회환을 기필期必[252]치 못할지라 부인은 나를 위하여 부모를 뫼셔 지성으로 받들어 나의 바람을 저버리지 마소서."

부인이 탄 왈,

"행도行道 비록 지향 없다 하시나 충성을 다하와 구하시면 천의天意 또한 무심치 않을 것이요, 구고舅姑 감지甘旨[253]는 첩의 직분이오니 조곰도 심두心頭[254]에 거리끼지 마시고, 돌아오실 날을 정치 못하오니 행로에 천만 보중하여 수이 회환하심을 축수하나이다."

---

245) 침과 약.

246) 말 못 하는 사람이 말할 수 있게 한다는 신기한 풀.

247) 소경이 눈 뜨게 한다는 신비한 구슬.

248) 그 말을 그럴듯이 여김.

249) 관을 벗고 머리를 땅에 닿도록 조아림.

250) 갔다가 돌아옴.

251) 더딤과 빠름.

252) 꼭 이루어지기를 기약함.

253) 시부모에게 맛난 음식을 해 올리며 모시는 일.

254) 생각하고 있는 마음.

하고 옥지환 한 짝을 주며 왈,

"이 진주가 누르거든 첩이 병든 줄 알고 검거든 죽은 줄로 아소서."

공이 받아 간수하며 왈,

"내 또한 표하나이다."

하고, 이에 북창 밖에 선 동백나무를 가리켜 왈,

"저 낡이 울거든 내 병든 줄 알고 가지가 무성하거든 내 무사히 돌아오는 줄 아소서."

즉시 작별할새, 부인이 한 봉 글을 주어 왈,

"나와 한가지로 있던 할미는 천태산에서 약 가음아는[255] 선녀라, 그를 찾아 이 글을 주소서."

하니 공이 즉시 작별하고 길을 떠나 남다히로(남쪽으로) 향하더니 배로 향할새, 십여 일 만에 대풍을 만나 배가 물속으로 출몰하매 선중이 다 두려하더니, 문득 물 가운데로서 한 짐승이 나오거늘 모두 보니 크기 산악 같고 눈이 뒤웅박만 하여 광채 불빛 같더라. 그 짐승이 소리 질러 왈,

"너희 어떠한 사람이완대 이 땅을 지나며 지세地稅도 아니 내고 당돌히 그저 지나고자 하는다?"

공이 대 왈,

"나는 중국 병부 상서 이선이러니, 황태후가 환후 중하시매 황명을 받자와 봉래산의 선약을 얻으러 가더니 마침 귀한 지방을 지나매 잠깐 길을 빌리라."

그 짐승이 이르되,

"잡말 말고 가져가는 보배를 내어 길세를 주고 가라."

하고 배를 잡아 엎치려 하거늘, 공이 망극하여 빌어 왈,

"가져가는 바 양식밖에 없노라."

하니, 그 짐승이 성내어 배를 흔들며 흉악을 부리거늘, 상서 애걸 왈,

"무엇을 달라 하고 이렇듯 하느뇨? 아무것도 줄 것이 없노라."

그 짐승 왈,

"네 몸에 가진 보배를 주어야 망정 그렇지 아니하면 이곳에서 목숨을 바치고 살아 돌아가지 못하리라."

상서 민망하여 부인이 이별할 제 주던 옥지환을 내어 주니 그것이 보고 대로 왈,

"이것이 동해 용왕의 계안주니 어데 가 얻어 왔느뇨?"

하고 배를 끌고 달아나니, 선중船中 사람과 상서가 망극하여 하더니 큰 궁전에 다다르니 그것이 배를 매고 그 뱃사람을 잡아들여 왈,

"모처에 순행하러 갔삽다가 동해 용왕 계안주 도적하여 가는 놈을 잡아 왔나이다."

---

255) 가마는. '가말다'는 '일을 헤아려 처리하다'는 뜻.

하고 옥지환을 들여보내매, 상서가 괴이히 여겨 어떠한 사람이 또 나올까 기다리더니, 이윽고 안으로조차 홍포 관대紅袍冠帶한 관원이 나와 상서를 대하여 문 왈,

"네 어떠한 사람이완대 수궁 보배를 도적하여 갔는다?"

상서 민망하여 대 왈,

"이는 나의 세전지보世傳之寶[256] 아니라, 내 황명을 받자와 선약을 구하러 가매 회환이 지속遲速 없는지라, 부인이 이로써 신물信物[257]을 삼은 바이니 나도 그 근본을 자세히 알지 못하노라."

야차夜叉[258]가 들어가 이대로 고한대 왕이 불승의아不勝疑訝[259]하여 이에 선관을 명하여 나아가 그 부인의 성명을 자세 알아 오라 하니라.

차시, 초공이 야차를 보낸 후 마음에 가장 우려하더니, 이윽고 홍포 선관이 물속으로 나오더니 상서를 보고 읍하여 왈,

"그대 옥지환이 부인의 준 바라 하니 그 부인이 뉘 딸이며 성명이 무엇이뇨?"

공이 왈,

"나의 부인은 낙양 김전의 딸이요 명은 숙향이요, 나는 낙양 북촌 이모의 아들 선이로라."

그 선관이 들어가 이대로 고하니 왕이 크게 깨달아 왈,

"내 잊었도다."

하고 즉시 위의를 갖추어 나올새, 훤화지성喧譁之聲[260]이 진동하더니 이윽고 한 왕자가 몸에 곤룡포를 입고 머리에 통천자금관通天紫金冠[261]을 쓰고 손에 백옥홀을 쥐었으니 위의 거룩하더라. 초공을 보고 예하거늘 공이 가장 송구하여 나아가 절하니, 왕이 붙들어 전殿에 올려 좌를 정한 후 왕이 사죄 왈,

"나는 이 물 지킨 용이러니 귀인이 이곳 지나심을 어찌 뜻하였으리오. 저적 나의 누이 부왕께 득죄하고 반하에 귀양 갔다가 어부에게 잡혀 거의 죽게 되었더니 김 상서 구하심을 입어 살아났사오니, 은혜를 갚을 길이 없기 진주로 보은함이니, 이는 수궁에 극한 보배라 '복 복福' 자를 사람이 가지면 오래 살 뿐 외라 죽은 몸에 얹어 두면 천 년이라도 살이 썩지 아니하는 보배니 상서祥瑞의 기운이 두우斗牛[262]에 쏘이는 고로, 소졸小卒[263]이 순

---

256) 대대로 전하는 보물.

257) 뒷날에 표적으로 삼기 위하여 주고받는 물건.

258) 모질고 사나운 귀신. 두억시니. 또는 불도를 수호하는 여덟 신장의 하나를 말하기도 함.

259) 의아하여 놀라 마지않음.

260) 와자지껄하며 떠드는 소리.

261) 왕이 쓰는 황금으로 만든 관의 한 가지.

262) 이십팔수 가운데서 두성과 우성.

행하다가 그 기운을 보고 그릇 존위를 놀라시게 하니 죄 크도소이다. 연然이나 황태후 병환에 봉래산으로 약을 구하러 가신다 하니 상거相距[264] 일만이천 리라 열두 나라를 지나느니 길이 가장 험할 뿐 아니라 약수弱水 가로졌으니 인간 배로는 건너기 어려울까 하나이다."

공이 놀라 왈,

"연즉 봉래산을 득달得達치 못하고 이선은 헛되이 죽을 따름이로소이다."

왕 왈,

"비록 그러하오나 천생天生 죄오니 인력으로 못 하려니와 너무 과려過慮[265]치 마소서."

하고 인하며 잔치를 벌여 관대寬待하더라.

밖으로서(밖에서) 한 소년이 들어와 앉거늘 왕이 문 왈,

"네 어이 온다?"

소년이 대 왈,

"선생께오서 이르시되, '네 공부는 이미 이뤘으나 내두來頭[266]에 태을의 힘을 얻어야 선로仙路에 막히지 않으리라. 이제 태을이 옥제께 득죄하고 인간에 적강謫降[267]하였더니 황명을 받아 봉래산으로 약을 구하러 가다가 필경 수부水府를 지날 것이니 네 편히 뫼셔 두고 오면 반드시 그 은혜를 타일 갚음이 있으리라.' 하기로 왔나이다."

왕이 대열大悅 왈,

"연즉 의복을 고쳐 선관의 맨드리[268]를 하고 나의 공문을 가지면 의심이 없으리라."

하더라.

소년이 공을 향하여 왈,

"소생은 수부 왕자러니 일광로日光老의 제자로 스승의 명을 받아 상공을 뫼시러 왔나이다."

초공이 대희하여 왕을 향하여 왈,

"데려온 사람은 어찌하리꼬?"

왕 왈,

"그 사람과 배는 도로 보내사이다."

하고 수신水神을 불러,

---

263) 대수롭지 아니한 졸병. 여기서는 이선을 잡아 온 수궁 병사를 이른다.

264) 떨어진 거리.

265) 너무 걱정함.

266) 다가올 앞날.

267) 신선이 하늘에서 죄를 짓고 인간 세상에 귀양살이를 내려오는 것.

268) 옷 입음새나 매만진 맵시.

"영거領去[269]하여 내어 보내라."

하니라.

공이 하직고 강변에 나오니 용자龍子[270] 벌써 나아가 표주瓢舟[271]를 가져 대후待候하였거늘, 공이 배에 오르니, 그 배 가는 새 없이 순식간에 아무 데로 간 줄 모를러라. 행하여 갈 새 용자 공더러 왈,

"공은 진세 속객塵世俗客[272]이라 임의로 선경을 왕래치 못하시리니, 이 길에 뭇 신령이 지켰으니 부왕의 공문을 빙자하려니와 소동의 하는 대로 하소서."

하고, 한 곳에 이르니 이는 회회국回回國[273]이라.

사람들이 다 바로 다니지 아니하고 돌아 다니더라. 또한 지킨 왕이 있으니 성명은 정성井星[274]이니 성미 심히 온순하더라. 용자 들어가 왕을 보고 부왕의 공문을 드리니 왕이 즉시 이름 두고 인印 쳐 주거늘[275], 용자 이 사연을 고한대 왕이 이에 나와 상서를 보고 반기되 상서는 공경할 뿐이러라.

용자龍子 하직고 행하더니 또 한 나라에 이르니, 이는 호밀국胡蜜國[276]이니 인민이 밥을 먹지 아니하고 꿀만 먹더라. 이 나라 왕의 성명은 필성畢星[277]이니 상세모 일선군의 후예러라. 용자 들어가 공문을 드리니 왕이 즉시 답인踏印[278]하여 주고 왈,

"그대 태을 데리고 가거니와 이 앞길이 가장 험하니 부디 조심하라. 우리는 천상 이십팔수二十八宿[279]로서 상제께 득죄하고 이 땅에 적거謫居[280]한지라. 이후에 수성水星을 만나면 가장 어려우리라."

용자 사례코 행하여 유구국流求國[281]에 이르니, 이 땅 사람들은 의관문물이 주옥과 같으나 누리고 비린 것을 아니 먹더라. 지킨 왕의 성은 기성箕星[282]이니 용자 들어가 공문을 드

---

269) 거느리고 감.

270) 용왕의 아들.

271) 표주박처럼 만든 작은 배.

272) 티끌세상의 작은 사람이라는 뜻으로 인간 세상의 나그네.

273) 아라비아 지방의 나라.

274) 별의 이름. 이십팔수의 하나.

275) 도장을 찍어 주거늘.

276) 중앙아시아에 있는 나라.

277) 별의 이름. 이십팔수의 하나.

278) 도장을 찍음.

279) 황도를 중심으로 동서남북에 일곱 개씩 돌려 있는 28개의 별자리.

280) 귀양살이를 하며 살고 있는 것 또는 그 귀양살이.

281) 중국 동남쪽에 있는 섬나라.

린대 왕 왈,

"이곳은 선경이라. 범인凡人이 임의로 출입치 못하거늘 어찌 잡인을 데리고 온다?"

하고 본 체도 아니 하거늘 용자 태을을 데리고 가는 사연을 고하니 왕이 소 왈,

"내 그대의 낯을 보아 죄를 사하노라."

하고 이름 두고 인 쳐 주거늘 용자 즉시 하직고 행하여 교지국交趾國[283]에 이르니, 그 땅 사람들은 오곡을 먹지 아니하고 차만 먹으니 몸이 날래거늘 이런고로 사람들이 다 짐승 같더라. 그러나 왕의 성명은 규성奎星[284]이니 본성이 사나워 타국 사람이 지경을 범하면 비록 아무 사람이라도 시비를 묻지 아니하고 치죄治罪하는지라.

용자 초공더러 왈,

"이곳이 가장 어려운 곳이니 수이 가지 못할까 하노라."

하고 이에 들어가 공문을 드리니, 왕 왈,

"봉래산은 영산靈山이라. 네 태을을 데리고 가거니와 제가 이미 인간의 적객謫客[285]이 되었거늘 어찌 이곳을 지나고자 하느뇨?"

하고 용자와 이선을 잡아다가 구리성에 넣으니 용자 초공을 보아 왈,

"이 선관이 본디 사나워 아무의 말을 듣지 아니하니 내 선생께 청할 것이니 잠깐 이곳에 계시소서."

하고 가만히 도망하여 일광노인 계신 데 가니, 문 왈,

"네 태을을 데리고 봉래산으로 아니 가고 어이 이곳에 온다?"

용자 규성의 일을 고하니, 광로 왈,

"그 왕이 본디 거북하니 내 아니 가면 구求치 못하리라."

하고 즉시 구름을 타고 오거늘, 용자 먼저 와 상서와 같이 있더니 일광로 규성을 와 보고 이르되,

"태을이 천상에 득죄하고 인간에 내려와 고초를 지내어 천상 죄를 속하고 봉래산의 약을 가지러 가더니 태을이 가는 길이 만일 지체할진대 황태후의 병을 구치 못할 것이니 즉시 놓으라."

규성 왈,

"그리하리라."

이선과 용자를 잡아내어 일광로의 청함을 이르고 답인하여 주거늘, 초공과 용자 사례하고 물러나와 강변에 이르러 배를 타고 행할새, 문득 물 가운데서 오색구름으로 탑을 무었

---

282) 별의 이름. 이십팔수의 하나.

283) 베트남에 있던 나라.

284) 별의 이름. 이십팔수의 하나.

285) 귀양살이하는 사람.

는데 그 위에 선관이 앉아 풍류하며 놀거늘, 용자 왈,

"동으로 앉은 이는 우리 사부시고 서으로 앉은 이는 규성이라."

하거늘 초공이 차탄嗟歎함을 마지아니한대, 용자 왈,

"우리도 오래지 아니하여 저러하리라."

하고 가더니, 한 곳에 이르니 이 나라 이름은 부회국富喜國[286]이니 사람들이 키가 열 자나 하고 짐승과 사람을 잘 잡아먹나니, 왕의 성은 진성軫星[287]이니 수성水星 중 말째[288] 별이라 하더라.

용자 초공더러 왈,

"내 답인踏印하러 성중에 가면 필연 이 땅 사람들이 공을 침노할 것이니 이 부작符作을 붙이소서."

하고 공문을 드리니, 왕이 즉시 명함 두고 인 쳐 주더라.

차시 초공이 용자를 보내고 관역館驛[289]에 머물더니 여러 사람들이 초공을 해코자 하거늘 초공이 민망하여 부작을 던지니, 문득 바람이 크게 일어나 물결이 뛰노니 그놈들이 물속에 들고 배는 바람에 빨리 달리니 걷잡지 못하여 가는 정처를 모르고 용자도 보지 못하매 가장 민망터니, 문득 물속에서 한 신선이 고래를 타고 술이 취하여 초공을 보고 왈,

"네 모양을 보니 신선도 아니요 속객도 아니요 용왕도 아니어늘 어데 가 완연히 용왕의 표주를 얻어 타고 어데를 가는다?"

초공 왈,

"나는 중국 병부 상서 초국공 이선이옵더니 황태후 병이 중하와 천자 나를 명하사 봉래산에 가 약을 구하라 가옵더니 바라건대 길을 가르치소서."

선관 왈,

"가소롭다. 그대 병부 상서라 하니 옛글을 보았는다? 삼신산三神山 십주十洲[290]란 말이 다 허무한지라. 진시황 한 무제도 마침내 밋지(미치지) 못하였거든 그대 어찌 봉래산으로 득달하리오?"

상서 답 왈,

"비록 그러나 군명을 받자왔으니 몰신沒身토록[291] 얻으려 하나이다."

선관 왈,

---

286) 가상의 나라인 듯.

287) 별의 이름. 이십팔수의 하나.

288) 순서에서 맨 마지막.

289) 길 가는 사람이 묵도록 만든 곳.

290) 신선들이 사는 산과 땅을 가리키는 말.

291) 죽을 때까지.

"나의 탄 고래 구만리장천을 순식간 왕래하되 봉래산은 보지 못하였으니 나와 한가지로 다님이 좋도다."

하고 배를 끌고 가며 온가지로써 조롱하며 행하더니 뒤에 한 선관이 파초선芭蕉船[292]을 타고 오며 불러 왈,

"적선아, 어데로 향하느냐?"

답 왈,

"이 손이 나더러 술집을 가르치라 보내니 내 끌려가노라."

선관이 소 왈,

"가장 좋도다."

하고 공을 향하여 왈,

"그대 돈이나 많이 가졌는다?"

초공이 대 왈,

"나는 천자의 명으로 봉래산에 약을 구하러 가거늘 이 선관이 잡고 놓지 않으매 민망하여이다."

그 선관이 소 왈,

"그대 저 선관을 모르는다? 당 현종 시절의 한림학사 이태백李太白이라, 이제 취토록 먹고자 하니 술값이나 가져왔는가?"

상서 왈,

"몸에 푼전이 없으니 어찌하리오?"

적선 왈,

"네 가진 옥지환이 술값은 족하리라."

하고 배를 끌고 가더니 멀리 들으니 옥저 소리 나거늘, 적선 왈,

"이 아니 여동빈의 저 소린가? 우리 따라가 보자."

하고 급히 좇아가니, 한 선관이 칠현금을 물 위에 띄우고 그 위에서 저를 불다가 왈,

"반갑다, 태을아. 인간재미 어떠하뇨?"

초공이 대 왈,

"진세 속객이 어찌 선관을 알리오. 길이 바쁜데 놓지 않으니 민망하여이다."

적선이 소 왈,

"이 손이 저의 안해 주던 옥지환을 팔아 나를 술 사 먹이마 하고 종일 끌고 다니되 술은 사 먹이지 아니하니 가장 분하도다."

동빈이 소 왈,

"너희 서로 끌려 다닌다 하니 까마귀의 암과 수를 알지 못하리로다."

---

292) 파초 잎으로 무은 배.

하고 웃더니, 문득 한 선녀 연엽주에 술을 싣고 오거늘, 동빈이 문 왈,

"그대 어데로서 나오뇨?"

대 왈,

"두목지 선생이 벗을 보려 하고 옥화주玉華洲[293]로 가실새 그리로 가나이다."

왕자 윤 왈,

"일정 태을을 보려 함이로다."

적선이 손을 들어 가리켜 왈,

"오는 배 그 배 아닌가?"

하고, 모두 보니 한 선관이 소요관逍遙冠[294]을 쓰고 자색 학창의鶴氅衣[295]를 입고 일엽주를 바삐 저어 오며 초공을 향하여 왈,

"반갑도다, 태을아. 인간재미 어떠하뇨? 우리 술이나 먹자."

하고 서로 권하더니 공중에서 청의동자 내려와 고 왈,

"안기安期 선생[296]께서 사부님들을 직녀궁으로 청하더이다."

동빈 왈,

"태을을 어찌하리오?"

두목지 왈,

"장건張騫[297]이 나의 학을 바꾸어 타고 봉래산으로 갔으니 내 궁장弓匠을 데려다 두고 학을 타고 좇아가리다."

모두 기꺼 초공을 향하여 왈,

"우리 이제 이별하니 섭섭하거니와 미구未久에 다시 만나보리라."

하거늘, 두목지 초공을 데리고 가니 한 곳에 이르러 큰 산이 하늘에 닿았고 상서의 구름이 어리었거늘, 두목지 공더러 왈,

"이 산이 봉래산이니 구류선拘留仙을 찾아 약을 구하라."

하고 하직고 가거늘 상서 들어갈새, 산천을 완상玩賞하며 차탄嗟歎 왈,

"이태백의 시에, '삼산三山은 반락청천외半落靑天外요 이수중분백로주二水中分白鷺洲[298]라.' 하였더니 짐짓 허언이 아니로다."

하고 수리數里를 가더니, 용자 문득 이에 와 기다리거늘, 공이 놀라 그 연고를 물으니 대

---

293) 가상의 고장.

294) 도사들이 머리에 쓰는 것.

295) 소매를 넓게 만들고 가장자리를 검은 천으로 두른 웃옷. 학처럼 보인다.

296) 안기생. 중국의 신선으로, 바닷가에서 참외만큼 큰 대추를 먹고 천 살 넘도록 오래 살면서 약을 팔았다고 한다.

297) 중국 한나라 때 사람. 한 무제의 명으로 서역에 사신으로 가게 되어, 비단길을 개척하였다.

왈,

"나는 상서의 간 곳을 몰라 방황하더니 마침 이적선을 만나매 두목지를 데리고 봉래산으로 갔다 하기로 이에 와 기다린 지 오래도다."

상서 왈,

"그 선관 둘에게 보채인 바가 이로 측량없노라."

용자 소 왈,

"그 선관이 다 전생의 벗인 고로 반가워 희롱함이라. 만일 그 선관들을 만나지 못하였던들 어찌 이곳을 득달하리오."

하고 점점 나아가더니, 한 곳에 다다라는 큰 바위 하늘에 닿았거늘, 용자 초공을 업고 그런 험지를 순식간에 올라와 내려놓고 왈,

"나는 도로 배에 가 기다릴 것이니 약을 얻어 가지고 배로 오르소서."

초공 왈,

"약을 비록 얻으나 어찌 내려가리오?"

용자 왈,

"도로 올 제는 자연 쉬울 것이니 근심 마소서."

하고 가거늘, 상서 홀로 한 높은 뫼로 올라가니 한 백발노인이 검은 소를 타고 오다가 문 왈,

"그대 어떤 사람인다?"

초공이 재배 왈,

"나는 중국 병부 상서 초국공 이선이옵더니 구류선을 찾나이다."

노공 왈,

"저 침향나무 밑에 들어가면 높은 바위 위에서 바둑을 두니 게 가 물어보라."

하거늘, 초공이 대회하여 그 밑으로 가더니 과연 선관들이 앉아 바둑을 두거늘, 초공이 나아가 복알伏謁[299]하니, 선관 왈,

"그대 어떤 사람이완데 감히 이곳에 들어오느뇨?"

공이 재배 왈,

"인간 병부 상서옵더니 구류선을 뵈오려 왔나이다."

청의 선관 왈,

"그대 구류선을 보아 무엇 하려 하는다?"

대 왈,

---

298) 세 산은 푸른 하늘 밖에 반쯤 솟아 있고 두 줄기 강물은 나뉘어 백로주로 흐른다. 이백의 '등금릉봉황대登金陵鳳凰臺' 속 구절.

299) 높은 사람 앞에 엎드려서 뵙는 일.

"황후 병환이 중하사 황명을 받자와 약을 얻어 가려 하나이다."

홍의 선관 왈,

"구류선을 보려 하거든 저 상봉으로 올라가라. 불연즉不然則 못 보리라."

상서 왈,

"황태후 환후 중하시옵고 신자 군명을 지체치 못하리니 수이 얻어 가게 하소서."

선관 왈,

"우리는 약을 모르노라."

상서 민망하여 하더니, 문득 청학 탄 선관이 오며 왈,

"그대를 만나 구정舊情을 폈느냐?"

하고 인하여 공의 손을 잡고 왈,

"그대 인간재미 어떠하며 설중매를 만나 본다?"

공 왈,

"인간 고행할 뿐 외라. 전생 일을 다시 보지 못하든 설중매를 어찌 알리꼬?"

선관이 소 왈,

"천상 일을 다 잊었도다."

하고 즉시 동자로 차를 부어 권하니 공이 받아먹으매, 그제야 자기 천상 태을진군으로서 득죄한 일과 봉래산에서 놀다가 능허선凌虛仙의 딸 설중매로 부처夫妻 되었던 일이며 문득 선관이 자기 수하로서 지내던 바 어제 같거늘 공이 탄 왈,

"내 홀연 득죄하니 여차 고행이 자심滋甚하거늘 그대 등은 다 무고하니 다행하거니와, 설중매는 어데 있느뇨?"

선관 왈,

"능허선 부부는 인간 이부 상서 김전이요, 설중매는 양왕의 딸이 되었으니 장차 그대 둘째 부인이 되리라."

공이 길이 한숨짓고 문 왈,

"능허선 설중매는 무슨 죄로 인간에 내려가며, 소아는 김전의 딸이 되고 설중매는 양왕의 딸이 되게 함은 어찜이니이꼬?"

선관이 답 왈,

"능허선 부부는 방장산方丈山에 구경 갔다가 상제께 귤 진상을 더디 한 일로 인간에 귀양 가되, 그대 전생 소아를 위하여 설중매를 흠모하던 줄 보고 항상 소아를 원망하더니, 전생 원수로 후생의 부처 되어 서로 간장을 썩이게 하고[300], 설중매는 상제께 득죄한 일은 없으되 부모와 그대 인간에 내려갔으매 보려 하고 약수에 빠져 죽었으니 후생에 귀히 되어 양왕의 딸이 되었는지라."

---

300) 이 대목이 뜻이 잘 통하지 않아서, 현대말로 고쳐 쓸 때는 다른 판본을 참고하였다.

상서 왈,

"내 양왕의 혼사를 거절코자 하다가 이 고행을 만나니 죽어도 혼인을 말려 하였더니 하늘이 정하신 일이니 도망치 못하리로다."

하고 인간 일을 잊었더라.

선관 왈,

"그대 돌아갈 때 늦었으니 이 약을 가지고 가서 말을 말라."

하고 세 가지 약을 주거늘, 상서 문 왈,

"이 약 이름이 무엇이뇨?"

답 왈,

"저 소용[301]에 든 물은 환혼수還魂水요, 저 누른 것은 개언초開言草요, 저 약은 우화환羽化丸[302]이라. 이제 돌아가면 황태후 벌써 승하昇遐하였을 것이니 그대 가져온 옥지환을 태후 주검에 얹어 두면 다 썩은 살 이내 살 것이니 그 소용의 물을 입에 칠하라. 혼백이 돌아와 살아나거든 개언초를 먹이면 말을 하리라."

공이 또 문 왈,

"이 약을 어데 쓰리까?"

선관이 답 왈,

"그대 감추었다가 나이 칠십이면 칠월七月 망일望日에 소아와 하나씩 먹으라."

하고 또 차를 권하거늘 먹으니, 그제야 용자 기다리는 줄 깨달아 하직하고 용자 있는 곳에 오니, 용자 공을 업고 순식간에 남해 용궁에 오니 왕이 맞아 잔치하여 즐길새, 공 왈,

"용왕의 덕분에 봉래산을 무사히 다녀왔거니와 또 천태산을 가르치소서."

용왕 왈,

"천태산은 속히 가시라."

하고 즉시 용자를 불러,

"상서를 뫼시고 수이 행하라."

하니, 용자 수명受命하고 한가지로 배를 타고 한 곳에 이르러는 배에 내려 왈,

"이 산이 천태산이니 약을 구할 터이면 마고선녀를 만나야 쉬우리다."

공이 응낙고 홀로 산중으로 가더니 한 시내를 만나매 가장 깊은지라, 정히 방황하더니 문득 동쪽으로서 한 동자 사슴을 타고 오거늘 공이 반겨 길을 묻고자 하더니 그 동자 사슴을 채쳐 나는 듯이 지나거늘, 공이 미처 묻지 못하고 그 가는 곳을 바라고 가더니, 소나무 아래 한 노옹이 해어진 누비옷을 입고 석상에 걸터앉았거늘, 공이 진전 재배進前再拜[303]

---

301) 길쭉하고 자그마한 병.

302) 환혼수는 죽은 이의 혼이 돌아오는 물약, 개언초는 말문을 틔어 주는 약초, 우화환은 날개를 달아 주는 환약.

왈,

　"소자는 중국 병부 상서 초국공 이선이옵더니 황명을 받자와 약을 구하라 왔삽더니 심히 배고프고 갈 길을 모르오니 인가를 가르치시면 기갈을 면하고 또 마고선녀의 집을 가르쳐 주시면 약을 얻어 갈까 하나이다."

　노옹 왈,

　"심산 궁항深山窮巷[304]에 인가가 어이 있으며 내 이에 있은 지 오만 년이로되 마고선녀란 말은 금시초문이로다."

하고 일어나거늘, 공이 다시 묻고자 할 즈음에 홀연 간데없거늘 공이 하릴없어 방황하더니 또 한 노옹이 석장錫杖[305]을 짚고 오거늘, 공이 나아가 절하고 마고선녀의 집을 물으니, 답왈,

　"무슨 일로 찾느뇨?"

　공이 이에 약 얻으러 온 사연을 자세 고한대, 노옹 왈,

　"이리로서 한 물만 지나면 옥포동이 있나니 게 가 찾아보라."

　공 왈,

　"물이 깊으니 건너가지 못할까 하나이다."

　노옹이 짚었던 석장을 던지니 변하여 다리 되거늘, 이에 사례코 건너가니 노옹이 문득 간데없고 공중에서 외어 왈,

　"나는 대성사 부처러니 그대에 길을 가르쳤노라."

하거늘, 공이 공중을 향하여 무수 사례하고 가더니, 문득 한 노옹이 암상巖上에 앉았거늘 공이 절하고 옥포동 길을 물으니 노옹이 답씀지 않고 길이 노래를 부르며 눕거늘, 공이 가장 민망하여 하더니, 한 선녀 청학을 타고 손에 천도天桃[306]를 들고 오거늘, 공이 공손히 예하고 옥포동을 물으니, 선녀 황망히 답례 왈,

　"낭군은 뉘시며 옥포동을 물으시니 무엇 하려 하느뇨?"

　"마고선녀를 찾아 약을 구코자 하나이다."

　선녀 왈,

　"연즉 공자 길을 잘못 들어 계시도다. 내 이 산중에 있은 지 오래되 천태산 마고선녀를 보지 못하였나이다."

　상서 대경大驚 왈,

　"연즉 이 산 이름은 무엇이라 하느뇨?"

---

303) 앞에 나아가 두 번 절함.
304) 깊은 산 궁벽한 촌.
305) 주석 고리가 달린 지팡이. 흔히 중들이 짚고 다님.
306) 하늘에서 나는 복숭아.

선녀 답 왈,

"이 산 이름은 옥포산이요 골 이름은 천태동이어니와 날이 이미 저물었으니 내 집에 가 머물러 명일 찾으소서."

공이 따라가니 좌우에 기화이초奇花異草 난만하여 이향異香이 촉비觸鼻[307]하고 선가의 청방青尨이 도원桃園에서 짖더라. 선녀 상서를 인도하여 집에 들어가니 집이 크지 아니하나 가장 정결터라.

공이 할미를 따라 들어가니 할미 공을 청하여 왈,

"내 집이 과부의 집이러니 손님 대접할 사람이 없어 내 손수 대접하니 허물치 마소서."

공이 좌정하니, 황금 교의交椅[308]를 동서로 놓고 좌를 동편 교의로 청한대, 상서가 굳이 사양하니 할미 노怒 왈,

"공자가 내 말을 듣지 아니하시니 나도 공자의 가실 길을 가르치지 아니하리로다."

하거늘, 공이 민망하여 교의에 오르니, 할미 시녀로 팔진미를 권하니 이화정 할미 집 음식 같더라. 내심에 의혹하여 문 왈,

"이제 천태산이 어데니이까?"

할미 왈,

"나도 금시초문이니 수고로이 헛길을 가지 말라. 내 말을 좇으면 유익할까 하나이다."

상서 왈,

"좇을 만하면 좇으리다."

할미 기꺼 왈,

"나도 명산에 있을 뿐 아니라 명사名士의 안해 되어 가장 영화로이 지내더니, 남편이 득죄하여 이 땅에 귀양 올새 인하여 장부 기세棄世[309]하매 어린 딸로 더불어 돌아갈 길이 없어 인하여 이곳에서 사옵더니, 여아가 바야흐로 장성하매 그 배우配偶를 정치 못하여 저의 난심 훼절亂心毀節[310]로 일월을 공송空送[311]함을 탄식하는 바이러니, 천행으로 그대를 만나니 짐짓 대군자라. 그대는 위태한 길을 가지 말고 나의 백 년 아름다운 손[312]이 되어 진세 인사人事를 잊음이 어떠하뇨?"

공이 공경 대 왈,

"그 말씀이 마땅하오나 이미 군명이 있으니 몰신토록 다니다가 구치 못하면 차라리 죽어

---

307) 기이한 향기가 코를 찌름.

308) 황금으로 된 의자.

309) 세상을 버림. 죽음.

310) 마음을 어지럽히고 절개를 잃음.

311) 부질없이 보냄. 헛되이 보냄.

312) 언제나 어려운 손님 맞듯 대접한다 하여, '사위'를 이르는 말.

도 불충지귀不忠之鬼 되지 않으리다."

선녀 왈,

"그대 말이 정대正大하나 그는 불통不通한 말이라. 속담에 왈, '죽은 정승이 산 개만 못하다.' 하니 무슨 일로 남을 위하여 고초만 하다가 비명원사非命冤死[313]하리오. 내 비록 빈곤하나 노비가 삼천여 구요 전답이 수천 결結이니 족히 군굅지 아니리라."

상서 군이 사양하고 가장 민망하더니 이윽고 산공야정山空野靜하고 만뢰구적萬籟俱寂한지라[314].

선녀 즉시 시녀를 명하여 협실을 소쇄하고 공을 뫼서,

"편히 쉬라."

하니, 공이 협실에서 차야를 지내고 명조에 보니 집이 문득 간데없고 몸이 시냇가에 누웠는지라. 불승황홀不勝恍惚하여 반상半晌 후 일어나 고국을 생각하고 글을 지어 읊고 길을 찾아 수십 보를 행하더니, 한 노구老嫗[315]가 광주리를 옆에 끼고 길가에서 나물을 캐거늘 공이 나아가 절하고 천태산을 묻되 왈,

"넘어오던 산이라."

하거늘, 옥포동을 물으니, 이 골이라 하는지라, 공이 대희하여 우문 왈,

"연즉, 마고선녀는 어데 있나니이까?"

노구가 답 왈,

"내 눈이 어두워 몰라보니 그대 뉘시니이까? 내 마고선녀로소이다."

공이 크게 반겨 두 번 절하고 왈,

"나는 낙양 북촌 이선이러니 노선을 찾아 약을 구코자 왔거니와 어찌 나를 몰라보시나이까?"

노구가 반겨 왈,

"실로 그러하시니이까. 서로 떠난 지 오래고 또 나이 많아 선망후실先忘後失[316]하여 생각지 못함이로다."

하고 왈,

"연즉, 숙 낭자 무양無恙[317]하시니이까?"

공이 이에 부인의 글을 전하니, 할미 소 왈,

"내 이제 그대를 취맥取脈[318]함이라."

---

313) 제명이 아닌 때에 원통하게 죽음.
314) 산은 텅 비고 들은 고요하여 아무 소리 없이 아주 적막한지라.
315) 늙은 할머니.
316) 모든 일을 잘 잊어버림.
317) 몸에 병이나 탈이 없음.

하고 글 보기를 맞고(마치고) 반겨함을 마지않고 왈,

"내 공자를 위하여 이 약을 얻어 기다린 지 오래도다."

하고 이에 약을 주며 왈,

"구정을 펴고자 하나 어제 숙 낭자를 만나 들으니 황태후 승하하시다 하니 빨리 돌아가소서."

공이 받아 가지고 사례코자 하더니, 문득 간데없는지라.

공중을 향하여 무수사례하고 길을 찾아 강가에 나오니 용자 표주를 가져 맞거늘 서로 반길새, 용자 왈,

"내 공을 보내고 서해 용궁에 가니 숙모 이르시되 내게 계안주 있더니 김 상서의 은혜를 갚노라 드리고, 저적에 정렬부인이 표진물에 와 제하거늘 정 표할 것이 없어 술잔에 담아 받자왔는지라 하니 벌써 상공 댁에 갔더이다. 상공은 급히 돌아가소서. 지금 황태후 붕崩319)하시다 하더이다."

하고 공을 청하여 배에 올리고,

"눈을 감으라."

하거늘, 공이 황황망극하여 배에 올라 눈을 감으니 이윽하여 한 곳에 이르러 눈을 떠 보매, 벌써 장안성長安城 밖 십 리에 경하라는 물가이러라.

공이 대희하여 용자를 이별하고 황성에 들어오니 황제 즉시 인견引見하시니 공이 들어가 복지伏地하여 즉시 돌아오지 못함을 청죄하니, 천자 위로하시고 약을 드려 시험하실새, 먼저 옥지환을 신체 위에 얹으니 상한 살이 산 사람의 살 같고, 입에 환혼수를 드리오니 가슴에 숨기 있으되 말을 못 하거늘, 입에 개언초를 넣으니 이윽고 말하거늘, 또 계안주를 가져 태후께 드려 눈을 세 번 문지르매 만물을 보시는지라.

천자와 백관이 모두 기꺼하며 상이 이에 공의 손을 잡고 반기사 왈,

"경이 이 약을 어찌 구하뇨? 그 고생함을 가히 알리로다."

공이 전후수말前後首末을 고하니 상이 칭찬 왈,

"석昔에 진시황과 한 무제의 위엄으로도 능히 얻지 못하였거늘 경이 이제 선약을 구하여 황태후를 재생하시게 하니 이는 불세지공不世之功320)이라 어찌 그 공을 갚으며 어찌 한시나 잊으리오. 마땅히 천하를 반분하리라."

공이 부복俯伏 주 왈,

"주욕신사主辱臣死321)라 하오니 어찌 여차 과도하사 미신微臣322)으로 하여금 후세에 역

---

318) 남의 동정을 살핌. 떠봄.
319) 왕이나 왕비가 죽음을 이르는 말.
320) 세상에 다시없는 큰 공로.

명역名[323]을 면치 못하게 하시나니이꼬. 복원伏願 성상은 살피소서."

하고 머리를 두드려 피 흐르는지라.

상이 그 뜻이 굳음을 보시고 장히 여기사 이에 초왕을 봉하시고 김전으로 좌승상을 하이시고 공을 다 갚지 못함을 한탄하시니, 부득이 사은 퇴조謝恩退朝[324]하여 부중에 돌아오매 부모와 승상 부처며 김 승상 부처와 정렬부인이며 가중 상하 죽었던 사람을 다시 본 듯하여 큰 잔치를 배설하니, 천자 들으시고 어악御樂을 보내사 기구 도우시더라.

정렬부인이 초왕더러 왈,

"동백 가지 날로 쇠진하거늘 즉시 돌아오지 못하실까 매일 염려하옵기로, 대신 박명한 목숨이 진盡하기로 천지께 축수하와 구차한 목숨을 보전하여 기약을 바라옵더니, 일일은 꿈에 마고할미 와 이르되, '부인이 상서를 보려 하거든 나를 좇아가자.' 하거늘, 한 산골로 들어가니 한 궁전이 있거늘, 상서를 만나서 이리이리 이르고 왔더이다. 상서 아무리 양왕의 딸을 사양하셔도 이미 하늘이 정하신 배필이니 아니치 못하리라."

하니, 왕이 천태산 선녀의 집에 갔던 일을 이르고 양왕의 딸이 김전의 딸로서 전에 제 부인이 되었던 줄 이르니, 정렬부인이 더욱 혼인을 권하더라.

양왕이 위왕을 보고 혼인을 또 청하니, 왕이 탄식 왈,

"결단코 그 뜻을 저버리지 않으리다."

하고 돌아와 초왕을 대하여 수말을 권하니, 초왕이 또한 천정天定임을 헤아리고 즉시 선관들의 말을 고하니 왕과 가중이 모두 희한히 여기더라. 위왕이 이에 양왕에게 통혼하여 택일 성례하니, 천자가 들으시고 대희하사 숙향으로 정렬 왕비를 봉하시고 매향으로 정숙 왕비를 봉하시니 혼가渾家[325]가 천은을 사례하고, 공주는 김 승상 부부를 부모같이 섬기고 정렬은 양왕 부부를 친부모같이 대접하더라.

삼위 부부 화락하여 정렬은 이자 일녀를 두고 정숙은 삼자 이녀를 두어 한결같이 다 소년등과少年登科하여 벼슬이 높고 자손이 번성하며, 정렬의 장자는 태자태부 겸 병부 상서로 있고, 여아는 태자비 되고, 차자는 정서대도독으로 오원주천이란 땅에 가 오랑캐를 치려 하여 적병을 무수히 죽일새, 그중 한 도적을 죽이려 하니 창검이 들지 아니하고 맨 것이 절로 끌러지며 일시에 활로 쏘니 혹 화살이 넘으며 혹 떨어져 맞지 아니하고 맞아도 상치 아니하니 도독이 괴이히 여겨 심중에 혜오되,

---

321) 임금이 욕을 보게 되면 그 신하는 죽어야 한다.

322) 변변치 못한 신하.

323) 역적의 이름.

324) 왕의 은혜에 사례하고 조정에서 물러나옴.

325) 온 집안.

"내 일정 애매한 사람을 죽이려 하여 하늘이 도움이 있어 이러하도다."

하고 인의仁義로 항복받아, 일절 상하지 아니하고 종을 삼아 데리고 부중에 돌아와 부모께 그 사연을 자세히 고하니, 초왕 부부 또한 신기히 여겨 가중에 두고 가장 친근히 부리더니, 그해 상원일上元日[326]에 초왕이 모든 가정 노복을 불러 전정前庭에서 씨름을 붙이더니 그 오랑캐가 가장 용력이 있어 여러 사람을 지우니[327], 초왕이 칭찬하거늘, 정렬이 자세히 보니, 그놈이 반야산에서 보던 도적 같거늘, 즉시 자기 가진 바 족자를 내어 보니, 자기 오 세 적에 반야산에서 울 때에 업어다가 마을에 두던 사람과 방불彷彿한지라. 즉시 왕을 청하여 족자를 뵈고 밖의 사람을 가리키니 호발毫髮도 틀림이 없는지라. 초왕이 가장 신기히 여겨 이에 기인其人더러 문 왈,

"전일 반야산에서 사람을 구함이 있느냐?"

기인이 대 왈,

"과연 그때 한 계집아이 부모를 잃고 돌틈에서 울거늘 다른 도적이 죽이고자 하옵기, 소졸이 그 아이 상을 보오니 가장 비범하온지라, 이에 유곡촌에 두고 왔나이다."

왕이 이 말을 듣고 대회하여 부인께 소유所由[328]를 전하니 왕비 크게 반겨 기인을 불러 그때 은혜를 이르고 성명을 물으니, 답 왈,

"소졸은 신비해로소이다."

왕비 즉시 금은을 후상厚賞하고 왕과 제자 등도 또한 많이 상사賞賜하니라.

초왕이 차사此事를 상께 주달奏達하온대 천자가 기특히 여기사 평서장군 진서 태수를 하이사,

"모든 도적을 진정하라."

하시니, 이후로는 북방이 평平하여 도적이 없더라.

이적에 장 승상 부처가 졸卒[329]하니 예로써 안장하고 정렬의 애통함은 측량치 못할러라.

위왕 양위 또한 기세棄世하니 선산에 왕례로 안장하고, 이후 초왕이 칠십에 이르러 칠월 망일에 제자 제손과 가족을 거느려 궁중에서 잔치하더니, 한 선비 바로 궁전으로 들어오거늘 초왕이 보니 이는 여동빈이라.

왕이 문 왈,

"그대 어데로서 오며 어찌 이르렀느뇨?"

답 왈,

"내 옥제의 명을 받자와 그대를 데리러 왔나니 바삐 가사이다."

---

326) 정월 대보름날.
327) 지게 하니. 이기니.
328) 까닭.
329) '죽음'을 에둘러 이르는 말.

초왕 왈,

"속객俗客이 되어 어찌 천상을 득달得達하리오?"

선관 왈,

"전일 봉래산에서 구류선이 주던 약을 이제 가져 계시니이까?"

초왕이 깨달아 즉시 약을 내어 왕의 삼부처가 하나씩 먹으니 몸이 공중으로 올라가매, 왕의 삼녀 오자가 망극하여 공중을 향하여 애통하고 왕례로 헛장330)하더라.

---

330) 시체가 없이 지내는 장사.

〈숙향전〉에 관하여

김춘택[*]

   오랜 옛날부터 우리 인민들이 널리 애독하여 온 국문 소설 〈숙향전〉은 우리 나라 고전 소설들 가운데서 특색이 있는 작품이라고 말할 수 있다.

   18세기 말부터 19세기 초까지 활동한 이름난 문인인 김려金鑢의 가까운 벗이었던 이옥李鈺은 '아름다운 노래〔雅調〕'라는 서정시를 썼는데, 17수 가운데 열두 번째 시에 다음과 같은 구절이 있다.

> 님의 옷 차근차근 지어 드리니
> 방 안에 화기가 가득 차는 듯.
> 바늘 뽑아 옷섶에 돌려 꽂고는
> 숙향전을 내려 읽기도 하네.
> 爲郞縫衲衣　花氣惱儂倦
> 回針挿襟前　坐讀淑香傳

---

* 김춘택은 북의 국문학자이다.《조선 고전소설사 연구》로 김일성종합대학에서 박사 학위를 받았으며, 1980년대에 김일성종합대학출판사에서 박사 논문을 비롯하여《조선 문학사1》 등을 책으로 펴냈다.

그리고 1727년에 김천택金天澤이 편찬한 시조집 《청구영언靑丘永言》에는 다음과 같은 시조가 실려 있다.

　　낙양 동촌 이화정에 마고선녀 집의 술 익단 말 반겨 듣고
　　청려에 안장 지어 금돈 싣고 들어가 가서
　　아해야 숙 낭자 계시냐 문밖에 이랑 왔다 사뢰라.

또한 조수삼(趙秀三, 1762~1849)의 문집인 《추재집秋齋集》의 '기이紀異' 편에는,

　　"전기를 읽는 늙은이〔傳奇叟〕가 동문 밖에 살았는데 입으로 국문 소설 〈숙향전〉,
　　〈소대성전蘇大成傳〉, 〈심청전〉, 〈설인귀전薛仁貴傳〉 등의 이야기책을 외우고
　　있다."

는 기록도 실려 있다.

19세기 소설 〈배비장전裵裨將傳〉에도,

　　"배비장이 책 한 권씩 뽑아 들고 옛날 춘향의 낭군 이 도령이 춘향 생각하며
　　글 읽듯 하였다. …… 〈숙향전〉 절반쯤 딱 젖히고, 숙향아! 불쌍하다, 그 모친
　　이 이별할 때, 아가, 아가 잘 있거라, 배고프면 이 밥 먹고 목마르면 이 물 먹
　　고……."

하는 구절이 나온다.

이러한 자료들은 고전 소설 〈숙향전〉이 17세기 또는 18세기 초에 이미 창작되어 사람들 속에서 널리 읽혔다는 것을 보여 준다.

〈숙향전〉을 쓴 작가의 이름이 작품 원문이나 옛 문헌에 기록되어 전하지는 않지만, 작품의 내용과 문체로 보아 〈춘향전〉, 〈심청전〉 같은 경우처럼 중세 서민

출신 작가가 창작하였다고 짐작할 수 있다.

〈숙향전〉의 줄거리는 크게 전반부와 후반부 두 부분으로 나누어 볼 수 있다. 전반부에서 보는 것처럼 주인공 숙향의 결혼 전 생활은 실로 수난과 고행으로 일관되어 있다.

숙향이 다섯 살 나던 해에 금나라 군사들이 쳐들어왔다. 그때 숙향의 부모는 그들의 추격이 몹시 급하여 데리고 가던 아이를 길가 바위 밑에 숨겨 두고 몸을 잠깐 피했다.

금나라 군사들의 손에 이끌려 어느 마을엔가 들어갔다가 그곳에서 밥을 얻어 먹은 숙향이 날이 저물어 가시덤불 속에서 잠이 들었을 때 학이 날아와서 날개로 포근히 덮어 주었다. 잠이 깨자 이번에는 새끼 원숭이가 익힌 음식을 가져다 주었다. 의지할 곳이 없어 섧게 우는 순간 파랑새 한 마리가 날아와서 앞길을 인도한다. 얼마 뒤 숙향이는 후토부인이 내준 사슴을 타고 깊은 산을 내려 장 승상 집으로 안내되었다.

숙향은 장 승상의 양딸로 되어 장 승상 부부를 친부모처럼 정성을 다하여 섬기었다. 자식이 없던 승상 부부는 장차 숙향에게 좋은 배필을 정하여 주어 뒷일을 의탁하려고 하였다.

장 승상 집에는 사향이라는 심술궂고 마음씨 고약한 여종이 있었는데 숙향을 몹시 미워하였다. 사향은 장 승상 부부가 숙향을 그토록 귀여워하고 극진히 사랑하며 집안의 모든 일을 다 맡기는 것을 질투하여, 그들 사이에 이간을 꾀하려고 이 집의 가보인 장도와 금비녀를 훔쳐 숙향의 세간 속에 넣어 두어, 마침내 숙향이 도적의 누명을 쓰고 집에서 나가게 만든다.

주인공 숙향은 어린 시절부터 이렇듯 눈물겨운 고생을 겪다가 낙양에서 술장사를 하며 살아가는 마고할미 집에서 처녀 시절을 보내게 된다. 숙향은 어릴 때부터 성품이 착하고 부지런하며 남달리 바느질을 잘하여 사람들의 칭찬을 받아 왔다.

어느 날 숙향은 마고할미 곁에서 잠을 자다가 꿈에 본 신선 세계의 기이한 풍경을 비단 천에 수놓았다. 사람들은 숙향이 수를 놓은 신선 세계의 수예품을 보고 감탄을 금치 못하였다.

 며칠 뒤 숙향의 뛰어나고 아름다운 수예품은 어떤 사람의 손에 들어간다. 그는 작품의 수려한 풍경에 매혹되어 감탄하면서도 거기에 작품의 내용을 칭찬한 글인 찬贊이 기록되어 있지 않은 것을 몹시 아쉽게 여겼다. 그리하여 멀리 낙양 한 끝에서 사는 이 위공의 아들 이선을 찾아가서 수놓은 비단 천에 찬을 써 달라고 부탁을 한다.

 소설 〈숙향전〉은 이때부터 주인공의 고달프고 눈물겨운 생활에 관한 이야기를 일단 끝내고 청춘 남녀들의 밝고도 즐거운 사랑 이야기를 보여 주기 시작한다.

 재주 있고 풍채 좋은 도령 이선은 숙향의 아름답고 황홀한 수예품을 보자 깜짝 놀랐다. 간밤에 제가 꿈에 본 신선 세계를 아름다우면서 참신한 정서를 자아내는 예술 작품으로 수놓았기 때문이다.

 소설 전반부의 마지막 부분에서 보는 것처럼 신선 세계를 수놓은 처녀 숙향의 거처를 알게 된 이선은 곧 집을 떠나 갖은 고생 끝에 숙향이 의탁하여 살고 있는 마고할미네 술집을 찾아가 꿈결에도 잊지 못하던 숙향을 만난다. 그리하여 이선은 가까이 사는 고모에게 부탁하여 잔치 준비를 갖추고 마고할미 집에서 숙향과 백년가약을 맺었다.

 이야기 후반부는 기구한 결혼 뒤 숙향과 이선이 체험하는 생활의 이모저모를 환상적인 수법까지 도입하면서 감명 깊게 보여 준다.

 과거에 급제한 이선이 형주 자사로 임명되어 그 고장 인민들의 재난을 구제하여 나라의 정세를 바로잡는 장면들이며, 숙향이 남편의 부임지인 형주로 가는 도중에 겪는 이야기들이 다 그러한 것들이다.

 마고할미가 죽는 장면과 숙향의 외로운 넋을 위로해 주던 청삽사리가 죽는 장면 등은 환상적 수법의 대표적인 것이라고 볼 수 있다.

 숙향이 기막힌 고생 끝에 형주 가는 도중에 장 승상 부부를 다시 만나 회포를 나누는 장면과 꿈속에서도 그려 보던 그리운 부모들을 만나는 장면은 후반부에서 감동적인 장면이다.

 〈숙향전〉은 숙향과 이선이 행복하게 일생을 보내다가 나이 일흔이 되어 신선 세계로 돌아가는 것으로 끝난다.

〈숙향전〉의 작가는 이 이야기를 흥미 있고 생동하게 엮어 나가면서 작품의 주제 사상적 내용을 깊이가 있으면서도 새롭게 밝히려고 노력하였다. 고전 소설 〈숙향전〉의 사상 예술적 특성은 우선 작품의 주제 사상적 내용을 새롭고 무게 있으면서도 진실하게 형상한 것이다.

이 소설에서는 오래 전부터 논의되어 오던 '불고이성취不告而成娶'라는 복잡하고 어려운 문제를 청춘 남녀들의 자유로운 사랑 이야기와 결부시켜 밝혀내려고 시도하였다.

'불고이성취'란 청춘 남녀가 부모의 승인을 받지 않고 제 뜻대로 사랑하고 결혼을 이룬다는 뜻이다. 이는 고질적인 봉건 도덕이 지배하고 봉건적인 가부장제도가 유지되던 중세 사회에서는 부모에게 큰 죄를 짓는 행위라고 비난받을 것이었다. 우리 나라 고전 소설들에서는 '불고이성취'와 결부된 사건이 드물게 나오기도 했다.

15세기 김시습의 소설 〈이생규장전李生窺牆傳〉에서 최랑과 이생이 부모들 몰래 서로 사랑하다가 고생을 겪는 것이라든가, 19세기 장편 소설 《쌍천기봉雙釧奇逢》에서 이몽창과 소 낭자가 부모들 몰래 먼 고장에서 서로 사랑하고 혼인을 맺는 이야기가 그 예이다.

청춘 남녀들의 사랑에서 '불고이성취' 경향은 인간 개성의 자유로운 실현을 요구하는 근대적 지향이 차츰 강화되던 중세기 말부터 더욱 뚜렷이 나타났다. 19세기 말에 나온 고전 소설 〈채봉감별곡彩鳳感別曲〉에서 김채봉과 장필성 사이의 '불고이성취' 경향이 단적인 예이다.

이렇게 놓고 볼 때 고전 소설 〈숙향전〉은 선행 문학의 창작 경험을 이어받아 숙향과 이선의 사랑에서 '불고이성취'라는 문제를 정면으로 생동하게 밝혀 나가면서, 고루한 봉건 도덕의 질곡에서 벗어나 서로 자기의 지향에 따라 사랑하려는 인간 형상들을 제법 진실하고 생동하게 보여 주었다고 할 수 있다.

이러한 점에서 〈숙향전〉은 중세 우리 나라 고전 소설의 주제 사상적 내용을 새로운 측면에서 밝힌 작품이라고 말할 수 있다.

고전 소설 〈숙향전〉의 사상 예술적 특성은 또한 창작에서 환상적 수법을 잘 살려 쓰면서 파랑새와 청삽사리, 사슴과 거북 같은 짐승들을 사람처럼 행동하고 사고하게 한 의인화 수법을 잘 활용하여 등장인물들의 생활과 성격을 흥미 있게 형상한 것이다.

우리 나라 고전 문학 유산에는 오랜 옛날부터 작품에 동물이나 식물 들을 등장시켜 이야기를 흥미 있게 엮어 나간 작품이 적지 않다.

고구려의 건국 전설인 〈주몽 전설〉에서 주몽이 오곡 가운데서 보리 씨앗을 잊어버리고 길을 떠났을 때 어머니가 보낸 비둘기가 그 보리 씨앗을 부리에 꼭 물고 날아와 전해 주는 것이나, 주몽이 고구려 쪽으로 가다가 앞길을 가로막은 엄체수淹滯水라는 큰 강 앞에서 통곡할 때 물고기와 자라 들이 나타나 물 위에 떠서 다리를 놓아 주는 것이 그 실례이다.

이런 유산들을 이어받아 우리 나라 고전 문학은 16세기 무렵에 이르러 임제林悌의 우화 소설 〈꽃 역사〔花史〕〉, 〈재판받는 쥐〔鼠獄說〕〉와 같은 유명한 작품들을 세상에 내놓았다.*

그리고 18세기 무렵에는 파랑새가 나타나 불행을 겪는 처녀에게 반가운 소식을 전해 주는 이야기가 나오는 소설 〈장화홍련전薔花紅蓮傳〉과, 참새와 소 들이 모여서 고달픈 노동에 시달리는 콩쥐 대신에 물 긷기며 김매기 들을 해 주는 이야기가 나오는 소설 〈콩쥐팥쥐〉 들이 창작되었다.

〈숙향전〉의 작가는 이와 같은 선행 작품들에서 보는 의인화의 수법을 이어받으면서도 그것들을 그대로 답습하거나 교조적으로 모방한 것이 아니라 작품의 내용에 맞게 새롭게 잘 활용하였다. 이에 대해서는 선행 우화 소설 〈재판받는 쥐〉와 〈숙향전〉의 의인화 수법들을 서로 견주어서 보면 명백히 알 수 있을 것이다.

〈재판받는 쥐〉에서는 수많은 짐승들과 식물들이 의인화되어 사람처럼 사고하

---

* 남쪽의 학자들은 대체로 〈재판받는 쥐〉를 임제의 작품이 아니라고 판단하였다. 〈꽃 역사〉의 저자가 임제인지도 의심하는 이가 있다.

고 행동하면서 서로 관계를 맺고 있다. 이 소설에서는 의인화된 짐승들과 식물들 말고는 다른 인간 형상은 전혀 나오지 않는다. 말하자면 의인화된 동물, 식물 세계만을 다루고 있는 것이다.

그러나 〈숙향전〉에서는 주인공 숙향과 이선, 마고할미 같은 많은 인간 형상들이 청삽사리나 사슴, 파랑새, 거북 따위 여러 동물과 함께 등장하고 있다. 특히 주목되는 것은 주인공 숙향과 마고할미, 숙향의 아버지 김전과 장 승상 등 인간들과 청삽사리, 사슴, 거북, 파랑새 들이 놀랄 정도로 친밀하고 다정한 관계를 맺고 있다는 점이다. 그들은 유달리 친밀한 관계를 맺고 있으면서 서로 고락을 같이하며 따뜻한 정을 나눈다. 숙향이 위험한 고비에 들어섰거나 서글픈 처지에 빠질 때면 언제나 청삽사리나 파랑새, 사슴 들이 곁에 있으면서 도와준다.

이처럼 〈숙향전〉에서는 인간과 동물의 친밀한 관계를 통하여 주요 등장인물들의 성격 특성과 남다른 인정미를 깊이 있게 보여 주고 있다. 〈숙향전〉에서 의인화 수법의 본질적인 특성이 바로 여기에 있다. 〈숙향전〉에서 의인화 수법을 작품 내용과 시대 요구에 맞게 잘 살려서 활용함으로써 우리 나라 중세 소설의 예술적 수법은 더욱 다양하게 발전하였다.

〈숙향전〉에는 이러한 좋은 점이 있는 반면에 일련의 시대적, 계급적 제한성도 있다.

우선 주인공 숙향과 남편 이선 등 인물들의 운명이 마치도 그 어떤 신비로운 불가항력의 힘에 의하여 미리 정해져 있는 것처럼 묘사함으로써 '숙명론'을 강하게 제시하여 작품의 전반적인 형상 수준을 약화시키고 있는 것이다.

또한 숙향의 괴로운 생활과 비통한 운명을 보여 주는 데서 허황하기 짝이 없는 '꿈' 장면들을 너무 되풀이하여 제시함으로써 생활 논리의 진실성을 거부하고 있다.

이와 함께 당대 시기의 모든 작품들이 그러하듯이 봉건 군주에 대한 맹목적인 '충성'과 어진 군주의 '성덕'을 찬양한 것이라든가, 인간 윤리 도덕과는 너무나도 배치되는 행위들이 불가피한 정황에서는 있을 수 있는 행동인 것처럼 묘사되어 고상한 인간 감정을 무시하고 있다.

그러나 〈숙향전〉은 숙향과 이선 사이의 사랑을 특색 있는 예술적 수법으로 형상하여 중세 애정 소설을 발전시키는 데 이바지한 우수한 작품이다. 〈숙향전〉을 통하여 우리는 유구한 민족 문화 역사에 대하여 더 깊이 있게 이해할 수 있을 것이다.

고쳐 쓴 이는 〈숙향전〉의 원문에서 일부 지명과 인명들과 불필요한 장면들을 고치거나 빼 버림으로써 독자들의 이해를 도모하고 작품의 진실성을 보장하려고 하였다.

글쓴이 옛사람

고쳐 쓴 이 박현균

북의 국문학자. 〈숙향전〉을 고쳐 썼으며, 가사를 요즘 말로 고쳐 썼다.

겨레고전문학선집 30

숙향전

2007년 12월 10일 1판 1쇄 펴냄 | 2011년 10월 28일 1판 2쇄 펴냄 | **글쓴이** 옛사람 | **고쳐 쓴 이** 박현균 | **편집** 김성재, 남우희, 전미경, 하선영 | **디자인** 비마인bemine | **영업** 박꽃님, 백봉현, 안명선, 안중찬, 윤정하, 조병범, 최민용, 최정식 | **홍보** 김가연, 김누리 | **경영 지원** 유이분, 전범준, 한선희 | **제작** 심준엽, 이옥한 | **인쇄** 미르인쇄 | **제본** (주)상지사 | **펴낸이** 윤구병 | **펴낸곳** (주)도서출판 보리 | **출판 등록** 1991년 8월 6일 제 9-279호 | **주소** 경기도 파주시 교하읍 문발리 파주출판도시 498-11 우편 번호 413-756 | **전화** 영업 (031) 955-3535 홍보 (031) 955-3673 편집 (031) 955-3678 | **전송** (031) 955-3533 | **홈페이지** www.boribook.com | **전자 우편** classics@boribook.com

ⓒ 보리, 2007 | 이 책의 내용을 쓰고자 할 때는 보리 출판사의 허락을 받아야 합니다. | 잘못된 책은 바꾸어 드립니다. | 값 18,000원

ISBN 978-89-8428-484-5 04810
　　　978-89-8428-185-1 04810(세트)

이 책의 국립중앙도서관 출판시도서목록(CIP)은 e-CIP 홈페이지(http://www.nl.go.kr/cip.php)에서 볼 수 있습니다. (CIP 제어 번호: CIP2007003523)